George Orwell

Eine Pfarrerstochter

Roman

Aus dem Englischen von Hanna Neves

W0370366

Diogenes

Titel der englischen Originalausgabe:
A Clergyman's Daughter
Copyright © by
The Estate of the late Sonia M. B. Orwell
Umschlagzeichnung von Tomi Ungerer

Deutsche Erstausgabe

Alle deutschen Rechte vorbehalten
Copyright © 1983 by
Diogenes Verlag AG Zürich
80/83/8/1
ISBN 3 257 21088 4

ERSTES KAPITEL

I

Als der Wecker oben auf der Kommode explodierte wie eine scheußliche kleine Bombe aus Glockenmetall, schrak Dorothy aus den Tiefen eines verworrenen, bedrückenden Traumes hoch und starrte, auf dem Rücken liegend, vollkommen erschöpft in die Finsternis.

Der Wecker fuhr fort mit seinem quengelnden, weibischen Getöse, das etwa fünf Minuten lang dauern würde, wenn man ihm nicht ein Ende machte. Dorothy schmerzten alle Knochen im Leibe, und ein hinterlistiges, verächtliches Selbstmitleid, das sie fast jeden Morgen befiel, wenn es Zeit zum Aufstehen war, ließ sie den Kopf unter die Bettücher stecken und versuchen, die Ohren dem verhaßten Lärm zu verschließen. Aber sie kämpfte gegen ihre Erschöpfung an und ermahnte sich selber, wie sie das immer tat, scharf in der zweiten Person Singular: Komm, komm, Dorothy, auf, auf! Kein Getrödel, wenn ich bitten darf! Buch der Sprüche VI,9. Dann fiel ihr ein, daß der Lärm, wenn er noch lange weiter ginge, ihren Vater aufwecken würde, und sie sprang hastig aus dem Bett, holte den Wecker von der Kommode herunter und stellte die Klingel ab. Sie hatte ihn eigens deshalb oben auf der Kommode stehen, damit sie aus dem Bett heraus mußte, um ihn abzustellen. Noch im Finstern kniete sie sich neben das Bett und sagte ein Vaterunser auf, etwas zerstreut allerdings, denn ihre Füße litten unter der Kälte.

Es war eben erst halb sechs und kühl für einen Augustmorgen. Dorothy (ihr Name war Dorothy Hare, und sie war das einzige Kind von Hochwürden Charles Hare, dem Rektor der Pfarre von St. Athelstan, Knype Hill, Suffolk) schlüpfte in ihren betagten Schlafrock aus Baumwollflanell und tastete sich hinunter ins

Erdgeschoß. Es gab einen frostigen Morgengeruch nach Staub, Verputz, und den feuchten gebratenen Schollen vom gestrigen Abendessen, und von beiden Seiten des Korridors im zweiten Stock konnte sie das antiphonale Schnarchen von ihrem Vater und von Ellen hören, dem Mädchen für alles. Mit Vorsicht – denn der Küchentisch hatte die bösartige Gewohnheit, aus der Finsternis herauszuschießen und einen gegen den Hüftknochen zu schlagen – ertastete sich Dorothy ihren Weg in der Küche, zündete die Kerze über dem Kochherd an, kniete nieder, noch immer wie erschlagen von Müdigkeit, und fegte die Asche vom Rost.

Der Küchenherd war ein »Biest« zum Anzünden. Der Rauchfang war krumm und daher immer halb verstopft, und das Feuer wollte sich nicht in Gang setzen lassen, bevor es nicht seine Tasse Kerosin bekam, wie ein Säufer seinen morgendlichen Schluck Gin. Nachdem sie den Wassertopf mit dem Rasierwasser für ihren Vater aufgestellt hatte, ging Dorothy hinauf und drehte ihr Bad an. Ellen schnarchte noch, mit schweren, jugendlichen Schnarchtönen. Sie war ein gutes, arbeitsames Dienstmädchen, wenn sie einmal wach war, aber sie gehörte zu jenen Mädchen, die selbst der Teufel und alle seine Heerscharen nicht vor sieben Uhr früh aus dem Bett bekommen.

Dorothy ließ das Bad so langsam als möglich vollaufen – das Plätschern weckte immer ihren Vater auf, wenn sie den Hahn zu stark aufdrehte – und starrte einen Moment lang auf die helle, unappetitliche Wasserlake. Ihr Körper war über und über mit einer Gänsehaut bedeckt. Sie verabscheute kalte Bäder, und genau aus diesem Grund hatte sie es sich zur Regel gemacht, von April bis November immer kalt zu baden. Eine prüfende Hand ins Wasser tauchend – und es war entsetzlich kalt –, trieb sie sich selbst mit ihren üblichen Ermahnungen an. Komm, Dorothy! Hinein mit dir! Nur keine Wehleidigkeit, bitte! Dann stieg sie entschlossen ins Bad, setzte sich ins Wasser und ließ den eisigen Wassergürtel ihren Körper heraufgleiten, bis alles unter Wasser war bis auf ihr Haar, das sie auf dem Hinterkopf festgezurrt hatte. Im nächsten Moment kam sie prustend und sich schüttelnd an die Oberfläche, und kaum bekam sie wieder Luft, fiel ihr ihre »Memo-Liste« ein, die sie in der Schlafrocktasche mitgebracht hatte und jetzt lesen wollte. Sie streckte die Hand danach aus und ging im Schein der Kerze auf dem Stuhl, über den Badrand gelehnt, aber bis zur Taille im eiskalten Wasser, diese Liste durch.

Da stand:

7 Uhr H. K.
Mrs. T. Baby? Besuchen.
Frühstück. Speck. *Unbedingt* Vater Geld bitten. (B)
Ellen fragen Küchenbedarf Vaters Medizin NB ... bei Solepipe nach Vorhangstoff fragen
Mrs. P. besuchen Ausschnitt Daily M Angelikatee gut für Rheumatismus Mrs. Ls Hühneraugenpflaster
12 Uhr Probe Charles I. NB ½ Pfund Kleister 1 Topf Aluminiumfarbe bestellen
Mittagessen ...?
Pfarrblatt austragen NB. Mrs. F. 3/6 d. schuldig
16.30 Tee der Müttervereinigung
2½ Yard Tüllvorhang nicht vergessen
Blumen für Kirche NB. 1 Dose Brasso
Abendessen Rühreier
Vaters Predigt abtippen was ist mit neuem Farbband?
Nb. Zwischen Erbsen jäten Winden fürchterlich

Dorothy stieg aus ihrem Bad, und während sie sich mit einem Handtuch abtrocknete, das kaum größer war als eine Serviette, ging ihr Haar auf und fiel in zwei schweren Strähnen über ihre Schultern. Ihr Haar war voll, fein, und außerordentlich hell, und vielleicht war es ganz gut, daß ihr Vater ihr verboten hatte, es schneiden zu lassen, denn ihr Haar war das einzig wirklich Schöne an ihr. Ansonsten war sie ein Mädchen von mittlerer Größe, ziemlich dünn, aber kräftig und gut proportioniert, und ihr Gesicht war ihr schwacher Punkt. Es war diese dünne, blonde, unauffällige Art von Gesicht, mit hellen Augen und einer Nase, die gerade um eine Spur zu lang war; wenn man genau hinsah, konnte man Krähenfüße rund um die Augen bemerken, und der Mund sah, wenn er geschlossen war, müde aus. Kein eindeutig altjüngferliches Gesicht, noch nicht, aber in ein paar Jahren würde es ganz sicher so weit sein. Fremde hielten sie nichtsdestoweniger gewöhnlich für ein paar Jahre jünger, als sie wirklich war (sie war noch nicht ganz achtundzwanzig), wegen dieses Ausdrucks von fast kindlichem Ernst in ihren Augen. Ihr linker Unterarm war voll winziger roter Punkte, wie Insektenbisse.

Dorothy zog wieder ihr Nachthemd an und putzte sich die Zähne – nur mit Wasser, natürlich; besser keine Zahnpaste verwenden vor der H. K. Schließlich, entweder man fastet oder man fastet nicht. Da haben die Katholiken schon ganz recht – aber mitten im Zähneputzen stockte sie und hielt inne. Sie legte die Zahnbürste hin. Ein heftiger Schmerz, ein wirklich physischer Schmerz war durch ihre Gedärme geschossen.

Ihr war plötzlich, und zwar mit jenem greulichen Schock, mit dem einem etwas Unangenehmes auf nüchternen Magen einfällt, die Rechnung bei Cargill, dem Fleischer, eingefallen, die seit sieben Monaten ausstehend war. Diese schreckliche Rechnung – es waren neunzehn Pfund, oder sogar zwanzig, und es gab auch nicht die geringste Hoffnung auf Bezahlung – war eine der größten Peinigungen ihres Lebens. Zu jeder Tages- und Nachtzeit lauerte sie hinter der Ecke in ihrem Bewußtsein, bereit, sie zu überfallen und zu quälen; und mit ihr kam die Erinnerung an eine Menge kleinerer Rechnungen, die alle zusammen eine Summe ergaben, an die sie nicht einmal zu denken wagte. Fast ohne es zu wollen, fing sie zu beten an: »Bitte, Gott, mach, daß Cargill nicht heute wieder seine Rechnung schickt!« Aber im nächsten Moment erkannte sie, daß dieses Gebet weltlich und gotteslästerlich war, und sie bat um Vergebung dafür. Dann zog sie ihren Schlafrock an und lief in die Küche hinunter und hoffte, daß ihr die Rechnung wieder aus dem Kopf gehen werde.

Das Feuer war ausgegangen, wie gewöhnlich. Dorothy entfachte es von neuem, machte sich dabei die Hände mit Kohlenstaub schmutzig, goß noch etwas Kerosin darauf und wartete dann ängstlich darauf, daß das Wasser endlich kochte. Vater erwartete sein Rasierwasser um Viertel nach sechs. Mit genau sieben Minuten Verspätung nahm Dorothy die Kanne hinauf und klopfte an ihres Vaters Tür.

»Herein, herein!« sagte eine undeutliche, gereizte Stimme.

In dem Raum mit den dicht zugezogenen Vorhängen war es stickig, mit einem männlichen Geruch. Der Rektor hatte die Kerze auf seinem Nachttisch angezündet, lag auf der Seite und blickte auf seine goldene Uhr, die er gerade unter seinem Kissen hervorgezogen hatte. Sein Haar war so weiß und dicht wie Distelflaum. Ein dunkles glänzendes Auge richtete sich ärgerlich über die Schulter auf Dorothy.

»Guten Morgen, Vater.«

»Ich wünschte, Dorothy«, sagte der Rektor undeutlich – seine Stimme klang immer mümmelnd und senil, bis er sein Gebiß eingelegt hatte –, »du würdest es dir angelegen sein lassen, Ellen am Morgen aus dem Bett zu bekommen oder selbst etwas pünktlicher zu sein.«

»Es tut mir sehr leid, Vater. Das Feuer in der Küche ging immer wieder aus.«

»Schön. Stell's auf den Frisiertisch. Stell's hin und zieh die Vorhänge auf.«

Es war jetzt taghell, aber ein trüber, bewölkter Morgen. Dorothy hastete in ihr Zimmer hinauf und zog sich mit jener blitzartigen Geschwindigkeit an, die sie an sechs von sieben Morgen für notwendig fand. In dem Raum gab es nur ein ganz kleines Spiegelviereck, und selbst das benutzte sie nicht. Sie hing sich einfach ihr goldenes Kreuz um den Hals – ein einfaches Goldkreuz; keine Kruzifixe, bitte! –, drehte ihr Haar hinten zu einem Knoten, steckte rasch ein paar Haarnadeln hinein und warf sich in ungefähr drei Minuten in ihre Kleider (grauer Pullover, fadenscheinige Jacke und Rock aus irischem Tweed,

Strümpfe, die nicht ganz zu Jacke und Rock paßten, und abgetragene braune Schuhe). Vor der Kirche mußte sie noch das Speisezimmer und das Arbeitszimmer ihres Vaters »machen« und außerdem ihre Gebete zur Vorbereitung auf die Heilige Kommunion sagen, wozu sie nicht weniger als zwanzig Minuten brauchte.

Als sie ihr Fahrrad zum Vordereingang hinausschob, war der Himmel noch immer bedeckt, und das Gras durchnäßt von schwerem Tau. Durch den Nebel, der den Hang umkränzte, ragte unscharf die Kirche von St. Athelstan wie eine bleierne Sphinx, und ihre einzige Glocke dröhnte mit Grabesstimme Buuum! Buuum! Buuum! Nur eine der Glocken war jetzt in aktiver Benutzung; die anderen sieben waren von ihren Stühlen abgenommen und lagen jetzt schon drei Jahre schweigend da, den Boden des Kirchturms langsam unter ihrem Gewicht zersplitternd. Von unten aus den Nebeln herauf konnte man das aufdringliche Scheppern der Glocke in der römisch-katholischen Kirche hören – ein ekelhaftes, billiges, blechernes kleines Ding, das der Rektor von St. Athelstan gern mit einem Hausierergeklingel verglich.

Dorothy stieg auf ihr Fahrrad und fuhr rasch den Hügel hinauf, sich über ihre Lenkstange beugend. Die Spitze ihrer dünnen Nase war rosa von der morgendlichen Kühle. Über ihr pfiff ein Rotschenkel, unsichtbar vor dem bewölkten Himmel. In der Morgenfrühe mein Lied steig auf zu Dir! Dorothy lehnte ihr Fahrrad ans Friedhofstor, und da sie bemerkte, daß ihre Hände noch grau vom Kohlenstaub waren, kniete sie hin und rubbelte sie in dem langen nassen Gras zwischen den Gräbern sauber. Dann hörte die Glocke zu läuten auf, und sie sprang auf und eilte in die Kirche, eben als Proggett, der Küster, in ausgefranster Soutane und riesigen Arbeiterschnürschuhen, das Kirchenschiff hinauftrampelte, um seinen Platz am Seitenaltar einzunehmen.

In der Kirche war es sehr kalt, und es herrschte ein Geruch von Kerzenwachs und uraltem Staub. Die Kirche war groß, viel zu groß für ihre Gemeinde, und baufällig und mehr als zur Hälfte leer. Die drei schmalen Inseln des Kirchengestühls reichten kaum bis zur Hälfte des Kirchenschiffs, und dahinter lagen weite Strecken von nacktem Steinboden, wo ein paar abgetretene Inschriften die Lage alter Gräber bezeichneten. Das Dach über der Kanzel hing deutlich durch; neben dem Kästchen für Spenden für die Kirche erklärten zwei wurmzerfressene Balkenstücke stumm, daß dies dem Todfeind der Christenheit zuzuschreiben war, dem Holzbock. Das Licht filterte blaß durch Fenster aus anämischem Glas. Durch das offene Südportal konnte man eine struppige Zypresse sehen sowie die Äste einer Linde, grau in der sonnenlosen Luft und leise schwankend.

Es gab, wie üblich, nur einen weiteren Kommunikanten – die alte Miß Mayfill von The Grange. Der Besuch der Heiligen Kommunion war so schlecht, daß der Rektor nicht einmal Knaben zum Ministrieren finden konnte, außer am Sonntagmorgen, wenn sie sich gern in Soutane und weißem Chorhemd vor der Gemeinde zeigten. Dorothy setzte sich in die Bank hinter Miß Mayfill, rückte – zur Buße für irgendeine gestrige Sünde – das Kniekissen fort und kniete sich auf den nackten Stein. Eben begann die Messe. Der Rektor, in Soutane und kurzem Leinen-Chorrock, sagte mit rascher, geübter Stimme die Gebete auf, deutlich genug, nachdem sein Gebiß jetzt drinnen war, und merkwürdig unbeteiligt. In seinem mäklerischen Altersgesicht, blaß wie eine Silbermünze, lag ein Ausdruck von Reserviertheit, beinahe von Verachtung. »Dies ist ein gültiges Sakrament«, schien er zu sagen, »und es ist meine Pflicht, es euch zu spenden. Aber vergeßt nicht, daß ich nur euer Priester bin, nicht euer Freund. Ich als Mensch verachte euch und lehne euch ab.« Proggett, der Küster, ein Mann von vierzig mit krausem grauem Haar und einem roten, sorgenzerfurchten Gesicht, stand geduldig daneben, verständnislos, aber ehrerbietig, und fingerte an der kleinen Kommunionglocke herum, die in seinen riesigen roten Händen verschwand.

Dorothy drückte ihre Finger an die Augen. Es war ihr noch

nicht gelungen, ihre Gedanken zu konzentrieren – besonders der Gedanke an Cargills Rechnung fiel ihr zwischendurch immer wieder aufs Herz. Die Gebete, die sie alle auswendig kannte, wurden unbeachtet durch ihren Kopf geschwemmt. Sie hob einen Augenblick die Augen, die darauf sofort zu wandern anfingen. Zuerst aufwärts, zu den kopflosen Dach-Engeln, an deren Hälsen man noch die Sägeschnitte der puritanischen Soldaten sehen konnte, dann wieder zurück, auf Miß Mayfills schwarzen, schweinspastetenartigen Hut und ihr pechschwarzes Ohrgehänge. Miß Mayfill trug einen langen schwarzen muffigen Übermantel mit einem kleinen Kragen aus schmierig aussehendem Astrachan, immer der gleiche, seit Dorothy sich erinnern konnte. Der Mantel war aus einem sehr merkwürdigen Stoff, wie Seidenmoiré, aber gröber, mit kleinen Strömen von schwarzen Litzen, die ohne erkennbares Muster darüber hinflossen. Vielleicht war es sogar jene legendäre, sprichwörtliche Substanz namens schwarzer Bombasin. Miß Mayfill war sehr alt, so alt, daß niemand sie je anders denn als alte Frau gekannt hatte. Ein feiner Geruch stieg von ihr hoch – ein ätherischer Duft, analysierbar als Kölnisch Wasser, Mottenkugeln und ein Hauch von Gin.

Dorothy zog aus ihrem Jackenaufschlag eine lange, glasköpfige Nadel und drückte sie verstohlen hinter der Deckung von Miß Mayfills Rücken gegen ihren Unterarm. Ihr Fleisch erschauerte angstvoll. Sie hatte es sich zur Regel gemacht, sich immer dann, wenn sie sich bei Unaufmerksamkeit im Gebet ertappte, so fest in den Arm zu stechen, daß Blut herauskam. Das war die von ihr gewählte Form der Selbstdisziplin, ihr Schutz gegen mangelnde Ehrerbietung und profane Gedanken.

Mit gezückter Nadel gelang es ihr, ein paar Augenblicke lang gesammelter zu beten. Ihr Vater hatte ein dunkles Auge mißbilligend auf Miß Mayfill geheftet, die sich in Abständen bekreuzigte, eine Gewohnheit, die ihm mißfiel. Draußen schnatterte ein Star. Mit einem Schock erkannte Dorothy, daß sie voll eitlen Stolzes auf die Falten im Chorrock ihres Vaters blickte, den sie vor zwei Jahren selbst genäht hatte. Sie preßte die Zähne zusammen und trieb die Nadel ein Achtel Zoll tief in ihren Arm.

Jetzt knieten sie wieder. Es war das allgemeine Sündenbekenntnis. Dorothy rief ihre Augen zurück – die, leider!, schon wieder wanderten, diesmal zu dem bemalten Glasfenster zu ihrer Rechten, entworfen von Sir Warde Tooke, A.R.A., im Jahr 1851, darstellend den Empfang von St. Athelstan an der Himmelspforte durch Gabriel und eine Legion Engel, die alle ganz auffallend einander sowie dem Prinzgemahl ähnelten – und drückte die Nadelspitze in eine andere Stelle ihres Arms. Dann begann sie bewußt über die Bedeutung eines jeden Satzes des Gebets zu meditieren und brachte so ihren Geist in einen Zustand größerer Aufmerksamkeit zurück. Nichtsdestoweniger hätte sie beinahe wieder zur Nadel greifen müssen, als Proggett mitten in »Daher mit Engeln und Erzengeln« die Klingel schellte – da sie an dieser Stelle so wie immer von der gräßlichen Versuchung befallen wurde, zu lachen. Das war wegen dieser Geschichte, die ihr Vater ihr einmal erzählt hatte, wie einmal, als er ein kleiner Junge war und dem Priester am Altar diente, der Schraubklöppel an der Kommunionklingel locker geworden war und der Priester gesagt hatte: »Mit den Engeln und Erzengeln und allen himmlischen Heerscharen loben und preisen wir Deinen glorreichen Namen; wir preisen Dich in Ewigkeit und rufen: Schraub ihn fest, du kleiner Schafskopf, schraub ihn fest!«

Als der Rektor mit der Wandlung fertig war, fing Miß Mayfill an, sich mit äußerster Schwierigkeit und Langsamkeit auf die Füße zu rappeln, wie eine aus dem Leim gegangene Holzfigur, die sich selbst Stück für Stück hochzieht, und gab bei jeder Bewegung eine kräftige Duftwolke von Mottenkugeln von sich. Dabei erklang ein außerordentliches, knarrendes Geräusch – von ihrem Korsett wahrscheinlich, aber es klang, als würde sich Knochen an Knochen reiben. Man hätte sich vorstellen können, daß sich in dem schwarzen Übermantel nichts befände als ein trockenes Skelett.

Dorothy blieb noch einen Moment länger auf den Beinen. Miß

Mayfill kroch eben mit langsamen, wackelnden Schritten auf den Altar zu. Sie konnte kaum noch gehen, war aber zutiefst beleidigt, wenn ihr Hilfe angeboten wurde. Der Mund in ihrem uralten, blutleeren Gesicht war überraschend groß, schlapp und feucht. Die Unterlippe, hängend vor Alter, fiel sabbernd nach vorn und entblößte einen Streifen Zahnfleisch und eine Reihe falscher Zähne, die so gelb waren wie die Tasten eines alten Klaviers. Ihre Oberlippe säumte ein dunkler, feuchter Schnurrbart. Es war kein appetitlicher Mund; nicht die Art von Mund, den man gern aus dem eigenen Glas trinken sehen würde. Plötzlich, ganz spontan, als hätte der Teufel selbst es dorthin gelegt, strömte von Dorothys Lippen das Gebet: »O Gott, laß mich nicht nach Miß Mayfill den Kelch nehmen müssen!«

Im nächsten Augenblick erfaßte sie voll Abscheu vor sich selbst die Bedeutung dessen, was sie gesagt hatte, und sie wünschte, sie hätte sich lieber die Zunge entzweigebissen, als diese fürchterliche Lästerung auf den Stufen des Altares auszusprechen. Sie zog die Nadel aus dem Jackenaufschlag und trieb sie so fest in den Arm, daß sie nur mit Mühe einen Schmerzensschrei unterdrücken konnte. Dann schritt sie zum Altar hinauf und kniete sich demütig links von Miß Mayfill hin, damit sie also auf jeden Fall hinter ihr den Kelch nehmen mußte.

Kniend, den Kopf gesenkt und die Hand an die Knie gedrückt, ging sie rasch daran, um Vergebung zu beten, bevor ihr Vater sie mit der Hostie erreichte. Aber der Fluß ihrer Gedanken war gebrochen. Plötzlich war jeder Versuch zu beten vergeblich; ihre Lippen bewegten sich, aber in ihren Gebeten lag weder Herz noch Sinn. Sie konnte hören, wie Proggett mit den Stiefeln wetzte und wie die klare, leise Stimme ihres Vaters murmelte: »Nehmt und eßt«; sie konnte den abgetretenen Streifen des roten Teppichs unter ihren Knien sehen, sie konnte Staub und Kölnisch Wasser und Mottenkugeln riechen; aber an Leib und Blut Christi zu denken, um dessentwillen sie hergekommen war, dazu schien ihr jegliche Fähigkeit abhanden gekommen zu sein. Eine tödliche Leere hatte sich über ihren Geist gesenkt. Es schien ihr, als *könne* sie einfach nicht beten. Sie bemühte sich, sammelte ihre Gedanken, sagte mechanisch die ersten paar Sätze eines Gebets, aber sie waren zwecklos, sinnlos – nichts als tote Worthülsen. Ihr Vater hielt die Hostie vor ihr in seinen wohlgeformten Greisenhänden. Er hielt sie zwischen Finger und Daumen, vorsichtig, irgendwie angewidert, als wäre es ein Löffel Medizin. Sein Auge war auf Miß Mayfill gerichtet, die sich hochkrümmte wie eine Spannerraupe, unter viel Geknarre, und sich so hingebungsvoll immer wieder bekreuzigte, daß man hätte meinen können, sie zeichne eine Reihe von Klöppelfröschen auf ihre Mantelbrust. Mehrere Sekunden lang zögerte Dorothy und nahm die Hostie nicht. Sie wagte es nicht, sie zu nehmen. Besser, viel besser, vom Altar zurückzutreten, als das Sakrament mit solchem Chaos im Herzen zu empfangen!

Dann fiel ihr Blick zufällig seitlich durchs offene Südportal. Ein flüchtiger Sonnenspeer hatte die Wolken durchstoßen. Er schoß hinunter durch die Lindenblätter, und ein belaubter Zweig im Eingang erstrahlte in flüchtigem, unvergleichlichem Grün, grüner als Jade oder Smaragd oder atlantische Gewässer. Es war, als hätte ein Juwel von unvorstellbarer Pracht einen Moment lang aufgeleuchtet, den Eingang mit grünem Licht gefüllt und wäre dann erloschen. Eine Freudenflut strömte durch Dorothys Herz. Das Aufleuchten der lebendigen Farbe hatte durch einen Prozeß, der tiefer war als die Vernunft, ihr den inneren Frieden, die Liebe zu Gott und die Fähigkeit zur Andacht zurückgegeben. Irgendwie war es wegen der Grünheit der Blätter wieder möglich zu beten. O all ihr grünen Ding' auf der Erde, preiset den Herrn! Sie begann zu beten, inbrünstig, freudig, dankbar. Die Hostie schmolz auf ihrer Zunge. Sie nahm den Kelch von ihrem Vater entgegen und spürte ohne Ekel, ja sogar mit zusätzlicher Freude über diesen geringen Akt der Selbsterniedrigung, den feuchten Abdruck von Miß Mayfills Lippen auf seinem silbernen Rand.

II

Die Kirche von St. Athelstan stand auf dem höchsten Punkt von Knype Hill, und wenn einem einfiel, den Turm zu ersteigen, dann hatte man einen Blick von etwa zehn Meilen im Umkreis auf die Landschaft. Nicht daß das irgend etwas wäre, das anzuschauen sich gelohnt hätte – nur die flache, kaum gewellte Landschaft von East Anglia, unerträglich öde im Sommer, nur im Winter belebt vom wiederholten Muster der Ulmen, bot sich kahl und fächerförmig dem bleiernen Himmel dar.

Unmittelbar unter dem Turm lag die Stadt, von der ostwestlich verlaufenden Hauptstraße in ungleiche Teile geteilt. Der südliche Stadtteil war der ältere, landwirtschaftliche, der angesehene Stadtteil. Auf der Nordseite waren die Gebäude von Blifil-Gordons Zuckerrüben-Raffinerie, und rund herum und darauf hinführend ein Durcheinander von abstoßend häßlichen, kleinen gelben Ziegelhäusern, fast alle von den Fabrikangestellten bewohnt. Diese Fabrikangestellten, die mehr als die Hälfte der zweitausend Einwohner der Stadt ausmachten, waren Zugereiste, Stadtleute, und fast ohne Ausnahme gottlos.

Die zwei Angel- oder Brennpunkte, um die sich das Gesellschaftsleben der Stadt drehte, waren der Knype Hill Conservative Club (mit Alkoholausschank), in dessen Erkerfenster man, kaum daß die Bar geöffnet war, die großen, rosa-bekiemten Gesichter der städtischen Elite erblicken konnte, wie sie wie fette Goldfische gegen eine Aquariumscheibe glotzten; und Ye Olde Tea Shoppe, ein bißchen weiter unten an der Hauptstraße, der Haupttreffpunkt der Knype-Hill-Damen. Wer nicht jeden Morgen zwischen zehn und elf im Ye Olde Tea Shoppe zugegen war und seinen »Morgenkaffee« trank und etwa eine halbe Stunde in dem angenehmen Gezwitscher von Upper-Middle-Class-Stimmen verbrachte (»Meine Teuerste, er hatte As-Königin mit *neun* Pik, und er spielte weiter ohne Trumpf, ob Sie's glauben oder nicht. Was, meine Liebe, du willst doch nicht sagen, daß du schon *wieder* meinen Kaffee bezahlst? Aber Süße, das ist einfach *zu* reizend von dir! Aber morgen muß ich einfach darauf *bestehen,* daß ich deinen bezahle. Und *sieh* dir doch nur den süßen kleinen Toto an, wie er sich aufsetzt und wirklich aussieht wie ein *vernünftiger* kleiner Mann und mit seiner kleinen schwarzen Nase wackelt, ja, ja, das tut er, der kleine Liebling, das tut er, und seine Mama gibt ihm ein Stück Zucker, ja, ja, das tut sie, das tut sie. *Da,* Toto!«), der gehörte eindeutig nicht zur guten Gesellschaft von Knype Hill. Der Rektor mit seiner beißend ironischen Art hatte die Damen »Kaffeebrigade« getauft. Unweit der Kolonie pseudo-pittoresker Villen, die die »Kaffeebrigade« bewohnte, jedoch von diesen durch seinen größeren Park getrennt, stand The Grange, Miß Mayfills Haus. Das war ein sonderbares, mit Pechnasen versehenes Pseudo-Schloß aus dunkelroten Ziegeln – irgend jemandes Torheit, um 1870 erbaut – und glücklicherweise fast verdeckt von dichtem Buschwerk.

Die Pfarrei stand auf halbem Weg den Hügel hinauf, die Vorderseite der Kirche zugewandt, die Hinterseite der Hauptstraße. Es war ein Gebäude aus der falschen Zeit, unpraktisch groß, behaftet mit chronisch abblätterndem gelbem Verputz. Irgendein früherer Pfarrer hatte an einer Seite ein großes Gewächshaus angebaut, das Dorothy als Arbeitsraum benutzte, das aber ständig reparaturbedürftig war. Der Vorgarten wurde von struppigen Fichten erstickt, sowie von einer großen ausladenden Esche, die die vorderen Zimmer in Schatten tauchte und keine Blumen wachsen ließ. Hinten gab es einen großen Gemüsegarten. Das schwere Umgraben des Gartens im Frühjahr und Herbst erledigte Proggett, und Dorothy säte, pflanzte und jätete in den freien Stunden, die sie dafür erübrigen konnte; nichtsdestoweniger war der Gemüsegarten meistens ein undurchdringlicher Urwald von Unkraut.

Dorothy sprang am Vordereingang von ihrem Rad, dort hatte irgendeine übereifrige Person ein Plakat geklebt mit der Aufschrift: »Stimmt für Blifil-Gordon und höhere Löhne!« (Es war gerade eine Nachwahl im Gange, und Mr. Blifil-Gordon war von der konservativen Seite aufgestellt worden.) Als Dorothy die Vordertür öffnete, sah sie auf der abgewetzten Kokosmatte zwei Briefe liegen. Der eine war vom Landdekan, der andere ein widerliches, dünn aussehendes Schriftstück von Catkin & Palm, der klerikalen Schneiderei ihres Vaters. Unzweifelhaft eine Rechnung. Der Rektor hatte, wie üblich, die Briefe aufgehoben, die ihn interessierten, und die anderen liegenlassen. Dorothy beugte sich eben vor, um die Briefe aufzuheben, als sie mit äußerstem Entsetzen einen unfrankierten Umschlag im Briefschlitz stecken sah.

Es war eine Rechnung – es war ganz eindeutig eine Rechnung! Und außerdem wußte sie, sobald nur ihr Blick darauf fiel, daß es die schreckliche Rechnung von Cargill, dem Fleischer, war. Ein flaues Gefühl schoß ihr durch die Eingeweide. Einen Moment lang fing sie buchstäblich an zu beten, es möge nicht Cargills Rechnung sein – es möge nur die Rechnung für drei Pfund und neun Pence von Solepipe, dem Tuchhändler, sein, oder die Rechnung vom International oder vom Bäcker oder der Molkerei – alles, nur nicht Cargills Rechnung! Dann bezwang sie ihre Panik, zog den Umschlag aus dem Briefschlitz heraus und riß ihn mit einer krampfhaften Bewegung auf.

»Erneut in Rechnung gestellt: 21. 7s. 9d.«

So stand es geschrieben in der harmlosen Handschrift von Mr. Cargills Buchführer. Doch darunter, in dicken, vorwurfsvoll aussehenden Buchstaben, war hinzugefügt und kräftig unterstrichen: »Erlaube mir darauf hinzuweisen, daß diese Rechnung *seit langem* ausstehend ist. *Umgehendste Begleichung* wäre erwünscht. S. Cargill.«

Dorothy war um eine Spur blasser geworden, und sie spürte, daß ihr nicht nach Frühstück zumute war. Sie schob die Rechnung in ihre Tasche und ging ins Speisezimmer. Das war ein eher kleiner, düsterer Raum, der dringend neue Tapeten gebraucht hätte, und wirkte – so wie jedes andere Zimmer in der Pfarrei –, als wäre er mit den Abfällen eines Antiquitätenladens möbliert worden. Die Möbel waren »gute« Stücke, aber hoffnungslos mitgenommen, und die Stühle derart verwurmt, daß man nur dann in Sicherheit auf ihnen sitzen konnte, wenn man ihre individuellen Schwächen kannte. An den Wänden hingen alte, dunkle, fleckige Stahlstiche, einer davon – ein Stich von Van Dycks Porträt von Charles I. – wahrscheinlich von einigem Wert, wenn nicht die Feuchtigkeit ihn ruiniert hätte.

Der Rektor stand vor dem leeren Kaminrost, wärmte sich an einem eingebildeten Feuer und las einen Brief, der aus einem langen blauen Kuvert kam. Er trug noch immer seine Soutane aus schwarzem Moiré, die ihm vorzüglich stand zu dem dichten weißen Haar und dem blassen, feinen, keinesfalls besonders liebenswürdigen Gesicht. Als Dorothy eintrat, legte er den Brief beiseite, zog seine goldene Uhr hervor und studierte sie bedeutungsvoll.

»Es tut mir leid, daß ich mich ein bißchen verspätet habe, Vater.«

»Ja, Dorothy, du hast dich *ein bißchen verspätet«*, sagte der Rektor, ihre Worte mit leiser, aber deutlicher Betonung wiederholend. »Du hast dich, um genau zu sein, um zwölf Minuten verspätet. Findest du nicht, Dorothy, daß es, wenn ich um Viertel nach sechs aufstehen muß, um die Heilige Kommunion zu feiern, und äußerst müde und erschöpft nach Hause komme, besser wäre, du würdest es fertig bringen, zum Frühstück zu kommen, ohne dich *ein bißchen zu verspäten?«*

Es war klar, daß der Rektor in einer, wie Dorothy es euphemistisch nannte, »ungemütlichen Stimmung« war. Er hatte eine dieser müden, gebildeten Stimmen, die nie wirklich zornig klingen, nie aber auch nur die geringste gute Laune zeigen – eine dieser Stimmen, die immer zu sagen scheinen: »Es ist mir wirklich *unbegreiflich*, warum man so viel Aufhebens macht!« Er machte den Eindruck, als würde er ständig unter der Dummheit und Lästigkeit der anderen Leute leiden.

»Es tut mir sehr leid, Vater! Aber ich mußte einfach gehen und mich nach Mrs. Tawney erkundigen.« (Mrs. Tawney war die »Mrs. T.« von der »Memo-Liste«.) »Sie hat gestern abend ihr

Kind bekommen, und du weißt, sie hat mir versprochen, nach der Geburt zu kommen und sich aussegnen zu lassen. Aber sie kommt natürlich nicht, wenn sie glaubt, daß wir uns nicht um sie kümmern. Sie kommen ja nie, wenn ich sie nicht dazu überrede.«

Der Rektor knurrte zwar nicht geradezu, stieß aber einen kleinen unzufriedenen Laut aus, während er auf den Frühstückstisch zuging. Das sollte erstens heißen, daß es Mrs. Tawneys Pflicht und Schuldigkeit war, zu kommen und sich aussegnen zu lassen, auch ohne daß Dorothy hinter ihr her war; zweitens, daß Dorothy durchaus nicht dazu da war, sämtlichen städtischen Pöbel zu besuchen, und schon gar nicht vor dem Frühstück. Mrs. Tawney war die Frau eines Hilfsarbeiters und lebte *in partibus infidelium*, nördlich der Hauptstraße. Der Rektor legte seine Hand auf die Stuhllehne und warf Dorothy wortlos einen Blick zu, der bedeutete: »Sind wir *jetzt* soweit? Oder wird es noch *mehr* Verzögerungen geben?«

»Ich glaube, es ist alles da, Vater«, sagte Dorothy. »Wenn du vielleicht das Tischgebet sagen würdest –«

»Benedictus benedicat«, sagte der Rektor und hob den abgenutzten Silberdeckel von der Frühstücksplatte. Der Silberdeckel war, ebenso wie der vergoldete Silberlöffel für die Orangenmarmelade, ein Familienerbstück; Messer und Gabeln und das meiste Geschirr kamen von Woolworth. »Schon wieder Speck, wie ich sehe«, sagte der Rektor und betrachtete die gebackenen Drei-Minuten-Scheiben, die gekräuselt auf gebackenen Brotvierecken lagen.

»Das ist leider alles, was wir im Haus haben«, sagte Dorothy.

Der Rektor nahm seine Gabel zwischen Daumen und Zeigefinger und drehte mit einer eleganten Bewegung, als würde er mit Stäbchen spielen, eine der Speckscheiben um.

»Es ist mir natürlich bekannt«, sagte er, »daß Speck zum Frühstück als englische Institution beinahe so alt ist wie die parlamentarische Regierung. Aber meinst du nicht, daß wir *manchmal* eine Abwechslung vertragen könnten, Dorothy?«

»Speck ist jetzt so billig«, sagte Dorothy bedauernd. »Es

kommt einem wie eine Sünde vor, ihn nicht zu kaufen. Dieser hier war nur fünf Pence das Pfund, und ich habe ganz ordentlich aussehenden Speck gesehen, der sogar nur drei Pence kostete.«

»Ah – dänischer Speck, nehme ich an? Was für eine Vielfalt von dänischen Invasionen haben wir doch in diesem Lande schon gehabt! Zuerst mit Feuer und Schwert, und jetzt mit ihrem widerwärtigen billigen Speck. Welche hat wohl mehr Tote auf dem Gewissen, frage ich mich?«

Nach dieser witzigen Bemerkung fühlte sich der Rektor etwas besser, rückte sich im Stuhl zurecht und sprach dem verachteten Speck tüchtig zu, während Dorothy (sie nahm heute morgen keinen Speck – eine Buße, die sie sich gestern dafür auferlegte, daß sie »Verdammt« gesagt und nach dem Mittagessen eine halbe Stunde vertrödelt hatte) sich den Kopf zerbrach, wie sie am besten ein Gespräch anfangen sollte.

Vor ihr lag eine unsäglich verhaßte Aufgabe – eine Bitte um Geld. Geld aus ihrem Vater herauszubekommen war schon zum günstigsten Zeitpunkt so gut wie unmöglich, und es war klar, daß es heute morgen noch »schwieriger« sein würde als gewöhnlich. »Schwierig« war auch wieder so einer ihrer euphemistischen Ausdrücke. Er hat schlechte Nachrichten bekommen, nehme ich an, dachte sie verzagt und blickte auf den blauen Umschlag.

Wahrscheinlich hätte niemand, der sich je auch nur zehn Minuten lang mit dem Rektor unterhielt, bestritten, daß er zur »schwierigen« Art von Männern gehörte. Das Geheimnis seiner fast unweigerlich schlechten Laune lag einfach darin, daß er ein Anachronismus war. Er hätte nie in die moderne Welt hineingeboren werden dürfen; ihre ganze Atmosphäre widerte ihn an und verbitterte ihn. Zwei Jahrhunderte früher hätte er sich, als glücklicher Inhaber mehrerer Pfründen, Gedichte schreibend oder Fossilien sammelnd, während Hilfsgeistliche für vierzig Pfund im Jahr seine Pfarren versorgten, völlig zu Hause gefühlt. Selbst jetzt hätte er sich, wäre er ein reicherer Mann gewesen, trösten können, indem er das zwanzigste Jahrhundert einfach aus seinem Bewußtsein aussperrte. Doch in vergangenen Zeiten zu leben ist teuer; dazu braucht man mindestens 2000 Pfund im Jahr. Der Rektor, durch seine Armut an das Zeitalter Lenins und des *Daily Mail* gekettet, war in einem Zustand chronischer Gereiztheit, die er, wie nur natürlich, an der ihm nächststehenden Person abreagierte – meistens also an Dorothy.

Er war 1871 geboren, als jüngerer Sohn eines jüngeren Sohns eines Baronets, und hatte aus dem altmodischen Grund die kirchliche Laufbahn eingeschlagen, da dies der traditionelle Beruf für jüngere Söhne war. Seine erste Pfarre war eine große Slum-Gemeinde in East London gewesen – ein widerwärtiger, verkommener Ort, und er dachte voll Abscheu daran zurück. Schon in jenen Tagen wurden die unteren Klassen (wie er sie immer betont nannte) ganz entschieden aufmüpfig. Etwas besser war es, als er in irgendeinem versteckten Ort in Kent (Dorothy wurde in Kent geboren) Substitut wurde, wo die bescheidenen Dorfleute vor dem Pfarrer noch respektvoll den Hut zogen. Inzwischen hatte er jedoch geheiratet, und seine Ehe war teuflisch unglücklich gewesen; und weil es sich für Geistliche nicht schickt, mit ihren Frauen zu streiten, blieb das Unglück geheim und daher zehnmal ärger. Nach Knype Hill war er 1908 gekommen, siebenunddreißig Jahre alt, mit einem unheilbar versauerten Temperament – einem Temperament, das ihm schließlich jeden Mann, jede Frau und jedes Kind in der Gemeinde entfremdet hatte.

Als Priester schlechthin war ihm durchaus nichts vorzuwerfen. In seinen rein geistlichen Aufgaben war er tadellos korrekt – vielleicht ein bißchen zu korrekt für eine Low-Church-Pfarre in East Anglia. Seine Messen zelebrierte er mit erlesenem Geschmack, hielt bewundernswerte Predigten und stand zu unbequemer Morgenstunde auf, um jeden Mittwoch und Freitag die Heilige Kommunion zu feiern. Doch daß ein Geistlicher irgendwelche Aufgaben außerhalb der vier Wände der Kirche haben könnte, das war ein Gedanke, der ihm nie ernsthaft gekommen war. Da er sich keinen Hilfsgeistlichen leisten konnte, überließ er die schmutzige Arbeit in der Pfarre zur Gänze seiner Frau und nach ihrem Tod (sie starb 1921) Dorothy. Die Leute sagten sogar – aber das war gehässig und unwahr –, daß er Dorothy für sich hätte predigen lassen, wenn das möglich gewesen wäre. Die »unteren Klassen« hatten sofort erkannt, was er für eine Einstellung ihnen gegenüber hatte, und wäre er reich gewesen, dann hätten sie, wie das bei ihnen Sitte ist, ihm die Stiefel geleckt; so aber haßten sie ihn nur. Nicht, daß es ihm etwas ausmachte, ob sie ihn haßten oder nicht, er war sich ihrer Existenz kaum bewußt. Aber auch mit den oberen Schichten kam er nicht besser zurecht. Mit den Großgrundbesitzern hatte er sich der Reihe nach zerstritten, und für den niederen Stadtadel hatte er, der Enkel eines Baronets, nur Verachtung übrig und gab sich keine Mühe, dies zu verbergen. In dreiundzwanzig Jahren war es ihm gelungen, die Kongregation von St. Athelstan von sechshundert auf etwas unter zweihundert zu reduzieren.

Das hatte nicht nur persönliche Gründe. Das kam auch daher, daß der altmodische Hochkirchenstil, an dem der Rektor hartnäckig festhielt, von einer Art war, die alle Richtungen in der Pfarre etwa gleich stark verärgerte. Heutzutage stehen einem Geistlichen, der seine Gemeinde beisammenhalten will, nur zwei Wege offen. Entweder Anglo-Katholizismus rein und einfach – oder eher rein und nicht einfach; oder er muß rückhaltlos modern und aufgeschlossen sein und in erbaulichen Predigten nachweisen, daß es die Hölle nicht gibt und alle guten Religionen aufs Gleiche hinauslaufen. Der Rektor tat weder das eine noch das andere. Einerseits hatte er die tiefste Verachtung für die anglo-katholische Bewegung. Sie war über seinen Kopf hinweggerollt und hatte ihn völlig unberührt gelassen; »römisches Fieber« war sein Name dafür. Andererseits war er zu »hoch« für die älteren Mitglieder seiner Gemeinde. Von Zeit zu Zeit jagte er ihnen durch den Gebrauch des fatalen Wortes »katholisch«, und das nicht nur an seinem geheiligten Ort im Credo, sondern selbst von der Kanzel herunter, einen Schrecken ein, daß ihnen fast Hören und Sehen verging. Kein Wunder, daß die Gemeinde von Jahr zu Jahr schrumpfte; und es waren die besten Leute, die zuerst gingen. Lord Pockthorne von Pockthorne Court, dem ein Fünftel der Grafschaft gehörte, Mr. Leavis, der Lederwarenhändler im Ruhestand, Sir Edward Huson von Crabtree Hall, und wer sonst noch vom niederen Adel einen Kraftwagen besaß, hatten alle St. Athelstan den Rücken gekehrt. Die meisten von ihnen fuhren am Sonntagmorgen nach Millborough hinüber, in fünf Meilen Entfernung. Millborough war eine Stadt von fünftausend Einwohnern, und dort hatte man zwei Kirchen zur Auswahl, St. Edmund und St. Wedekind. St. Edmund war modernistisch – über dem Altar prangte eine Passage aus Blakes »Jerusalem«, und den Kommunionwein trank man aus Likörgläsern – und St. Wedekind war anglo-katholisch und in permanentem Kriegszustand mit dem Bischof. Aber Mr. Cameron, der Sekretär des Clubs der Konservativen von Knype Hill, war römisch-katholischer Konvertit, und seine Kinder mitten drin in der römisch-katholischen literarischen Bewegung. Angeblich hatten sie einen Papagei, dem sie die Worte *Extra ecclesiam nulla salus* beibrachten. Es blieb also wirklich niemand von Ansehen St. Athelstan treu, ausgenommen Miß Mayfill von The Grange. Miß Mayfill hatte fast alles der Kirche vermacht – so sagte sie; vorläufig allerdings hatte man sie nie mehr als Sixpence in den Klingelbeutel geben sehen, und es sah ganz so aus, als würde sie ewig leben.

Die ersten zehn Minuten des Frühstücks vergingen in vollkommenem Schweigen. Dorothy bemühte sich, ihren Mut zu sammeln und zu sprechen – es war klar, daß sie *irgendeine* Art von Unterhaltung in Gang bringen mußte, bevor sie die Geldfrage aufs Tapet brachte –, aber ihr Vater war kein Mann, mit dem man leicht Konversation machen konnte. Manchmal bekam er derartige Anfälle von Zerstreutheit, daß man ihn kaum dazu bringen konnte, einem zuzuhören; ein anderes Mal war er wieder zu aufmerksam, folgte sorgfältig jedem Wort, das man sagte, und wies dann leicht gequält darauf hin, daß diese Worte kaum der Rede wert gewesen seien. Höflichen Plattitüden – über das Wetter, und so weiter – begegnete er im allgemeinen mit

Sarkasmus. Dennoch beschloß Dorothy, es zuerst mit dem Wetter zu versuchen.

»Das ist eine komische Art von Tag heute, nicht?« sagte sie – und noch während sie es sagte, kam ihr die Albernheit dieser Bemerkung zum Bewußtsein.

»*Was* ist komisch?« erkundigte sich der Rektor.

»Nun, ich meine, es war so kalt und neblig heute morgen, und jetzt ist die Sonne draußen, und es ist ganz schön geworden.«

»Und *was* findest du daran so besonders komisch?«

Das war offensichtlich nicht der richtige Weg. Er *muß* schlechte Nachrichten bekommen haben, dachte sie. Sie versuchte es noch einmal.

»Du solltest wirklich einmal herauskommen und dir die Dinge im Hintergarten ansehen, Vater. Die grünen Bohnen gedeihen so prächtig! Die Hülsen werden über einen Fuß lang. Die schönsten von ihnen werde ich natürlich fürs Erntedankfest aufheben. Ich glaube, es würde nett aussehen, wenn wir die Kanzel mit Girlanden aus grünen Bohnen schmücken und dazwischen ein paar Tomaten hängen.«

Das war ein *Fauxpas*. Der Rektor blickte mit einem Ausdruck tiefsten Abscheus von seinem Teller auf.

»Meine gute Dorothy«, sagte er scharf, »ist es notwendig, mich bereits jetzt mit dem Erntedankfest zu belästigen?«

»Es tut mir leid, Vater!« sagte Dorothy bestürzt. »Ich wollte dich nicht belästigen. Ich dachte nur –«

»Glaubst du«, fuhr der Rektor fort, »es ist mir ein besonderes Vergnügen, meine Predigt inmitten von Girlanden aus grünen Bohnen halten zu müssen? Ich bin kein Gemüsehändler. Schon der Gedanke daran vergällt mir das Frühstück. Für wann steht uns diese unselige Sache ins Haus?«

»Am sechzehnten September, Vater.«

»Bis dahin haben wir noch fast einen Monat Zeit. Laß es uns um Himmels willen noch ein bißchen länger vergessen! Offenbar *müssen* wir einmal im Jahr diese lächerliche Angelegenheit veranstalten, um der Eitelkeit eines jeden Amateurgärtners in der

Gemeinde zu schmeicheln. Aber wir wollen doch nicht mehr daran denken als unbedingt nötig.«

Der Rektor hatte, was Dorothy eigentlich nicht hätte vergessen dürfen, einen wahren Abscheu vor Erntedankfesten. Er hatte sogar aufgrund dieser Abneigung, seine Kirche, wie er sagte, als Imitation eines Grünzeugstandes aufgeputzt zu sehen, ein wertvolles Gemeindemitglied verloren, Mr. Toagis, einen mürrischen Handelsgärtner im Ruhestand. Mr. Toagis, *anima naturaliter nonconformistica,* war überhaupt nur wegen des Privilegs, beim Erntedankfest den Seitenaltar mit einer Art von Stonehenge aus riesigen Kürbissen schmücken zu dürfen, innerhalb der anglikanischen Hochkirche verblieben. Vergangenen Sommer war es ihm gelungen, einen wahren Leviathan von einem Kürbis zu züchten, ein feuerrotes Ding, das so gewaltig war, daß zwei Männer ihn schleppen mußten. Dieses monströse Objekt wurde im Chor plaziert, wo es den Altar in den Schatten stellte und dem Ostfenster jede Farbe nahm. Ganz egal, in welchem Teil der Kirche man stand, der Kürbis fiel einem, wie man sagt, von überall her als erstes ins Auge. Mr. Toagis war begeistert. Unfähig, sich von seinem geliebten Kürbis zu trennen, hielt er sich zu jeder Stunde des Tages in der Kirche auf und brachte sogar ganze Staffeln von Bekannten herein, damit sie ihn bewunderten. Seinem Gesichtsausdruck nach zu schließen, hätte man meinen können, er zitiere Wordsworths Verse über die Westminster Bridge:

> Die Erde hat nichts Schöneres zu eigen,
> und stumpfen Sinns ist, wer vorübergeht,
> bewegt nicht von des Bildes Majestät:'...

Dorothy machte sich daraufhin bereits Hoffnungen, ihn zum Besuch der Heiligen Kommunion überreden zu können. Doch als der Rektor den Kürbis erblickte, wurde er ernstlich böse und ordnete an, man möge »dieses widerwärtige Ding« augenblicklich entfernen. Mr. Toagis ging sofort zu den Dissentern über, und er und seine Erben waren der Kirche für immer verloren.

Dorothy beschloß, noch einen letzten Versuch zur Konversation zu machen.

»Wir kommen mit den Kostümen für *Charles I.* gut voran«, sagte sie. (Die Kinder der Sonntagsschule probten ein Stück mit dem Titel *Charles I.*, zugunsten des Orgelfonds.) »Aber ich wäre froh, wenn wir etwas Leichteres gewählt hätten. Mit der Rüstung habe ich schreckliche Mühe, und ich fürchte, mit den Stulpenstiefeln wird's noch ärger. Ich finde, nächstesmal müssen wir wirklich ein römisches oder ein griechisches Stück machen. Irgend etwas, wo sie nur Togas tragen.«

Dies entlockte dem Rektor nichts als ein nochmaliges gedämpftes Knurren. Schultheater, Umzüge, Wohltätigkeitsbasare, Gebrauchtwarenbasare und Konzerte zugunsten von irgendwas waren in seinen Augen nicht ganz so arg wie Erntedankfeste, aber er gab nicht etwa vor, sich dafür zu interessieren. Das waren notwendige Übel, pflegte er zu sagen. In diesem Moment drückte Ellen, das Dienstmädchen, die Tür auf und trat linkisch ins Zimmer; sie hielt mit einer großen, schuppigen Hand die sackleinene Schürze gegen den Bauch. Sie war ein großes Mädchen mit hängenden Schultern und mausfarbenem Haar, wimmernder Stimme und schlechtem Teint, und sie litt an chronischen Ekzemen. Ihre Augen flatterten ängstlich in Richtung Rektor, aber sie wandte sich an Dorothy, denn vor dem Rektor fürchtete sie sich zu sehr, um ihn direkt anzusprechen.

»Bitte, Miß –«, begann sie.

»Ja, Ellen?«

»Bitte, Miß«, fuhr Ellen wimmernd fort, »Mr. Porter ist in der Küche, und er sagt, könnte der Rektor bitte vorbeikommen und Mrs. Porters Baby taufen? Weil sie nicht glauben, daß es den Tag überlebt, und getauft ist es ja noch nicht, Miß.«

Dorothy stand auf. »Setz dich«, sagte der Rektor sofort, mit vollem Mund.

»Was fehlt denn ihrer Ansicht nach dem Kind?« fragte Dorothy.

»Also, Miß, es läuft ganz schwarz an. Und es hat einen grausamen Durchfall.«

Der Rektor würgte mühsam den Bissen hinunter. »Muß ich mir wirklich diese ekligen Details anhören, wenn ich beim Frühstück sitze?« rief er. Dann wandte er sich an Ellen: »Schick Porter wieder fort, und sag ihm, ich werde um zwölf bei ihnen sein. Ich kann wirklich nicht begreifen, warum die unteren Klassen einen immer ausgerechnet zu den Mahlzeiten belästigen«, fügte er hinzu, Dorothy einen weiteren gereizten Blick zuwerfend, als sie sich wieder setzte.

Mr. Porter war ein Arbeiter – ein Maurer, um genau zu sein. Die Auffassung des Rektors von der Taufe war vollkommen in Ordnung. Wenn nötig, wäre er auch zwanzig Meilen zu Fuß durch den Schnee gegangen, um ein sterbendes Baby zu taufen. Nur gefiel es ihm nicht, wenn Dorothy bereit war, den Frühstückstisch zu verlassen, weil ein gemeiner Maurer etwas von ihr wollte.

Weiteres wurde während des Frühstücks nicht mehr gesprochen. Dorothys Herz sank tiefer und tiefer. Die Bitte um Geld mußte gestellt werden, dabei war aber vollkommen klar, daß sie zum Mißerfolg verurteilt war. Das Frühstück beendend, stand der Rektor vom Tisch auf und fing an, aus einem Tabakkrug auf dem Kaminsims seine Pfeife zu stopfen. Dorothy stieß ein kurzes Stoßgebet um Mut aus und kniff sich. Los, los, Dorothy! Heraus damit! Keine Ausreden, bitte! Mühsam beherrschte sie ihre Stimme und sagte:

»Vater –«

»Was ist?« sagte der Rektor, mit dem Streichholz in der Hand innehaltend.

»Vater, ich muß dich etwas fragen. Etwas Wichtiges.«

Der Gesichtsausdruck des Rektors veränderte sich. Er hatte sofort erraten, was sie ihm sagen wollte, und sah sonderbarerweise jetzt sogar weniger gereizt drein als zuvor. Eine steinerne

Ruhe hatte sich auf sein Gesicht gesenkt. Er sah aus wie eine ganz außerordentlich reservierte, selbstsüchtige Sphinx.

»Nun, meine liebe Dorothy, ich weiß sehr gut, was du sagen willst. Ich nehme an, du willst mich wieder um Geld bitten. Ist es das?«

»Ja, Vater. Nämlich –«

»Nun, diese Mühe kannst du dir ebenso gut sparen. Ich habe überhaupt kein Geld – nicht das geringste Geld bis zum nächsten Quartal. Du hast dein Haushaltsgeld bekommen, und ich kann dir auch nicht einen Halfpenny mehr geben. Es ist ganz zwecklos, mich jetzt damit zu belasten.«

»Aber Vater –«

Dorothys Herz sank noch etwas tiefer. Jedesmal, wenn sie um Geld zu ihm kam, war die schreckliche, unbeteiligte Ruhe seiner Haltung das Allerärgste für sie. Er war niemals so ungerührt wie dann, wenn man ihn daran erinnerte, daß er bis über die Ohren in Schulden steckte. Offenbar konnte er nicht verstehen, daß Kaufleute gelegentlich bezahlt werden wollten und daß kein Haushalt in Gang gehalten werden kann ohne einen ausreichenden Vorrat an Geld. Er gab Dorothy achtzehn Pfund pro Monat für sämtliche Haushaltsausgaben einschließlich Ellens Lohn, war aber gleichzeitig »heikel« beim Essen und bemerkte sofort jedes Absinken der Qualität. Das Ergebnis war natürlich, daß der Haushalt ständig verschuldet war. Aber der Rektor schenkte seinen Schulden nicht die geringste Beachtung – ja, er war sich kaum jemals ihrer bewußt. Wenn er an der Börse Geld verlor, dann erregte ihn das zutiefst; aber wegen einer Schuld bei einem gewöhnlichen Kaufmann – nein, das war nun wirklich etwas, worüber er sich beim besten Willen nicht den Kopf zerbrechen konnte.

Eine friedliche Rauchfahne schwebte aus des Rektors Pfeife nach oben. Er starrte mit einem nachdenklichen Auge auf den Stahlstich von Charles I. und hatte Dorothys Bitte um Geld wahrscheinlich bereits vergessen. Da sie ihn so unbeteiligt sah, stieg die helle Verzweiflung in Dorothy auf, und sie gewann ihren Mut zurück und sagte schärfer als zuvor:

»Vater, hör mich bitte an! Ich muß unbedingt bald etwas Geld haben! Ich muß! Wir können nicht mehr so weitermachen. Wir schulden fast jedem Kaufmann in der Stadt Geld. Es ist schon so weit, daß ich es an manchen Vormittagen kaum wage, auf die Straße zu gehen und an alle die Rechnungen zu denken, die wir bezahlen müssen. Weißt du, daß wir Cargill beinahe zweiundzwanzig Pfund schulden?«

»Und was weiter?« fragte der Rektor unter Gepaffe.

»Und die Rechnung wächst seit über sieben Monaten! Er hat sie mir wieder und wieder ins Haus geschickt. Wir *müssen* sie bezahlen! Es ist so unfair, ihn derart auf sein Geld warten zu lassen!«

»Unsinn, mein liebes Kind! Diese Leute rechnen damit, daß man sie auf ihr Geld warten läßt. Das stört sie gar nicht. Es bringt ihnen letzten Endes mehr ein. Der Himmel allein weiß, wieviel ich Catkin & Palm schulde – ich will lieber gar nicht erst fragen. Sie mahnen mich mit jeder Post. Aber hörst du etwa, daß *ich* mich darüber beklage?«

»Aber, Vater, ich kann die Sache nicht so betrachten wie du, ich kann's nicht! Es ist so schrecklich, immer in Schulden zu stecken! Auch wenn's vielleicht nicht wirklich unrecht ist, ist es doch so abscheulich. Es ist mir so furchtbar peinlich! Wenn ich in Cargills Geschäft komme, um den Sonntagsbraten zu bestellen, dann ist er so kurz angebunden und läßt mich immer warten, bis alle anderen Kunden bedient sind, und alles nur deshalb, weil unsere Rechnung die ganze Zeit über wächst und wächst. Und trotzdem wage ich nicht, nicht mehr zu ihm zu gehen. Ich glaube, dann würde er uns anzeigen.«

Der Rektor runzelte die Stirn. »Was! Willst du damit sagen, daß der Bursche sich dir gegenüber impertinent betragen hat?«

»Ich habe nicht gesagt, daß er impertinent war, Vater. Aber man kann es ihm wohl nicht übel nehmen, wenn er sich ärgert, wenn seine Rechnung nicht bezahlt wird.«

»Das nehme ich ihm aber sehr wohl übel! Es ist einfach unerhört, was sich diese Leute heutzutage alles herausnehmen – unerhört! Aber siehst du, das haben wir nun davon. Das ist eben die Art von Dingen, denen wir in diesem reizenden Land hier ausgesetzt sind. Das ist Demokratie – *Fortschritt,* wie sie es auch gern nennen. Bestell bei dem Burschen nichts mehr. Teile ihm sofort mit, daß du deine Rechnung ab jetzt anderswo führen läßt. Das ist die einzige Art, mit diesen Leuten umzugehen.«

»Aber Vater, damit ist gar nichts geklärt. Wirklich und wahrhaftig, findest du nicht, wir sollten ihn bezahlen? Sicher können wir das Geld irgendwie auftreiben? Kannst du nicht irgendwelche Aktien verkaufen, oder so etwas?«

»Mein liebes Kind, sprich mir nicht vom Aktienverkaufen! Eben habe ich die übelsten Nachrichten von meinem Makler bekommen. Er schreibt, daß meine Sumatra-Zinn-Aktien von sieben und vier Pence auf sechs und einen Penny gefallen sind. Das bedeutet einen Verlust von beinahe sechzig Pfund. Ich muß anweisen, sofort zu verkaufen, bevor sie noch weiter fallen.«

»Wenn du verkaufst, dann wirst du etwas flüssiges Geld haben, nicht? Meinst du nicht, daß es besser wäre, ein für allemal aus den Schulden herauszukommen?«

»Unsinn, Unsinn«, sagte der Rektor ruhiger und steckte die Pfeife zurück in den Mund. »Du verstehst von diesen Dingen überhaupt nicht das Geringste. Ich werde sofort in etwas Aussichtsreicheres einsteigen müssen – der einzige Weg, um mein Geld zurückzubekommen.«

Einen Daumen im Gürtel seiner Soutane, starrte er geistesabwesend auf den Stahlstich. Sein Makler hatte ihm zu United Celanese geraten. Hier – in Sumatra Zinn, United Celanese und zahllosen anderen fernen Firmen, von denen er nur eine nebelhafte Vorstellung hatte – lag die Hauptursache für die Geldsorgen des Rektors. Er war ein passionierter Spieler. Nicht daß er das etwa für Spielen gehalten hätte; es war einfach die lebenslange Suche nach einer »guten Geldanlage«. Bei Erreichen der Volljährigkeit hatte er viertausend Pfund geerbt, welche dank seiner »Geldanlagen« nach und nach bis auf zwölfhundert geschrumpft waren. Und noch ärger war, daß er jedes Jahr aus seinem armseligen Einkommen noch weitere fünfzig Pfund zusammenzukratzen vermochte, die auf demselben Wege verschwanden. Es ist eine merkwürdige Tatsache, daß der Köder einer guten Geldanlage den Geistlichen noch mehr zuzusetzen scheint als jeder anderen Gruppe von Menschen. Vielleicht ist das das Äquivalent jener Dämonen in Weibsgestalt, die den Einsiedlern des frühen Mittelalters zuzusetzen pflegten.

»Ich werde fünfhundert United Celanese kaufen«, sagte der Rektor abschließend.

Dorothy verlor langsam die Hoffnung. Ihr Vater war im Geiste jetzt bei seinen »Anlagen« (sie hatte nicht die geringste Ahnung von diesen »Anlagen« und wußte nur, daß sie mit phänomenaler Regelmäßigkeit schiefgingen), und im nächsten Moment würde ihm die Frage der Geschäftsschulden vollkommen entfallen. Sie machte einen letzten Versuch.

»Vater, laß uns das klären, bitte. Meinst du, du wirst mir ziemlich bald etwas zusätzliches Geld geben können? Vielleicht nicht gleich jetzt – aber im nächsten oder übernächsten Monat?«

»Nein, meine Liebe, das meine ich nicht. Möglicherweise gegen Weihnachten – aber auch dann ist es ziemlich unwahrscheinlich. Vorläufig jedenfalls nicht. Ich kann auf keinen Halfpenny verzichten.«

»Aber Vater, es ist schrecklich, wenn man seine Schulden nie zahlen kann! Es bringt uns so in Verruf! Als Mr. Welwyn-Foster letztesmal hier war (Mr. Welwyn-Foster war der Landdekan), da ging Mrs. Welwyn-Foster überall herum in der Stadt und stellte jedem die persönlichsten Fragen über uns – wie wir unsere Zeit verbringen, und wieviel Geld wir haben, und wie viele Tonnen Kohle wir im Jahr verbrauchen, und so was alles. Sie steckt immer ihre Nase in unsere Angelegenheiten. Stell dir vor, wenn sie erfährt, daß wir so arg verschuldet sind!«

»Das ist doch wohl unsere eigene Sache? Ich kann durchaus

nicht einsehen, was Mrs. Welwyn-Foster oder irgend jemand anderer damit zu tun haben.«

»Aber sie würde es überall herumerzählen – und übertreiben auch noch! Du kennst doch Mrs. Welwyn-Foster. In jeder Pfarre, die sie besucht, versucht sie, irgend etwas Nachteiliges über den Geistlichen herauszufinden, und dann trägt sie es Wort für Wort dem Bischof zu. Ich möchte nichts Schlechtes über sie sagen, aber sie –«

Dorothy erkannte, daß sie sehr wohl etwas Schlechtes über sie sagen wollte, und hielt inne.

»Sie ist ein widerwärtiges Weib«, sagte der Rektor ruhig. »Was weiter? Wer hätte je von der Frau eines Landdekans gehört, die nicht widerwärtig wäre?«

»Aber Vater, ich bin anscheinend nicht imstande, dir klarzumachen, wie ernst die Lage wirklich ist! Wir haben für den nächsten Monat einfach nichts zum Leben! Ich weiß nicht einmal, woher das Fleisch für unser heutiges Dinner kommen soll!«

»Lunch, Dorothy, Lunch!« sagte der Rektor mit einer Spur von Gereiztheit. »Es wäre mir sehr lieb, du würdest diese gräßliche Gewohnheit der unteren Klassen wieder ablegen, die Mittagsmahlzeit *Dinner* zu nennen!«

»Zum Lunch also. Woher sollen wir Fleisch bekommen? Ich wage es nicht, Cargill um einen weiteren Braten zu bitten.«

»Geh zum anderen Fleischer – wie heißt er? Salter – und beachte Cargill nicht. Er weiß, daß er früher oder später bezahlt wird. Du meine Güte, wozu die ganze Aufregung! Schuldet denn nicht jedermann den Krämern Geld? Ich erinnere mich noch genau« – der Rektor richtete sich etwas gerader auf, steckte die Pfeife wieder in den Mund und blickte in die Ferne; seine Stimme wurde erinnerungsschwanger und ganz deutlich liebenswürdiger –, »ich erinnere mich noch genau, daß damals, als ich in Oxford war, mein Vater einige seiner dreißig Jahre alten Rechnungen noch immer nicht gezahlt hatte. Tom (Tom war der Vetter des Rektors, der Baronet) hatte siebentausend

Pfund Schulden, bevor er sein Erbe antrat. Das hat er mir selbst gesagt.«

An diesem Punkt gab Dorothy jede Hoffnung auf. Wenn ihr Vater von seinem Vetter Tom zu reden anfing und über Dinge, die passiert waren, »als ich in Oxford war«, dann war nichts mehr mit ihm anzufangen. Das hieß, daß er sich in eine imaginäre goldene Vergangenheit zurückgezogen hatte, in der so ordinäre Dinge wie Fleischerrechnungen einfach nicht existierten. Es gab oft ganze Zeitabschnitte, wo er buchstäblich zu vergessen schien, daß er nichts als ein verarmter Landrektor war – und nicht ein junger Mann von Familie mit Besitz und Vermögensanwartschaften im Hintergrund. Die aristokratische, die teure Haltung war es, die ihm in jeder Lebenslage die natürliche war. Und während er, gar nicht unbequem, in der Welt seiner Phantasie lebte, war es Dorothy, die sich mit den Kaufleuten herumschlagen und die Hammelkeule von Sonntag bis Mittwoch strecken mußte. Aber sie wußte, daß es vollkommen sinnlos war, sich noch länger mit ihm herumzustreiten. Es würde ihn am Ende nur zornig machen. Sie stand vom Tisch auf und begann das Frühstücksgeschirr aufs Tablett zu stapeln.

»Du bist ganz sicher, daß du mir kein Geld geben kannst, Vater?« sagte sie zum letztenmal, in der Tür, mit dem Tablett in den Armen.

Der Rektor, hinter gemütlichen Rauchringen in eine mittlere Entfernung starrend, hörte sie nicht. Er war in Gedanken versunken, möglicherweise an seine goldenen Oxforder Tage. Dorothy verließ den Raum in einer Verzweiflung, die sie den Tränen nahebrachte. Die unselige Schuldenfrage war wieder einmal auf die lange Bank geschoben, wie schon tausende Male zuvor, ohne Aussicht auf eine endgültige Lösung.

III

Auf ihrem bejahrten Fahrrad mit dem Korbträger auf der Lenkstange fuhr Dorothy im Freilauf den Hügel hinunter und praktizierte im Geist Arithmetik mit drei Pfund neunzehn und vier Pence – ihrem gesamten Geldvorrat bis zum nächsten Zahltag.

Sie war schon die Liste der Dinge durchgegangen, die in der Küche fehlten. Aber gab es denn irgend etwas, was in der Küche *nicht* fehlte? Tee, Kaffee, Seife, Zünder, Kerzen, Zucker, Linsen, Feuerholz, Soda, Lampenöl, Stiefelschmiere, Margarine, Backpulver – da schien praktisch gar nichts, was ihnen nicht ausgegangen war. Und jeden Moment fiel ihr noch etwas ein, was sie vergessen hatte, und brachte sie von neuem aus der Fassung. Die Rechnung der Wäscherei, zum Beispiel, und das Problem vom Fisch am Freitag. Der Rektor war »heikel« in bezug auf Fisch. Grob gesagt, aß er nur die teureren Sorten; Kabeljau, Wittling, Sprotten, Rochen, Hering und Kipper lehnte er ab.

Mittlerweile mußte sie jedoch über das Fleisch fürs heutige Dinner – Lunch – ins Reine kommen. (Dorothy war darauf bedacht, ihrem Vater zu gehorchen und die Mittagsmahlzeit »Lunch« zu nennen, wenn sie nur daran dachte. Andererseits konnte man in aller Offenheit die Abendmahlzeit wirklich nichts anderes nennen als »Supper«; so daß es also eine »Dinner« genannte Mahlzeit im Rektorat gar nicht gab.) Am besten machte sie heute zum Lunch ein Omelett, beschloß Dorothy. Sie wagte sich nicht schon wieder zu Cargill. Wenn sie allerdings Omelett zum Lunch und Rührei zum Abendessen hatte, würde ihr Vater wahrscheinlich eine sarkastische Bemerkung machen. Letztesmal, als es zweimal am Tag Ei gegeben hatte, hatte er sich kühl erkundigt: »Hast du dir eine Hühnerfarm zugelegt, Dorothy?« Und morgen würde sie vielleicht beim International zwei Pfund Wurst holen, und damit hatte sie die Fleisch-Frage noch einen weiteren Tag aufgeschoben.

Noch neununddreißig Tage, mit nur drei Pfund neunzehn Shilling und vier Pence zu ihrem Unterhalt, ragten in Dorothys Phantasie düster auf und erfüllten sie mit einer Welle von Selbstmitleid, das sie jedoch augenblicklich bekämpfte. Dorothy, reiß dich zusammen! Kein Geflenne, wenn ich bitten darf! Es wird schon alles irgendwie gutgehen, wenn man Gott vertraut. Matthäus VI, 25. Der Herr wird sorgen. Wird er das wirklich? Dorothy hob ihre rechte Hand von der Lenkstange und tastete nach der Stecknadel, aber der lästerliche Gedanke verschwand wieder. In diesem Moment bemerkte sie das rote verdüsterte Gesicht von Proggett, der ihr vom Straßenrand her respektvoll, aber drängend zuwinkte.

Dorothy hielt an und stieg vom Fahrrad.

»Tschuldigung, Miß«, sagte Proggett. »Ich hätte was zu reden mit Ihnen, Miß – ganz unter uns.«

Dorothy seufzte innerlich. Wenn Proggett mit ihr *ganz unter uns* sprechen wollte, dann durfte man ganz sicher sein, was kommen würde; nämlich irgendeine alarmierende Nachricht in bezug auf den Bauzustand der Kirche. Proggett war ein pessimistischer, gewissenhafter Mann und auf seine Art ein loyaler Mann der Kirche. Da sein Intellekt zu schwerfällig war, um sich mit spezifischen religiösen Glaubensinhalten zu befassen, zeigte er seine Frömmigkeit durch eine tiefe Besorgtheit um den baulichen Zustand der Kirchengebäude. Er war seit langem zu dem Schluß gekommen, daß unter der Kirche Christi in Wirklichkeit Mauern, Dach und Turm von St. Athelstan, Knype Hill, zu verstehen wäre und schnüffelte infolgedessen zu jeder Stunde des Tages rund um die Kirche herum, besorgt hier einen gesprungenen Stein entdeckend, da einen wurmzerfressenen Balken – und nachher kam er natürlich zu Dorothy, um sie mit Reparaturforderungen zu bedrängen, die ganz unmögliche Geldsummen kosten würden.

»Was ist, Proggett?« sagte Dorothy.

»Na ja, Miß, es sind die –«, hier wäre beinahe ein merkwürdiger, unvollständiger Laut, nicht geradezu ein Wort, vielmehr das

Gespenst eines Worts, über Proggetts Lippen gekommen. Es schien mit Sch – zu beginnen. Proggett war einer jener Männer, die offenbar immer drauf und dran sind zu fluchen, den Fluch aber immer noch rechtzeitig, bevor er dem Gehege der Zähne entflieht, zurückhalten. »Es sind die *Glocken,* Miß«, sagte er, sich mit einer letzten Anstrengung des Sch-Lautes entledigend. »Diese Glocken da oben im Kirchturm. Die zersplittern langsam den Boden des Glockenstuhls, auf eine Art, daß es einem kalt über den Rücken läuft, wenn man nur hinschaut. Die fallen uns einmal hinunter, bevor wir wissen, wo wir sind. Ich war heut' morgen oben, und ich sag's Ihnen, ich war ganz schnell wieder unten, wie ich gesehen habe, wie der Boden unter ihnen nachgibt.«

Proggett beschwerte sich nicht weniger als einmal alle zwei Wochen über den Zustand der Glocken. Es war jetzt drei Jahre her, daß man sie auf den Boden des Glockenturms gesetzt hatte, denn die Kosten sowohl einer Neueinhängung wie auch einer Entfernung wurden auf fünfundzwanzig Pfund geschätzt, und was die Aussicht anging, diese Summe aufzubringen, so hätten es genauso gut fünfundzwanzigtausend sein können. Die Glocken waren wirklich beinahe so gefährlich, wie Proggett sagte. Es war ganz sicher, daß sie, wenn nicht dieses Jahr oder nächstes, so doch in der nahen Zukunft durch den Boden des Glockenturms und in die Vorhalle der Kirche stürzen würden. Und zwar würde dieses, wie Proggett gern herausstrich, an einem Sonntagmorgen geschehen, wenn die Gemeinde eben in die Kirche kam.

Dorothy seufzte wieder. Diese vermaledeiten Glocken gingen ihr nie für lange aus dem Kopf; es gab Zeiten, da sich der Gedanke an ihren Fall selbst in ihre Träume schlich. In der Kirche gab es immer diesen oder jenen Alarm. Wenn es nicht der Glockenturm war, dann war's das Dach oder die Mauern; oder die kaputte Kirchenbank, für deren Reparatur der Tischler zehn Shilling verlangte; oder es wurden sieben Liederbücher gebraucht zu einem und Sixpence das Stück, oder der Abzug des Kamins war verstopft – und der Schornsteinfeger wollte eine halbe Krone – oder eine eingeschlagene Fensterscheibe oder die zerfetzte Soutane eines Ministranten. Nie war für irgend etwas genügend Geld da. Die neue Orgel, die der Rektor vor fünf Jahren unbedingt hatte kaufen müssen – die alte, sagte er, erinnere ihn an eine schwindsüchtige Kuh –, war eine Last, unter der der Kirchenausgabenfonds seither immer noch schwer trug.

»Ich weiß nicht, *was* wir tun können«, sagte Dorothy schließlich; »ich weiß es wirklich nicht. Wir haben einfach überhaupt kein Geld. Und selbst wenn wir bei dem Theaterstück der Schulkinder irgend etwas einnehmen, dann geht das alles in den Orgelfonds. Die Orgelleute werden wegen ihrer Rechnung immer ekelhafter. Haben Sie mit meinem Vater gesprochen?«

»Ja, Miß. Er regt sich gar nicht drüber auf. ›Der Glockenturm hat schon fünfhundert Jahre lang gehalten‹, sagt er, ›dann können wir darauf vertrauen, daß er noch ein paar Jahre länger hält.‹«

Es war das alte Lied. Der Umstand, daß die Kirche sichtbarlich über seinem Haupt am Einstürzen war, machte auf den Rektor keinen Eindruck; das beachtete er einfach nicht, so wie er auch alles andere nicht beachtete, worüber er sich nicht den Kopf zu zerbrechen wünschte.

»Also, ich weiß nicht, *was* wir tun sollen«, wiederholte Dorothy. »Wir haben zwar in vierzehn Tagen den Gebrauchtwarenbasar. Ich rechne damit, daß uns Miß Mayfill diesmal etwas wirklich *Nettes* dafür gibt. Leisten könnte sie es sich, das weiß ich. Sie hat eine solche Menge Möbel und Sachen, die sie nie benutzt. Neulich war ich in ihrem Haus, und da sah ich das entzückendste Teeservice aus Lowestoft-Porzellan, und sie sagte mir, das sei seit über zwanzig Jahren nicht benutzt worden. Stellen Sie sich einmal vor, sie würde uns dieses Teeservice geben! Das würde Pfunde hereinbringen! Wir müssen eben beten, daß der Basar ein Erfolg wird, Proggett. Beten Sie, daß wir mindestens fünf Pfund einnehmen. Ich bin sicher, wir werden das Geld irgendwie auftreiben, wenn wir nur wirklich innig darum beten.«

»Ja, Miß«, sagte Proggett respektvoll und schwenkte seinen Blick in die Ferne.

In diesem Augenblick ertönte eine Hupe, und ein gewaltiges, leuchtend blaues Personenauto kam sehr langsam die Straße herunter in Richtung Hauptstraße gefahren. Aus einem der Fenster streckte Mr. Blifil-Gordon, der Inhaber der Zuckerrübenraffinerie, einen glänzenden schwarzen Kopf, der bemerkenswert schlecht zu seinem Anzug aus sandfarbenem Harris-Tweed paßte. Im Vorüberfahren schnitt er Dorothy nicht wie sonst üblich, sondern blitzte sie mit einem Lächeln an, so warm, daß es fast verliebt wirkte. Mit ihm waren sein ältester Sohn Ralph – oder, wie er und die restliche Familie sagten, Walph –, ein zwitterhafter Jüngling von zwanzig Jahren, der gern Eliot-artige Gedichte in *vers libre* verfaßte, und die beiden Töchter von Lord Pockthorne. Sie alle lächelten, selbst Lord Pockthornes Töchter. Dorothy war verblüfft, denn es war mehrere Jahre her, seit diese Leute sich zum letztenmal dazu herabgelassen hatten, sie auf der Straße zu erkennen.

»Mr. Blifil-Gordon ist heute morgen aber sehr freundlich«, sagte sie.

»Ja, ja, Miß, das glaube ich gern. Nächste Woche ist ja Wahl, darum. Da sind sie alle Honig und Butter, bis sie sicher sind, daß Sie für sie stimmen; und gleich am Tag darauf haben sie Ihr Gesicht vergessen.«

»Ach, die Wahl!« sagte Dorothy unbestimmt. Derartige Dinge wie Parlamentswahlen standen dem täglichen Einerlei der Pfarrarbeit so fern, daß sie so gut wie keine Notiz davon nahm – ja selbst den Unterschied zwischen Liberalen und Konservativen oder Sozialisten und Kommunisten kaum begriff. »Gut, Proggett«, sagte sie, die Wahl sofort zugunsten wichtigerer Dinge vergessend, »ich werde mit Vater sprechen und ihm erklären, wie ernst es mit den Glocken ist. Ich glaube, das Beste, was wir tun können, ist vielleicht eine außerordentliche Sammlung, nur für die Glocken allein. Wer weiß, vielleicht bekommen wir fünf Pfund! Womöglich nehmen wir sogar zehn Pfund ein! Meinen

Sie nicht, wenn ich zu Miß Mayfill ginge und sie bitten würde, die Sammlung mit fünf Pfund zu eröffnen, daß sie diese Summe vielleicht geben würde?«

»Hören Sie auf mich, Miß, und passen Sie auf, daß Miß Mayfill nur ja nichts davon hört. Der Schrecken würde sie umbringen. Wenn der jemals einfällt, daß der Turm vielleicht nicht sicher ist, dann bekommen wir sie nie wieder in die Kirche hinein.«

»Du liebe Güte! Sie haben wohl recht.«

»Nein, Miß. Aus *der* kriegen wir nichts heraus; die alte –«

Ein geisterhaftes Sch– hing noch einmal über Proggetts Lippen. Nunmehr wieder etwas unbekümmerter, da er seinen vierzehntägigen Bericht über die Glocken angebracht hatte, griff er an seine Mütze und verschwand, während Dorothy die Hauptstraße hinauffuhr, mit dem doppelten Problem der Schulden im Geschäft und der Kirchenausgaben, die in ihrem Gehirn Fangen spielten wie der doppelte Refrain einer Villanelle.

Die noch immer wäßrige Sonne, die jetzt wie im April hinter wolligen Wolkeninseln Verstecken spielte, sandte einen Strahl schräg durch die Hauptstraße, der die Häuserfassaden an der Nordseite vergoldete. Es war eine dieser schläfrigen altmodischen Straßen, die dem gelegentlichen Besucher so herrlich friedlich erscheinen und die so ganz anders sind, wenn man in ihnen lebt und hinter jedem Fenster einen Feind oder einen Schuldner sitzen hat. Die einzig wirklich störenden Gebäude waren Ye Olde Tea Shoppe (Gipsfassade mit falschen Balken draufgenagelt, Butzenscheibenfenster und ein ekelhaft verschnörkeltes Dach, wie das Dach eines chinesischen Tempels) und das neue, dorisch besäulte Postamt. Nach etwa zweihundert Yards gabelte sich die Hauptstraße und bildete einen winzigen Marktplatz, den eine nicht mehr funktionierende Pumpe sowie ein wurmzerfressener Strafblock zierten. Zur einen Seite der Pumpe stand das Dog and Bottle, das erste Gasthaus der Stadt, zur anderen der Knype Hill Conservative Club. Am Ende, die Straße beherrschend, stand Cargills gefürchteter Laden.

Dorothy bog gerade um die Ecke, als sich außerordentliches

Hurra-Gebrüll erhob, vermischt mit den Klängen von »Rule Britannia« auf der Posaune. Die sonst so schläfrige kleine Straße war schwarz von Menschen, und aus den Seitengassen eilten noch mehr Menschen herbei. Offenbar war da eine Art von Triumphprozession im Gange. Genau gegenüber auf der anderen Straßenseite, vom Dach des Dog and Bottle bis zum Dach des Conservative Club, hing eine Schnur mit unzähligen blauen Wimpeln, und in der Mitte ein ausladendes Banner mit der Inschrift: »Blifil-Gordon und das Empire!« Darauf zu bewegte sich das Blifil-Gordon-Automobil im Schrittempo durch die Menge, wobei Mr. Blifil-Gordon herzlich lächelte, zuerst nach der einen Seite, dann nach der anderen. Vor dem Automobil marschierte eine Abteilung der Buffalos, angeführt von einem ernst blickenden kleinen Mann, der die Posaune spielte; die Abteilung trug ein weiteres Banner mit der Inschrift:

Wer rettet England vor den Roten?
BLIFIL-GORDON!
Wer füllt dein Glas wieder mit Bier?
BLIFIL-GORDON!
Blifil-Gordon für immer!

Aus dem Fenster des Conservative Club flatterte ein riesiger Union Jack, über dem sechs scharlachrote Gesichter enthusiastisch in die Menge strahlten.

Dorothy schob ihr Fahrrad langsam durch die Straße, zu erregt von der Aussicht darauf, an Cargills Laden vorbei zu müssen (es ging nicht anders, wenn sie zu Solepipe wollte), um von der Prozession viel Notiz zu nehmen. Das Blifil-Gordon-Automobil hielt einen Moment vor Ye Olde Tea Shoppe. »Kaffeebrigade« voran! Die Hälfte der Damen der Stadt schienen herauszustürzen, mit Schoßhunden oder Einkaufskörben im Arm, um den Wagen zu umdrängen wie Bacchantinnen das Gefährt des Weingottes. Schließlich ist so eine Wahl praktisch die einzige Gelegenheit, um ein Lächeln mit der Hautevolee zu wechseln. Man hörte eifrige weibliche Rufe von »Viel Glück, Mr. Blifil-Gordon! *Lieber* Mr. Blifil-Gordon! Wir *hoffen*, daß Sie es schaffen, Mr. Blifil-Gordon!« Mr. Blifil-Gordons Freigiebigkeit im Lächeln war unerlahmt, aber sorgfältig abgestuft. Dem gewöhnlichen Volk schenkte er ein diffuses, allgemeines Lächeln, das nicht an einzelnen haften blieb; den Kaffeedamen und den sechs scharlachroten Patrioten des Conservative Club gab er ein Lächeln pro Person; den besonders Begünstigten schenkte der junge Walph ein gelegentliches Winken der Hand und ein quiekendes »Cheewio!«.

Dorothys Herz verkrampfte sich. Sie hatte gesehen, daß Mr. Cargill, wie die anderen Ladeninhaber auch, vor seiner Tür stand. Er war ein großer, böse aussehender Mann, in blau gestreifter Schürze, mit einem hageren, zerkratzten Gesicht, das so purpurrot war wie eines seiner eigenen Bratenstücke, die zu lange im Fenster gelegen hatten. So gefesselt waren Dorothys Augen von dieser ominösen Gestalt, daß sie nicht aufpaßte, wo sie hintrat und gegen einen sehr großen, fülligen Mann prallte, der rückwärts vom Bürgersteig hinabstieg.

Der füllige Mann wandte sich um. »Gütiger Himmel! Dorothy!« rief er.

»Nein, so etwas, Mr. Warburton! Wie merkwürdig! Wissen Sie, daß ich so ein Gefühl hatte, als würde ich Sie heute treffen?«

»Nach dem Kribbeln in Ihrem Daumen, was?« sagte Mr. Warburton und strahlte über sein großes rosa, sardonisch grinsendes Gesicht. »Und wie geht's Ihnen? Aber beim Zeus!« fügte er hinzu. »Was braucht man da lang fragen? Sie sehen berückender aus denn je!«

Er kniff Dorothy in den nackten Ellbogen – sie hatte sich nach dem Frühstück umgezogen und trug jetzt ein ärmelloses Gingham-Kleid. Dorothy trat hastig zurück, um aus seiner Reichweite zu gelangen – sie haßte es, gekniffen oder sonst irgendwie »betatscht« zu werden –, und sagte ziemlich streng:

»*Bitte* kneifen Sie mich nicht am Ellbogen. Ich mag es nicht.«

»Meine liebe Dorothy, wer könnte einem Ellbogen wie dem

Ihren widerstehen? Das ist die Art von Ellbogen, die man automatisch kneift. Eine Reflexhandlung, wenn Sie mich verstehen.«

»Seit wann sind Sie wieder in Knype Hill?« sagte Dorothy, die ihr Fahrrad zwischen Mr. Warburton und sich selbst geschoben hatte. »Ich habe Sie schon über zwei Monate nicht gesehen.«

»Ich bin vorgestern zurückgekommen. Aber das ist nur ein ganz kurzer Besuch. Morgen bin ich wieder fort. Ich bringe die Kinder in die Bretagne. Die *Bastarde,* wissen Sie.«

Mr. Warburton sprach das Wort *Bastarde,* bei dem Dorothy peinlich berührt wegsah, mit einer Spur von naivem Stolz aus. Er und seine *Bastarde* (er hatte deren drei) waren einer der Hauptskandale von Knype Hill. Er war ein Mann mit eigenem Einkommen, nannte sich Maler – jedes Jahr produzierte er etwa ein halbes Dutzend mittelmäßiger Landschaften –, war vor zwei Jahren nach Knype Hill gekommen und hatte eine der neuen Villen hinter der Pfarrei gekauft. Dort hatte er seither gelebt – oder vielmehr sich periodisch aufgehalten –, und zwar in offenem Konkubinat mit einer Frau, die er als seine Haushälterin ausgab. Vor vier Monaten hatte diese Frau – sie war eine Ausländerin, Spanierin angeblich – einen frischen und noch ärgeren Skandal provoziert, indem sie ihn von heute auf morgen verließ, und seine drei Kinder waren jetzt bei einer Kummer gewöhnten Verwandten in London abgestellt. Vom Aussehen her war er ein ansprechender, imposanter Mann, wenn auch vollkommen kahl (er gab sich große Mühe, das zu verbergen), und er benahm sich derart draufgängerisch, daß man den Eindruck gewann, sein nicht unbeträchtlicher Bauch sei nichts als eine Art von Brustfortsatz. Sein Alter war achtundvierzig Jahre, er gab es mit vierundvierzig an. Die Leute in der Stadt sagten, er sei ein »richtiger alter Wüstling«; junge Mädchen hatten Angst vor ihm, und das nicht ohne Grund.

Mr. Warburton legte seine Hand pseudo-väterlich auf Dorothys Schulter und dirigierte sie durch die Menge und redete dabei die ganze Zeit über fast ohne Pause. Das Blifil-Gordon-

Automobil hatte die Pumpe umrundet und schlängelte sich jetzt zurück, noch immer begleitet von seiner Truppe von ältlichen Bacchantinnen. Mr. Warburton fiel die Sache plötzlich auf, und er hielt inne, um sie ins Auge zu fassen.

»Was hat diese ekelhafte Posse zu bedeuten?« fragte er.

»Ach, die machen – wie nennen sie das nur – Wahlwerbung. Sie bemühen sich, uns dazu zu bringen, für sie zu stimmen, glaube ich.«

»Uns dazu zu bringen, für sie zu stimmen! Gütiger Gott!« murmelte Mr. Warburton und betrachtete die Triumphprozession. Er hob den großen, silberbeschlagenen Spazierstock, den er immer bei sich trug, und deutete damit recht ausdrucksvoll zuerst auf eine Figur in der Prozession und dann auf eine andere. »Seht euch das an! Seht euch das nur an! Seht euch diese Vetteln an, wie sie scharwenzeln, und diesen geistig minderbemittelten Lümmel, wie er uns angrinst, wie ein Affe einen Sack voller Nüsse. Haben Sie je ein derart abstoßendes Spektakel gesehen?«

»Bitte, seien Sie vorsichtig!« murmelte Dorothy. »Irgend jemand wird Sie sicher hören.«

»Gut!« sagte Mr. Warburton und hob sofort seine Stimme. »Man stelle sich nur vor, daß dieser niedrig geborene Schurke doch tatsächlich die Impertinenz besitzt, sich einzubilden, daß er uns mit dem Anblick seines falschen Gebisses einen Gefallen tut! Und dieser Anzug, den er trägt, ist schon für sich allein eine Beleidigung. Gibt es einen sozialistischen Kandidaten? Falls ja, werde ich auf jeden Fall für ihn stimmen.«

Mehrere Leute auf dem Bürgersteig wandten sich um und starrten ihn an. Dorothy sah den kleinen Mr. Twiss, den Eisenwarenhändler, einen verhutzelten, lederfarbenen alten Mann, der mit unterdrückter Bosheit hinter dem in seinem Eingang aufgehängten Binsenkorb hervorspähte. Er hatte das Wort Sozialist aufgeschnappt und stufte deshalb im Geiste Mr. Warburton als Sozialisten ein und Dorothy als eine Sozialistenfreundin.

»Ich muß wirklich unbedingt weiter«, sagte Dorothy hastig,

aus dem Gefühl heraus, daß es besser war, wenn sie fortkam, bevor Mr. Warburton etwas noch Taktloseres sagte. »Ich habe noch so viele Einkäufe zu erledigen. Dann sage ich also für jetzt Auf Wiedersehen.«

»O nein, das werden Sie nicht«, sagte Mr. Warburton mit unerschütterlicher Heiterkeit. »Keine Rede davon! Ich komme mit Ihnen.«

Während sie also ihr Rad durch die Straße schob, schritt er an ihrer Seite, noch immer redend, die breite Brust nach vorn gewölbt, den Stock unter den Arm geklemmt. Er war ein Mann, den man nicht leicht los wurde, und obwohl Dorothy ihn als Freund betrachtete, wäre es ihr manchmal lieber gewesen, wenn er – wo er schließlich der Skandal der Stadt war und sie die Pfarrerstochter – nicht immer die öffentlichsten Orte gewählt hätte, um sich mit ihr zu unterhalten. In diesem Moment war sie allerdings recht dankbar für seine Begleitung, die ihr das Passieren von Cargills Laden außerordentlich erleichterte – denn Cargill stand noch immer auf der Schwelle und sah sie von der Seite her mit bedeutungsvollem Blick an.

»Das war ein glücklicher Zufall, daß ich heute morgen auf Sie stieß«, fuhr Mr. Warburton fort. »Ich war übrigens auf der Suche nach Ihnen. Wer, glauben Sie, kommt heute zu mir zum Dinner? Bewley – Ronald Bewley. Sie haben natürlich von ihm gehört?«

»Ronald Bewley? Nein, ich glaube nicht. Wer ist das?«

»Aber ich bitte Sie! Ronald Bewley, der Romancier. Autor von *Fischteiche und Konkubinen.* Sie haben doch sicherlich *Fischteiche und Konkubinen* gelesen?«

»Nein, ich kenne es leider nicht. Ich habe nicht einmal davon gehört.«

»Meine teuerste Dorothy! Sie haben sich aber wirklich gehen lassen. *Fischteiche und Konkubinen* sollten Sie auf jeden Fall lesen. Scharfes Zeug, ich versichere es Ihnen – wirklich gute Pornographie für gehobene Ansprüche. Genau das richtige, um Ihren Mund vom Pfadfinderinnen-Geschmack zu säubern.«

»Ich wünschte, Sie würden nicht solche Sachen sagen!« sagte Dorothy und sah peinlich berührt weg, dann aber gleich wieder zurück, denn sie wäre um ein Haar Cargills Blick begegnet. »Wo lebt denn dieser Mr. Bewley?« fragte sie. »Sicherlich doch nicht hier?«

»Nein. Er kommt von Ipswich herüber zum Abendessen, und vielleicht bleibt er auch über Nacht. Deshalb war ich auf der Suche nach Ihnen. Ich dachte, Sie würden ihn gern kennenlernen. Wie wär's, kommen Sie heute abend zum Dinner?«

»Ich kann unmöglich zum Dinner kommen«, sagte Dorothy. »Ich muß mich um Vaters Abendessen kümmern, und tausend andere Dinge. Vor acht Uhr oder noch später bin ich nicht frei.«

»Schön, dann kommen Sie eben nach dem Dinner. Sie sollten Bewley wirklich kennenlernen. Er ist ein interessanter Bursche – sehr *au fait* mit dem ganzen Bloomsbury-Skandal und solchen Dingen. Er wird Ihnen gefallen. Es wird Ihnen gut tun, wenn Sie dem kirchlichen Hühnerstall ein paar Stunden lang entkommen.«

Dorothy zögerte. Sie fühlte sich verlockt. Um ehrlich zu sein, genoß sie ihre gelegentlichen Besuche in Mr. Warburtons Haus sehr. Aber natürlich waren diese Besuche nur *sehr* gelegentlich – höchstens einmal alle drei oder vier Monate; es war so offensichtlich *unschicklich*, sich allzu sehr mit einem solchen Manne einzulassen. Und selbst wenn sie ihn in seinem Haus besuchte, vergewisserte sie sich vorher immer ganz sorgfältig, daß zumindest noch ein anderer Besucher außer ihr anwesend war.

Vor zwei Jahren, kurz nachdem Mr. Warburton nach Knype Hill gezogen war (damals gab er sich als Witwer mit zwei Kindern aus; kurze Zeit darauf allerdings brachte die Haushälterin mitten in der Nacht ein drittes Kind zur Welt), hatte Dorothy ihn bei einer Tee-Party kennengelernt und ihn wenig später besucht. Mr. Warburton hatte sie zu einem köstlichen Tee eingeladen und auf amüsante Art über Bücher gesprochen und hatte sich dann, unmittelbar nach dem Tee, neben sie auf das Sofa gesetzt und war zudringlich geworden, ungestüm, schockierend, ja brutal. Es war praktisch ein Überfall. Dorothy verlor vor Schreck fast den Verstand, allerdings nicht so weit, daß sie sich nicht gewehrt hätte. Sie machte sich los und flüchtete auf die andere Seite des Sofas, weiß, zitternd und fast in Tränen. Mr. Warburton dagegen war keineswegs verlegen, er schien sogar erheitert.

»Ach, wie konnten Sie, wie konnten Sie?« schluchzte sie.

»Aber es scheint doch, daß ich nicht konnte«, sagte Mr. Warburton.

»Oh, aber wie konnten Sie nur so brutal sein?«

»Ach, *das?* Ganz einfach, mein Kind, ganz einfach. Das werden Sie verstehen, wenn Sie in mein Alter kommen.«

Trotz dieses schlechten Anfangs hatte sich zwischen den beiden eine Art von Freundschaft ergeben, die sogar so weit ging, daß Dorothy in bezug auf Mr. Warburton »ins Gerede« gekommen war. Es brauchte allerdings nicht viel, damit man in Knype Hill »ins Gerede« kam. Sie sah ihn nur in großen Abständen und war immer äußerst darauf bedacht, nicht allein mit ihm zu sein, doch er fand nichtsdestoweniger Gelegenheiten für weitere Annäherungsversuche. Doch geschah dies auf eine zivilisierte Art; der vorherige unangenehme Zwischenfall wiederholte sich nicht. Nachher, nachdem ihm verziehen worden war, hatte Mr. Warburton erklärt, daß er es bei jeder anziehenden Frau, die er traf, einmal versuchte.

»Bekommen Sie da nicht ziemlich viele Abfuhren?« konnte Dorothy sich nicht verkneifen zu fragen.

»Doch, doch, gewiß. Aber ich habe auch eine Reihe von Erfolgen, wissen Sie.«

Die Leute wunderten sich manchmal darüber, daß ein Mädchen wie Dorothy sich – und sei's auch nur gelegentlich – mit einem Mann wie Mr. Warburton überhaupt abgeben konnte; doch die Anziehung, die er auf sie ausübte, war die Anziehung, die der Gotteslästerer und Liebhaber des Bösen immer auf den Frommen ausübt. Es ist eine Tatsache – man muß sich nur umsehen, um sich davon zu überzeugen –, daß es die Frommen und die Unmoralischen ganz natürlich zueinander hinzieht. Die besten Bordellszenen der Literatur wurden ohne Ausnahme von frommen Gläubigen oder von frommen Ungläubigen geschrieben. Und Dorothy, ins zwanzigste Jahrhundert hineingeboren, betrachtete es als Ehrensache, Mr. Warburtons lästerlichen Tiraden so gleichmütig zu lauschen als nur immer möglich; es ist verhängnisvoll, den Gottlosen zu schmeicheln, indem man ihnen zeigt, daß man sich von ihnen schockieren läßt. Und außerdem konnte sie ihn wirklich gut leiden. Er zog sie auf und er machte ihr Kummer, und dennoch fand sie bei ihm, ohne sich dessen völlig bewußt zu sein, eine Art von Sympathie und Verständnis, die sie sonst nirgends finden konnte. Trotz seiner Laster war er eindeutig liebenswert, und die schäbige Brillanz seiner Konversation – Oscar Wilde siebenmal verwässert –, die sie in ihrer Unerfahrenheit nicht durchschaute, schockierte sie zwar, faszinierte sie aber auch. In diesem Fall spielte vielleicht auch die Aussicht darauf, den gefeierten Mr. Bewley kennen zu lernen, eine gewisse Rolle; wenn auch *Fischteiche und Konkubinen* sicherlich nach jener Art von Buch klang, die sie entweder gar nicht las, oder wenn doch, dann nur gefolgt von Auferlegung schwerer Bußen. In London würde man sicher kaum für fünfzig Romanciers die Straße überqueren; aber an Orten wie Knype Hill sah so etwas anders aus.

»Sind Sie *sicher,* daß Mr. Bewley kommen wird?« fragte sie.

»Ganz sicher. Und seine Frau auch, glaube ich. Volle Chaperonage. Keine Tarquinius-und-Lukretia-Szene heute abend.«

»Nun gut«, sagte Dorothy schließlich. »Ich danke Ihnen vielmals. Ich werde kommen – wahrscheinlich so gegen halb neun.«

»Gut. Wenn Sie noch bei Tageslicht erscheinen können, um so besser. Bedenken Sie, daß Mrs. Semprill meine unmittelbare Nachbarin ist. Wir können uns darauf verlassen, daß sie nach Sonnenuntergang auf dem Quivive ist.«

Mrs. Semprill war die Klatschbase der Stadt – oder jedenfalls die bedeutendste aller städtischen Klatschbasen. Nachdem er erreicht hatte, was er wollte (er war immer hinter Dorothy her, sie solle ihn öfter besuchen kommen), sagte Mr. Warburton *au revoir* und überließ Dorothy ihren restlichen Einkäufen.

Im Halbdunkel von Solepipes Laden entfernte sie sich gerade mit ihren zweieinhalb Yards Vorhangstoff von der Ladentheke, als eine leise, klagende Stimme an ihr Ohr drang. Es war Mrs. Semprill. Sie war eine schlanke, vierzigjährige Dame mit einem mageren, gelblichen, vornehmen Gesicht, das ihr, zusammen mit dem glänzenden schwarzen Haar und ihrem Ausdruck gesetzter Melancholie, eine gewisse Ähnlichkeit mit einem Van-Dyck-Porträt verlieh. Hinter mehreren Kretonne-Ballen nahe dem Fenster verschanzt, hatte sie Dorothys Gespräch mit Mr. Warburton beobachtet. Immer wenn man etwas tat, bei dem man nicht unbedingt von Mrs. Semprill gesehen werden wollte, dann war mit Sicherheit anzunehmen, daß sie irgendwo in der Nähe war. Sie besaß offenbar die Macht, an jedem Ort, wo sie nicht erwünscht war, ganz plötzlich in leiblicher Gestalt zu erscheinen wie ein arabischer Dschinn. Ihrer Wachsamkeit entging keine Indiskretion, und sei's die kleinste. Mr. Warburton pflegte zu sagen, sie sei wie die vier apokalyptischen Tiere – »die sind voller Augen, wie Sie sich erinnern, und ruhen nicht Tag noch Nacht«.

»Teuerste Dorothy«, sagte Mrs. Semprill mit der klagenden, teilnehmenden Stimme eines Menschen, der einem eine schlechte Nachricht so schonend wie möglich beibringen will. »Ich wollte sie *unbedingt* sprechen. Ich muß Ihnen etwas wirklich *Gräßliches* mitteilen – etwas, das Sie wirklich *entsetzen* wird!«

»Was ist es denn?« fragte Dorothy resigniert und wußte genau, was kommen würde – denn Mrs. Semprill kannte nur einen einzigen Gegenstand der Unterhaltung.

Sie verließen den Laden und gingen die Straße hinunter. Dorothy schob ihr Fahrrad, Mrs. Semprill trippelte an ihrer Seite mit zierlichen, vogelhaften Schritten und kam mit ihrem Mund desto näher an Dorothys Ohr, je intimer ihre Bemerkungen wurden.

»Haben Sie vielleicht zufällig«, begann sie, »das Mädchen bemerkt, das ganz am Ende in jener Kirchenbank sitzt, die der Orgel am nächsten ist? Ein recht hübsches Mädchen, mit roten Haaren. Ich habe keine Ahnung, wie ihr Name ist«, fügte Mrs. Semprill hinzu, die die Familiennamen und sämtliche Vornamen von jedem Mann, jeder Frau und jedem Kind in Knype Hill kannte.

»Molly Freeman«, sagte Dorothy. »Sie ist die Nichte von Freeman, dem Gemüsehändler.«

»Oh, Molly Freeman? *Das* also ist ihr Name? Ich habe mich oft gefragt. Nun –«

Der zierliche rote Mund kam näher, die klagende Stimme wurde zu einem schockierten Flüstern, und Mrs. Semprill begann mit einer Flut der widerwärtigsten Verleumdungen über Molly Freeman und sechs junge Männer, die in der Zuckerrüben-Raffinerie arbeiteten. Nach ein paar Momenten wurde die Geschichte derart ungeheuerlich, daß Dorothy, die ganz rosa angelaufen war, hastig ihr Ohr von Mrs. Semprills flüsternden Lippen zurückzog und ihr Fahrrad anhielt.

»Ich will solche Dinge nicht hören!« sagte sie abrupt. »Ich *weiß*, daß das nicht wahr ist über Molly Freeman. Es *kann* nicht wahr sein! Sie ist ein so liebes, stilles Mädchen – sie war eine meiner besten Pfadfinderinnen, und sie war immer so hilfsbereit bei den Kirchenbasaren und allem. Ich bin vollkommen überzeugt, daß sie so etwas, wie Sie beschreiben, niemals tun würde.«

»Aber Dorothy, meine *Teuerste!* Wenn ich doch, wie ich Ihnen sagte, mit meinen eigenen Augen ...«

»Das ist mir egal! Es gehört sich einfach nicht, so etwas über andere Leute zu erzählen. Und sogar wenn es wahr sein sollte, wäre es nicht richtig, das weiterzusagen. Es gibt schon genug Schlechtigkeit in der Welt, ohne daß man auch noch danach suchen muß.«

»Danach suchen!« seufzte Mrs. Semprill. »Aber meine liebe Dorothy, als ob man jemals danach suchen wollte oder *brauchte!* Das Schwierige ist eben, daß man gar nicht umhin kann zu bemerken, was für greuliche Schlechtigkeiten in dieser Stadt ständig begangen werden.«

Mrs. Semprill war immer wieder aufrichtig erstaunt, wenn man ihr vorwarf, sie *suche* nach Skandalen. Nichts, beteuerte sie dann, bereite ihr größeren Kummer als der Anblick menschlicher Schlechtigkeit; doch er wurde leider ständig ihren unwilligen Augen aufgezwungen, und nur ihr eisernes Pflichtgefühl treibe sie dazu, alles publik zu machen. Dorothys Bemerkung brachte sie nicht etwa zum Schweigen, sondern nur auf einen Gegenstand: die allgemeine Verderbtheit von Knype Hill, für die Molly Freemans Versündigung ja nur ein Beispiel war. Und so ging sie von Molly Freeman und ihren sechs jungen Männern zu Dr. Gaythorne über, dem Stadtphysikus, der die beiden Krankenschwestern im Cottage-Hospital geschwängert hatte, und dann zu Mrs. Corn, der Frau des Stadtsyndikus, die man in einem Feld liegend gefunden habe, stockbesoffen von Eau-de-Cologne, und dann zum Kooperator von St. Wedekind in Millborough, der sich in einen ernsten Skandal mit einem Ministranten verwickelt hatte; und so ging's dahin, eines führte zum anderen. Denn es gab kaum eine Menschenseele in der Stadt noch in der Umgebung, über die Mrs. Semprill, wenn man ihr nur lange genug zuhörte, nicht irgendein schwärendes Geheimnis enthüllen konnte.

Auffallend war, daß ihre Geschichten nicht nur schmutzig und verleumderisch waren, sondern fast immer auch einen monströsen Anstrich von Perversion an sich hatten. Verglichen mit den gewöhnlichen Klatschbasen einer ländlichen Kleinstadt, war sie wie Freud zu Boccaccio. Wenn man sie reden hörte, hätte man den Eindruck gewinnen können, daß Knype Hill mit seinen zweitausend Einwohnern mehr Raffinement im Bösen enthielte als Sodom, Gomorrha und Buenos Aires zusammen. Wenn man sich nur vor Augen führte, was für ein Leben die Einwohner dieser neuen Stadt in der Ebene führten – vom Direktor der örtlichen Bank, der das Geld seiner Klienten auf die Kinder aus seiner zweiten, bigamistischen Ehe verschleuderte, zur Bardame des Dog and Bottle, die im Schankraum Drinks servierte, mit nichts bekleidet als einem Paar hochhackiger Satinpantoffeln, und von der alten Miß Channon, der Musiklehrerin, mit ihrer heimlichen Gin-Flasche und ihren anonymen Briefen, zu Maggie White, der Bäckerstochter, die ihrem eigenen Bruder drei Kinder geboren hatte – wenn man sich diese Leute ansah, wie sie alle, jung und alt, in ungeheuerliche babylonische Laster gesunken waren, dann fragte man sich, warum nicht Feuer vom Himmel fiel und die Stadt augenblicklich verzehrte. Aber wenn man dann noch ein wenig länger zuhörte, wurde der Katalog der Obszönitäten zuerst eintönig und schließlich unerträglich langweilig. Denn in einer Stadt, wo *jedermann* entweder Bigamist, Päderast oder rauschgiftsüchtig ist, da verliert der ärgste Skandal seinen Stachel. Mrs. Semprill tat denn auch etwas viel Ärgeres als verleumden: sie langweilte einen zu Tode.

Wie weit ihre Geschichten geglaubt wurden, war von Fall zu Fall verschieden. Von Zeit zu Zeit hieß es ganz allgemein, sie sei eine bösmäulige alte Katze, und alles, was sie sage, gelogen; ein anderes Mal blieb irgendeine ihrer Beschuldigungen tatsächlich an einem Unglücklichen hängen, und der Betreffende brauchte Monate oder sogar Jahre, um sich reinzuwaschen. Jedenfalls war es ihr zuzuschreiben, daß mindestens ein halbes Dutzend Verlobungen gelöst wurden und zahllose Streitigkeiten zwischen Eheleuten ausgebrochen waren.

Die ganze Zeit über hatte Dorothy vergeblich versucht, Mrs. Semprill loszuwerden. Sie hatte sich langsam ihren Weg auf die andere Straßenseite gebahnt und schob jetzt ihr Fahrrad auf der Bürgersteigkante zu ihrer Rechten; aber Mrs. Semprill war ihr gefolgt und flüsterte ohne Unterlaß. Erst am Ende der Hauptstraße brachte Dorothy genügend Festigkeit auf, um ihr zu entfliehen. Sie blieb stehen und stellte den rechten Fuß aufs Pedal ihres Fahrrads.

»Ich kann wirklich keinen Augenblick länger bleiben«, sagte sie. »Ich hab' tausend Dinge zu erledigen, und ich habe mich ohnehin schon verspätet.«

»Oh, aber liebste Dorothy! Etwas *muß* ich Ihnen noch unbedingt sagen – etwas äußerst *Wichtiges*!«

»Es tut mir leid – ich habe es wirklich sehr eilig. Ein anderes Mal vielleicht.«

»Es geht um diesen *schrecklichen* Mr. Warburton«, sagte Mrs. Semprill hastig, damit Dorothy ihr ja nicht entkam, bevor sie das gehört hatte. »Er ist gerade von London zurück, und wissen Sie – gerade das wollte ich Ihnen *unbedingt* sagen – wissen Sie, er hat doch tatsächlich –«

Aber hier erkannte Dorothy, daß sie sich sofort entfernen mußte, ganz egal um welchen Preis. Nichts stellte sie sich peinlicher vor, als gezwungen zu sein, mit Mrs. Semprill Mr. Warburton durchzuhecheln. Sie bestieg ihr Fahrrad, und mit einem kurzen »Entschuldigung – ich *muß* jetzt fort!« begann sie, eilig wegzufahren.

»Ich wollte Ihnen nur sagen – er hat sich eine neue Frau zugelegt!« rief Mrs. Semprill ihr nach und vergaß in ihrer Gier, diese saftige Neuigkeit rasch loszuwerden, sogar das Flüstern.

Doch Dorothy radelte rasch ums Eck, ohne sich umzudrehen, und tat so, als hätte sie nichts gehört. Das war nicht klug gehandelt, denn es machte sich nie bezahlt, Mrs. Semprill das Wort abzuschneiden. Mangelnde Bereitschaft, ihren Skandalgeschichten zuzuhören, wurde als Zeichen der Verderbtheit gewertet und führte nur dazu, daß sie in dem Augenblick, da man sie verließ, bereits anfing, frische und noch ärgere Skandale über einen selbst zu verbreiten.

Auf der Heimfahrt kamen Dorothy wenig menschenfreundliche Gedanken über Mrs. Semprill, wofür sie sich pflichtschuldig in den Arm stach. Dann war da noch ein anderer beunruhigender Gedanke, der ihr erst in diesem Moment kam – daß Mrs. Semprill sicherlich von ihrem Besuch bei Mr. Warburton heute abend erfahren und bis morgen wahrscheinlich bereits einen Skandal daraus gemacht haben würde. Die Vorstellung erfüllte Dorothy mit einer unklaren bösen Vorahnung, während sie am Tor des Pfarrhauses von ihrem Fahrrad sprang, wo der dumme

Jakob, der Stadtidiot, ein hochgradig Schwachsinniger mit einem dreieckigen Gesicht, so scharlachrot wie eine Erdbeere, herumlungerte, zerstreut den Torpfosten mit einer Haselrute peitschend.

IV

Es war kurz nach elf. Der Tag, der wie eine überreife, aber hoffnungsvolle Witwe so getan hatte, als wäre er erst siebzehn und sich unzeitgemäße Aprillaunen gestattet hatte, erinnerte sich jetzt daran, daß man August schrieb, und entschied sich zu schmorender Hitze.

Dorothy fuhr in den Weiler Fennelwick ein, eine Meile außerhalb von Knype Hill. Sie hatte Mrs. Lewins Hühneraugenpflaster abgegeben und wollte jetzt bei Mrs. Pither vorbeischauen, um ihr den Ausschnitt aus dem *Daily Mail* über Angelikatee gegen Rheumatismus zu bringen. Die Sonne, die aus einem wolkenlosen Himmel sengte, verbrannte ihr durch das Gingham-Kleid hindurch den Rücken, die staubige Straße zitterte in der Sonne, und die heißen flachen Wiesen, über denen selbst zu dieser Jahreszeit zahllose Lerchen aufdringlich zirpten, waren so grün, daß einem die Augen schmerzten, wenn man hinsah. Es war die Art von Tag, die Leute, die nicht arbeiten müssen, »herrlich« nennen.

Dorothy lehnte ihr Fahrrad an das Tor der Pitherschen Kate, holte ihr Taschentuch aus der Tasche und wischte sich die Hände, die von der Lenkstange verschwitzt waren. In dem grellen Sonnenlicht sah ihr Gesicht verkniffen und farblos aus. Sie sah so alt aus, wie sie war, wenn nicht noch älter, zu dieser Stunde des Vormittags. Den ganzen Tag hindurch – und es war im allgemeinen ein Siebzehn-Stunden-Tag – hatte sie regelmäßige, einander ablösende Perioden von Müdigkeit und Energie; die Mitte des Vormittags, wenn sie die erste Rate ihrer täglichen »Besuche« hinter sich brachte, war eine ihrer müden Perioden.

Diese »Besuche« fraßen – wegen der Entfernungen, die sie von einem Haus zum anderen radeln mußte – fast die Hälfte von Dorothys Tag. Jeden Tag ihres Lebens, ausgenommen an Sonntagen, machte sie ein halbes bis ein ganzes Dutzend Besuche in den kleinen Häusern der Pfarrkinder. Sie drang in vollgestopfte Wohnungen ein und saß auf klumpigen, Staub von sich gebenden Stühlen und tratschte mit überarbeiteten, schlampig aufgemachten Hausfrauen; sie verbrachte gehetzte halbe Stunden mit Hilfe von Stopfen und Bügeln, und las Kapitel aus den Evangelien vor, und erneuerte Verbände auf »bösen Beinen« und tröstete Schwangere wegen ihres morgendlichen Erbrechens; sie spielte Hoppe-Hoppe-Reiter mit sauer riechenden Kindern, die ihr mit klebrigen kleinen Fingern das Vorderteil ihres Kleides verschmierten; sie gab guten Rat für kränkliche Aspidistras, und schlug Namen vor für Babies, und trank unzählige »gute Tassen Tee« – denn die Arbeiterfrauen drängten ihr immer »eine gute Tasse Tee« auf – aus der Teekanne, die endlos vor sich hin dampfte.

Vieles davon war zutiefst entmutigende Arbeit. Wenige, nur sehr wenige Frauen schienen auch nur eine Vorstellung von jenem christlichen Leben zu haben, das sie ihnen führen helfen wollte. Einige waren scheu und mißtrauisch, immerzu abweisend, und sie fanden ständig Entschuldigungen, wenn sie gedrängt wurden, zur Heiligen Kommunion zu kommen; andere täuschten um der winzigen Summen willen, die sie der Almosenkasse der Kirche entlocken konnten, Frömmigkeit vor; die, die sie bei sich willkommen hießen, waren meistens die Redseligen, die einen Zuhörer wollten für ihre Klagen über das »Treiben« ihres Gatten oder für endlose makabre Krankheitsgeschichten (»und sie mußten ihm Glasdübel in die Venen stekken...«) über die ekelerregenden Leiden, an denen ihre Verwandten gestorben waren. Dorothy wußte, daß ganz sicherlich die Hälfte der Frauen auf ihrer Liste im Herzen auf eine vage, gedankenlose Weise atheistisch waren. Sie stieß den ganzen Tag über immer wieder darauf – auf diesen undeutlichen, aber totalen Unglauben, wie ihn primitive Menschen so oft haben und gegen den jeder Einwand machtlos ist. Sie konnte tun, was sie wollte, nie gelang es ihr, die Zahl der regelmäßigen Kommunikanten auf mehr als etwa ein Dutzend zu bringen. Oft versprachen ihr Frauen, zur Kommunion zu kommen, hielten ein oder zwei Monate lang ihr Versprechen und blieben dann wieder fort. Mit den jüngeren Frauen war die Sache besonders hoffnungslos. Die kamen nicht einmal zu den Kirchengruppen, die um ihretwillen veranstaltet wurden – Dorothy war ehrenamtliche Sekretärin in dreien solcher Gruppen und außerdem noch Führerin der Pfadfinderinnen. Das Band der Hoffnung und die Gemeinschaft der Ehe siechten fast mitgliedslos dahin, und die Mütterunion blieb nur deshalb am Leben, weil Tratsch und unbegrenzte Mengen starken Tees die wöchentlichen Näh-Sitzungen annehmbar machten. Ja, es war eine entmutigende Aufgabe; so entmutigend, daß es ihr manchmal gänzlich sinnlos erschienen wäre, wenn sie dieses Gefühl der Sinnlosigkeit nicht als das erkannt hätte, was es wirklich ist – die raffinierteste Waffe des Teufels.

Dorothy klopfte an die schlecht schließende Tür der Pithers, unter der ein beklemmender Geruch von gekochtem Kohl und Spülwasser hervorströmte. Aus langer Erfahrung kannte und spürte sie schon im voraus den individuellen Geruch einer jeden Kate auf ihrer Runde. Einige dieser Gerüche waren außerordentlich seltsam. Da war zum Beispiel der salzige, wildelnde Geruch, der das Häuschen von Mr. Tombs umschwebte, einem alten Buchhändler im Ruhestand, der den ganzen Tag in einem verdunkelten Raum im Bett lag, wo seine lange staubige Nase und seine dicken Augengläser aus etwas hervorstachen, was offenbar ein Fellteppich von gewaltiger Ausdehnung und Fülle war. Wenn man aber seine Hand auf den Fellteppich legte, dann löste er sich auf, platzte und zerstob in alle Richtungen. Er bestand zur Gänze aus Katzen – aus vierundzwanzig Katzen, um genau zu sein. Mr. Tombs fand, »daß sie ihn warm hielten«; dies erklärte er gern. In fast allen Katen gab es eine Geruchsgrundlage nach alten Übermänteln und Spülwasser, über welche die anderen, die individuellen Gerüche sich lagerten; der Senkgruben-Geruch, der Kohl-Geruch, der Kinder-Geruch, der starke, speckartige Gestank von Kordsamthosen, die vom Schweiß eines Jahrzehnts imprägniert waren.

Mrs. Pither öffnete die Tür, die wie immer am Pfosten hängenblieb und dann, wenn man sie aufriß, die ganze Kate erschütterte. Sie war eine große, gebeugte, graue Frau mit dünnem, strähnigem Haar, einer sackleinenen Schürze und schlurfenden Filzpantoffeln.

»Nein, nein, das ist ja Miß Dorothy!« rief sie mit einer glanzlosen, leblosen, aber nicht unfreundlichen Stimme.

Sie nahm Dorothy zwischen ihre großen, knorrigen Hände, deren Knöchel vom Alter und vom ewigen Geschirrspülen so glänzend geworden waren wie geschälte Zwiebeln, und gab ihr einen feuchten Kuß. Dann zog sie sie in das unsaubere Innere der Kate.

»Pither ist fort bei der Arbeit, Miß«, verkündete sie, als sie drinnen waren. »Oben bei Dr. Gaythorne ist er, gräbt dem Doktor seine Blumenbeete für ihn um.«

Mr. Pither war Gelegenheitsgärtner. Er und seine Frau, beide über siebzig, gehörten zu den wenigen wirklich frommen Ehepaaren auf Dorothys Besuchs-Liste. Mrs. Pither führte ein ödes, wurmartiges Leben des Hin- und Herschlürfens zwischen dem Brunnen, dem Spülbecken, dem Herd und dem winzigen Küchengarten, mit einem ewig steifen Hals, weil die Türschwellen zu niedrig für sie waren. Die Küche war einigermaßen sauber, aber drückend heiß, übelriechend und von uraltem Staub durchtränkt. Am anderen Ende, gegenüber dem Herd, hatte Mrs. Pither eine Art Betstuhl eingerichtet aus einem schmierigen Flickenteppich, der vor einem kleinen, längst nicht mehr betriebsfähigen Harmonium ausgebreitet war, mit dem Öldruck einer Kreuzigung, »Wachet und Betet« in Perlarbeit und einer Photographie von Mr. und Mrs. Pither an ihrem Hochzeitstag im Jahr 1882 oben drauf.

»Der arme Pither!« fuhr Mrs. Pither mit ihrer bedrückenden Stimme fort. »In dem Alter noch graben, wo sein Rheumatismus doch *so* schlecht ist! Ist das nicht grausam hart, Miß? Und zwischen den Beinen hat er eine Art von Schmerz, Miß, wo er nicht weiß, was das ist – furchtbar schlecht war er damit die letzten paar Tage morgens. Ist es nicht bitter hart, Miß, das Leben, das wir armen arbeitenden Menschen führen müssen?«

»Es ist schrecklich«, sagte Dorothy. »Aber ich hoffe, Ihnen selber ist es ein bißchen besser gegangen, Mrs. Pither?«

»Ach, Miß, *mir* kann nichts mehr helfen. Für mich gibt's keine Heilung mehr, nicht in *dieser* Welt. Ich werd' nie wieder ganz gesund, nicht in dieser schlechten Welt hier unten jedenfalls.«

»Ach, das dürfen Sie nicht sagen, Mrs. Pither! Ich hoffe, daß wir Sie noch lange Zeit bei uns haben werden.«

»Ach, Miß, Sie wissen gar nicht, wie armselig ich diese letzte Woche dran war! Immer der Rheumatismus, der kommt und geht da hinten an meinen armen alten Beinen, bis ich morgens manchmal glaube, ich kann nicht einmal mehr so weit auf, um eine Handvoll Zwiebeln im Garten herauszuziehen. Ach, Miß, es ist eine beschwerliche Welt, in der wir leben, was, Miß? Eine beschwerliche, sündige Welt.«

»Aber wir dürfen natürlich nie vergessen, Mrs. Pither, daß eine bessere Welt auf uns wartet. Dieses Leben ist nur eine Zeit der Prüfung – nur um uns zu stärken und Geduld zu lehren, so daß wir, wenn die Zeit kommt, reif sind für den Himmel.«

Da geschah mit Mrs. Pithers eine auffallende und plötzliche Veränderung. Hervorgerufen wurde sie durch das Wort »Himmel«. Mrs. Pither kannte nur zwei Gegenstände der Unterhaltung; der eine waren die Freuden des Himmels, der andere das Elend ihres gegenwärtigen Zustandes. Dorothys Bemerkung schien sich auf sie auszuwirken wie ein Zauberspruch. Ihr stumpfes graues Auge war des Glänzens nicht fähig, aber ihre

Stimme belebte sich mit einem beinahe freudigen Enthusiasmus.

»Ach, Miß, da haben Sie was gesagt! Das ist ein wahres Wort, Miß. Das ist's, was Pither und ich uns immer sagen. Und das ist das einzige, was uns aufrecht hält – nur der Gedanke an den Himmel, und wie wir uns dort endlich einmal gründlich ausruhen können. Was wir auch gelitten haben, im Himmel kommt einem alles zurück, nicht, Miß? Jedes kleinste bißchen Schmerzen, es wird einem hundertfach und tausendfach vergolten. Das ist doch wahr, oder, Miß? Im Himmel finden wir alle Ruhe – Ruhe und Frieden und keinen Rheumatismus mehr und kein Graben und Kochen und Wäschewaschen und nichts. Das glauben Sie doch auch, nicht wahr, Miß Dorothy?«

»Natürlich«, sagte Dorothy.

»Ach, Miß, wenn Sie wüßten, wie uns das tröstet – einfach nur der Gedanke ans Paradies! Pither sagt zu mir, wenn er abends müde nach Haus kommt und unser Rheumatismus wieder arg ist, ›Macht nichts, Alte‹, sagt er, ›jetzt haben wir's nicht mehr weit bis in den Himmel‹, sagt er. ›Der Himmel ist für Leute wie wir geschaffen worden‹, sagt er; ›gerade für so arme arbeitende Menschen wie wir, die wir immer nüchtern und anständig waren und regelmäßig zur Kommunion gegangen sind.‹ Und so ist's auch am besten, nicht wahr, Miß Dorothy – arm in diesem Leben und reich im nächsten? Nicht wie manche von diesen Reichen, die ihre ganzen Motorwagen und ihre schönen Häuser nicht retten werden vor dem Wurme, der nicht stirbt, und vor dem Feuer, das nie gelöscht wird. Das ist so eine schöne Stelle. Könnten Sie vielleicht ein kleines Gebet mit mir beten, Miß Dorothy? Ich habe mich schon den ganzen Vormittag auf ein kleines Gebet gefreut.«

Mrs. Pither war zu jeder Tages- und Nachtzeit bereit zu einem »kleinen Gebet«. Das war ihr Gegenstück zu einer »guten Tasse Tee«. Sie knieten sich zusammen auf dem Flickenteppich hin und beteten das Vaterunser und die Kollekte für diese Woche; und dann las Dorothy auf Mrs. Pithers Wunsch laut die Parabel vom Reichen Mann und von Lazarus, und Mrs. Pithers fiel ab und zu ein mit einem »Amen! Das ist ein wahres Wort, nicht wahr, Miß Dorothy? ›Und die Engel trugen ihn in Abrahams Schoß.‹ Wunderschön! Ach, das ist wirklich zu schön! Amen, Miß Dorothy – Amen!«

Dorothy gab Mrs. Pither den Ausschnitt aus dem *Daily Mail* über Angelikatee für Rheumatismus, und dann, als sich herausstellte, daß es Mrs. Pither zu schlecht gegangen war, um den täglichen Wasservorrat heraufzupumpen, pumpte sie für sie drei Eimer voll Wasser aus dem Brunnen. Es war ein sehr tiefer Brunnen, mit einer derart niedrigen Brüstung, daß Mrs. Pithers endgültiges Verhängnis sicherlich darin bestehen würde hineinzufallen und zu ertrinken, und er hatte nicht einmal eine Winde – man mußte die Kübel Hand über Hand heraufziehen. Und dann setzten sie sich für ein paar Minuten, und Mrs. Pither redete noch ein bißchen über den Himmel. Es war außerordentlich, wie der Himmel ständig in ihren Gedanken war; und noch ungewöhnlicher war die Gegenwärtigkeit, die Lebendigkeit, mit der sie alles sehen konnte. Die güldenen Straßen und die Tore aus orientalischen Perlen waren für sie so wirklich, als wären sie buchstäblich vor ihren Augen. Und ihre Vision erstreckte sich auf die konkretesten, die irdischsten Einzelheiten. Wie weich die Betten dort oben waren! Wie köstlich das Essen! Die herrlichen seidenen Gewänder, die man dort jeden Morgen frisch anziehen würde! Die Befreiung von Ewigkeit zu Ewigkeit und von Arbeit jeglicher Art! In fast jedem Augenblick ihres Lebens stärkte und tröstete sie ihre Vision des Himmels, und ihre verzweifelten Klagen über das Leben der »armen arbeitenden Menschen« wurden seltsam gemildert von der Befriedigung in der Vorstellung, daß schließlich die »armen arbeitenden Menschen« die hauptsächlichen Bewohner des Himmels waren. Sie hatte da eine Art von Handel abgeschlossen und ihr langes Leben voller Müh' und Plage gegen die ewige Seligkeit gesetzt. Ihr Glaube war fast *zu* stark, wenn das möglich ist. Denn es war eine merkwürdige Tatsache, daß die Sicherheit, mit welcher Mrs. Pither dem Himmel entgegensah – als einer Art von himmlischem Heim für

Unheilbare –, Dorothy mit einem seltsamen Unbehagen erfüllte. Dorothy wandte sich zum Aufbruch, während Mrs. Pither ihr etwas zu überschwenglich für ihren Besuch dankte und wie gewöhnlich mit neuerlichen Klagen über ihren Rheumatismus endete.

»Den Angelikatee werde ich ganz sicher nehmen«, sagte sie abschließend, »und ich danke Ihnen vielmals, daß Sie mir's gesagt haben, Miß. Nicht daß ich mir allzu viel davon erhoffe. Ach, Miß, wenn Sie nur wüßten, wie grausam schlimm mein Rheumatismus diese letzte Woche war! Die ganze Rückseite meiner Beine hinunter, wie ein rotglühender Schürhaken, und ich komme nie recht dorthin, um mich ordentlich einzureiben. Wär's zu viel verlangt, Miß, wenn Sie mich noch ein bißchen einreiben würden, bevor Sie gehen? Unter dem Spülbecken habe ich eine Flasche Elliman.«

Unbemerkt von Mrs. Pither kniff sich Dorothy heftig. Sie hatte mit dieser Bitte gerechnet, und – sie hatte es schon so viele Male getan – sie rieb Mrs. Pither wirklich gar nicht gern ein. Zornig rügte sie sich selbst. Komm, Komm, Dorothy! Nur keinen Hochmut, wenn ich bitten darf! Johannes XIII, 14. »Aber natürlich, Mrs. Pither«, sagte sie sofort.

Sie stiegen eine schmale, klapprige Treppe hinauf, wo man sich an einer Stelle fast bis zur Erde bücken mußte, um der überhängenden Decke auszuweichen. Das Schlafzimmer wurde von einem winzigen viereckigen Fenster erhellt, das von einer Kletterpflanze von draußen in seiner Höhlung festgeklemmt und seit zwanzig Jahren nicht geöffnet worden war. Es gab ein riesiges Doppelbett, das den Raum fast ausfüllte, mit ewig feuchten Laken und einer Wollmatratze, die so voller Hügel und Täler war wie eine Reliefkarte der Schweiz. Unter viel Geächze stieg die alte Frau aufs Bett und legte sich mit dem Gesicht nach unten nieder. Das Zimmer roch nach Urin und Kampfertinktur. Dorothy nahm die Flasche mit Ellimans Einreibe und schmierte sie sorgfältig auf Mrs. Pithers große, von grauen Venen durchzogene schlaffe Beine.

Draußen in der schwimmenden Hitze bestieg sie ihr Fahrrad und machte sich rasch auf die Heimfahrt. Die Sonne brannte ihr ins Gesicht, aber die Luft schien jetzt süß und frisch. Sie war glücklich, glücklich! Sie war immer übertrieben glücklich, wenn ihre Morgen-»Besuche« vorbei waren; und merkwürdigerweise war sie sich des Grundes dafür gar nicht bewußt. In Borlase, der Weide des Milchbauern, grasten die roten Kühe, knietief in scheinenden Gras-Wellen. Der Duft der Kühe, wie eine Destillation aus Vanille und frischem Heu, stieg in Dorothys Nasenlöcher. Obwohl die halbe Vormittagsarbeit noch vor ihr lag, konnte sie der Versuchung nicht widerstehen, einen Augenblick hier zu bleiben, und sie stützte ihr Fahrrad mit einer Hand gegen das Tor von Borlases Weide, während eine Kuh mit feuchter, muschelrosa Nase sich das Kinn am Torpfosten rieb und sie träumerisch betrachtete.

Dorothys Blick fiel auf eine wilde Rose, ohne Blüten natürlich, die jenseits der Hecke wuchs, und sie kletterte über das Tor, um herauszufinden, ob es sich nicht um eine Apfelrose handelte. An der Hecke kniete sie unter hohem Unkraut nieder. Es war sehr heiß da unten, so nahe der Erde. Das Summen vieler ungesehener Insekten dröhnte in ihren Ohren, und der heiße Sommerdunst aus den verschlungenen Vegetationsschwaden stieg auf und umhüllte sie. Nicht weit von ihr wuchsen hohe Fenchelstengel mit schleppenden Blattwedeln wie die Schwänze seegrüner Pferde. Dorothy zog einen Fenchelwedel zum Gesicht und atmete den schweren süßen Duft ein. Seine Fülle überwältigte sie, so daß sie einen Moment lang fast betäubt war. Sie trank den Duft in sich hinein und füllte ihre Lungen damit. Herrlicher, herrlicher Duft – Duft von Sommertagen, Duft von Kindheitsfreuden, Duft von gewürzgetränkten Inseln im warmen Schaum orientalischer Meere!

Ihr Herz schwoll vor plötzlicher Freude an. Es war diese mystische Freude an der Schönheit der Erde und der eigentlichen Natur der Dinge, in der sie da in der Hitze kniete, im süßen Geruch und dem schläfrigen Summen der Insekten, da schien ihr, daß sie in diesem Augenblick die machtvolle Dankeshymne hören konnte, die die Erde und alle Geschöpfe ewig zu ihrem Schöpfer hinaufsenden. Die ganze Vegetation, Blätter, Blüten, Gras, erglänzte, erbebte, schrie auf in ihrer Freude. Und auch die Lerchen sangen, Chöre unsichtbarer Lerchen, aus dem Himmel tropfende Musik. Alle Reichtümer des Sommers, die Wärme der Erde, der Gesang der Vögel, der Dampf der Kühe, das Summen zahlloser Bienen, alles vermischte und erhob sich wie der Rauch von ewig brennenden Altären. Daher mit Engeln und Erzengeln! Sie begann zu beten, und einen Moment lang betete sie innig, inbrünstig, selbstvergessen in der Freude ihrer Andacht. Dann, weniger als eine Minute später, bemerkte sie, daß sie den Fenchelwedel, der noch immer an ihrem Gesicht war, küßte.

Sie besann sich augenblicklich und fuhr zurück. Was tat sie da? War es Gott, den sie anbetete, oder war es nur die Erde? Die Freude verebbte in ihrem Herzen und wich dem kalten, unbehaglichen Gefühl, daß sie sich zu einer halb-heidnischen Ekstase hatte verleiten lassen. Sie rief sich selbst zur Ordnung. So etwas sehen wir gar nicht gern, Dorothy! Keine Naturanbetung, wenn ich bitten darf! Ihr Vater hatte sie vor Naturanbetung gewarnt. Sie hatte ihn mehr als eine Predigt dagegen predigen hören; das war, sagte er, reiner Pantheismus, und, was ihn offenbar noch mehr abstieß, eine neue Modetorheit. Dorothy nahm einen Dorn der wilden Rose und stach sich dreimal in den Arm, um sich an die Dreifaltigkeit zu erinnern, bevor sie über das Tor kletterte und wieder auf ihr Fahrrad stieg.

Ein schwarzer, sehr staubiger Schaufelhut näherte sich um die Ecke der Hecke. Es war Vater McGuire, der römisch-katholische Priester, der auch seine Runden abradelte. Er war ein großer, dicklicher Mann von solchem Umfang, daß das Fahrrad unter ihm beinahe verschwand und er oben drauf zu balancieren schien wie ein Golfball auf einem »Tee«. Sein Gesicht war rosig, humorvoll und ein bißchen durchtrieben.

Dorothy sah plötzlich unglücklich drein. Sie lief rosa an, und ihre Hand fuhr instinktiv in die Gegend des Goldkreuzes unter ihrem Kleid. Vater McGuire fuhr ihr mit einem unbekümmerten, leicht amüsierten Gesichtsausdruck entgegen. Sie rang sich ein Lächeln ab und murmelte ein unglückliches »Guten Morgen«. Aber er fuhr ohne jedes Zeichen an ihr vorbei; seine Augen glitten leicht über ihr Gesicht hin und dann über sie hinaus ins Leere, mit der bewundernswerten Vorgabe, ihre Existenz nicht bemerkt zu haben. Es war der direkte Schnitt. Dorothy – der es, leider! von Natur aus nicht gegeben war, den direkten Schnitt zu verpassen – setzte sich aufs Rad und fuhr davon; sie rang mit den wenig christlichen Gedanken, die jedes Zusammentreffen mit Vater McGuire unfehlbar in ihr hervorrief.

Vor fünf oder sechs Jahren, als Vater McGuire einmal ein Begräbnis im Friedhof von St. Athelstan abhielt (es gab in Knype Hill keinen römisch-katholischen Friedhof), hatte es einen Disput mit dem Rektor darüber gegeben, ob es schicklich sei, daß Vater McGuire sich in der Kirche einkleide oder nicht einkleide, und die beiden Priester hatten über dem offenen Grab auf beschämende Weise miteinander gezankt. Seither sprach man nicht mehr miteinander. Es war besser so, sagte der Rektor.

Was die geistlichen Vertreter anderer Religionen in Knype Hill anging – Mr. Ward, der Geistliche der Kongregationalisten, Mr. Foley, der Pastor der Methodisten, und der röhrende glatzköpfige Kirchenälteste, der die Orgien in der Ebenezer-Chapel anführte – so nannte der Rektor sie ein Rudel von vulgären Dissentern, und er hatte Dorothy bei Strafe seiner Ungnade verboten, irgend etwas mit ihnen zu tun zu haben.

V

Es war zwölf Uhr. In dem großen, verfallenen Gewächshaus, dessen Dachscheiben durch die Einwirkung von Schmutz und Alter trüb, grün und schillernd geworden waren wie altes römisches Glas, wurde gehetzt und geräuschvoll CHARLES I. geprobt.

Dorothy nahm nicht eigentlich an der Probe teil, hatte aber alle Hände voll zu tun mit der Anfertigung der Kostüme. Sie machte die Kostüme, oder fast alle Kostüme, für alle Theaterstücke, die die Schulkinder aufführten. Regie und Spielleitung lagen in den Händen von Victor Stone – Dorothy nannte ihn Victor –, dem Kirchenschullehrer. Er war ein eher zarter, reizbarer schwarzhaariger Jüngling von siebenundzwanzig, gekleidet in dunkle Gewänder von klerikalem Schnitt, der in diesem Augenblick mit einer Manuskriptrolle heftig gegen sechs belemmert dreinsehende Kinder gestikulierte. Auf einer langen Bank an der Mauer saßen vier weitere Kinder, die abwechselnd »Kurzes Getöse« übten, indem sie Schürhaken gegeneinander schlugen und um eine schmierige kleine Tüte Minzbonbons stritten, von denen vierzig einen Penny kosteten.

Es war entsetzlich heiß in dem Gewächshaus, und es roch stark nach Kleister und dem sauren Schweiß von Kindern. Dorothy kniete am Boden, den Mund voller Stecknadeln und in der Hand eine Gartenschere, und schnitt hastig braune Papierbögen in lange schmale Streifen. Der Kleistertopf blubberte auf einem Ölofen neben ihr; hinter ihr, auf einem wackligen, tintenbekleckssten Arbeitstisch, war ein Gewirr von halbfertigen Kostümen, noch mehr braunes Packpapier, ihre Nähmaschine, Stricke in Bündeln, Brocken von getrocknetem Kleister, hölzerne Schwerter und offene Farbtöpfe. Dorothys Kopf war zur Hälfte mit den zwei Paar Stulpenstiefeln im Stil des siebzehnten Jahrhunderts beschäftigt, die für Charles I. und Oliver Cromwell gemacht werden mußten, und mit der anderen Hälfte hörte sie Victor zu, der sich, zornig herumbrüllend, in eine Raserei hineinsteigerte, wie unvermeidlich bei jeder Probe. Er war als Schauspieler eine Naturbegabung und infolgedessen zu Tode gelangweilt von der Plackerei einer Probe mit dummen Kindern. Er schritt energisch auf und ab, beschimpfte die Kinder heftig und mit vielen Slang-Ausdrücken, und brach ab und zu ab, um mit einem hölzernen Schwert, das er vom Tisch riß, nach dem einen oder anderen Kind zu langen.

»Bring ein bißchen Leben hinein, ja?« rief er und stocherte einem ochsengesichtigen Jungen von elf in den Magen. »Trödle nicht herum! Sag's so, als ob es etwas bedeuten würde! Du schaust aus wie eine verscharrte und wieder exhumierte Leiche. Wozu ist das gut, wenn du alles in deine Innereien hinuntergurgelst? Steh gerade und brüll ihn an! Schmink dir diesen Zweiter-Mörder-Ausdruck ab!«

»Komm her, Percy!« rief Dorothy zwischen ihren Nadeln. »Schnell!«

Sie machte die Rüstung – das Schwierigste von allem, bis auf die Stulpenstiefel – aus Kleister und braunem Packpapier. Durch lange Übung konnte Dorothy so gut wie alles aus Kleister und braunem Packpapier herstellen; sie brachte sogar eine passable Perücke fertig, aus einem braunen Papierskalp und gefärbtem Seil als Haar. Wenn man das Jahr im ganzen nahm, so war das Ausmaß an Zeit, das sie im Kampf mit Kleister, braunem Packpapier, Gaze und dem anderen Drum und Dran von Amateurtheateraufführungen verbrachte, einfach enorm. Aber der Geldmangel sämtlicher Kirchenfonds war derart chronisch, daß kaum je ein Monat ohne Schultheater oder Festzug oder Lebende Bilder verging – von den verschiedenen Basaren ganz zu schweigen.

Als Percy – Percy Jowett, der Sohn des Schmieds, ein kleiner, krausköpfiger Junge – von der Bank stieg und verlegen und unglücklich vor ihr stand, griff Dorothy schnell nach einem Bogen Packpapier, maß es an ihm, schnitt Ausschnitt und Armlöcher aus, drapierte es ihm um die Mitte und steckte es blitzartig in etwa in der Form eines Brustharnisches fest. Es gab ein konfuses Getöse von Stimmen.

Victor: Komm schon, los, komm schon! Auftritt Oliver Cromwell – das bist du! *Nein,* nicht so! Glaubst du, Oliver Cromwell würde hereingeschlichen kommen wie ein Hund, der grad eine Tracht Prügel bezogen hat? Steh gerade. Brust heraus. Blick düster. So ist's besser. Weiter: Cromwell: ›Halt! Ich halte eine Pistole in meiner Hand!‹ Los, mach weiter.

Ein Mädchen: Bitte, Miß, Mutter sagt, ich soll Ihnen sagen, Miß –

Dorothy: Bleib ruhig, Percy! Um Himmels willen bleib *ruhig!*

Cromwell: Halt! Ich halte eine Pi –!

Kleines Mädchen auf der Bank: Mister! Mein Bonbon ist mir runtergefallen! (Schniefend) Ich will mein Bon-booooon!

Victor: Nein, nein, *nein,* Tommie! Nein, nein, *nein!*

Das Mädchen: Bitte, Miß, Mutter sagt, ich soll Ihnen sagen, sie kann nicht meine Knickerbocker machen wie versprochen, Miß, weil –

Dorothy: Du wirst mich dazu bringen, eine Nadel zu schlucken, wenn du das noch einmal tust.

Cromwell: Halt! Ich halte eine Pi –

Das kleine Mädchen (in Tränen): Mein Bonbonbon!!!!!!!

Dorothy packte den Kleistertopf und klebte in fiebriger Hast Streifen aus braunem Packpapier überallhin auf Percys Thorax, oben und unten, vorne und hinten, einen über den anderen, und hielt nur inne, wenn ihr das Papier an den Fingern festklebte. In fünf Minuten hatte sie einen Küraß aus Kleister und Packpapier gemacht, der, wenn trocken, stark genug war, um eine echte Schwertklinge abprallen zu lassen. Percy, »ganz in Stahl verschlossen«, dem der scharfe Papierrand ins Kinn schnitt, blickte an sich selbst hinunter mit dem jämmerlich resignierten Ausdruck eines Hundes, der gebadet wird. Dorothy nahm die Schere, schlitzte den Harnisch an einer Seite auf, stellte ihn zum Trocknen ab und stürzte sich auf das nächste Kind. Furchtbarer Radau brach los, als das »Kurze Getöse« anfing, das Geräusch von Pistolenschüssen und galoppierenden Pferden zu üben. Dorothys Finger wurden klebriger und klebriger, aber von Zeit zu Zeit wusch sie sich ein bißchen Kleister in einem Eimer mit heißem Wasser ab, der dafür bereit stand. In zwanzig Minuten hatte sie drei Brustharnische teilweise fertiggestellt. Später mußten sie noch verschönert werden, mit Aluminium-Farbe bemalt und an den Seiten zugeschnürt; und dann gab's noch die Arbeit mit den Beinschienen, und – das Ärgste von allem – die Helme, die dazugehörten. Victor, mit seinem Schwert gestikulierend und aus vollem Halse brüllend, um das Getrampel der galoppierenden Pferde zu übertönen, verkörperte der Reihe nach Oliver Cromwell, Charles I., Stutzköpfe, Kavaliere, Bauern und Hofdamen. Die Kinder wurden jetzt unruhig, fingen zu gähnen und zu winseln an und traten und zwickten einander heimlich. Da die Brustharnische vorläufig fertig waren, räumte Dorothy einen Teil des Abfalls vom Tisch, stellte die Nähmaschine auf und machte sich an das grüne Samtwams eines Kavaliers – es war Gaze, mit Farbe grün bemalt, aber aus der Entfernung sah es annehmbar aus.

Es folgten weitere zehn Minuten fieberhafter Arbeit. Dorothy riß der Faden, worauf sie um ein Haar »Verdammt!« gesagt hätte, sich aber beherrschte und schnell wieder einfädelte. Die Zeit lief ihr davon. In vierzehn Tagen sollte die Aufführung sein, und es mußte noch eine solche Vielfalt von Sachen gemacht werden – Helme, Wämser, Schwerter, Stulpenstiefel (diese unglücklichen Stulpenstiefel, die sie seit Tagen wie ein Alptraum verfolgten), Schwertscheiden, Halskrausen, Perücken, Sporen, Kulissen –, daß sie mutlos wurde, wenn sie nur daran dachte. Die Eltern der Kinder halfen nie mit den Kostümen für die Schulaufführungen; genauer gesagt, sie versprachen zwar ihre Hilfe, drückten sich aber am Ende jedesmal. Dorothys Kopf schmerzte ganz teuflisch, teils wegen der Hitze im Gewächshaus, teils von der Anstrengung, zu nähen und sich gleichzeitig einen Schnitt für Stulpenstiefel aus braunem Packpapier auszudenken. Für den Augenblick hatte sie sogar die Rechnung über einundzwanzig

Pfund sieben Shilling und neun Pence bei Cargill vergessen. Sie konnte an nichts anderes denken als an den furchtbaren Berg von ungemachten Kleidern, der noch vor ihr lag. Und so ging es den ganzen Tag, eine so gut wie unerfüllbare Aufgabe nach der anderen – sei's die Kostüme für die Schule, sei's der einbrechende Boden des Glockenturms, oder die Schulden, oder das Unkraut in den Bohnen – und jede einzelne Aufgabe war so dringend und so bedrückend, daß sie alle anderen völlig verdrängte.

Victor warf das hölzerne Schwert hin, zog seine Uhr heraus und warf einen Blick darauf.

»Das reicht!« sagte er in dem schroffen, kurz angebundenen Ton, der seinen Umgang mit Kindern kennzeichnete. »Am Freitag machen wir weiter. Hinaus mit euch! Euer Anblick macht mich krank!«

Er begleitete die Kinder hinaus; dann zog er – kaum waren sie ihm aus den Augen, hatte er auch schon ihre Existenz vergessen – ein Notenblatt aus seiner Tasche und fing an, nervös auf und ab zu gehen und schielte dabei mit einem Auge auf zwei verlorene Pflanzen in der Ecke, die ihre abgestorbenen braunen Ranken über den Topfrand hängen ließen. Dorothy, noch immer über ihre Maschine gebeugt, säumte die Nähte des grünen Samtwamses.

Victor war ein rastloses, intelligentes kleines Geschöpf, und nur dann glücklich, wenn er mit irgend jemandem oder irgend etwas streiten konnte. Sein blasses, scharf geschnittenes Gesicht trug einen Ausdruck, der unzufrieden wirkte, in Wirklichkeit aber nichts als knabenhafter Eifer war. Leute, die ihn zum erstenmal sahen, sagten meistens, daß er in dieser unbedeutenden Arbeit als Dorfschulmeister sein Talent vergeude; wahr war vielmehr, daß Victor keine sehr gut verkäuflichen Talente hatte außer einer gewissen Begabung für die Musik und einer sehr viel größeren Begabung für den Umgang mit Kindern. In anderer Hinsicht wenig brauchbar, war er mit Kindern großartig; er hatte die richtige schroffe Art, mit ihnen fertig zu werden. Aber wie jedermann verachtete auch er seine eigene besondere Begabung. Seine Interessen waren fast ausschließlich auf die Kirche gerichtet. Er war, was die Leute einen christlichen jungen Mann nannten. Es war immer sein Ehrgeiz gewesen, die kirchliche Laufbahn einzuschlagen, und das hätte er auch getan, wenn sein Verstand ihn befähigt hätte, Griechisch und Hebräisch aufzunehmen. Vom Priesteramt ausgeschlossen, trieb es ihn ganz natürlich in seine Stellung als Kirchenschulmeister und Organist. Auch damit blieb er sozusagen noch in den Armen der Kirche. Unnötig zu erwähnen, daß er ein Anglo-Katholik von der wüstesten *Church-Times*-Sorte war – klerikaler als die Geistlichen, bewandert in Kirchengeschichte, Experte in Fragen der Meßgewandung und jeden Augenblick bereit zu wütenden Tiraden gegen Modernisten, Protestanten, Naturwissenschaftler, Bolschewisten und Atheisten.

»Ich dachte gerade«, sagte Dorothy, hielt ihre Maschine an und kappte den Faden, »daß wir diese Helme ja aus alten Bowler-Hüten machen könnten, wenn wir nur genügend viele davon auftreiben. Die Krempen abschneiden, Papierkrempen in der richtigen Fasson anbringen und versilbern.«

»Ach Gott, warum zerbrechen Sie sich über solche Sachen den Kopf?« sagte Victor, der in dem Moment, da die Probe vorbei war, jedes Interesse an dem Stück verloren hatte.

»Die meiste Sorge machen mir diese gräßlichen Stulpenstiefel«, sagte Dorothy, legte sich das Wams auf die Knie und studierte es.

»Ach was, zum Teufel mit den Stulpenstiefeln! Lassen wir doch das Stück für den Moment. Hören Sie«, sagte Victor und entrollte sein Notenblatt, »ich möchte, daß Sie bei Ihrem Vater ein gutes Wort für mich einlegen. Ich hätte gern, daß Sie ihn fragen, ob wir nicht irgendwann einmal nächsten Monat eine Prozession haben können.«

»Schon wieder eine Prozession? Warum?«

»Ach, ich weiß nicht. Man kann immer einen Vorwand für eine Prozession finden. Am achten haben wir Mariä Geburt – das reicht doch für eine Prozession, würde ich meinen. Und wir machen es wirklich stilvoll. Ich habe eine großartige, mitreißende Kirchenhymne aufgetrieben, die sie alle unten können, und vielleicht könnten wir uns von St. Wedekind in Millborough die blaue Fahne mit der Jungfrau Maria darauf borgen. Er braucht nur ja zu sagen, dann fange ich mit dem Chor sofort zu proben an.«

»Sie wissen, daß er nein sagen wird«, sagte Dorothy und fädelte die Nadel ein, um die Knöpfe an dem Wams anzunähen. »Er hält nicht sehr viel von Prozessionen. Es ist viel besser, ihn gar nicht erst zu fragen, er wird sich doch nur ärgern.«

»Aber Herrgott noch einmal!« protestierte Victor. »Die letzte Prozession ist schon Monate her. So einen langweiligen Gottesdienst wie hier habe ich noch nirgends erlebt. Man könnte glauben, wir wären eine Baptistengemeinde oder so etwas, so wie wir dahinkrebsen.«

Victor rebellierte unausgesetzt gegen die öde Korrektheit der Meßfeiern des Rektors. Sein Ideal war, wie er es nannte, »der echt katholische Kultus« – und das hieß jede Menge Weihrauch, vergoldete Heiligenfiguren und hyperrömische Meßgewänder. In seiner Funktion als Organist drängte er ständig auf mehr Prozessionen, sinnlichere Musik, mehr Kunst beim Absingen der Liturgie, so daß zwischen ihm und dem Rektor ein dauerndes Gerangel im Gange war. Und in diesem Punkt hielt Dorothy zu ihrem Vater. Aufgewachsen in der etwas absonderlichen, frigiden *via media* des Anglikanismus, war sie von Natur gegen alles »Ritualistische«, ja, sie fürchtete sich sogar davor.

»Aber Herrgott noch mal!« fuhr Victor fort, »eine Prozession macht doch solchen Spaß! Das Kirchenschiff hinunter, durchs Westportal hinaus und durchs Südportal wieder hinein, hinten der Chor mit Kerzen in der Hand, vorn die Pfadfinder mit den Fahnen. Es würde so gut aussehen.« Und er sang eine Strophe in einem dünnen, aber sauberen Tenor:

»Heil dir, festlicher Tag, gesegneter Tag, für immer geheiligt! – Wenn es nach *mir* ginge«, fügte er hinzu, »dann ließe ich auch noch zwei Jungen ein paar schöne Weihrauchfässer mit Weihrauch schwingen.«

»Ja, aber Sie wissen ja, wie sehr Vater solche Dinge gegen den Strich gehen. Besonders wenn es irgend etwas mit der Jungfrau Maria zu tun hat. Er sagt, das ist alles das römische Fieber und führt dazu, daß die Leute sich bekreuzigen und an den falschen Stellen niederknien und weiß Gott was noch alles. Sie wissen doch noch, was im Advent passiert ist?«

Im vergangenen Jahr hatte Victor auf eigene Verantwortung als eins der Adventslieder Nummer 642 ausgesucht, mit dem Refrain »Heil Maria, Heil Maria, Heil Maria voll der Gnad!« Dieses Stück Papisterei hatte den Rektor ganz ungemein verstimmt. Am Ende der ersten Strophe hatte er bedeutungsvoll sein Liederbuch geschlossen, sich in seinem Stuhl herumgedreht und die Gemeinde mit einem derart steinernen Ausdruck ins Auge gefaßt, daß einige der Chorknaben zu stottern begannen und fast aufgehört hätten. Nachher hatte er gesagt, daß ihn dieses »Heil Maria! Heil Maria!«-Gegröle der kleinen Leute in Gedanken in die Schankstube des Dog and Bottle versetzt hätte.

»Aber Herrgott noch mal«, sagte Victor in seiner rebellischen Art, »Ihr Vater ist immer dagegen, wenn ich versuche, ein bißchen Leben in die Messe zu bringen. Er läßt uns keinen Weihrauch, keine ordentliche Musik, keine anständigen Meßgewänder, noch sonst irgendwas. Und was ist die Folge? Wir bekommen nicht einmal genug Leute, um die Kirche zu einem Viertel zu füllen, nicht einmal am Ostersonntag. Sehen Sie sich an einem Sonntagmorgen in der Kirche einmal um, und Sie sehen nichts als Pfadfinder und Pfadfinderinnen und ein paar alte Weiber.«

»Ich weiß. Es ist schrecklich«, gab Dorothy zu und nähte ihren Knopf an. »Es ist anscheinend ganz egal, was wir tun – wir bekommen einfach nicht genügend Leute in die Kirche hinein. Immerhin«, fügte sie hinzu, »sie kommen zu uns, um zu heiraten und sich begraben zu lassen. Und ich glaube nicht, daß die Gemeinde dieses Jahr weiter zurückgegangen ist. Bei der Osterkommunion waren fast zweihundert Menschen da.«

»Zweihundert! Zweitausend sollten es sein. Das ist die Einwohnerzahl dieser Stadt. Die traurige Wahrheit ist, daß drei Viertel aller Menschen in dieser Stadt in ihrem ganzen Leben einer Kirche nie in die Nähe kommen. Die Kirche hat jeden Einfluß auf sie vollkommen verloren. Die wissen nicht, daß es eine Kirche gibt. Und warum? Darauf will ich nämlich hinaus: warum?«

»Ich nehme an, das kommt alles von diesen Naturwissenschaften und den Freidenkern und dem allem«, sagte Dorothy recht sentenziös, ihren Vater zitierend.

Diese Bemerkung lenkte Victor ab von dem, was er hatte sagen wollen. Er hatte eben sagen wollen, daß die Gemeinde von St. Athelstan wegen der Langweiligkeit des Gottesdienstes so geschrumpft sei; doch die verhaßten Ausdrücke Naturwissenschaften und Freidenkerei brachten ihn auf einen anderen, noch vertrauteren Gedankengang.

»Natürlich sind's diese sogenannten Freidenker!« rief er und fing wieder an, hin- und herzuzappeln. »Diese Atheistenschweine wie Bertrand Russell und Julian Huxley und dieser Haufen. Und was die Kirche in den Ruin treibt, ist, daß wir, anstatt ihnen unsere Meinung zu sagen und sie als die Narren und Lügner zu entlarven, die sie wirklich sind, still sitzenbleiben und sie ihre viehische atheistische Propaganda verbreiten lassen, wo immer sie wollen. An dem ganzen schuld sind natürlich die Bischöfe.« (Wie jeder Anglo-Katholik hatte auch Victor eine abgrundtiefe Verachtung für die Bischöfe.) »Das sind alles Modernisten und Opportunisten. Bei Zeus«, fügte er hinzu, in viel besserer Laune, aber etwas zögernd, »haben Sie letzte Woche in der *Church Times* meinen Brief gesehen?«

»Nein, leider nicht«, sagte Dorothy und hielt einen weiteren Knopf mit ihrem Daumen an Ort und Stelle fest. »Um was ging es?«

»Ach, modernistische Bischöfe, und so weiter. Ich habe auch einen Seitenhieb auf den alten Barnes untergebracht.«

Nur höchst selten verging eine Woche, ohne daß Victor einen

Brief an die *Church Times* geschrieben hätte. Er war mitten im dichtesten Schlachtgetümmel jeder Auseinandersetzung und bei jedem Angriff auf Modernisten und Atheisten in vorderster Linie. Zweimal hatte er sich mit Dr. Major geschlagen, hatte Briefe voll vernichtender Ironie über Dean Inge und den Bischof von Birmingham verfaßt und hatte nicht einmal gezögert, den teuflischen Russell selber anzugreifen – doch Russell hatte natürlich keine Erwiderung gewagt. Dorothy las, um ehrlich zu sein, die *Church Times* nur höchst selten, und der Rektor wurde zornig, wenn er ein Exemplar davon in seinem Hause auch nur sah. Die Wochenzeitung, die im Pfarrhaus abonniert wurde, war die *High Churchman's Gazette* – ein feinsinniger alter High-Tory-Anachronismus, mit einer kleinen, aber ausgewählten Leserschaft.

»Dieses Schwein Russell!« sagte Victor, in Erinnerung versunken, die Hände tief in die Taschen vergraben. »Der bringt mein Blut wirklich zum Sieden!«

»Ist das nicht der Mann, der ein so guter Mathematiker ist, oder so ähnlich?« sagte Dorothy, ihren Faden abbeißend.

»Ach, er ist sicher sehr begabt in seinem eigenen Fach, ganz klar«, gestand Victor ungern ein. »Aber was hat das damit zu tun? Nur weil ein Mann gut mit Zahlen umgehen kann, so heißt das doch nicht – na gut, ist egal! Kommen wir zurück zu dem, was ich sagen wollte. Woher kommt es, daß wir hier niemanden in die Kirche hineinbekommen? Das kommt daher, weil unsere Gottesdienste so öde und so gottlos sind – nur daher. Die Leute wollen einen Gottesdienst, der wirklich Gottesdienst ist – sie wollen den echten katholischen Ritus der wahren katholischen Kirche, der wir angehören. Aber von uns bekommen sie das nicht. Von uns bekommen sie nur den alten protestantischen Hokuspokus, aber der Protestantismus ist so tot wie ein Türnagel, und jedermann weiß es.«

»Das ist nicht wahr!« entgegnete Dorothy ziemlich scharf, während sie den dritten Knopf an seinen Ort drückte. »Sie wissen, daß wir keine Protestanten sind. Vater sagt immer, die

Kirche von England ist die katholische Kirche – er hat, ich weiß nicht wieviele Male, über die apostolische Nachfolge gepredigt. Deshalb gehen ja auch Lord Pockthorne und die anderen nicht mehr in unsere Kirche. Er tritt nur deshalb nicht der anglokatholischen Bewegung bei, weil er findet, daß sie zu sehr am Ritual um seiner selbst willen hängen. Und ich finde das auch.«

»Ach, ich sage nicht, daß Ihr Vater nicht dogmatisch völlig in Ordnung sei. Aber wenn er glaubt, daß wir die katholische Kirche sind, warum liest er dann nicht die Messe auf die wahre katholische Art? Es ist jammerschade, daß wir nicht wenigstens *manchmal* Weihrauch haben können. Und seine Vorstellung von Meßgewändern ist, wenn Sie mir's nicht übelnehmen, einfach haarsträubend. Am Ostersonntag trug er doch tatsächlich einen gotischen Vesperüberwurf mit einer modernen italienischen Spitzenalbe. Also, wissen Sie, das ist, als würde man einen Zylinderhut zu braunen Stiefeln tragen.«

»Also, ich finde Meßgewänder wirklich nicht so wichtig wie Sie«, sagte Dorothy. »Ich finde, was zählt, ist die geistige Einstellung des Priesters, nicht die Gewänder, die er trägt.«

»Das ist die Art von Bemerkung, die ein primitiver Methodist machen könnte!« rief Victor empört aus. »Natürlich sind die Gewänder wichtig! Wozu haben wir überhaupt einen Ritus, wenn wir nicht etwas Anständiges daraus machen können? Also, wenn Sie wissen wollen, wie der wahre katholische Ritus aussehn *kann*, dann schauen Sie sich St. Wedekind in Millborough an! Beim Zeus, die stellen was Gutes auf die Beine! Darstellungen von der Heiligen Jungfrau, Aufhebung des Sakraments – alles. Die Kensititen sind ihnen schon dreimal auf den Pelz gerückt, aber sie scheren sich einfach nicht um den Bischof.«

»Nein, ich hasse es, was die in St. Wedekind aufführen!« sagte Dorothy. »Die sind ja vollkommen überdreht. Vor lauter Weihrauchwolken kann man kaum sehen, was am Altar vorgeht. Ich finde, solche Leute sollten römisch-katholisch werden und fertig.«

»Meine liebe Dorothy, Sie hätten Nonkonformistin werden

sollen. Wirklich. Ein Plymouth-Bruder – oder Plymouth-Schwester oder wie das heißt. Ich glaube, Ihre liebste Kirchenhymne ist Nr. 567: ›O mein Gott, dich fürchte ich, du bist so hoch über mir‹!«

»Und Ihre ist Nr. 231: ›Ich setze jede Nacht mein Zelt ein' Tagmarsch näher Rom‹!« gab Dorothy zurück und wickelte den Faden um den vierten und letzten Knopf.

Die Diskussion ging noch ein paar Minuten lang weiter, während Dorothy den Kastorhut eines Kavaliers (es war einer ihrer eigenen alten schwarzen Filzhüte aus der Schule) mit Bändern und einer Feder schmückte. Sie und Victor waren nie lange zusammen, ohne sich in eine Auseinandersetzung über die Frage des »Ritualismus« zu verwickeln. Dorothys Auffassung nach gehörte Victor zu jenen Leuten, die »nach Rom übergehen« würden, wenn man sie nicht davon abhielt, und darin hatte sie wahrscheinlich ganz recht. Aber Victor war sich über sein wahrscheinliches Schicksal noch nicht klar. Für den Moment füllten die Aufregungen der anglo-katholischen Bewegung mit ihrer unablässigen spannenden Kriegführung an drei Fronten zugleich – Protestanten zur Rechten, Modernisten zur Linken, und bedauerlicherweise die römischen Katholiken von hinten, und immer bereit zu einem heimlichen Tritt – seinen geistigen Horizont. Dr. Major in der *Church Times* eins auszuwischen, das bedeutete ihm mehr als der ganze Ernst des Lebens. Seiner ganzen Kirchlichkeit zum Trotz hatte er keinen Funken echter Frömmigkeit in seiner Natur. Die religiöse Kontroverse zog ihn vor allem anderen als Spiel an – das fesselndste Spiel, das Menschen je erfunden hatten, weil es nie aufhört und weil ein ganz kleines bißchen Schwindeln dabei erlaubt ist.

»Gott sei Dank, das ist vorbei!« sagte Dorothy, wirbelte den Kastorhut des Kavaliers rund um ihre Hand und stellte ihn dann hin. »Ach du meine Güte, was für Berge von Dingen sind noch zu machen! Wenn ich nur nicht immer an diese schrecklichen Stulpenstiefel denken müßte. Wie spät ist's denn, Victor?«

»Fast schon fünf vor eins.«

»Ach, du Schreck! Ich muß laufen. Ich muß drei Omeletts machen. Ellen traue ich mich nicht, das zu überlassen. Ach ja, Victor! Haben Sie irgend etwas, das Sie uns für den Gebrauchtwarenbasar geben können? Wenn Sie uns vielleicht eine alte Hose geben würden, das wäre das allerbeste, denn Hosen können wir immer verkaufen.«

»Hosen? Nein. Aber ich sage Ihnen, was ich habe. Ich habe ein Exemplar von *Pilgrim's Progress* und eins von Foxes *Book of Martyrs,* die ich schon seit Jahren loswerden möchte. Viehischer protestantischer Mist! Eine alte Dissenter-Tante von mir hat sie mir verehrt. – Macht Sie das denn nicht krank, dieses ewige Schnorren um Pennies? Wenn wir nur unsere Gottesdienste in einer ordentlichen, katholischen Art feiern würden, so daß wir eine ordentliche Gemeinde zusammenkriegen – sehen Sie das nicht ein, dann müßten wir nicht –«

»Das ist ja sehr schön«, sagte Dorothy. »Wir haben immer einen Bücherstand – wir verlangen pro Buch einen Penny, und es werden fast immer alle verkauft. Dieser Basar *muß* einfach ein Erfolg werden, Victor! Ich rechne sehr damit, daß uns Miß Mayfill etwas wirklich Nettes gibt. Ich mach mir ganz besondere Hoffnungen, daß sie uns dieses herrliche alte Lowestoft-Teeservice aus Porzellan gibt, und das könnten wir für fünf Pfund mindestens verkaufen. Ich habe den ganzen Vormittag lang ganz besonders darum gebetet, daß sie uns das gibt.«

»Ach ja?« sagte Victor, weniger enthusiastisch als üblich. So wie Proggett früher am Vormittag wurde auch er von dem Wort Gebet peinlich berührt. Er war bereit, über einen Punkt des Rituals den ganzen Tag lang zu diskutieren; aber die Erwähnung privater Andachtsübungen kam ihm irgendwie leicht unanständig vor. »Vergessen Sie nicht, Ihren Vater wegen der Prozession zu fragen«, sagte er, zu einem ihm gemäßeren Thema zurückkehrend.

»Na gut, ich werde ihn fragen. Aber Sie wissen, wie's ausgehen wird. Er wird sich nur ärgern und sagen, das ist das römische Fieber.«

»Der Teufel hole das römische Fieber!« sagte Victor, der sich, anders als Dorothy, fürs Fluchen keine Bußen auferlegte.

Dorothy hastete in die Küche, entdeckte, daß es nur fünf Eier gab, um daraus Omeletts für drei Leute zu machen, und entschied sich für ein einziges großes Omelett, das sie mit kalten gekochten Kartoffeln, die von gestern noch übrig waren, ein bißchen aufblähen würde. Mit einem kurzen Stoßgebet um ein erfolgreiches Omelett (denn Omeletts haben diese gräßliche Neigung zu zerfallen, wenn man sie aus der Pfanne herausnimmt) schlug sie die Eier, während Victor sich die Auffahrt hinunter entfernte, halb sehnsüchtig, halb trotzig »Heil dir, festlicher Tag« summend, und dabei an einem angewidert dreinschauenden Diener vorbeikam, der zwei henkellose Nachttöpfe trug, die Miß Mayfills Beitrag zum Basar darstellten.

VI

Es war kurz nach zehn. Verschiedenes war geschehen – allerdings nichts von besonderer Bedeutung; nur die übliche Reihe von Pfarrarbeiten, die Dorothys Nachmittage und Abende füllten. Nun war sie, wie früher am Tag vereinbart, im Haus von Mr. Warburton und bemühte sich, in einer dieser verschlungenen Debatten, in die er sie so gern verwickelte, ihren Mann zu stellen.

Sie unterhielten sich – Mr. Warburton versäumte ja nie, die Konversation auf diesen Gegenstand zu lenken – über die Frage des religiösen Glaubens.

»Meine liebe Dorothy«, sagte er gerade streitbar im Auf- und Abgehen, die eine Hand in der Jackentasche, die andere mit einer brasilianischen Zigarre beschäftigt. »Meine liebe Dorothy, Sie wollen mir doch nicht ernsthaft einreden, daß Sie in Ihrem Alter

– siebenundzwanzig, soviel ich weiß – und bei Ihrer Intelligenz sich Ihren religiösen Glauben noch immer mehr oder weniger *in toto* erhalten haben?«

»Doch, das habe ich. Das wissen Sie doch.«

»Kommen Sie, kommen Sie! Die ganze Trickkiste? Diesen ganzen Klimbim, den Sie an Ihrer Mutter Rockschoß gelernt haben – Sie werden mir doch sicher nicht einreden wollen, daß Sie an das alles noch glauben? Natürlich tun Sie das nicht! Das gibt's doch nicht! Sie wagen nur nicht, es zuzugeben, das ist's. Aber wissen Sie, hier brauchen Sie sich keine Sorgen zu machen. Die Frau des Landdekans kann uns nicht hören, und *ich* werde Sie nicht verraten.«

»Ich weiß nicht, was Sie mit ›Klimbim‹ meinen«, begann Dorothy und richtete sich etwas verstimmt in ihrem Stuhl gerade auf.

»Also, nehmen wir ein Beispiel. Etwas, was besonders schwer zu schlucken ist – die Hölle zum Beispiel. Glauben Sie an die Hölle? Wenn ich sage *glauben,* dann meine ich nicht in so einer Milch-und-Wasser-metaphorischen Art wie diese modernistischen Bischöfe, über die sich der junge Victor Stone so aufregt. Ich meine, glauben Sie buchstäblich daran? Glauben Sie an die Hölle, so wie Sie an Australien glauben?«

»Ja, natürlich glaube ich daran«, sagte Dorothy und gab sich alle Mühe, um ihm klarzumachen, daß die Existenz der Hölle sehr viel realer und dauerhafter ist als die Existenz Australiens.

»Hm«, sagte Mr. Warburton unbeeindruckt. »Auf seine Art natürlich dogmatisch einwandfrei. Aber was mich bei euch religiösen Leuten immer so mißtrauisch macht, ist, daß ihr so verdammt kaltblütig seid über euren Glauben. Das zeigt eine sehr beschränkte Einbildungskraft, wenn nichts Ärgeres. Hier bin ich, ein Ungläubiger und Gotteslästerer, bis zum Hals in wenigstens sechs von sieben Todsünden verstrickt und offensichtlich verdammt zur ewigen Höllenqual. Schon in einer Stunde könnte ich vielleicht im heißesten Teil der Hölle schmoren. Und dennoch können Sie hier sitzen und so gleichmütig mit mir reden, als wäre mit mir alles in Ordnung. Wenn ich aber Krebs oder Lepra oder sonst ein körperliches Leiden hätte, dann würden Sie sich sicher sehr darüber aufregen – oder wenigstens schmeichle ich mir, daß Sie das täten. Wogegen Sie der Umstand, daß ich in Ewigkeit am Grill bruzzeln werde, offenbar völlig unbeteiligt läßt.«

»Ich habe nie gesagt, daß *Sie* in die Hölle kommen«, sagte Dorothy etwas unbehaglich und wünschte, die Unterhaltung möchte eine andere Richtung nehmen. Denn die Wahrheit war – das würde sie ihm allerdings nicht auf die Nase binden –, daß der Punkt, den Mr. Warburton da anschnitt, einer war, mit dem sie selbst gewisse Schwierigkeiten hatte. Sie glaubte zwar wirklich an die Hölle, hatte sich aber nie zu der Überzeugung durchringen können, daß je ein Mensch tatsächlich in die Hölle käme. Sie glaubte an die Existenz der Hölle, aber auch daran, daß sie *leer* war. Da sie nicht sicher war, ob dies den Lehren der Kirche entsprach, behielt sie es lieber für sich. »Es ist nie sicher, daß *irgend jemand* wirklich in die Hölle kommt«, sagte sie etwas fester, denn hier, so fühlte sie, stand sie wenigstens auf festerem Boden.

»Was!« sagte Mr. Warburton und hielt in gespielter Überraschung inne. »Sie wollen doch sicher nicht sagen, daß für mich noch Hoffnung besteht?«

»Natürlich besteht Hoffnung. Das sind doch nur diese schrecklichen Prädestinations-Leute, die behaupten, daß man in die Hölle kommt, ganz egal, ob man bereut oder nicht. Sie halten die Kirche von England doch nicht für calvinistisch, oder?«

»Ich nehme an, man kann sich immer noch auf unüberwindliche Unwissenheit rausreden«, sagte Mr. Warburton nachdenklich; und dann, wieder zuversichtlicher: »Wissen Sie, Dorothy, ich habe irgendwie das Gefühl, daß Sie selbst jetzt, wo Sie mich schon zwei Jahre lang kennen, immer noch die leise Vorstellung haben, Sie könnten mich bekehren. Ein verlorenes Schaf – ein Feuerbrand der Hölle, und so weiter. Ich glaube, Sie hoffen noch immer gegen jede Hoffnung, daß mir eines schönen Tags die

Augen aufgehen und Sie mir an irgendeinem teuflisch kalten Wintermorgen um sieben Uhr bei der Heiligen Kommunion begegnen. Hab ich recht?«

»Nun –«, sagte Dorothy, wieder unbehaglich. Sie nährte tatsächlich eine derartige Hoffnung in bezug auf Mr. Warburton, obwohl er sicherlich keinen vielversprechenden Fall für eine Bekehrung darstellte. Es lag nicht in ihrer Natur, einen Mitmenschen im Zustand des Unglaubens zu erblicken, ohne irgendwie zu versuchen, ihn zu retten. Wie viele Stunden hatte sie nicht zu verschiedenen Malen damit verbracht, mit Dorf-Atheisten, die keinen einzigen vernünftigen Grund für ihren Unglauben vorbringen konnten, ernsthaft zu debattieren! »Ja«, gab sie endlich zu, ein Geständnis, das ihr nicht leicht fiel, aber sie wollte auch keine Ausflüchte machen.

Mr. Warburton lachte sehr herzlich.

»Sie haben eine hoffnungsvolle Natur«, sagte er. »Aber haben Sie keine Angst, daß nicht ich womöglich *Sie* bekehre? ›Der Hund war's, der daran starb‹, wie Sie sich vielleicht erinnern.«

Dazu mußte Dorothy nur lächeln. »Nie zeigen, daß er einen schockiert« – das war bei jedem Gespräch mit Mr. Warburton ihre Maxime. Sie hatten bereits eine Stunde lang auf diese Weise dahindebattiert, ohne zu irgendeinem Schluß zu kommen, und hätten wohl die ganze Nacht so weitergemacht, wenn Dorothy hier hätte bleiben wollen; denn Mr. Warburton genoß es ungemein, sie wegen ihrer religiösen Vorstellungen aufzuziehen. Er hatte die fatale Klugheit, die mit dem Unglauben so oft Hand in Hand geht, und in ihren Debatten blieb Dorothy, obwohl sie immer *recht* hatte, nicht immer Sieger. Sie saßen – oder vielmehr Dorothy saß, und Mr. Warburton stand – in einem großen, angenehmen Raum mit Ausblick auf einen mondbeschienenen Rasen, den Mr. Warburton sein »Studio« nannte – nicht daß es irgendwelche Spuren jemals hier verrichteter Arbeit gegeben hätte. Zu Dorothys großer Enttäuschung war der gefeierte Mr. Bewley nicht erschienen. (Um ehrlich zu sein, existierten weder Mr. Bewley, noch seine Frau, noch sein Roman mit dem Titel

Fischteiche und Konkubinen. Mr. Warburton hatte alle drei im Handumdrehen erfunden, als Vorwand, um Dorothy zu sich einzuladen, da er sehr gut wußte, daß sie unchaperoniert nicht kommen würde.) Dorothy hatte sich ziemlich unbehaglich gefühlt, als sie sah, daß Mr. Warburton allein war. Sie hatte überlegt, oder war vielmehr völlig überzeugt gewesen, daß es klüger wäre, augenblicklich wieder nach Haus zu gehen; aber sie war geblieben, hauptsächlich deshalb, weil sie fürchterlich müde war, und der Lederfauteuil, in den Mr. Warburton sie im Moment des Eintritts in sein Haus gedrängt hatte, zu bequem, um wieder aufzustehen. Jetzt allerdings meldete sich ihr Gewissen. Es gehörte sich nicht, zu lange hier zu bleiben – die Leute würden reden, wenn das bekannt wurde. Außerdem gab es eine ganze Menge von Dingen, die sie noch zu tun hatte und die sie vernachlässigt hatte, um hierher zu kommen. Sie war Muße so wenig gewohnt, daß ihr selbst eine Stunde, die sie mit nichts anderem als mit Reden verbrachte, schon irgendwie sündhaft vorkam.

Mit Anstrengung richtete sie sich in dem allzu bequemen Sessel gerade auf. »Ich glaube, wenn Sie nichts dagegen haben, dann wäre es für mich jetzt Zeit zum Heimgehen«, sagte sie.

»Wenn wir schon von unüberwindlicher Unwissenheit sprechen«, fuhr Mr. Warburton fort, ohne auf Dorothys Bemerkung einzugehen, »ich weiß nicht mehr, ob ich Ihnen schon erzählt habe, wie ich einmal vor dem World's-End-Pub in Chelsea stand und auf ein Taxi wartete, da kam ein verdammt häßliches Heilsarmee-Mädchen auf mich zu und sagte – ohne jede Art von Einführung, wissen Sie –: ›Was werden Sie am Sitze des Gerichts sagen?‹ Ich sagte: ›Ich behalte mir meine Verteidigung vor.‹ Ziemlich schlagfertig, finden Sie nicht auch?«

Dorothy gab keine Antwort. Ihr Gewissen hatte ihr einen weiteren und noch heftigern Stich gegeben – die unseligen ungemachten Stulpenstiefel waren ihr wieder eingefallen und der Umstand, daß zumindest einer von ihnen heute abend noch fertiggestellt werden mußte. Sie war jedoch unerträglich müde.

Sie hatte einen anstrengenden Nachmittag hinter sich, angefangen mit etwa zehn Meilen auf dem Fahrrad, hin und her in der Sonne, um das Pfarrblatt zu verteilen, und darauf folgend der Tee mit der Mütter-Vereinigung in dem heißen kleinen Raum mit den Holzwänden hinter dem Pfarrsaal. Die Mütter trafen sich jeden Mittwochnachmittag zu Teetrinken und wohltätigem Nähen, während Dorothy ihnen laut vorlas. (Zur Zeit las sie *A Girl of the Limberlost* von Gene Stratton.) Pflichten dieser Art fielen fast immer Dorothy zu, denn die Phalanx aufopfernder Frauen (das Kirchengeflügel nennt man sie), die in den meisten Pfarren die Dreckarbeit leisten, war in Knype Hill auf höchstens vier bis fünf geschrumpft. Die einzige Helferin, mit der Dorothy auch nur einigermaßen sicher rechnen konnte, war Miß Foote, eine große, hasengesichtige, zappelige Jungfer von fünfunddreißig, die die besten Absichten hatte, aber immer alles durcheinanderbrachte und sich im Zustande ständiger Konfusion befand. Mr. Warburton sagte, sie erinnere ihn an einen Kometen – »ein lächerliches stumpfnasiges Geschöpf, auf exzentrischer Umlaufbahn kreisend und immer ein bißchen verspätet«. Man konnte Miß Foote das Schmücken der Kirche überlassen, aber nicht die Mütter oder die Sonntagsschule, denn sie war zwar regelmäßige Kirchgängerin, aber in ihrer Rechtgläubigkeit nicht über jeden Verdacht erhaben. Sie hatte Dorothy anvertraut, daß sie Gott am besten unter dem blauen Gewölbe des Himmels anbeten könne. Nach dem Tee war Dorothy in die Kirche geeilt, um frische Blumen auf den Altar zu stellen, dann hatte sie die Predigt ihres Vaters abgetippt – ihre Schreibmaschine war klapprige Vorkriegsware von vor dem Burenkrieg, eine ›Invisible‹, auf der man es auf keine achthundert Wörter pro Stunde bringen konnte –, und nach dem Abendessen hatte sie die Erbsenbeete gejätet, bis es dunkel wurde und ihr der Rücken zu brechen drohte. Es war so vieles zusammengekommen, und jetzt war sie noch erschöpfter als sonst.

»Ich muß jetzt wirklich gehen«, wiederholte sie in festerem Ton. »Ich bin sicher, es ist schon schrecklich spät.«

»Gehen?« sagte Mr. Warburton. »Unsinn! Der Abend hat kaum erst begonnen.«

Er ging wieder im Zimmer auf und ab, beide Hände in den Jackentaschen, nachdem er seine Zigarre weggeworfen hatte. Das Schreckgespenst der ungemachten Stulpenstiefel schlich sich wieder in Dorothys Geist. Sie würde, entschied sie plötzlich, heute nacht zwei Stulpenstiefel machen statt nur einen, als Buße für die Stunde, die sie vertrödelt hatte. Sie fing gerade an, im Geist einen Entwurf zu machen, wie sie den Rist aus dem braunen Packpapier ausschneiden würde, als sie bemerkte, daß Mr. Warburton hinter ihrem Sessel stehen geblieben war.

»Wie spät ist es, wissen Sie das?« sagte sie.

»Möglicherweise etwa halb elf. Aber Menschen wie Sie und ich sprechen nicht von so vulgären Dingen wie der Zeit.«

»Wenn es halb elf ist, dann muß ich aber jetzt wirklich fort«, sagte Dorothy. »Ich habe noch eine ganze Menge Arbeit, bevor ich ins Bett gehe.«

»Arbeit? Jetzt um diese nächtliche Stunde? Unmöglich!«

»Doch, doch. Ich muß ein Paar Stulpenstiefel machen.«

»Sie müssen ein Paar *was* machen?« fragte Mr. Warburton.

»Stulpenstiefel. Für das Stück, das die Schulkinder aufführen. Wir machen sie aus Kleister und braunem Packpapier.«

»Kleister und Packpapier! Guter Gott!« murmelte Mr. Warburton. Er fuhr fort, hauptsächlich um die Tatsache zu bemänteln, daß er sich Dorothys Sessel näherte: »Was Sie für ein Leben führen! Mitten in der Nacht mit Kleister und braunem Packpapier herumpanschen! Ich muß sagen, es gibt Zeiten, wo ich mich nur eben so ein kleines bißchen darüber freue, daß ich keine Pfarrerstochter bin.«

»Ich denke –«, begann Dorothy.

Doch in diesem Moment hatte Mr. Warburton, unsichtbar hinter ihrem Sessel, seine Hände gesenkt und sie sanft an den Schultern gepackt. Sofort drehte und wand sich Dorothy, um sich von ihm freizumachen; aber Mr. Warburton drückte sie in den Sessel.

»Bleiben Sie ruhig«, sagte er friedfertig.

»Lassen Sie mich gehen!« rief Dorothy.

Mr. Warburton ließ seine rechte Hand zärtlich über ihren Oberarm gleiten. In der Art, wie er das tat, lag etwas sehr Aufschlußreiches, sehr Charakteristisches: es war die eingehende, abschätzende Berührung eines Mannes, dem der Körper einer Frau viel bedeutet – auf die gleiche Weise, als wäre er etwas Eßbares.

»Sie haben wirklich außerordentlich hübsche Arme«, sagte er. »Wie, zum Kuckuck, haben Sie es fertig gebracht, alle diese Jahre unverheiratet zu bleiben?«

»Lassen Sie mich sofort gehen!« wiederholte Dorothy und fing wieder zu zappeln an.

»Aber ich möchte Sie gar nicht gehen lassen«, wandte Mr. Warburton ein.

»*Bitte*, streichen Sie mir nicht auf diese Weise über den Arm! Ich mag es nicht!«

»Was sind Sie doch für ein seltsames Kind! Warum mögen Sie es nicht?«

»Ich sage Ihnen doch, ich mag es nicht!«

»Drehen Sie sich bitte jetzt nicht etwa um«, sagte Mr. Warburton milde. »Sie begreifen offenbar gar nicht, wie taktvoll es von mir war, mich Ihnen von hinten zu nähern. Wenn Sie sich umdrehen, werden Sie sehen, daß ich alt genug bin, um Ihr Vater zu sein, und scheußlich kahlköpfig noch obendrein. Aber wenn Sie nur still halten und mich nicht ansehen, dann können Sie sich einbilden, ich sei Ivor Novello.«

Dorothys Auge fiel auf die Hand, die sie streichelte – eine große, rosarote, sehr männliche Hand, mit dicken Fingern und einem Vlies aus goldenen Haaren auf dem Handrücken. Sie wurde sehr bleich; der Ausdruck ihres Gesichts ging von reinem Ärger zu Abscheu und Angst über. Sie machte eine heftige Anstrengung, riß sich von ihm los, stand auf und sah ihm ins Gesicht.

»Ich wünschte wirklich, Sie würden so etwas nicht tun!« sagte sie, halb zornig, halb bedrückt.

»Was ist los mit Ihnen?« sagte Mr. Warburton.

Er stand wieder gerade, in seiner normalen Haltung, gänzlich unbeteiligt, und betrachtete sie mit einer Spur von Neugier. Ihr Gesicht hatte sich verändert. Es war nicht nur, daß sie blaß geworden war; in ihren Augen war ein erschrockener, in sich gekehrter Ausdruck – fast als würde sie ihn momentan mit den Augen eines Fremden ansehen. Er erkannte, daß er sie irgendwie verwundet hatte, auf eine Art, die er nicht verstand, von der sie vielleicht auch gar nicht wollte, daß er sie verstehen sollte.

»Was ist denn los mit Ihnen?« wiederholte er.

»Warum müssen Sie jedesmal, wenn wir zusammen sind, so etwas machen?«

»Jedesmal, wenn wir zusammen sind, ist eine Übertreibung«, sagte Mr. Warburton. »Ich habe wirklich nur sehr selten die Gelegenheit. Aber wenn Sie wirklich und wahrhaftig nicht mögen –«

»Natürlich mag ich's nicht! Sie wissen, daß ich's nicht mag!«

»Gut, gut! Dann sprechen wir nicht mehr darüber«, sagte Mr. Warburton großzügig. »Setzen Sie sich, und wir wechseln das Thema.«

Er hatte nicht das geringste Schamgefühl. Das war vielleicht sein auffallendster Charakterzug. Nachdem er versucht hatte, sie zu verführen, und auf keinen grünen Zweig gekommen war, war er durchaus bereit, die Unterhaltung fortzuführen, als ob nichts passiert wäre.

»Ich gehe sofort nach Haus«, sagte Dorothy. »Ich kann nicht länger hierbleiben.«

»Ach, Unsinn! Setzen Sie sich und vergessen Sie's. Wir unterhalten uns über Moraltheologie oder über Kathedralenarchitektur oder die Kochklassen der Pfadfinderinnen oder was Sie wollen. Bedenken Sie, wie ich mich allein langweilen werde, wenn Sie schon so früh nach Haus gehen.«

Doch Dorothy gab nicht nach, und sie hatten eine Auseinandersetzung. Aber selbst wenn es nicht seine Absicht gewesen wäre, sich ihr noch einmal zu nähern – und was er auch immer versprach, er würde in ein paar Minuten sicherlich wieder damit anfangen, wenn sie nicht ging –, so hätte Mr. Warburton sie dennoch zum Bleiben gedrängt, denn wie alle durch und durch faulen Menschen hatte auch er einen Abscheu vor dem Zubettgehen und keine Vorstellung vom Wert der Zeit. Er hätte, wenn man ihn ließe, bis drei oder vier Uhr früh dahingeplaudert. Selbst als Dorothy endlich die Flucht gelang, schritt er neben ihr die mondbeschienene Auffahrt hinunter und redete noch immer weit ausholend und mit so guter Laune, daß Dorothy es nicht über sich brachte, ihm noch länger böse zu sein.

»Ich fahre morgen früh ganz zeitig weg«, sagte er zu ihr, als sie ans Tor kamen. »Ich bringe den Wagen in die Stadt und hole die Kinder ab – die *Bastarde,* wissen Sie –, und den Tag darauf geht's ab nach Frankreich. Ich bin nicht sicher, wohin wir dann fahren; vielleicht nach Osteuropa. Prag, Wien, Bukarest.«

»Wie nett«, sagte Dorothy.

Mit einer Behendigkeit, die bei einem so großen und fülligen Mann überraschte, hatte Mr. Warburton sich zwischen Dorothy und das Tor gedrängt.

»Ich werde sechs Monate oder länger fort sein«, sagte er. »Und ich brauche natürlich nicht zu fragen, ob Sie mich vor einer so langen Trennung nicht zum Abschied küssen möchten?«

Bevor sie begriff, was er tat, hatte er einen Arm um sie gelegt und sie an sich gezogen. Sie fuhr zurück – zu spät; er küßte sie auf die Wange – hätte sie auf den Mund geküßt, wenn sie nicht den Kopf rechtzeitig weggedreht hätte. Sie zappelte in seinen Armen, heftig, und einen Moment lang ganz ohne jede Wirkung.

»Ach, lassen Sie mich gehen!« rief sie. »Lassen Sie mich *bitte* gehen!«

»Ich glaube, ich habe schon darauf hingewiesen«, sagt Mr. Warburton und hielt sie ganz ohne Anstrengung fest, »daß ich Sie nicht gern gehen lasse.«

»Aber wir stehen genau vor Mrs. Semprills Fenster! Sie wird uns ganz sicher sehen!«

»Du guter Gott! Das wird sie tatsächlich!« sagte Mr. Warburton. »Das habe ich ganz vergessen.«

Von diesem Einwand beeindruckt wie von keinem anderen, ließ er Dorothy frei. Sie brachte sofort das Tor zwischen sich und Mr. Warburton, während er Mrs. Semprills Fenster studierte.

»Ich kann nirgends ein Licht sehen«, sagte er endlich. »Vielleicht haben wir Glück, und die vermaledeite Hexe hat uns nicht gesehen.«

»Auf Wiedersehen«, sagte Dorothy kurz. »Diesmal muß ich wirklich gehen. Viele Grüße an die Kinder.«

Damit entfernte sie sich, so schnell es ging, ohne richtig zu laufen, um aus seiner Reichweite zu gelangen, bevor er noch einmal versuchen würde, sie zu küssen.

Schon im Fortgehen hielt sie einen Moment inne – von irgendwo in Mrs. Semprills Haus erklang das unmißverständliche Geräusch des Fensterschließens. Hatte Mrs. Semprill sie also doch beobachtet? Aber (überlegte Dorothy) *natürlich* hatte sie sie beobachtet! Was durfte man denn sonst erwarten? Man konnte sich wohl kaum vorstellen, daß sich Mrs. Semprill eine derartige Szene entgehen lassen würde. Und *wenn* sie sie beobachtet hatte, dann würde die Geschichte ohne jeden Zweifel morgen früh in der Stadt die Runde machen und würde beim Erzählen nichts an Pikanterie einbüßen. Doch diese Vorstellung, so unheimlich sie auch war, huschte nur ganz kurz durch Dorothys Inneres, während sie die Straße entlangeilte.

Als Mr. Warburtons Haus ganz sicher nicht mehr zu sehen war, blieb sie stehen, holte ihr Taschentuch heraus und rieb sich jene Stelle auf ihrer Wange, wo er sie geküßt hatte. Erst als sie den imaginären Fleck, den seine Lippen dort zurückgelassen hatten, ganz abgerieben hatte, ging sie wieder weiter.

Was er getan hatte, verstörte sie. Selbst jetzt noch klopfte und flatterte ihr Herz auf unangenehme Weise. Ich kann diese Dinge nicht *ertragen*, sagte sie mehrere Male zu sich selber. Und das war unglücklicherweise die reine Wahrheit; sie konnte es wirklich nicht ertragen. Von einem Mann geküßt und liebkost zu werden – starke männliche Arme um sich zu spüren und kräftige männliche Lippen, die auf ihre eigenen drückten – das war für sie erschreckend und widerwärtig. Sogar in der Erinnerung oder Vorstellung schüttelte es sie. Das war ihr ganz besonderes Geheimnis, das besondere, unheilbare Gebrechen, das sie durchs Leben trug.

Wenn sie einen nur *allein* lassen würden, dachte sie, während sie etwas langsamer weiterging. So drückte sie es meistens vor sich selbst aus – »wenn sie einen nur *allein* lassen würden!« Denn in anderer Hinsicht hatte sie keineswegs etwas gegen Männer. Teil der Faszination, die Mr. Warburton auf sie ausübte, war die Tatsache, daß er ein Mann war und die sorglose gute Laune und intellektuelle Großzügigkeit besaß, die man bei Frauen so selten findet. Aber warum konnten sie einen denn nicht *allein* lassen? Warum mußten sie einen immer küssen und betasten? Sie waren gräßlich, wenn sie einen küßten – gräßlich und ein bißchen ekelhaft, wie ein großes, felliges Tier, das sich an einem reibt, überfreundlich, das aber doch jeden Moment gefährlich werden kann. Und hinter dem Küssen und Betasten lag immer eine Andeutung jener anderen, monströsen Dinge (*das Alles* nannte sie es bei sich), an die sie kaum zu denken wagte.

Natürlich hatte auch sie ihr Teil, ja eher mehr als ihr Teil, an männlichen Aufmerksamkeiten erlebt. Sie war gerade hübsch genug und gerade unscheinbar genug, um zu jener Art von Mädchen zu gehören, die die Männer am liebsten belästigen. Denn wenn ein Mann ein bißchen harmloses Vergnügen möchte, dann sucht er sich meistens ein Mädchen aus, das nicht *allzu* hübsch ist. Hübsche Mädchen (so denkt er) sind verwöhnt und daher launenhaft; aber mit den unscheinbaren hat man leichtes Spiel. Und selbst eine Pfarrerstochter in Knype Hill, die fast ihr ganzes Leben lang in der Pfarrarbeit aufgeht, entgeht den Belästigungen nicht ganz. Dorothy war wahrhaftig schon Kummer gewöhnt – schon gewöhnt an die dicklichen Männer mittleren Alters mit hoffnungsvollen Fischaugen, die mit ihrem Wagen langsamer fuhren, wenn man auf der Straße an ihnen vorbeikam, oder die sich irgendwie eine Einführung verschafften und keine zehn Minuten darauf anfingen, einen in den Ellbogen zu kneifen. Männer jeder Art und Beschreibung. Sogar einmal ein Geistlicher – Kaplan eines Bischofs war er gewesen …

Das Traurige war nur, daß es nicht besser war, sondern, oh!, unendlich schlimmer, wenn es die richtige Art von Mann war und seine Absichten anständig waren. Sie dachte fünf Jahre zurück, an Francis Moon, den damaligen Kooperator von St. Wedekind in Millborough. Der liebe Francis! Wie gern hätte sie ihn geheiratet, wäre es nicht wegen *dem allem* gewesen! Wieder und wieder hatte er sie gebeten, ihn zu heiraten, und natürlich hatte sie nein sagen müssen; und er hatte, ebenso natürlich, nie gewußt warum. Sie konnte ihm unmöglich sagen, warum. Und dann war er fortgegangen und nur ein Jahr später so sinnlos an Lungenentzündung gestorben. Sie flüsterte ein Gebet für seine Seele, momentan ganz vergessend, daß ihr Vater Gebete für die Toten nicht gerne sah, und dann schob sie mit einer Anstrengung die Erinnerung beiseite. Lieber nicht mehr daran denken! Sie spürte einen Schmerz in ihrer Brust bei dem Gedanken daran.

Sie konnte nie heiraten, das hatte sie schon vor langer Zeit entschieden. Sogar als Kind hatte sie es schon gewußt. Nichts konnte jemals ihren Horror vor *dem allem* besiegen – bei dem bloßen Gedanken daran schien irgend etwas in ihr sich zu verkrampfen und zu gefrieren. Und in gewissem Sinne wollte sie ihren Abscheu ja auch gar nicht besiegen. Denn so wie die meisten abnormalen Menschen war auch sie sich über ihre Abnormalität nicht im klaren.

Und obwohl ihre sexuelle Kälte ihr natürlich und unvermeidlich erschien, wußte sie doch ganz gut, wie es begonnen hatte. Sie konnte sich, so klar, als wäre es gestern geschehen, an gewisse schreckliche Szenen zwischen ihrem Vater und ihrer Mutter erinnern – Szenen, die sie mitangesehen hatte, als sie nicht mehr als neun Jahre alt gewesen war. Diese Szenen hatten eine tiefe geheime Wunde in ihrem Inneren hinterlassen. Und ein bißchen später war sie fürchterlich über ein paar alte Stahlstiche erschrokken, auf denen Nymphen von Satyren verfolgt wurden. Für ihren kindlichen Geist lag etwas unaussprechlich und fürchterlich Unheimliches in diesen gehörnten, halb-menschlichen Geschöpfen, die im Dickicht und hinter großen Bäumen lauerten, jederzeit bereit, in plötzlicher rascher Jagd hervorgehüpft zu kommen. Ein ganzes Jahr ihrer Kindheit hatte sie sich davor gefürchtet, allein durch einen Wald zu gehen, aus Angst vor Satyren. Diese Furcht hatte sie natürlich überwunden, aber nicht das Gefühl, das sich damit verbunden hatte. Der Satyr als Symbol war ihr geblieben. Vielleicht würde sie nie darüber hinwegkommen, über dieses ganz besondere Gefühl der Angst, der sinnlosen Flucht vor etwas, dessen Schrecken rational nicht zu erklären war – das Stampfen von Hufen im einsamen Wald, die mageren, haarigen Schenkel des Satyrs. Es war etwas, das nicht zu ändern war, das man nicht hinwegerklären konnte. Und außerdem ist es heutzutage unter gebildeten Frauen viel zu häufig, als daß man sich darüber wundern müßte.

Als sie die Pfarrei erreichte, war Dorothys Erregung fast verschwunden. Die Gedanken an Satyren und Mr. Warburton, an Francis Moon und ihre schicksalhafte Unfruchtbarkeit, die ihr durch den Kopf gegangen waren, wichen und wurden durch das anklagende Bild eines Stulpenstiefels abgelöst. Sie dachte daran, daß sie jetzt noch gute zwei Stunden arbeiten mußte, bevor sie heute nacht zu Bett gehen konnte. Das Haus lag im Dunkeln. Sie ging rund herum zum Hintereingang und schlich sich auf Zehenspitzen durch die Spülküchentür, aus Angst, ihren Vater, der wahrscheinlich schlief, aufzuwecken.

Während sie sich ihren Weg durch den dunklen Gang zum Gewächshaus ertastete, entschied sie plötzlich, daß sie unrecht getan hatte, heute abend zu Mr. Warburton zu gehen. Niemals wieder, beschloß sie, würde sie zu ihm gehen, selbst wenn sie wirklich ganz sicher war, daß noch jemand anderes auch dort wäre. Und außerdem würde sie dafür Buße tun, daß sie heute abend hingegangen war. Nachdem sie die Lampe angezündet hatte, nahm sie als allererstes ihre »Memo-Liste« zur Hand, die sie schon für morgen aufgestellt hatte, und schrieb neben »Frühstück« ein großes »B«, B stand für Buße – wieder kein Speck morgen zum Frühstück. Dann zündete sie den Ölofen unter dem Kleistertopf an.

Der Schein der Lampe fiel gelb auf ihre Nähmaschine und auf den Berg halbfertiger Kostüme auf dem Tisch, sie an den noch größeren Berg von Gewändern erinnernd, die noch nicht einmal angegangen waren; und dabei fiel ihr auch ein, daß sie schrecklich, ja überwältigend müde war. In dem Augenblick, als Mr. Warburton seine Hände auf ihre Schultern gelegt hatte, hatte sie ihre Müdigkeit vergessen, aber jetzt kam sie mit doppelter Wucht zurück. Und außerdem hatte ihre Müdigkeit heute abend irgend etwas ganz Ungewöhnliches an sich. Sie fühlte sich fast im buchstäblichen Sinn des Wortes ausgewaschen, ausgewrungen. Wie sie da neben dem Tisch stand, hatte sie plötzlich das sehr seltsame Gefühl, als sei ihr Geist völlig entleert, so daß sie mehrere Sekunden lang einfach vergaß, wozu sie überhaupt ins Gewächshaus gekommen war.

Dann fiel es ihr wieder ein – die Stulpenstiefel, natürlich! Ein verächtlicher kleiner Dämon flüsterte ihr ins Ohr: »Warum gehst du nicht gleich ins Bett und läßt die Stulpenstiefel für morgen?« Sie sagte schnell ein Stoßgebet um innere Kraft und kniff sich. Komm, komm, Dorothy! Nur keine Müdigkeit vorschützen, wenn ich bitten darf! Lukas IX, 62. Dann räumte sie den Tisch etwas ab, holte ihre Schere, einen Bleistift und vier Bogen braunes Packpapier heraus und setzte sich hin, um diesen komplizierten Rist für die Stulpenstiefel auszuschneiden, solange der Kleister kochte.

Als die Standuhr im Arbeitszimmer ihres Vaters Mitternacht schlug, war sie noch immer am Werk. Sie hatte inzwischen beide Stulpenstiefel geformt und verstärkte sie gerade, indem sie sie über und über mit schmalen Papierstreifen vollklebte – eine langwierige, schmutzige Arbeit. Jeder Knochen im Leibe tat ihr weh, und ihre Augen waren klebrig von Schlaf. Sie wußte nicht einmal mehr ganz genau, was sie hier eigentlich tat. Aber sie werkte weiter, klebte mechanisch Papierstreifen auf Papierstreifen und kniff sich alle zwei Minuten, als Mittel gegen das hypnotische Geräusch des Ölofens, der unter dem Kleistertopf sang.

ZWEITES KAPITEL

1

Aus einem schwarzen, traumlosen Schlaf erwachte Dorothy mit dem Gefühl, als würde sie durch ungeheure, nach und nach sich lichtende Abgründe zu einer Art von Bewußtsein aufwärts gezogen.

Ihre Augen waren noch geschlossen. Die Lider jedoch ließen immer mehr Helligkeit durch und gingen dann von selber flatternd auf. Ihr Blick fiel auf eine Straße – eine schäbige, lebendige Straße voll kleiner Läden und schmaler Häuser, mit Strömen von Menschen, Tramways und Autos, die in beiden Richtungen vorbeihasteten.

Man konnte jedoch genaugenommen noch nicht sagen, daß sie wirklich *schaute*. Denn die Dinge, die sie aufnahm, wurden nicht als Menschen, Tramways und Autos erkannt, auch nicht als irgend etwas Bestimmtes; sie wurden auch nicht als Dinge in Bewegung aufgenommen; ja nicht einmal als *Dinge*. Sie *sah* nur, wie ein Tier sieht, ohne Nachdenken und fast ohne Bewußtsein. Die Geräusche der Straße – das undeutliche Stimmengewirr, das Tuten der Hupen und das Quietschen der Tramways, die in ihren sandigen Schienen knirschten – flossen durch ihren Kopf hindurch und bewirkten nur rein physische Reaktionen. Sie hatte keine Worte, noch irgendeine Vorstellung von solchen Dingen wie Worte, noch irgendein Bewußtsein von Zeit und Ort, noch ihres eigenen Körpers, ja überhaupt ihrer eigenen Existenz.

Nichtsdestoweniger wurden ihre Sinneseindrücke nach und nach schärfer. Der Strom der sich bewegenden Dinge drang über ihre Augen hinaus und ordnete sich in ihrem Gehirn zu separaten Bildern. Sie begann, noch immer wortlos zwar, die Formen der

Dinge aufzunehmen. Ein längliches Ding schwamm vorbei, gestützt von vier weiteren, schmäleren länglichen Dingen, und zog ein viereckiges Ding nach sich, das auf zwei Kreisen balancierte. Dorothy beobachtete es, wie es vorbeizog; und plötzlich blitzte, gleichsam spontan, ein Wort in ihrem Geiste auf. Das Wort war »Pferd«. Es verschwand, kehrte aber gleich wieder in einer komplexeren Form zurück: *»Das ist ein Pferd.«* Andere Wörter folgten – »Haus«, »Straße«, »Tramway«, »Auto«, »Fahrrad« – bis sie nach ein paar Minuten fast für jedes Ding in Sichtweite einen Namen gefunden hatte. Sie entdeckte die Wörter »Mann« und »Frau«, dachte über diese Dinge nach und entdeckte, daß sie den Unterschied zwischen lebendigen und leblosen Dingen kannte und zwischen Menschen und Pferden und Männern und Frauen.

Erst jetzt, nachdem ihr die meisten Dinge rundherum bewußt geworden waren, wurde sie *ihrer selbst* gewahr. Bis dahin war sie sozusagen nur ein Paar Augen gewesen, mit einem aufnahmebereiten, aber völlig unpersönlichen Gehirn dahinter. Doch jetzt entdeckte sie mit einem merkwürdigen kleinen Schock ihre gesonderte und einzigartige Existenz; sie konnte *spüren*, daß sie existierte; es war, als würde irgend etwas in ihr rufen »Ich bin ich!« In bestimmter Weise wußte sie auch, daß dieses »Ich« schon in weit zurückliegenden Perioden der Vergangenheit existiert hatte und immer das gleiche gewesen war, obwohl dies eine Vergangenheit war, an die sie keine Erinnerung hatte.

Doch diese Entdeckung beschäftigte sie nur einen Augenblick. Von Anfang an lag ein Gefühl von Unvollständigkeit darin, das Gefühl von etwas unklar Unbefriedigendem: das »Ich bin ich«, das ihr als Antwort erschienen war, war nun selbst zur Frage geworden. Es war nun nicht mehr »Ich bin ich«, sondern *»Wer* bin ich«?

Wer war sie? Sie drehte und wendete die Frage im Geiste und fand, daß sie nicht die leiseste Ahnung hatte, wer sie war; nur daß sie, wenn sie die Menschen und die Pferde ansah, die vorbeikamen, zu dem Schluß kam, daß sie ein Mensch war und kein

Pferd. Und daß die Frage sich veränderte und diese Form annahm: »Bin ich ein Mann oder eine Frau?« Und wieder gaben weder Gefühl noch Erinnerung ihr irgendeinen Hinweis auf die Antwort. Doch in diesem Moment stießen ihre Fingerspitzen, aus Zufall vielleicht, gegen ihren Körper. Sie erkannte deutlicher als zuvor, daß ihr Körper existierte und daß es ihr eigener war – daß es überhaupt sie selbst war. Sie begann, ihn mit ihren Händen zu erforschen, und ihre Hände stießen auf Brüste. Also war sie eine Frau. Nur Frauen hatten Brüste. Auf irgendeine Weise wußte sie, ohne zu wissen, woher sie das wußte, daß alle diese Frauen, die an ihr vorbeikamen, unter ihren Gewändern Brüste hatten, auch wenn sie sie nicht sehen konnte.

Sie erkannte jetzt, daß sie, um sich selbst zu identifizieren, ihren Körper erforschen mußte, und zwar beginnend mit ihrem Gesicht; und einige Augenblicke lang versuchte sie tatsächlich, auf ihr eigenes Gesicht hinunterzublicken, bevor ihr klar wurde, daß das unmöglich war. Sie sah an sich hinunter und erblickte ein schäbiges schwarzes Satinkleid, ziemlich lang, ein Paar fleischfarbene Strümpfe aus Kunstseide, schmutzig und voller Laufmaschen, und ein Paar sehr schäbige schwarze Satinschuhe mit hohen Absätzen. Nichts davon war ihr auch nur im geringsten vertraut. Sie betrachtete ihre Hände, und diese waren fremd und bekannt zugleich. Es waren eher kleine Hände, mit festen Handtellern, und sehr schmutzig. Nach einer Weile erkannte sie, daß es diese Schmutzigkeit war, die sie ihr fremd erscheinen ließen. Die Hände selbst kamen ihr natürlich und passend vor, wenn sie sie auch nicht erkannte.

Sie zögerte noch etwas, dann drehte sie sich nach links und fing an, langsam das Trottoir entlangzugehen. Aus der blanken Vergangenheit war ihr auf geheimnisvolle Weise ein Wissensfragment zugekommen: die Existenz von Spiegeln, ihr Zweck, und der Umstand, daß man in Geschäftsauslagen oft welche findet. Nach einer Weile kam sie zu einem billigen kleinen Juwelierladen, wo ein schräg eingesetzter Spiegelstreifen die Gesichter der Passanten wiedergab. Dorothy erkannte ihr Spiegelbild mitten in einem Dutzend anderer, sofort begreifend, daß es ihr eigenes war. Und doch konnte man nicht sagen, daß sie es erkannt hatte; sie hatte keine Erinnerung daran, es vor diesem Moment je gesehen zu haben. Es zeigte ihr ein noch recht jugendliches, weibliches Gesicht, dünn, sehr blond, mit Krähenfüßen um die Augen und leicht mit Schmutz verschmiert. Eine geschmacklose schwarze Mütze war achtlos auf ihren Kopf gesetzt und verdeckte fast ihr ganzes Haar. Das Gesicht war ihr zwar nicht bekannt, aber auch nicht fremd. Sie hatte bis zu diesem Augenblick nicht gewußt, was für ein Gesicht sie erwarten sollte, aber jetzt, da sie's gesehen hatte, wurde ihr klar, daß es jenes Gesicht war, mit dem sie hätte rechnen können. Es war passend. Es sprach irgend etwas in ihrem Inneren an.

Als sie sich vom Spiegel des Juweliers abwandte, fielen ihr auf dem Ladenfenster gegenüber die Worte »Fry's Schokolade« ins Auge, und sie entdeckte, daß sie die Bedeutung der Buchstaben wußte und auch, daß sie sie, nach anfänglicher Mühe, zu lesen vermochte. Ihr Blick glitt über die Straße und nahm verschiedene Aufschriften auf, die sie entzifferte; Namen von Läden, Reklamen, Zeitungsaufkleber. Sie buchstabierte den Text auf zwei rotweißen Aufklebern vor einem Tabakwarenladen. Auf einem stand: »Neue Gerüchte über Rektorstochter«, und auf dem anderen: »Rektorstochter wird jetzt in Paris vermutet.« Dann blickte sie nach oben und sah an einer Häuserecke in weißen Lettern: »New Kent Road«. Die Worte nahmen ihre Aufmerksamkeit gefangen. Sie begriff, daß sie in der New Kent Road stand und daß die New Kent Road – ein weiteres Fragment ihres geheimnisvollen Wissens – sich irgendwo in London befand. Sie war also in London.

Als sie diese Entdeckung gemacht hatte, durchfuhr sie ein eigenartiger Schauer. Ihr Gehirn war jetzt völlig wach; zum ersten Mal erfaßte sie ganz die Seltsamkeit ihrer Lage, und das verwirrte und erschreckte sie. Was konnte das denn nur alles *bedeuten?* Was tat sie hier? Wie war sie hierher geraten? Was war mit ihr geschehen?

Auf die Antwort brauchte sie nicht lange zu warten. Sie dachte – und es schien ihr, daß ihr völlig klar war, was die Worte bedeuteten: »Natürlich! Ich habe mein Gedächtnis verloren!«

In diesem Augenblick schlurften zwei junge Männer und ein Mädchen vorbei, die Burschen mit unförmigen Bündeln aus Sackleinwand auf dem Rücken blieben stehen und schauten Dorothy neugierig an. Einen Moment zögerten sie, dann gingen sie weiter, blieben aber an einem Laternenpfahl in fünf Yards Entfernung wieder stehen. Dorothy bemerkte, wie sie sich nach ihr umsahen und dann miteinander redeten. Einer der Burschen war etwa zwanzig, schmalbrüstig, schwarzhaarig, rotwangig, gutaussehend etwa wie ein vorlauter Cockney, bekleidet mit einem blauen Anzug von ehedem ordinärem Schnitt und einer karierten Mütze. Der andere war etwa sechsundzwanzig, untersetzt, gelenkig und sehr kräftig, mit einer Stupsnase, einer reinen rosa Haut und vollen Lippen, so grob wie Würste, die kräftige gelbe Zähne zeigten. Er war eindeutig zerlumpt, und auf seinem Schädel hatte er eine Matte aus orangefarbenem Haar, kurz geschnitten und tief in die Stirn gezogen, was ihm eine beinahe erschreckende Ähnlichkeit mit einem Orang-Utan verlieh. Das Mädchen war ein dumm aussehendes, pummeliges Geschöpf, in ganz ähnliche Gewänder gekleidet wie Dorothy selber. Dorothy konnte einiges hören von dem, was sie sagten.

»Die Hure sieht ungesund aus«, sagte das Mädchen.

Der Orangenköpfige, der gerade mit einer guten Baritonstimme ›Sonny-Boy‹ gesungen hatte, hörte auf und antwortete: »Der fehlt nichts«, sagte er. »Aber gestrandet ist sie. Genau wie wir.«

»Die wär' genau das richtige für Nobby, was?« sagte der Dunkelhaarige.

»Ach, *du!«* rief das Mädchen mit schockiert-verliebtem Getue und tat so, als wolle sie dem Dunklen eine auf den Kopf geben.

Die Burschen hatten ihre Bündel abgenommen und sie an den Laternenpfahl gelehnt. Jetzt kamen sie alle drei etwas zögernd auf Dorothy zu; der Orangenköpfige, der offenbar Nobby hieß, führte die Gesellschaft an. Sein Gang war hüpfend, affenartig, und sein Grinsen so breit und offen, daß es unmöglich war, sein Lächeln nicht zu erwidern.

Er redete Dorothy freundlich an.

»Hallo, Kleine!«

»Hallo!«

»Bist gestrandet, Kleine?«

»Gestrandet?«

»Na, am Arsch?«

»Am Arsch?«

»Jesus! Die ist plemplem«, murmelte das Mädchen und zupfte den Schwarzhaarigen am Ärmel, so als wollte sie ihn wegzerren.

»Also, was ich sagen will, Kid – hast du Geld?«

»Ich weiß nicht.«

Die drei blickten einander ganz verdattert an. Einen Moment lang dachten sie wahrscheinlich, Dorothy sei wirklich nicht ganz bei Trost. Doch gleichzeitig steckte Dorothy, die zuvor an der Seite ihres Kleides eine kleine Tasche entdeckt hatte, ihre Hand hinein und spürte den Umriß einer großen Münze.

»Ich glaube, ich habe einen Penny«, sagte sie.

»Einen Penny!« sagte der dunkle Bursche angewidert. »Davon haben wir was!«

Dorothy zog die Münze heraus. Es war eine halbe Krone. Eine erstaunliche Veränderung ging über die Gesichter der drei anderen. Nobbys Mund platzte auf vor Begeisterung, er hüpfte ein paar Schritte herum wie ein großer verzückter Affe, dann hielt er inne und packte Dorothy vertrauensvoll am Arm.

»Das ist der wahre Jakob!« sagte er. »Da haben wir Glück gehabt – aber du auch, Kleine, kannst mir glauben. Du wirst den Tag noch segnen, wo du in uns gerannt bist. Mit uns machst du dein Glück, du wirst schon sehen. Also hör zu, Kleine – legen wir zusammen?«

»Wie bitte?« sagte Dorothy.

»Was ich damit sagen will – wie wär's, wenn du dich mit Flo

und Charlie und mir zusammentätest? Als Partner, klar? Genossen alle, Schulter an Schulter. Vereint siegen, getrennt fallen. Wir stellen das Hirn, du stellst das Geld. Wie wär's damit, Kleine? Schlägst du ein oder schlägst du aus?«

»Klappe, Nobby!« fiel das Mädchen ein. »Die versteht doch kein Wort, was du da sagst. Red ordentlich mit ihr, kannst du das nicht?«

»Das reicht, Flo«, sagte Nobby ungerührt. »Du hältst die Klappe und überläßt das Reden mir. Ich kann umgehen mit Huren, kannst mir glauben. Also hör gut zu, Kleine – was wäre denn zufällig dein Name, Kleine?«

Um ein Haar hätte Dorothy geantwortet »Ich weiß nicht«, aber sie war genügend auf der Hut, um sich rechtzeitig zurückzuhalten. Aus dem halben Dutzend weiblicher Namen, die ihr sofort einfielen, einen auswählend, sagte sie: »Ellen.«

»Ellen. Das ist der wahre Jakob. Keine Familiennamen, wenn du am Arsch bist. Also schön, meine liebe Ellen, jetzt hör mir einmal zu. Wir drei gehen hinunter hopfen, verstehst du –«

»Hopfen?«

»Hopfen pflücken!« fuhr der dunkle Bursche ungeduldig dazwischen, wie angewidert von Dorothys Unwissenheit. Seine Stimme und sein Benehmen waren eher mürrisch und seine Aussprache viel ordinärer als Nobbys Aussprache. »Hopfen pflücken – unten in Kent! Das verstehst du doch, oder?«

»Ach, *Hopfen!* Für Bier?«

»So ist's brav, das ist der wahre Jakob! Also, Kid, wie ich gesagt habe, da sind wir drei und gehen hopfen und haben einen Job in Aussicht und alles – Blessington Farm, Lower Molesworth. Nur sitzen wir ein bißchen in der Suppe, verstehst du? Weil wir haben miteinander nicht einmal einen Braunen, und wir müssen hatschen – und zwar 35 Meilen – und für unseren Magen fechten und in der Nacht im Freien schlafen. Und das ist nicht der wahre Jakob, wo doch Damen dabei sind. Aber jetzt nehmen wir einmal an, du kommst mit uns, ja? Dann könnten wir für zwei Penny die Tramway bis Bromley nehmen, und das sind schon fünfzehn Meilen, und dann brauchen wir unterwegs nicht mehr als eine Nacht im Freien zu schlafen. Und du kannst bei unserem Metzen mitmachen – vier Mann pro Metzen ist das beste Pflücken – und wenn Blessington zwei Pence pro Scheffel zahlt, dann machst du leicht deine zehn Shilling pro Woche. Was sagst du dazu, Kleine? Mit deinen zweieinhalb Sixpence wirst du hier im großen Rauch nicht weit kommen. Aber geh mit uns in Partnerschaft, und dann hast du einen Monat oder noch darüber eine Penne – und *wir* kommen bis Bromley und kriegen noch etwas Mampfe obendrein.«

Etwa ein Viertel seiner Ansprache war Dorothy verständlich gewesen. Sie fragte auf gut Glück:

»Was ist Mampfe?«

»Mampfe? Fressalien – Essen. Also *du* bist aber noch nicht lang gestrandet, Kleine.«

»Oh ... Also, ihr möchtet, daß ich mit euch Hopfen pflücken komme, ja?«

»Du hast's erfaßt, Ellen, meine Liebe. Also was ist, ja oder nein?«

»Gut«, sagte Dorothy sofort. »Ich komme mit.«

Sie traf diese Entscheidung ohne die geringsten Hintergedanken. Wenn sie Zeit gehabt hätte, über ihre Lage nachzudenken, dann hätte sie wahrscheinlich anders gehandelt; aller Wahrscheinlichkeit nach wäre sie auf eine Polizeiwache gegangen und hätte um Hilfe gebeten. Das wäre vernünftig gehandelt gewesen. Aber Nobby und die anderen waren genau im kritischen Moment erschienen, und Dorothy, hilflos wie sie war, erschien es ganz natürlich, sich dem ersten Menschen anzuvertrauen, der ihr über den Weg lief. Und außerdem machte es, aus irgendeinem Grund, den sie nicht begriff, einen beruhigenden Eindruck auf sie, daß sie nach Kent wollten. Kent, so schien es ihr, war genau der Ort, wohin auch sie wollte. Die anderen zeigten weiter keine Neugier und stellten keine unbequemen Fragen. Nobby sagte einfach: »O.K. Das ist der wahre Jakob!«, nahm freundlich Dorothy die halbe Krone aus der Hand und ließ sie in seine

Hosentasche gleiten – für den Fall, daß sie's verlieren könnte, erklärte er. Der dunkle Bursche – sein Name war anscheinend Charlie – sagte auf seine mürrische, unangenehme Art:

»Los, los, schauen wir, daß wir weiterkommen! Es ist eh schon halb drei. Wir wollen doch nicht diese – diese Tramway da fahren lassen. Wo ist die Endstation, Nobby?«

»Beim Elefanten«, sagte Nobby. »Und wir müssen sie vor vier erwischen, denn nach vier gibt's keine Freikarten mehr.«

»Also, gehen wir, verlieren wir keine Zeit mehr. Das kann ja lustig werden, wenn wir bis Bromley latschen und dann noch eine Schlafstelle suchen müssen – in der Finsternis. Los, Flo!«

»Achtung, fertig, los!« sagte Nobby und schwang sein Bündel auf die Schulter.

Ohne ein weiteres Wort gingen sie los, Dorothy, noch immer verwirrt, aber sich viel besser fühlend als noch vor einer halben Stunde, ging neben Flo und Charlie, die miteinander redeten und ihr keine Beachtung schenkten. Von allem Anfang an waren diese beiden Dorothy gegenüber recht zurückhaltend – zwar bereit, ihre halbe Krone mit ihr zu teilen, ohne ihr aber freundliche Gefühle entgegenzubringen. Nobby marschierte voran, trotz seiner Last kräftig ausschreitend und in witziger Imitation von Militärmusik ein bekanntes Marschlied singend, dessen schriftlich festgehaltener Text offenbar nur in dem Folgenden bestand:

» –!«, das hat die Kapelle gespielt;
» –! –«. Und dir wünsch ich das gleiche!

II

Es war der neunundzwanzigste August. Am Abend des einundzwanzigsten war Dorothy im Gewächshaus eingeschlafen; also hatte es in ihrem Leben ein Interregnum von nicht ganz acht Tagen gegeben.

Was ihr zugestoßen war, war keineswegs ungewöhnlich – fast jede Woche liest man in den Zeitungen von ähnlichen Fällen. Ein Mensch ist von seinem Heim abgängig, wird tage- oder wochenlang nicht gesehen und taucht auf einmal auf einem Polizeirevier oder in einem Krankenhaus wieder auf, ohne jede Ahnung, wer er ist und woher er kommt. So gut wie nie kommt man darauf, was er in der Zwischenzeit getan hat; wahrscheinlich ging er in einem Zustand der Hypnose oder Schlafwandelei umher, der ihn den anderen trotzdem noch als normal erscheinen ließ. In Dorothys Fall konnte man nur eines mit Sicherheit wissen: daß sie zu irgendeinem Zeitpunkt ihrer Reise beraubt worden war; denn die Kleider, die sie trug, waren nicht ihre eigenen, und ihr Goldkreuz war verschwunden.

In dem Augenblick, als Nobby sie ansprach, befand sie sich bereits auf dem Weg der Genesung; und wenn sie in die richtigen Hände gekommen wäre, wäre ihr Gedächtnis vielleicht nach wenigen Tagen oder sogar Stunden wieder zurückgekehrt. Eine Kleinigkeit hätte genügt, um das zu erreichen; ein zufälliges Zusammentreffen mit einem Freund, eine Photographie ihres Hauses, ein paar geschickt gestellte Fragen. Doch die geringfügige geistige Stimulierung, deren sie bedurft hätte, wurde nicht gegeben. Sie blieb in dem merkwürdigen Zustand hängen, in dem sie sich wiedergefunden hatte – einem Zustand, in dem ihr Geist von seinen Möglichkeiten her normal war, aber noch nicht der Anstrengung gewachsen, ihre eigene Identität zu enträtseln.

Denn sobald sie sich einmal mit Nobby und den anderen zusammengetan hatte, war es natürlich mit jeder Möglichkeit der Überlegung vorbei. Da gab's keine Zeit mehr, sich hinzusetzen und die Lage zu überdenken – keine Zeit, ihr Problem in den Griff zu bekommen und sich logisch zu einer Lösung durchzudenken. In der eigenartigen, schmutzigen Zwischenwelt, in die sie sofort gestoßen wurde, wären selbst fünf Minuten konzentrierten Denkens unmöglich gewesen. Die Tage vergingen in unaufhörlicher, alptraumhafter Aktivität. Es war überhaupt alles wie ein Alptraum; nicht ein Alptraum voll drängender Schrekken, sondern voll Hunger, Schmutz, Erschöpfung und abwechselnd Hitze oder Kälte. Wenn sie später an diese Zeit zurückdachte, dann gingen die Tage und die Nächte ineinander über, so daß sie sich nie mit völliger Sicherheit daran erinnern konnte, wie viele es davon gegeben hatte. Sie wußte nur noch, daß sie eine bestimmte Zeit lang ständig an offenen Füßen und fast ebenso ständig an Hunger gelitten hatte. Hunger und die Blasen an den Füßen waren die deutlichsten Erinnerungen aus dieser Zeit; und auch die Kälte der Nächte, und ein eigenartiges, vages, hirnloses Gefühl, das von Schlafmangel kam und vom dauernden Aufenthalt in der frischen Luft.

In Bromley waren sie auf einer gräßlichen, papierübersäten Müllhalde gelandet, die nach dem Abfall von mehreren Schlachthäusern stank, und hatten dort eine fröstelnde Nacht verbracht, mit nichts als Säcken zum Zudecken, im langen, feuchten Gras am Rand eines Spielplatzes. Am Morgen waren sie zu Fuß zu den Hopfenfeldern aufgebrochen. Und schon jetzt hatte Dorothy herausgefunden, daß die Geschichte, die Nobby ihr erzählt hatte, von dem versprochenen Job nämlich, absolut nicht stimmte. Er hatte sie erfunden – das gab er ganz unbekümmert zu –, um sie dazu zu bringen, daß sie mit ihnen ging. Ihre einzige Aussicht auf einen Job bestand darin, daß sie in die Hopfengegend hinuntermarschierten und sich bei jeder Farm bewarben, bis sie auf eine stießen, wo noch Pflücker gebraucht wurden.

Sie hatten vielleicht fünfunddreißig Meilen zu gehen – Luftlinie –, und hatten dennoch nach Ablauf von drei Tagen kaum den Rand der Hopfenfelder erreicht. Die Notwendigkeit, Essen aufzutreiben, war es natürlich, was ihr Vorwärtskommen verlangsamte. Sie hätten die ganze Entfernung in zwei, ja vielleicht sogar an einem Tag zurücklegen können, wenn sie sich nicht hätten ernähren müssen. Doch unter den gegebenen Umständen hatten sie kaum Zeit zum Überlegen, ob sie in Richtung Hopfenfelder marschierten oder nicht; die Nahrung war es, die alle ihre Bewegungen diktierte. Dorothys halbe Krone war in wenigen Stunden dahingeschmolzen, und nachher gab's keinen anderen Ausweg als zu betteln. Aber hier lag der Haken. Eine Person kann sich unterwegs leicht ihr Essen zusammenbetteln, auch zweien kann's zur Not gelingen, aber es ist etwas anderes, wenn vier Leute zusammen sind. Unter solchen Umständen kann man nur am Leben bleiben, wenn man so verbissen und so ausschließlich nach Nahrung jagt wie ein wildes Tier. Essen – das war in diesen drei Tagen ihre einzige Sorge – nur Essen, und die endlosen Schwierigkeiten, daran heranzukommen.

Sie bettelten von morgens bis abends. Sie wanderten über ungeheure Entfernungen, durchquerten die Gegend im Zickzack, schleppten sich von Dorf zu Dorf und von Haus zu Haus, klopften an bei jedem Fleischer und jedem Bäcker und jedem vielversprechend aussehenden Wohnhaus, drängten sich hoffnungsvoll um Picknick-Parties, winkten – fast immer vergeblich – vorbeifahrenden Autos, und redeten alte Herren mit der richtigen Art von Gesicht an und banden ihnen Elendsgeschichten auf. Oft machten sie für eine Brotkruste und eine Handvoll Speckreste einen Umweg von fünf Meilen. Alle bettelten sie, Dorothy genauso wie die anderen; sie hatte keine erinnerte Vergangenheit, keinen Vergleichsmaßstab, um sich dafür zu schämen. Aber trotz aller Mühen wären ihre Mägen die Hälfte der Zeit leer gewesen, wenn sie dazu nicht auch noch gestohlen hätten. In der Abenddämmerung und am frühen Morgen plünderten sie die Obstgärten und die Felder, stahlen Äpfel, Pflaumen, Birnen, Haselnüsse, Brombeeren und vor allem Kartoffeln; an einem Kartoffelacker vorbeizugehen, ohne sich wenigstens eine Tasche voll zu holen, hielt Nobby für eine Sünde. Nobby war es, der das meiste stahl, während die anderen

Schmiere standen. Er war ein kühner Dieb; stolz behauptete er, alles stehlen zu wollen, was nicht niet- und nagelfest war, und er hätte sie alle ins Gefängnis gebracht, wenn sie ihn nicht manchmal zurückgehalten hätten. Einmal legte er seine Hand sogar an eine Gans, aber die Gans erhob ein fürchterliches Geschrei, und Charlie und Dorothy zerrten ihn gerade noch weg, als der Besitzer aus dem Haus trat, um nachzusehen, was da los war.

In diesen ersten Tagen marschierten sie täglich zwischen zwanzig und fünfundzwanzig Meilen. Sie schleppten sich durch Gemeindewiesen und durch abgeschiedene Dörfer mit unglaublichen Namen, verloren sich in Hohlwegen, die nirgendwohin führten, sanken erschöpft in trockene Gräben, die nach Fenchel und Wurmkraut rochen, schlichen sich durch Privatwälder, schlugen ihr Schlaflager in Dickichten auf, wo Brennholz und Wasser bei der Hand waren, und kochten merkwürdige, unsaubere Mahlzeiten in den Zwei-Pfund-Schnupftabakdosen, die ihre einzigen Kochtöpfe waren. Manchmal, wenn sie Glück hatten, gab es ausgezeichneten Eintopf aus erschnorrtem Speck und gestohlenem Blumenkohl, manchmal riesige, wenig schmackhafte Mahlzeiten aus in der Asche gebratenen Kartoffeln, manchmal Marmelade aus gestohlenen Brombeeren, die sie in einer der Schnupftabakdosen kochten und verschlangen, während sie noch siedend heiß war. Tee war das einzige, das ihnen nie ausging. Selbst wenn es gar nichts zu essen gab, Tee hatten sie immer noch, stark und bitter, dunkelbraun und belebend. Tee ist etwas, was man sich leichter als die meisten anderen Sachen erbetteln kann. »Bitte schön, Madam, hätten Sie eine Prise Tee für mich übrig?« ist eine Bitte, die fast immer ankommt, selbst bei den zugeknöpften Hausfrauen von Kent.

Die Tage waren brennend heiß, die weißen Straßen blendeten, und die vorüberfahrenden Wagen schleuderten ihnen stechenden Staub ins Gesicht. Oft fuhren ganze Familien von Hopfenpflükkern an ihnen vorbei, fröhlich rufend, in Fuhrwerken, die himmelhoch mit Möbeln, Kindern, Hunden und Vogelkäfigen beladen waren. Die Nächte waren immer kalt. In England gibt es kaum so etwas wie eine Nacht, in der es nach Mitternacht noch richtig warm ist. Zwei große Säcke waren das ganze Bettzeug, das sie zu viert besaßen. Flo und Charlie hatten einen Sack, Dorothy den anderen, und Nobby schlief auf der nackten Erde. Die Unbequemlichkeit war fast so schlimm wie die Kälte. Wenn man ohne Kissen auf dem Rücken lag, dann rollte einem der Kopf nach hinten, bis einem der Hals abzubrechen schien; lag man auf der Seite, dann verursachte einem der gegen die Erde gepreßte Hüftknochen Qualen. Und selbst wenn es einem in den frühen Morgenstunden gelang, etwas unruhigen Schlaf zu finden, drang die Kälte noch bis in den tiefsten Traum. Nobby war der einzige, dem das alles nicht viel ausmachte. Er konnte in einem Nest aus aufgeweichtem Gras genauso friedlich schlafen wie in einem Bett, und sein grobes, affenartiges Gesicht, mit kaum einem Dutzend rotgoldener Haare auf dem Kinn, die glänzten wie kleine Stücke Kupferdraht, verlor nie seine warme rosa Farbe. Er war einer jener rothaarigen Menschen, aus denen ein inneres Leuchten zu strahlen scheint, das nicht nur sie selbst wärmt, sondern auch die Luft, die sie umgibt.

Dieses ganze seltsame, trostlose Leben nahm Dorothy völlig als gegeben hin – und war sich, wenn überhaupt, dann nur dunkel dessen bewußt, daß jenes andere, unerinnerte Leben, das hinter ihr lag, auf irgendeine Art von diesem hier verschieden gewesen war. Schon nach zwei Tagen hatte sie aufgehört, sich über ihre eigenartige mißliche Lage irgendwie zu wundern. Sie akzeptierte alles – akzeptierte den Schmutz und den Hunger und die Erschöpfung, das ewige Hin- und Herziehen, die heißen, staubigen Tage und die schlaflosen, frostgeschüttelten Nächte. In jedem Fall war sie zum Nachdenken viel zu müde. Am Nachmittag des zweiten Tages waren sie alle verzweifelt, überwältigend müde, bis auf Nobby, den nichts ermüden konnte. Nicht einmal der Umstand, daß kurz nach ihrem Aufbruch ein Nagel begonnen hatte, sich durch die Sohle seines Schuhs hindurchzubohren, schien ihn zu stören. Es gab Zeiten, da Dorothy oft bis zu einer Stunde lang im Gehen zu schlafen schien. Sie hatte jetzt auch eine Last zu tragen, denn da die beiden Männer bereits vollbeladen waren und Flo sich nachdrücklich weigerte, irgend etwas zu tragen, hatte Dorothy sich angeboten, den Sack mit den gestohlenen Kartoffeln zu schleppen. Sie hatten meistens etwa zehn Pfund Kartoffeln oder so in Reserve. Dorothy schlang sich den Sack über die Schulter, wie Nobby und Charlie es mit ihren Bündeln taten, aber die Schnur schnitt ein wie eine Säge, und der Sack schlug ihr gegen die Hüften und rieb sie auf, bis sie zu bluten begann. Ihre schäbigen, dünnen Schuhe waren von Anfang an am Zerfallen gewesen. Am zweiten Tag fiel der Absatz von ihrem rechten Schuh, so daß sie nur mehr humpeln konnte; aber Nobby, Sachverständiger in solchen Dingen, riet ihr, auch vom anderen Schuh den Absatz abzureißen und in flachen Schuhen zu gehen. Die Folge davon war ein feuriger Schmerz ihre Schienbeine entlang, wenn sie bergauf ging, und ein Gefühl, als wären ihre Fußsohlen mit einer Eisenstange behämmert worden.

Aber Flo und Charlie waren in einem noch viel schlimmeren Zustand als sie selbst. Sie waren nicht so sehr erschöpft als vielmehr verblüfft und empört über die Entfernungen, die zu Fuß zu gehen man ihnen zumutete. In einem Tag zwanzig Meilen gehen, das war etwas, wovon sie bis jetzt noch nie gehört hatten. Sie waren durch und durch Cockneys, und obwohl sie in London mehrere Monate bitterer Armut hinter sich hatten, war doch keiner von ihnen jemals unterwegs gewesen. Charlie hatte bis noch vor kurzem eine gute Anstellung gehabt, und auch Flo hatte in einem guten Haus gelebt, bis sie verführt und daraufhin auf die Straße gesetzt worden war. Am Trafalgar Square hatten sie sich mit Nobby zusammengetan und zugestimmt, mit ihm Hopfenpflücken zu gehen, und sich vorgestellt, daß das ein Jux würde. Da sie erst seit kurzer Zeit gestrandet waren, sahen sie natürlich sehr auf Dorothy und Nobby herunter. Sie schätzten Nobbys Ortskenntnisse und seine Kühnheit beim Stehlen, aber gesellschaftlich war er ihnen nicht ebenbürtig – das war ihre Einstellung. Und was Dorothy anging, so würdigten sie sie kaum eines Blickes, nachdem ihre halbe Krone aufgebraucht war.

Am zweiten Tag also verließ sie ihr Mut. Sie blieben zurück, murrten unaufhörlich und verlangten mehr als den ihnen zustehenden Anteil am Essen. Am dritten Tag wurde es fast unmöglich, sie überhaupt noch in Bewegung zu halten. Sie sehnten sich zurück nach London, und es war ihnen schon längst völlig gleichgültig, ob sie die Hopfenfelder je erreichen würden oder nicht; sie sehnten sich nach nichts anderem, als sich an jedem bequemen Rastplatz, der sich fand, hinzulegen und, falls noch Essen da war, endlos zu schlingen. Nach jeder Rast gab es einen zähen Streit, bis man sie wieder auf die Beine brachte.

»Kommt, Leute!« sagte dann Nobby. »Pack deine Schätze ein, Charlie. Zeit, daß wir fortkommen.«

»Ach was – fortkommen!« antwortete Charlie mißmutig.

»Aber wir können doch nicht hier übernachten, oder? Wir haben doch gesagt, wir wollen heute noch bis Sevenoaks kommen, oder nicht?«

»Ach was – Sevenoaks! Sevenoaks oder sonst so ein verdammter Ort – mir ist es verdammt schnurz.«

»Aber – noch mal! Wir wollen doch morgen einen Job finden, oder? Und wir müssen hinunter zu den Farmen kommen, bevor wir anfangen können, uns einen Job zu suchen.«

»Ach was – die Farmen! Ich wär froh, ich hätte nie von einem – Hopfen gehört! Ich bin nicht von Geburt an dieses Latschen und im Feld Übernachten gewöhnt wie du. Ich hab genug; genau das – genug.«

»Wenn das das verdammte Hopfenpflücken sein soll?« flötete Flo dazu, »dann hab ich meinen verdammten Bauch schon voll davon.«

Nobby teilte Dorothy seine private Ansicht mit, daß Flo und Charlie wahrscheinlich »kneifen« würden, sobald sie eine Mitfahrgelegenheit nach London fänden. Aber Nobby war durch nichts zu entmutigen, nichts zerstörte seine gute Laune, nicht einmal dann, als der Nagel im Schuh am ärgsten war und der verdreckte Sockenrest fast schwarz von Blut. Am dritten Tag hatte der Nagel ein bleibendes Loch in seinen Fuß gebohrt, und Nobby mußte jede Meile stehenbleiben, um ihn niederzuhämmern.

»Tschuldigung, Kleine«, sagte er dann, »muß mich wieder um meinen blutigen Huf kümmern. Dieser Nagel da ist kein wahrer Jakob.«

Dann suchte er sich einen runden Stein, hockte sich in den Straßengraben und hämmerte sorgfältig den Nagel nieder.

»So!« sagte er optimistisch und fuhr mit dem Daumen darüber. »Dieser Sch – ist in seinem Grab!«

Die Grabschrift allerdings hätte *Resurgam* lauten müssen. Der Nagel hatte sich innerhalb einer Viertelstunde unweigerlich wieder nach oben gebohrt.

Nobby versuchte natürlich, mit Dorothy intim zu werden, doch als sie ihn zurückwies, trug er's ihr nicht nach. Er hatte jene glückliche Veranlagung, die nicht imstande ist, die eigenen Rückschläge sehr ernst zu nehmen. Er war immer munter, sang immer mit seiner kräftigen Baritonstimme – seine drei Lieblingslieder waren: ›Sonny-Boy‹, ›'s war Weihnachtstag im Arbeitshaus‹, und › – ! das hat die Kapelle gespielt‹, mit lebensechter Imitation einer Militärkapelle. Er war sechsundzwanzig Jahre alt und Witwer und war nacheinander Zeitungsverkäufer, Gelegenheitsdieb, Borstal-Junge, Soldat, Einbrecher und Tramp gewesen. Diese Einzelheiten mußte man jedoch selbst zu einem Bild zusammensetzen, denn ihm lag es nicht, einen zusammenhängenden Bericht über sein Leben zu geben. Seine Erzählungen waren mit gelegentlichen pittoresken Erinnerungen gespickt – an die sechs Monate, die er in einem Regiment an der Front gedient hatte, bis er wegen eines beschädigten Auges nach Haus geschickt wurde; an die widerliche Gefängnissuppe in Holloway; an seine Kindheit in der Gosse von Deptford, an den Tod seiner Frau mit achtzehn Jahren im Kindbett, als er zwanzig war; an die furchtbare Geschmeidigkeit der Rohrstöcke im Borstal; an den dumpfen Knall des Nitroglyzerins, das die Tür des Safes in der

Schuh- und Stiefelfabrik Woodward aufsprengte, wo Nobby einhundertundfünfundzwanzig Pfund abgeräumt und in drei Wochen durchgebracht hatte.

Am Nachmittag des dritten Tages erreichten sie den Rand des Hopfengebietes und stießen bald auf entmutigte Menschen, hauptsächlich Tramps, auf dem Rückweg nach London, mit der Nachricht, daß nichts zu machen sei – der Hopfen war schlecht und der Preis niedrig, und die Zigeuner und die »Heimpflücker« hätten sich alle Jobs unter den Nagel gerissen. Daraufhin gaben Charlie und Flo sofort jede Hoffnung auf, aber durch eine geschickte Mischung von Einschüchterung und Überredung verstand es Nobby, sie wieder ein paar Meilen weiterzutreiben. In einem kleinen Dorf namens Wale stießen sie auf eine alte Irin – Mrs. McElligot war ihr Name –, die gerade auf einem Hopfenfeld in der Nähe einen Job ergattert hatte, und sie tauschten ein paar von ihren eigenen gestohlenen Äpfeln gegen ein Stück Fleisch ein, das sie früher am Tag hatte »mitgehen« lassen. Sie gab ihnen ein paar nützliche Ratschläge zum Hopfenpflücken, und bei welchen Farmen sie's noch versuchen sollten. Sie hatten sich alle auf die Gemeindewiese gelegt, erschöpft, einer kleinen Gemischtwarenhandlung gegenüber, die draußen ein paar Zeitungsanschläge hängen hatte.

»Sie gehen am besten runter und probieren es einmal bei Chalmers«, riet ihnen Mrs. McElligot in ihrem ordinären Dubliner Akzent. »Das ist gute fünf Meilen von hier. Ich hab gehört, Chalmers soll noch ein halbes Dutzend Pflücker suchen. Glaub schon, daß er euch einen Job gibt, wenn ihr nur bald genug hinkommt.«

»Fünf Meilen! Verflixt! Gibt's denn nichts Näheres?« murrte Charlie.

»Na, da ist noch Norman. Ich hab selber einen Job bei Norman – morgen früh fang ich an. Hat aber keinen Zweck, wenn ihr's bei Norman versucht. Der nimmt nämlich nur Heimpflücker auf, und die sagen, er läßt seine halben Hopfen verkommen.«

»Was sind Heimpflücker?« fragte Nobby.

»Na, das sind Leute mit einem eigenen Heim. Entweder man lebt sowieso in der Gegend, oder der Farmer muß einem eine Unterkunft geben. Das ist jetzt das Gesetz. Früher hat man beim Hopfenpflücken in einem Stall geschlafen, und keiner hat sich drum gekümmert. Aber diese aufdringlichen Würste von der Labour-Regierung, die in alles die Nase stecken müssen, haben ein Gesetz gemacht, daß keine Pflücker aufgenommen werden dürfen, ohne daß ihnen der Farmer eine anständige Unterkunft gibt. Also stellt der Norman nur Leute ein, die schon eine eigene haben.«

»Aber du hast doch auch kein eigenes Heim hier, oder?«

»Nein, keine Angst! Aber Norman glaubt, ich hab eins. Ich hab ihm vorgemacht, ich würd' in einer Hütte in der Nähe wohnen. Unter uns gesagt, ich penne in einem Kuhstall. Ist gar nicht so schlecht, bis auf den Gestank vom Kuhmist, aber um fünf Uhr früh muß man schon draußen sein, sonst erwischen einen die Kuhknechte.«

»Wir haben keine Erfahrung im Hopfenpflücken«, sagte Nobby. »Ich würde so einen verdammten Hopfen nicht erkennen, wenn ich ihn vor der Nase hätte. Am besten spielt man sich als alter Hase auf, wenn man um einen Job kommt, was?«

»Was Teufel! Zum Hopfenpflücken braucht man keine Erfahrung. Reiß sie ab und schmeiß sie in die Kraxe. Das ist das ganze Geheimnis dabei.«

Dorothy war fast eingeschlafen. Sie hörte die anderen unzusammenhängend sprechen, zuerst über Hopfenpflücken, dann über irgendeine Geschichte aus der Zeitung, über ein Mädchen, das von zu Hause verschwunden war. Flo und Charlie hatten die Aufkleber von der Ladenfassade gegenüber gelesen; und das hatte sie wieder etwas belebt, denn die Aufkleber erinnerten sie an London und an ihre Freunde. Das verschwundene Mädchen, an deren Schicksal sie offenbar recht interessiert waren, wurde die »Rektorstochter« genannt.

»Kannst du das dort sehen, Flo?« sagte Charlie und las eine der

Überschriften laut und mit größtem Genuß: ›Geheimes Liebesleben einer Rektorstochter. Aufregende Enthüllungen.‹ Hoho! Wenn ich nur einen Penny hätt', daß ich das lesen könnt'!«

»Was? Worum geht's denn überhaupt?«

»Was? Haben Sie das nicht gelesen? Die Zeitungen waren voll davon. Rektorstochter hier, Rektorstochter da – war recht saftig, einiges davon.«

»Das muß ein scharfes Stück sein, diese alte Rektorstochter«, sagte Nobby nachdenklich, auf dem Rücken liegend. »Wenn die nur jetzt hier wär! Ich wüßte schon, was ich mit ihr tät', das könnt ihr mir glauben!«

»Das war ein Mensch, das von zu Hause weggelaufen ist«, fiel Mrs. McElligot ein. »Sie hat mit einem Mann was gehabt, der zwanzig Jahre älter war als sie, und jetzt ist sie verschwunden, und jeder Stein wird nach ihr umgedreht.«

»Hat sich mitten in der Nacht in einem Auto abgeseilt, mit nichts an als ihrem Nachthemd«, sagte Charlie mit Kennermiene. »Das ganze Dorf hat sie abfahren sehen.«

»Es gibt Leute, die's für möglich halten, daß er sie ins Ausland gebracht und an so ein flottes Puppenhaus in Paris verkloppt hat«, fügte Mrs. McElligot hinzu.

»Nichts an als wie ihr Nachthemd? Eine dreckige Hur muß das gewesen sein!«

Das Gespräch hätte vielleicht noch zu weiteren Details geführt, aber in diesem Moment wurde es von Dorothy unterbrochen. Was die anderen da sagten, hatte sie leicht neugierig gemacht. Sie erkannte, daß sie die Bedeutung des Wortes ›Rektor‹ nicht verstand. Sie setzte sich auf und fragte Nobby:

»Was ist ein Rektor?«

»Ein Rektor? Na, ein Himmelspilot – ein Pfarrersknilch. So ein Kerl, der predigt und Lieder und so in der Kirche ansagt. Gestern sind wir an einem vorbeigekommen – auf einem grünen Fahrrad, und den Kragen verkehrt. Ein Priester – Geistlicher. Na, du weißt schon.«

»Aha ... Ja, ich glaube schon.«

»Priester! Und was das oft für alte Schweine sind«, sagte Mrs. McElligot, in Erinnerung versunken.

Dorothy war daraus nicht viel klüger geworden. Was Nobby gesagt hatte, hatte ihr ein bißchen weitergeholfen, aber nicht sehr viel. Alle Gedankengänge, die mit »Kirche« und »Geistlichen« zu tun hatten, waren in ihrem Geiste merkwürdig unklar und verschwommen. Das war eine dieser Lücken – es gab eine Reihe solcher Lücken – in dem geheimnisvollen Wissen, das sie aus ihrer Vergangenheit mitgebracht hatte.

Es war ihre dritte Nacht unterwegs. Als es dunkel war, schlüpften sie wie üblich in ein Dickicht, um zu pennen, und kurz nach Mitternacht fing es zu schütten an. Eine gräßliche Stunde ging damit hin, daß sie in der Dunkelheit herumstolperten, auf der Suche nach einer geschützten Stelle, und endlich fanden sie einen Heuschober, an dessen windgeschützte Seite sie kauerten, bis es so hell war, daß sie sehen konnten. Flo flennte die ganze Nacht hindurch auf eine ganz unerträgliche Art, und am Morgen war sie einem Zusammenbruch nahe. Ihr dummes, dickes Gesicht, reingewaschen von Regen und Tränen, sah aus wie eine Speckblase, wenn man sich eine Speckblase vorstellen kann, die vor Selbstmitleid verzerrt ist. Nobby wühlte unter der Hecke herum, bis er einen Armvoll halb trockenen Reisigs gesammelt hatte, und dann brachte er es fertig, ein Feuer in Gang zu bringen und Tee zu kochen wie gewöhnlich. Das Wetter konnte gar nicht so schlecht sein, daß Nobby nicht eine Kanne Tee hätte herstellen können. Er schleppte unter anderen Dingen auch ein Stück eines Autoreifens mit sich herum, das eine Stichflamme erzeugte, wenn das Holz feucht war, und er beherrschte sogar die – unter den Tramps nur wenigen Eingeweihten bekannte – Kunst, Wasser über einer Kerze zum Kochen zu bringen.

Alle hatten nach dieser schrecklichen Nacht ganz steife Arme und Beine, und Flo erklärte sich für unfähig, noch einen weiteren Schritt zu tun. Charlie unterstützte sie. Da also die beiden anderen zu nichts mehr zu bewegen waren, gingen Dorothy und

Nobby zu Chalmers' Farm und vereinbarten einen Treffpunkt, wo sie sich wieder treffen sollten, nachdem sie ihr Glück versucht hatten. Sie kamen bei Chalmers an, in fünf Meilen Entfernung, suchten sich durch riesige Obstgärten hindurch ihren Weg zu den Hopfenfeldern, und erfuhren dort, daß der Aufseher »gleich zurück sein werde«. Also warteten sie stundenlang am Rande der Pflanzung, während die Sonne die Kleider auf ihrem Leibe trocknete, und sahen den Hopfenpflückern bei der Arbeit zu. Die Szene war irgendwie friedlich und einladend. Die Hopfenreben, hohe Kletterpflanzen wie grüne Bohnen, nur maßlos vergrößert, wuchsen in grünen, blattreichen Durchgängen, wo die Hopfen in blaßgrünen Büscheln herunterhingen wie riesenhafte Trauben. Wenn der Wind sie schüttelte, dann strömten sie einen frischen, bitteren Geruch aus, nach Schwefel und kühlem Bier. In jeder Durchgangsreihe riß eine Familie von sonnenverbrannten Menschen die Hopfen in sackleinene Behälter, Metzen genannt, und sang bei der Arbeit; da erklang auf einmal eine Sirene, und sie ließen alles liegen und stehen und kochten sich über knisternden Feuern aus Hopfenreben Tee. Dorothy beneidete sie sehr. Wie glücklich sie aussahen, rund um die Feuer mit ihren Teekannen sitzend und ihren großen Scheiben Brot und Speck, im Geruch der Hopfen und des Holzrauches! Sie sehnte sich nach einer solchen Arbeit – vorläufig allerdings war nichts zu machen. Etwa gegen eins erschien der Aufseher und sagte ihnen, daß er keine Arbeit für sie habe, also schleppten sie sich wieder zur Straße zurück und rächten sich an Chalmers' Farm nur insofern ein bißchen, als sie im Vorbeigehen ein Dutzend Äpfel stahlen.

Als sie an ihrem Treffpunkt eintrafen, waren Flo und Charlie verschwunden. Sie suchten natürlich nach ihnen, wußten aber ebenso natürlich ganz genau, was geschehen war. Es lag wirklich völlig auf der Hand. Flo hatte irgendeinem vorbeikommenden Lastwagenfahrer schöne Augen gemacht, und dieser hatte, gegen die Aussicht auf ein ordentliches Geschmuse unterwegs, die beiden nach London mitfahren lassen. Schlimmer war, daß sie beide Bündel gestohlen hatten. Dorothy und Nobby war kein Bissen Essen geblieben, weder eine Brotkruste, noch eine Kartoffel, noch eine Prise Tee, kein Bettzeug, und nicht einmal eine Schnupftabakdose, in der sie Erschnorrtes oder Gestohlenes hätten kochen können – buchstäblich nichts, außer den Kleidern, die sie anhatten.

Die nächsten sechsunddreißig Stunden waren eine schlechte Zeit – eine sehr schlechte Zeit. Wie sehnten sie sich in ihrem Hunger und ihrer Erschöpfung nach Arbeit! Aber die Aussichten darauf schrumpften immer mehr, je tiefer sie ins Hopfenland eindrangen. Sie machten endlose Märsche von Farm zu Farm und erhielten überall die gleiche Antwort – kein Pflücker gebraucht –, und sie mußten so viel hin- und hermarschieren, daß sie nicht einmal Zeit zum Betteln hatten, so daß sie auch nichts zu essen bekamen außer gestohlenen Äpfeln und Pflaumen, die mit ihrem sauren Saft ihre Mägen quälten und sie nur noch hungriger machten. In dieser Nacht regnete es nicht, aber es war viel kälter als bisher. Dorothy machte nicht einmal den Versuch zu schlafen, sondern verbrachte die Nacht damit, am Feuer zu hocken und es nicht ausgehen zu lassen. Sie hatten sich in einem Buchenwald versteckt, unter einem knorrigen alten Baum, der sie zwar vor dem Wind schützte, sie aber auch in regelmäßigen Abständen mit eisigem Tau besprühte. Nobby, auf dem Rücken ausgestreckt, den Mund offen, eine volle Wange vom schwachen Schein des Feuers matt beleuchtet, schlief so friedlich wie ein Kind. Die ganze Nacht hindurch ging Dorothy ein vages Sich-Wundern durch den Kopf, geboren aus Schlaflosigkeit und unerträglichen Strapazen. War dies das Leben, für welches sie geboren war – dieses Leben, in dem man den ganzen Tag mit leerem Magen marschierte und des Nachts unter tropfenden Bäumen saß und vor Kälte zitterte? War es in der ausgelöschten Vergangenheit auch so gewesen? Woher war sie gekommen? Wer war sie? Keine Antwort kam, und im Morgengrauen waren sie wieder unterwegs. Bis zum Abend hatten sie es im ganzen bei elf Farmen versucht, und Dorothys Beine versagten ihren Dienst, und ihr war vor Müdigkeit so schwindlig, daß sie es schwierig fand, geradeaus zu gehen.

Doch spät am Abend, ganz unerwartet, wendete sich das Blatt. Sie versuchten es bei einer Farm namens Cairns im Dorf Clintock und wurden ohne weitere Fragen sofort aufgenommen. Der Aufseher betrachtete sie nur von oben bis unten, sagte kurz: »Schön – ihr seid mir recht. Fangt am Morgen an; Metzen Nummer 7, Reihe 19«, und interessierte sich nicht einmal für ihre Namen. Zum Hopfenpflücken brauchte man offenbar weder Erfahrung noch Individualität.

Sie fanden ihren Weg zu der Wiese, wo sich das Lager der Pflücker befand. In einem traumartigen Zustand, schwankend zwischen Erschöpfung und der Freude darüber, endlich Arbeit gefunden zu haben, fand Dorothy sich durch ein Labyrinth von Hütten mit Blechdächern und Zigeunerwagen wandern, die vielfarbige Wäsche aus den Fenstern hängen hatten. Horden von Kindern schwärmten durch die schmalen Graswege zwischen den Hütten, und zerlumpte, freundlich aussehende Leute kochten über unzähligen Reisigfeuern ihre Mahlzeiten. Am anderen Ende des Feldes waren ein paar runde Blechhütten, längst nicht so gut wie die anderen Hütten, für die Unverheirateten bereitgestellt. Ein alter Mann, der an einem Feuer Käse röstete, wies Dorothy zu einer der Hütten für die Frauen.

Dorothy stieß die Tür der Hütte auf. Sie war ungefähr zwölf Fuß breit, mit scheibenlosen Fenstern, die mit Brettern verschlagen waren, und hatte keinerlei Einrichtung. Es war offenbar gar nichts drin als ein riesiger Haufen Stroh, der bis zum Dach reichte – die ganze Hütte war buchstäblich fast mit Stroh gefüllt. In Dorothys Augen, die vor Schläfrigkeit fast zusammenklebten, sah das Stroh paradiesisch bequem aus. Sie begann, sich einen Weg hinein zu bahnen, wurde aber von einem lauten Aufschrei unter ihr aufgehalten.

»Hee! Was tust denn du da? Aufhören damit! Wie kommst du dazu, auf meinem Bauch herumzutrampeln, du Ziege?«

Offenbar waren Frauen unter dem Stroh. Dorothy wühlte sich

etwas vorsichtiger hinein, stolperte über irgend etwas, sank ins Stroh, und fing im selben Moment an, einzuschlafen. Eine grob aussehende Frau fuhr halb bekleidet wie eine Nixe aus der strohigen See hoch.

»Hallo, du da!« sagte sie. »Du bist ziemlich fertig, was?«

»Ja, ich bin müde – sehr müde.«

»Na, du wirst aber ganz schön frieren in dem Stroh, wenn du kein Bettzeug hast. Hast du keine Decke?«

»Nein.«

»Sekunde. Ich hab einen Sack hier.«

Sie tauchte ins Stroh hinunter und tauchte mit einem sieben Fuß langen Hopfensack wieder auf. Dorothy schlief schon. Sie ließ sich aufwecken und glitt irgendwie in den Sack hinein, der so lang war, daß sie sogar noch mit dem Kopf hineinpaßte; und dann schlängelte sie sich halb, halb sank sie hinunter, tief hinunter, in ein Nest aus Stroh, das trockener und wärmer war, als sie je für möglich gehalten hätte. Das Stroh kitzelte sie in den Nasenlöchern und geriet in ihr Haar und stach sie sogar durch den Sack, aber in diesem Moment hätte kein Schlafplatz dieser Welt – weder Cleopatras Lager aus Schwanendaunen noch das schwimmende Bett von Harun al Raschid – sie üppiger umfangen können.

III

Es war bemerkenswert, wie leicht man sich, hatte man einmal einen Job, an die Routine des Hopfenpflückens gewöhnte. Schon nach einer Woche galt man als erfahrener Pflücker und kam sich vor, als hätte man sein ganzes Leben lang Hopfen gepflückt.

Die Arbeit war überaus einfach. Körperlich war sie zweifellos anstrengend – sie hielt einen jeden Tag zehn oder zwölf Stunden lang auf den Beinen, und um sechs Uhr abends war man reif zum Schlafengehen –, aber sie verlangte keinerlei Geschicklichkeit. Ein gutes Drittel der Pflücker im Lager waren in dieser Arbeit so neu wie Dorothy selbst. Einige von ihnen waren von London heruntergekommen ohne die geringste Vorstellung, wie Hopfen überhaupt aussahen oder wie man sie pflückte oder warum man sie pflückte. Ein Mann hatte angeblich am ersten Morgen auf dem Weg zu den Feldern gefragt: »Wo sind die Spaten?« Er hatte gedacht, die Hopfen würden aus der Erde gegraben.

Mit Ausnahme von Sonntag war im Hopfenlager ein Tag wie der andere. Um halb sechs kroch man auf ein Klopfen gegen die Hüttenwand aus seinem Schlafnest und begann, nach seinen Schuhen zu suchen, von den schläfrigen Flüchen der Frauen begleitet (es gab sechs oder sieben oder vielleicht sogar acht von ihnen), die hier und dort im Stroh vergraben waren. Irgendwelche Kleidungsstücke, die auszuziehen man unklug genug gewesen war, gingen augenblicklich in dem riesigen Strohhaufen verloren. Dann packte man einen Arm voll Stroh und einen weitern Arm voll trockener Hopfenreben, und ein Reisigbündel von einem Haufen draußen und machte ein Feuer für das Frühstück. Dorothy machte außer ihrem eigenen immer auch Nobbys Frühstück und klopfte dann an die Wand seiner Hütte, wenn es fertig war, denn ihr fiel das Aufstehen leichter als ihm. Es war sehr kalt an diesem Septembermorgen, der östliche Himmel erhellte sich langsam von Schwarz zu Kobaltblau, und das Gras war silbrig weiß vom Tau. Das Frühstück war immer das gleiche – Speck, Tee, und Brot, das im Speckfett gebraten wurde. Während man aß, bereitete man genau die gleiche Mahlzeit fürs Mittagessen vor, und dann machte man sich, den Eßnapf in der Hand, auf den Weg zu den Feldern, eineinhalb Meilen durch die blaue, windige Morgendämmerung, und von der Kälte lief einem die Nase, so daß man ab und zu stehen bleiben und sie mit der Schürze aus Sackleinen putzen mußte.

Die Hopfen waren in Pflanzungen von etwa einem Morgen

aufgeteilt, und jede Gruppe – ungefähr vierzig Pflücker, unter einem Vorarbeiter, der häufig ein Zigeuner war – pflückte jeweils in einer Pflanzung. Die Reben waren zwölf Fuß oder noch höher, und sie waren an Schnüren hochgebunden und über horizontale Drähte geschlungen, in Reihen, die ein oder zwei Yards Abstand voneinander hatten; in jeder Reihe gab es einen Metzen, der wie eine sehr tiefe Hängematte über einen schweren Holzrahmen hing. Kaum war man angekommen, schlang man den Metzen an Ort und Stelle, zerschnitt die Stricke der ersten zwei Reben und zog sie herunter – riesige, sich nach oben verjüngende Stränge von Blattwerk, ähnlich wie die Zöpfe aus Rapunzels Haar, die über einen herabfielen und einen mit Tau besprühten. Diese Stränge brachte man über dem Metzen in die richtige Lage, und dann begann man, vom dicken Ende der Reben her die schweren Hopfendolden abzureißen. Zu dieser frühen Morgenstunde konnte man nur langsam und ungeschickt pflücken. Die Hände waren noch steif, die Kälte des Taus betäubte sie, und die Hopfen waren feucht und glitschig. Die größte Schwierigkeit war, die Hopfen zu pflücken, ohne daß dabei auch Blätter und Stengel mitgingen; der Hopfenmeister nahm einem die Hopfen oft nicht ab, wenn zu viele Blätter darunter waren.

Die Stengel der Ranken waren mit winzigen Dornen bedeckt, die einem innerhalb von zwei bis drei Tagen die Haut an den Händen in Fetzen rissen. Es war eine Qual, am Morgen mit dem Pflücken anzufangen, wenn die Finger noch so steif waren, daß man sie kaum umbiegen konnte und man an einem Dutzend Stellen blutete; doch der Schmerz verging, wenn die Schnitte wieder aufgegangen waren und das Blut ungehindert fließen konnte. Wenn die Hopfen gut waren und man tüchtig pflückte, dann konnte man eine Rebe in zehn Minuten abernten, und die besten Reben ergaben einen halben Scheffel Hopfen. Aber die Hopfen waren von einer Pflanzung zur anderen sehr unterschiedlich. Manchmal waren sie so groß wie Nüsse und hingen in großen, blattlosen Trauben, die man mit einer einzigen Bewegung abzupfen konnte; an anderen Stellen waren es jämmerliche kleine Dinger, nicht größer als Erbsen, und wuchsen so spärlich, daß man sie Stück für Stück pflücken mußte. Manche Hopfen waren so schlecht, daß man nicht einmal in einer Stunde einen Scheffel pflücken konnte.

Am frühen Morgen, bevor die Hopfen richtig trocken waren, ging die Arbeit langsam. Doch bald kam die Sonne heraus, und der angenehme, bittere Geruch begann von den sich erwärmenden Hopfen auszuströmen, die morgendlich schlechte Laune der Leute legte sich, und die Arbeit kam in Schwung. Von acht Uhr bis Mittag wurde gepflückt und gepflückt und gepflückt, in einer Art von Arbeitsraserei – einem leidenschaftlichen Drang, der immer stärker wurde, je mehr der Morgen fortschritt, mit jeder Rebe fertig zu werden und den Metzen ein bißchen weiter vorzuschieben. Am Anfang standen die Metzen in jeder Pflanzung auf gleicher Höhe, aber die besseren Pflücker überholten die anderen bald, und manche von ihnen hatten ihre Hopfenzeile schon fertig, wenn die anderen erst kaum bei der Hälfte waren; worauf diese ersten, falls man weit zurück war, wenden und die eigene Zeile für einen selber fertig machen durften, und das nannte man »Hopfen stehlen«. Dorothy und Nobby waren immer unter den Letzten, da sie ja nur zu zweit waren – bei den anderen Behältern arbeiteten meistens vier. Und Nobby war ein ungeschickter Pflücker, mit seinen großen, rauhen Händen, Frauen pflückten im allgemeinen besser als Männer.

Es war immer ein Kopf-an-Kopf-Rennen zwischen den Metzen links und rechts von Dorothy und Nobby, den Metzen Nr. 6 und Nr. 8. Metzen Nr. 6 war eine Zigeunerfamilie – ein kraushaariger, mit Ohrringen behängter Vater, eine alte vertrocknete lederfarbene Mutter und zwei stramme Söhne –, und Metzen Nr. 8 war eine alte Marktfrau aus dem East End, die einen breiten Hut und einen langen schwarzen Umhang trug und aus einer Schachtel aus Papiermaché mit einem aufgemalten Dampfer auf dem Deckel Schnupftabak nahm. Sie wurde immer von Scharen von Töchtern und Enkelkindern unterstützt, die auf zwei Tage von London herunterkamen. Eine ganze Menge Kinder arbeitete bei der Gruppe mit, sie folgten den Metzen mit Körben und sammelten die am Boden liegenden Hopfen ein, während die Erwachsenen pflückten. Und Rose, die zarte, blasse Enkelin der Marktfrau, und ein kleines Zigeunermädchen, dunkel wie ein Indianer, schlichen sich immer davon, um Herbst-Himbeeren zu stehlen und Schaukeln aus Hopfenreben zu machen; und der ständige Gesang rund um die Metzen wurde von schrillen Schreien der Marktfrau zerrissen: »Mach weiter, Rose, du faule kleine Katze! Heb die Hopfen auf! Ich mach dir Feuer unter den A– !...«

Sicher die Hälfte der Gruppe waren Zigeuner – im Lager gab's nicht weniger als zweihundert von ihnen. Diddykies nannten sie die anderen Pflücker. Sie waren umgänglich, ja freundlich, und schmeichelten einem in aufdringlicher Weise, wenn sie etwas von einem wollten; gleichzeitig waren sie aber auch durchtrieben, mit der undurchdringlichen Listigkeit von Wilden. In ihren einfältigen orientalischen Gesichtern war ein Ausdruck wie von einem wilden, aber trägen Tier – ein Ausdruck von hoffnungsloser Dummheit und gleichzeitig unbezähmbarer Geriebenheit. Ihre Unterhaltung bestand aus einem halben Dutzend Aussprüchen, die sie endlos wiederholten, ohne ihrer je müde zu werden. Die beiden jungen Zigeuner von Metzen Nr. 6 stellten Nobby und Dorothy oft ein Dutzend Male am Tag die gleiche Scherzfrage:

»Was ist das, was der schlaueste Mann von ganz England nicht tun kann?«

»Weiß ich nicht. Was?«

»Den A– einer Mücke mit einer Telegraphenstange kitzeln.«

Darauf das unvermeidliche wiehernde Gelächter. Sie waren alle grenzenlos unwissend; voll Stolz teilten sie einem mit, daß kein einziger von ihnen auch nur ein Wort lesen konnte. Der alte krausköpfige Vater, der die vage Vorstellung gewonnen hatte, Dorothy sei eine »Studierte«, fragte sie einmal allen Ernstes, ob er mit seinem Wohnwagen nach New York fahren könne.

Um zwölf Uhr verkündete eine Sirene von der Farm den Pflückern, daß sie eine Stunde Pause machen durften, und meistens kam kurz davor der Hopfenmeister vorbei, um die Hopfen einzusammeln. Nach einem warnenden Ruf des Vormanns: »Hopfen fertig, Nummer neunzehn!« beeilten sich alle sehr, die auf den Boden gefallenen Hopfen aufzuklauben, die Reben, die hier und dort noch ungepflückt waren, schnell fertig zu machen und die Blätter aus dem Metzen zu entfernen. Das war eine gewisse Kunst. Es machte sich nicht bezahlt, wenn man allzu »sauber« pflückte, denn Blätter wie Hopfen trugen zur Akkordliste bei. Alte Hasen, wie die Zigeuner es waren, wußten genau, wie »schmutzig« man gerade noch pflücken durfte.

Der Hopfenmeister kam, in der Hand einen Korb, der einen Scheffel faßte, und begleitet vom »Zähler«, der die Pflückmenge jedes Metzens in einem Hauptbuch eintrug. Die Zähler waren junge Männer, Kanzlisten oder Buchhalter oder ähnliches, die diesen Job als bezahlten Urlaub annahmen. Der Hopfenmeister schaufelte die Hopfen scheffelweise aus dem Metzen und zählte dabei mit singender Stimme: »Eins! Zwei! Drei! Vier!«, und die Pflücker trugen die Zahl in ihr Akkordbuch ein. Jeder Scheffel, den sie pflückten, trug ihnen zwei Pence ein, und natürlich gab es endlose Streitereien und Anschuldigungen wegen Ungerechtigkeit beim Messen. Hopfendolden sind luftig – wenn man will, kann man einen Scheffel davon in einen Quarttopf stopfen; daher beugte sich nach jeder Schaufelung einer der Pflücker über den Metzen und rührte die Hopfen um, damit sie wieder lockerer lagen, und dann hob der Hopfenmeister den Metzen hoch und schüttelte sie wieder zusammen. An manchen Morgen hatte er Befehl, sie »schwer zu nehmen«, dann schaufelte er sie so hinein, daß er jedes Mal zwei Scheffel auf einmal herausholte, worauf sich zornige Rufe erhoben: »Schau, wie der Sch– sie hineindrückt! Warum trampelst du nicht gleich auf ihnen rum?« usw.; und die alten Hasen deuteten düster an, daß sie Hopfenmeister gekannt hätten, die am letzten Tag des Pflückens in den Kuhteich getunkt wurden. Aus den Metzen wurden die Hopfen in Säcke gegeben, die theoretisch etwa einen Zentner faßten; aber es brauchte zwei Männer, um einen vollen Sack hochzuheben, wenn der Hopfenmeister sie »schwer« genommen hatte. Zum Mittagessen hatte man eine Stunde, und man machte Feuer aus Hopfenreben – das war zwar verboten, aber alle taten es – und wärmte den Tee auf und aß seine Speckbrote. Nach dem Mittagessen pflückte man weiter bis fünf oder sechs Uhr abends, bis der Hopfenmeister wieder kam und einem die Hopfen abnahm, und dann war man frei und konnte ins Lager zurück.

Wenn Dorothy später an dieses Zwischenspiel des Hopfenpflückens zurückdachte, dann fielen ihr immer die Nachmittage ein. Diese langen, anstrengenden Stunden im starken Sonnenlicht, im Klang von vierzig singenden Stimmen, im Duft von Hopfen und Holzfeuer, hatten etwas ganz Eigenartiges und Unvergeßliches an sich. Im Lauf des Nachmittags wurde man langsam so müde, daß man kaum mehr stehen konnte, und die kleinen grünen Hopfenläuse gerieten einem ins Haar und in die Ohren und juckten einen, und die Hände wurden von dem schwefelhaltigen Saft so schwarz wie Negerhände, nur dort nicht, wo sie bluteten. Und trotzdem war man glücklich, erfüllt von einem ganz unsinnigen Glücksgefühl. Die Arbeit packte einen, man ging ganz darin auf. Es war stupide Arbeit, mechanisch, anstrengend, und jeden Tag schmerzten einen die Hände mehr, und trotzdem bekam man nie genug davon; wenn das Wetter schön war und die Hopfen gut, dann hatte man das Gefühl, daß man immer und immer weiterpflücken könnte. Es bereitete einem eine physische Freude, ein warmes, befriedigtes Gefühl im Inneren, Stunde für Stunde hier zu stehen, die schweren Trauben abzureißen und zuzusehen, wie der blaßgrüne Berg im Metzen höher und höher stieg, jeder Scheffel weitere zwei Pennies in die eigene Tasche. Die Sonne brannte auf einen herab und röstete einen braun, und der bittere, nie nachlassende Geruch strömte einem erfrischend in die Nasenlöcher wie ein Wind von Ozeanen aus kühlem Bier. Wenn die Sonne schien, dann sangen alle beim Arbeiten; die Felder dröhnten vor Gesang. Aus irgendeinem Grund waren in diesem Herbst die Lieder alle traurig – Lieder von unerwiderter Liebe und unbelohnter Treue, wie Gossen-Versionen von *Carmen* und *Manon Lescaut.* Da war:

Seht sie an – in ihrer Freud' –
der stramme Bursch, die glückliche Maid –
Und da bin i-i-i-i-ich
mein Herz gebrohohohochen!

Und da war:

Und ich tanze – mit Tränen – in den Augen –
denn das Mädel – in meinem Arm – bist nicht du!

Und:

Die Glocken – sie läuten – für Sally –
doch nicht – für Sally – und mich!

Das kleine Zigeunermädchen sang immer und immer wieder:

Uns geht's so schlecht, und uns geht's so schlecht,
da unten auf Schlächters Farm!

Das alte Marktweib und die Enkelin Rose kannten ein Hopfenpflückerlied, und das ging so:

Unsre lausigen Hopfen,
unsre lausigen Hopfen,
Wenn der Meister kommt, ist alles verkehrt,
Heb sie auf, heb sie auf von der Erd'!
Er kommt zum Messen
und findet kein End'.
Joho, hinein in den Sack
und schert euch fort, ihr Pack!

»Seht sie an in ihrer Freud'« und »Die Glocken sie läuten für Sally« waren die Lieblingslieder. Die Pflücker konnten nie genug davon bekommen; sie mußten beide Lieder sicher mehrere hundert Male gesungen haben, bevor die Pflücksaison zu Ende war. Diese beiden Lieder, wie sie durch die blättrigen Rebenzeilen klangen, gehörten genauso zur Atmosphäre der Hopfenfelder wie der bittere Geruch und die verschleierte Sonne.

Wenn man so gegen halb sieben ins Lager zurückkam, hockte man sich an den Bach, der an den Hütten vorbeirann, und wusch sich das Gesicht, wahrscheinlich an dem Tag zum ersten Mal. Man brauchte etwa zwanzig Minuten, um den kohlrabenschwarzen Dreck von den Händen zu bekommen. Wasser machte keinen Eindruck darauf, auch Seife nicht; nur mit zwei Dingen brachte man ihn los – das eine war Schlamm, das andere merkwürdigerweise Hopfensaft. Dann kochte man sich ein Abendessen, das meistens wieder aus Brot und Tee und Speck bestand, falls Nobby nicht im Dorf gewesen war und für zwei Pennies beim Fleischer eingekauft hatte. Einkaufen war immer Nobbys Aufgabe. Er war die Art von Mann, der weiß, wie er dem Fleischer für zwei Pennies Fleisch im Werte von vier Pennies abluchsen konnte, und außerdem war er ein Fachmann in kleinen Ersparnissen. So kaufte er zum Beispiel immer einen Hüttenlaib statt irgendeiner anderen Brotform, weil so ein Hüttenlaib, wie er gern erklärte, wie zwei Laibe aussah, wenn man ihn in zwei Hälften brach.

Bevor man noch sein Abendessen aß, fielen einem schon die Augen zu, aber die großen Feuer, die die Leute zwischen den Hütten machten, waren so gemütlich, daß man sich nicht losreißen konnte. Die Farm hatte jeder Hütte pro Tag zwei Reisigbündel zugeteilt, aber die Pflücker plünderten so viele, wie sie nur wollten, und außerdem auch große Stücke Ulmenwurzeln, die bis zum Morgen glommen. An manchen Abenden waren die Feuer so riesig, daß bequem zwanzig Leute rund herum Platz hatten, und es wurde bis tief in die Nacht hinein gesungen, es wurden Geschichten erzählt und gestohlene Äpfel gebraten. Burschen und Mädchen schlüpften zusammen in dunkle Wege, ein paar kühne Draufgänger wie Nobby machten sich mit Säcken auf und plünderten die Obstgärten der Umgebung, die Kinder spielten in der Dämmerung Verstecken und bepirschten die Nachtschwalben, von denen es im Lager nur so wimmelte und die sie in ihrer Cockney-Unwissenheit für Fasane hielten. An Samstagabenden betranken sich meistens fünfzig oder sechzig Pflücker im Gasthaus und marschierten dann durch die Dorfstraße und brüllten unanständige Lieder, zum Entsetzen der Einwohner, die die Hopfensaison mit den gleichen Augen ansahen wie anständige Provinzbewohner im römischen Gallien vielleicht die jährlichen Einfälle der Goten.

Wenn man es endlich fertig brachte, sich in sein Nest im Stroh zu schleppen, dann war es dort keineswegs besonders warm oder gemütlich. Nach der ersten herrlichen Nacht entdeckte Dorothy, daß Stroh als Schlafmaterial sehr lästig ist. Nicht nur, daß es sticht, es läßt auch, im Unterschied zu Heu, aus allen Richtungen den Luftzug ein. Allerdings konnte man eine fast unbeschränkte Anzahl von Hopfensäcken von den Feldern klauen, und so machte sie sich eine Art Kokon aus vier Hopfensäcken, einen über dem anderen, und hielt sich auf diese Art warm genug, daß sie jede Nacht zumindest fünf Stunden schlafen konnte.

IV

Was man beim Hopfenpflücken verdiente, war gerade soviel, um Leib und Seele zusammenzuhalten, nicht mehr.

Der Lohntarif bei Cairn war zwei Penny pro Scheffel, und wenn die Hopfen gut waren, kam ein guter Pflücker auf drei Scheffel in der Stunde. Theoretisch wäre es daher möglich gewesen, in einer Sechzig-Stunden-Woche dreißig Shilling zu verdienen. In Wirklichkeit kam niemand im ganzen Lager auch nur annähernd an diese Zahl heran. Nobby und Dorothy, die ihre Hopfen zusammenlegten und den Erlös teilten, kamen jeder pro Woche auf rund zehn Shilling.

Dafür gab es verschiedene Gründe. Zunächst einmal waren die Hopfen in manchen Feldern gar nicht gut. Dann waren da die Verzögerungen, mit denen man pro Tag ein oder zwei Stunden verlor. Wenn eine Pflanzung fertig war, mußte man seinen Metzen zur nächsten tragen, die vielleicht eine Meile entfernt war; und dann stellte sich vielleicht heraus, daß da irgendein Mißverständnis vorlag, und die Gruppe, unter ihren Metzen ächzend (sie wogen jeder einen Zentner), mußte eine weitere halbe Stunde damit vertun, sich an einen anderen Ort zu schleppen. Aber das ärgste war der Regen. Es war ein schlechter September dieses Jahr, jeden dritten Tag regnete es. Manchmal saß man einen ganzen Vormittag oder Nachmittag jämmerlich frierend unter den ungepflückten Hopfenreben, den tropfenden Hopfenhaken auf den Schultern, und wartete, daß der Regen aufhörte. Im Regen konnte man unmöglich Hopfen pflücken. Die Hopfen waren dann zu glitschig, und wenn man sie doch pflückte, dann war das noch ärger als sinnlos, denn wenn sie durchweicht mit Wasser waren, dann schrumpften sie im Metzen beinahe bis auf ein Nichts zusammen. Manchmal brachte man es mit einem ganzen Tag Feldarbeit auf einen Shilling oder noch weniger.

Der Mehrzahl der Pflücker machte das nicht viel aus, denn gut die Hälfte von ihnen waren Zigeuner und an Hungerlöhne gewöhnt, und von den anderen waren die meisten solide Budenbesitzer, kleine Geschäftsleute und ähnliches aus dem East End, die Hopfenpflücken als Urlaub betrachteten und zufrieden waren, wenn sie genug verdienten für ein Retourbillett und ein bißchen Vergnügen an den Samstagabenden. Die Farmer wußten das und rechneten damit. Wenn nämlich die Leute das Hopfenpflücken nicht als Urlaubsunterhaltung betrachten würden, dann würde die Industrie sofort zusammenbrechen, denn der

Hopfenpreis ist jetzt so niedrig, daß kein Farmer es sich leisten kann, seinen Pflückern einen Lohn zu geben, von dem sie leben können.

Zweimal wöchentlich durfte man sich einen Vorschuß holen, und zwar bis zur Hälfte des ausstehenden Lohns. Wenn man ging, bevor das Pflücken zu Ende war (was dem Farmer ungelegen kam), dann hatten die Farmer das Recht, einen zum Preis von einem Penny pro Scheffel – anstatt zwei Penny – auszubezahlen, was bedeutete, daß die Farmer die Hälfte des Geldes, das sie einem schuldeten, in die Tasche steckten. Es war auch allgemein bekannt, daß die Farmer gegen Ende der Saison, wenn sie den Pflückern eine runde Summe schuldeten und diese nicht aufs Spiel setzen wollten, indem sie ihren Job stehen ließen, den Akkordlohn von zwei Penny pro Scheffel auf eineinhalb Penny herabsetzten. Streiks waren praktisch unmöglich. Die Pflücker hatten keine Gewerkschaft, und die Vorarbeiter jeder Gruppe bekamen nicht zwei Penny pro Scheffel wie die anderen, sondern einen festen Wochenlohn, der automatisch eingestellt wurde, wenn es einen Streik gab; daher setzten sie natürlich Himmel und Erde in Bewegung, um Streiks zu verhindern. Die Pflücker waren also den Farmern vollkommen ausgeliefert; die Schuld lag jedoch nicht bei den Farmern – die Wurzel des Übels war der niedrige Hopfenpreis. Dorothy konnte später auch feststellen, daß nur wenige der Pflücker mehr als eine dunkle Ahnung davon hatten, wieviel sie eigentlich verdient hatten. Das System des Akkordlohns verschleierte die niedrige Rate der Bezahlung.

In den ersten Tagen, bevor sie noch ein Recht auf Vorschuß hatten, waren Dorothy und Nobby am Verhungern, und sie wären wohl auch wirklich verhungert, wenn die anderen Pflükker sich nicht ihrer angenommen hätten. Aber alle waren außerordentlich gut zu ihnen. In einer der größeren Hütten weiter oben wohnte eine Gruppe von Leuten, ein Blumenverkäufer namens Jim Burrows und ein Mann namens Jim Turle, ein Ungeziefer-Vertilger in einem großen Londoner Restaurant; diese beiden hatten zwei Schwestern geheiratet und waren enge

Freunde, und alle zusammen hatten Dorothy ins Herz geschlossen. Sie achteten darauf, daß sie und Nobby nicht verhungerten. In den ersten paar Tagen kam May Turle, fünfzehn, jeden Abend mit einer Schüssel voll Eintopf an und überreichte ihn mit sorgfältig gespielter Beiläufigkeit, damit es ja nicht nach Wohltätigkeit aussah. Die Formel war immer die gleiche:

»Bitte, Ellen, Mutter sagt, sie wollte diesen Eintopf grad wegwerfen, aber dann hat sie gedacht, Sie möchten ihn vielleicht. Sie braucht ihn nicht, sagt sie, Sie würden ihr einen Gefallen tun, wenn Sie ihn nehmen.«

Es war unglaublich, wie viele Dinge die Turles und die Burrows' in diesen ersten Tagen »gerade hatten wegwerfen wollen«. Einmal gaben sie Nobby und Dorothy einen halben Schweinskopf, fertig gedünstet; und außer Essen gaben sie ihnen auch mehrere Kochtöpfe und eine Zinkplatte, die man als Bratpfanne verwenden konnte. Das beste aber war, daß sie keine unbequemen Fragen stellten. Sie wußten sehr wohl, daß es in Dorothys Leben irgendein Geheimnis gab – »Das sieht ein Blinder«, sagten sie »daß Ellen von Heu auf Stroh gekommen ist« –, aber es war für sie Ehrensache, sie nicht durch Ausfragen in Verlegenheit zu bringen. Erst nachdem Dorothy schon vierzehn Tage in dem Lager verbracht hatte, mußte sie sich die Mühe machen, auch noch einen Familiennamen zu erfinden.

Sobald Dorothy und Nobby einen Vorschuß beziehen konnten, waren ihre Geldsorgen zu Ende. Mit einem Shilling und six Pence pro Tag konnten sie beide zusammen überraschend gut leben. Davon gingen vier Pence auf Tabak für Nobby drauf, und viereinhalb Penny für einen Laib Brot, etwa sieben Pence pro Tag gaben sie für Tee, Zucker, Milch (Milch konnte man bei der Farm kaufen, einen halben Penny für eine halbe Pinte), Margarine und Speckreste aus. Aber natürlich verging kein Tag, da man nicht noch ein oder zwei Pence verschleuderte. Ständig zwickte einen der Hunger, ständig stellte man lange Viertel-Penny-Rechnungen auf, um zu sehen, ob man sich einen Hering oder einen Krapfen oder Chips für einen Penny leisten konnte, und so elend der Pflückerlohn auch war, so hatte sich doch offenbar die halbe Bevölkerung von Kent verschworen, ihnen das Geld aus der Tasche zu ziehen. Die Ladenbesitzer des Dorfes, denen vierhundert Hopfenpflücker hereingeschneit waren, verdienten während der Hopfensaison mehr als während des ganzen restlichen Jahres, was sie jedoch nicht davon abhielt, auf die Hopfenpflücker als Cockney-Abschaum herabzublicken. Am Nachmittag kamen die Knechte und Mägde der Farm an den Behältern vorbei und verkauften Äpfel und Birnen, sieben Stück für einen Penny, und Hausierer aus London erschienen mit Körben voller Krapfen oder Wassereis oder »Half-Penny-Schlecker«. An den Abenden quoll das Lager über von Hausierern, die mit Fuhren voll erschreckend billiger Nahrungsmittel, Fisch und Chips, Aal in Aspik, Krabben, verstaubter Kuchen und magerer Hasen mit glasigem Blick, die seit zwei Jahren auf dem Eis gelegen hatten und jetzt das Stück zu neun Pence verschleudert wurden, von London heruntergefahren kamen.

Die Kost, mit der sich die Hopfenpflücker ernährten, war wirklich miserabel – das war unvermeidlich, denn selbst wenn sie das Geld gehabt hätten, sich ordentliches Essen zu kaufen, so hatten sie außer an Sonntagen doch keine Zeit zum Kochen. Wahrscheinlich war es nur die Flut von gestohlenen Äpfeln, die das Lager vor einer Skorbut-Epidemie bewahrte. Der Apfeldiebstahl wurde ununterbrochen und systematisch betrieben; praktisch jedermann im Lager stahl entweder selbst oder teilte das gestohlene Gut. Es gab sogar ganze Trupps von jungen Männern (angeblich von Londoner Obsthändlern gedungen), die jedes Wochenende von London herunterradelten, eigens dazu, um die Obstgärten auszuplündern. Nobby hatte den Obstdiebstahl zur Wissenschaft erhoben. Schon nach einer Woche hatte er eine Gruppe von Burschen um sich gesammelt, die zu ihm als zu einem Helden aufblickten, weil er ein wirklicher Einbrecher war und schon viermal im Gefängnis gesessen hatte, und jeden Abend zogen sie bei Einbruch der Dämmerung mit Säcken los und kamen oft mit bis zu zwei Zentnern Früchten zurück. Es gab riesige Obstgärten in der Nähe der Hopfenfelder, und die Äpfel, besonders die herrlichen kleinen goldenen Winteräpfel, lagen in Haufen unter den Bäumen und verfaulten, weil die Farmer sie nicht verkaufen konnten. Es war eine Sünde, sie nicht zu nehmen, sagte Nobby. Zweimal klauten er und seine Bande sogar ein Huhn. Wie ihnen das gelang, ohne daß sie die Nachbarschaft aufweckten, war ein Rätsel; aber Nobby kannte anscheinend irgendeinen Trick, wie man dem Huhn einen Sack über den Kopf stülpte, so daß es »schmerzlos um Mitternacht den Geist aufgab« – oder doch jedenfalls lautlos.

Auf diese Weise verging eine Woche, und noch eine, und Dorothy war der Lösung des Problems ihrer Identität nicht näher gekommen. Sie war sogar weiter davon entfernt als je, denn bis auf hin und wieder kurze Augenblicke war ihr der Gegenstand fast aus dem Kopf verschwunden. Sie hatte sich mit der Zeit fast vollkommen in ihre merkwürdige Lage gefunden und alle Gedanken an das Gestern oder das Morgen aufgegeben. Das war die natürliche Wirkung des Lebens in den Hopfenfeldern; es verengte die Reichweite des Bewußtseins auf den gegenwärtigen Augenblick. Man konnte sich nicht mit unklaren geistigen Problemen herumschlagen, wenn man unaufhörlich schläfrig und unaufhörlich beschäftigt war – denn wenn man nicht auf dem Feld arbeitete, dann kochte man entweder oder holte Dinge aus dem Dorf, bemühte sich, feuchtem Reisig ein Feuer zu entlocken, oder schleppte Behälter voll Wasser von einem Ort zum anderen. (Es gab im ganzen Lager nur eine Wasserleitung, und die war zweihundert Yards von Dorothys Hütte entfernt, und die unbeschreibliche Latrine war ebenso weit weg.) Es war ein Leben, das einen kaputt machte, das jede Unze Energie, die man besaß, verbrauchte und das einen zutiefst und fraglos glücklich machte. Es überwältigte einen, in der buchstäblichen Bedeutung des Wortes. Die langen Tage auf den Feldern, das derbe Essen und der Mangel an Schlaf, der Geruch nach Hopfen und Holzfeuer lullten einen in eine fast tierische Schwere. In Regen und Sonnenschein und immer in der frischen

Luft, da bekam man nicht nur eine dicke Haut, sondern auch einen zähflüssigen Geist.

An Sonntagen wurde natürlich nicht auf den Feldern gearbeitet; aber am Sonntagmorgen hatten alle viel zu tun, denn da kochte man die Hauptmahlzeit der Woche und wusch und flickte seine Kleider. Zum Klang der Glocken, die der Wind von der Dorfkirche herüberwehte, vermischt mit dem dünnen Gebimmel von »O Gott, du unsre Hilfe«, von dem schlecht besuchten Freiluftgottesdienst von der Mission des hl. Wasweißich für die Hopfenpflücker, loderten riesige Reisigfeuer, Wasser kochte in Eimern und Blechdosen und Kochtöpfen und allem, was man sonst noch in die Hände bekommen konnte, und von den Dächern sämtlicher Hütten flatterte ausgefranste Wäsche. Am ersten Sonntag lieh sich Dorothy von den Turles ein Waschbecken und wusch sich zuerst das Haar, dann ihre Unterwäsche, und dann Nobbys Hemd. Ihre Unterwäsche war in einem schockierenden Zustand. Wie lange sie sie getragen hatte, wußte sie nicht, aber sicher nicht weniger als zehn Tage, und genauso lange hatte sie auch darin geschlafen. Ihre Strümpfe hatten kaum noch Fersen, und ihre Schuhe fielen nur deshalb nicht auseinander, weil eine Schlammkruste sie zusammenhielt.

Nachdem sie die Wäsche zum Trocknen aufgehängt hatte, kochte sie ein Mittagessen, und sie nährten sich üppig von einem halben gedünsteten Huhn (gestohlen), gekochten Kartoffeln (gestohlen), gebratenen Äpfeln (gestohlen) und Tee aus echten Teetassen mit Henkeln daran, geliehen von Mrs. Burrows. Und nach dem Essen lehnte sich Dorothy den ganzen Nachmittag gegen die sonnige Seite der Hütte, einen trockenen Hopfensack über die Knie, um ihr Kleid niederzuhalten, abwechselnd dösend und wieder aufwachend. Zwei Drittel der Menschen im Lager taten haargenau das gleiche; sie dösten einfach in der Sonne, wachten auf und starrten ins Nichts, wie Kühe. Zu mehr war man nach einer Woche Schwerarbeit nicht imstande.

Gegen drei Uhr, als sie eben am Einschlafen war, kam Nobby vorbei, nackt bis zur Taille – sein Hemd mußte erst trocknen –, in der Hand eine Sonntagszeitung, die er sich hatte ausleihen können. Es war *Pippin's Weekly*, das dreckigste der fünf dreckigen Sonntagsblätter. Er ließ es im Vorbeigehen auf Dorothys Schoß fallen.

»Da, hast was zum Lesen, Kleine«, sagte er großzügig.

Dorothy nahm *Pippin's Weekly* und legte es sich übers Knie, denn zum Lesen war sie jetzt viel zu schläfrig. Eine riesige Schlagzeile starrte ihr ins Gesicht: DRAMA DER LEIDENSCHAFT IN DORFPFARREI. Und dann gab es noch ein paar Überschriften, und etwas Fettgedrucktes, und eine Photographie vom Gesicht eines Mädchens. Etwa fünf Sekunden lang starrte Dorothy auf ein schwärzliches, verschmiertes, aber sehr wohl erkennbares Porträt von ihr selbst.

Unter der Photographie war etwa eine volle Druckspalte. Die meisten Zeitungen hatten das »Geheimnis der Rektorstochter« inzwischen fallen gelassen, denn es war über vierzehn Tage alt, und daher schon etwas abgestanden. *Pippin's Weekly* scherte das nicht, solange die Geschichte nur entsprechend saftig war, und letzte Woche war die Ausbeute an Morden und Vergewaltigungen nicht sehr ergiebig gewesen. Also schlachteten sie die Rektorstochter noch ein letztesmal aus – und gaben ihr sogar den Ehrenplatz, die obere linke Ecke der rechten Seite.

Dorothy starrte träge auf die Photographie. Ein Mädchengesicht, das sie vor dem Hintergrund unappetitlicher Druckerschwärze ansah – ihr sagte es absolut gar nichts. Mechanisch las sie noch einmal die Worte DRAMA DER LEIDENSCHAFT IN DORFPFARREI, ohne sie zu verstehen, noch sich im geringsten dafür zu interessieren. Sie sah ein, daß ihr die Anstrengung des Lesens einfach zu viel war; selbst die Photos anzusehen war ihr zu mühsam. Schwerer Schlaf zog ihr den Kopf nach unten. Ihre Augen glitten noch im Zufallen über die Seite und fielen auf die Photographie, die entweder Lord Snowdon zeigte oder jenen Mann, der kein Bruchband tragen wollte, und im gleichen Moment schlief sie auch schon ein, *Pippin's Weekly* auf den Knien.

Es war nicht ungemütlich an der Wellblechwand der Hütte, und sie rührte sich kaum bis sechs Uhr, als Nobby sie weckte, um ihr zu sagen, daß er Tee gemacht habe; worauf Dorothy *Pippin's Weekly* sorgfältig zur Seite legte (das konnte man später zum Feuermachen brauchen), ohne noch einmal einen Blick darauf zu werfen. Und so war die Gelegenheit zur Lösung ihres Problems wieder vorbei. Und das Problem wäre vielleicht noch monatelang ungelöst geblieben, hätte nicht eine Woche später ein unangenehmer Zwischenfall Dorothy aus dem zufriedenen und gedankenlosen Zustand, in dem sie dahinlebte, herausgerissen.

V

Am nächsten Sonntagabend tauchten zwei Polizisten plötzlich im Lager auf und verhafteten Nobby und zwei andere wegen Diebstahls.

Es geschah alles blitzschnell, und Nobby hätte auch dann nicht entwischen können, wenn man ihn vorher gewarnt hätte, denn in der ganzen Umgebung wimmelte es von Hilfspolizisten. In Kent gab es große Mengen von Hilfspolizisten. Jeden Herbst wurden sie eingeschworen – eine Art von Miliz, um mit den plündernden Horden der Hopfenpflücker fertig zu werden. Die Farmer waren der Obstgärten-Plünderungen müde geworden und hatten beschlossen, ein Exempel zu statuieren, *in terrorem*.

Natürlich gab es im Lager einen fürchterlichen Auflauf. Dorothy kam aus ihrer Hütte, um herauszufinden, was los war, und sah einen feuerbeschienenen Kreis von Menschen, zu dem alles hinlief. Sie lief der Menge nach, und eine gräßliche Kälte durchfuhr sie, denn sie hatte das Gefühl, als wüßte sie bereits, was geschehen war. Es gelang ihr, sich bis ganz nach vorn zu drängeln, und sie erblickte dort genau das, was sie befürchtet hatte.

Dort stand Nobby, fest im Griff eines riesigen Polizisten, und ein zweiter Polizist hielt zwei verschreckte Bürschchen an den Armen. Einer von ihnen, ein bedauernswertes Kind, kaum sechzehn Jahre alt, weinte bitterlich. Mr. Cairns, mit grauem Schnauzbart und einer steifen Haltung, und Farmknechte bewachten das gestohlene Gut, das man aus dem Stroh in Nobbys Hütte ausgegraben hatte. Beweisstück A, ein Berg Äpfel; Beweisstück B, ein paar blutbeschmierte Hühnerfedern. Nobby entdeckte in der Menge plötzlich Dorothy, grinste sie mit einem Aufblitzen seiner großen Zähne an und zwinkerte. Es gab ein konfuses Gewirr von Rufen:

»Schaut das A – an, wie's weint! Laßt ihn gehen! Eine Schande ist das, so ein armer kleiner Hascher! Geschieht den jungen Tunichtguten recht, machen uns allen Scherereien! Laßt ihn laufen! Immer müssen wir Hopfenpflücker an allem schuld sein! Kaum verschwindet so ein Sch-Apfel, schon haben wir ihn geklaut. Laßt ihn laufen! Halt die Klappe, ja? Und was ist, wenn's *deine* Sch-Äpfel sind? Dann würdest du verdammt auch –« usw. usw. usw. Und dann: »Mach Platz, Kamerad! Da kommt dem Kleinen seine Mutter.«

Ein riesiger Maßkrug von Frau mit monströsen Brüsten und auf den Rücken fallendem Haar bahnte sich gewaltsam einen Weg durch die Menge und fing an, zuerst den Polizisten und Mr. Cairns, dann Nobby, der ihren Sohn verführt hatte, lauthals anzuschreien. Endlich gelang es den Knechten, sie fortzuzerren. Durch das Gebrüll der Frau hindurch konnte Dorothy hören, wie Mr. Cairns Nobby knurrig verhörte:

»Nun also, junger Mann, jetzt gestehe und sag uns, mit wem du die Äpfel geteilt hast. Denn wir werden diesen Dieben ein für allemal das Handwerk legen. Mach ein Geständnis, und das werden wir dir anrechnen.«

Nobby antwortete, so munter wie eh und je: »Anrechnen, du A –!«

»Halt deine Zunge im Zaum, junger Mann! Sonst wirst du's vor dem Friedensrichter noch bereuen!«

»Bereuen, du A –!«

Nobby grinste. Sein eigener Witz erfüllte ihn mit Begeisterung. Er fing Dorothys Blick auf und zwinkerte ihr noch einmal zu, bevor er abgeführt wurde. Und das war das letzte, was sie jemals von ihm sah.

Es gab weiteres Geschrei, und als die Gefangenen entfernt wurden, folgten ihnen ein paar Dutzend Männer und buhten die Polizisten und Mr. Cairns aus, aber keiner wagte einzugreifen. Dorothy hatte sich inzwischen fortgeschlichen; sie kümmerte sich nicht einmal darum, ob es nicht doch noch eine Gelegenheit gäbe, sich von Nobby zu verabschieden – sie war zu verschreckt, zu sehr selbst auf Flucht erpicht. Sie konnte das Zittern ihrer Knie nicht beherrschen. Als sie in die Hütte zurückkam, saßen die anderen Frauen alle aufrecht herum und redeten aufgeregt über Nobbys Verhaftung. Sie vergrub sich tief im Stroh und versteckte sich, um nur ihre Stimmen nicht zu hören. Die anderen vertratschten die halbe Nacht, und da Dorothy ihrer Meinung nach Nobbys »Katze« gewesen war, drückten sie ihr ihr Mitleid aus und überhäuften sie mit Fragen. Sie gab keine Antwort – sie tat, als würde sie schlafen. Dabei wußte sie aber ganz genau, daß sie heute nacht keinen Schlaf finden würde.

Die ganze Sache hatte sie eingeschüchtert und verstört – und zwar heftiger als nötig oder überhaupt begreiflich. Denn sie selbst war ja nicht in Gefahr. Die Knechte wußten nicht, daß sie die gestohlenen Äpfel geteilt hatte – übrigens hatten ja fast alle Leute im Lager sie geteilt –, und Nobby würde sie niemals verraten. Es kam auch nicht davon, daß sie sich sehr große Sorgen um Nobby gemacht hätte, den die Aussicht auf einen Monat im Gefängnis wirklich nicht zu kümmern schien. Es war etwas, was in ihr selbst vorging – irgendeine Veränderung, die in der Atmosphäre ihres Inneren stattfand.

Es kam ihr vor, als sei sie nicht mehr dieselbe Person, die sie noch vor einer Stunde gewesen war. In ihr drinnen und außerhalb von ihr war alles anders. Es war, als sei in ihrem Gehirn eine Blase geplatzt und hätte Gedanken, Gefühle, Ängste freigesetzt, deren Existenz sie vergessen hatte. Die ganze träumerische Apathie der letzten drei Wochen war zerstoben. Denn sie hatte haargenau wie im Traum gelebt – es ist die besondere Verfassung eines Traums, daß man alles akzeptiert, nichts in Frage stellt. Schmutz, Fetzen, Vagabundendasein, Betteln, Stehlen – alles war ihr natürlich erschienen. Sogar der Verlust ihres Gedächtnisses war ihr natürlich vorgekommen; zumindest hatte sie sich bis zu diesem Moment kaum den Kopf darüber zerbrochen. Die Frage »*Wer bin ich?*« war in ihrem Inneren so weit verblaßt, daß sie sie oft stundenlang vergessen hatte.

Beinahe die ganze unglückliche Nacht lang ging ihr diese Frage im Hirn herum. Aber es war nicht so sehr die Frage selbst, die sie verstörte, als vielmehr die Gewißheit, daß sie bald die Antwort darauf finden würde. Ihr Gedächtnis kam zurück, das war sicher, und ein häßlicher Schock mit dazu. Sie hatte geradezu Angst vor dem Moment, da sie ihre eigene Identität wiederfinden würde. Irgend etwas, dem sie nicht ins Auge sehen wollte, lauerte knapp unter der Oberfläche ihres Bewußtseins.

Um halb sechs stand sie auf und suchte wie üblich tappend nach ihren Schuhen. Sie ging hinaus, entfachte ein Feuer und schob die Wasserkanne in die heiße Asche zum Kochen. Gerade als sie das tat, flog ihr eine scheinbar nebensächliche Erinnerung durch den Kopf. Und zwar an diese Rast auf der Gemeindewiese in Wale, vor vierzehn Tagen – damals, als sie die alte Irin getroffen hatten, diese Mrs. McElligot. Sie erinnerte sich sehr deutlich an die Szene. Sie selbst, wie sie erschöpft im Gras lag, einen Arm über dem Gesicht; und Nobby und Mrs. McElligot, die sich über ihren ausgestreckten Körper hinweg unterhielten; und Charlie, wie er mit schmatzendem Genuß den Anschlag las: »Geheimes Liebesleben von Rektorstochter«; und sie selbst, wie sie, neugierig, aber nicht wirklich interessiert, sich aufsetzte und fragte: »Was ist ein Rektor?«

Hier umklammerte tödliche Kälte, wie eine Hand von Eis, ihr

Herz. Sie stand auf und eilte, rannte fast zurück zur Hütte, grub tief hinunter bis dorthin, wo ihre Säcke lagen, und tastete im Stroh darunter herum. In diesem riesigen Strohhaufen verschwand bald alles, was nicht niet- und nagelfest war, und arbeitete sich nach und nach bis zum Boden vor. Doch nachdem sie mehrere Minuten lange gewühlt hatte und von einigen Frauen, die noch schliefen, ausgiebig verflucht worden war, fand Dorothy, was sie suchte. Es war das Exemplar von *Pippin's Weekly*, das Nobby ihr vor einer Woche gegeben hatte. Sie nahm es mit ins Freie, kniete sich hin und breitete es im Schein des Feuers aus.

Es war auf der ersten Seite – eine Photographie, und drei große Schlagzeilen. Ja. Das war es!

DRAMA DER LEIDENSCHAFT IN DORFPFARREI

PFARRERSTOCHTER UND ÄLTLICHER VERFÜHRER

WEISSHAARIGER VATER VON GRAM GEBEUGT

(Sonderbericht von *Pippin's Weekly)*

»›Lieber würde ich sie im Grabe sehen!‹, rief Hochwürden Charles Hare, Rektor von Knype Hill, Suffolk, mit gebrochenem Herzen, als er erfuhr, daß seine achtundzwanzigjährige Tochter mit einem ältlichen Junggesellen namens Warburton, der sich als Künstler ausgab, entflohen war.

Miß Hare, die die Stadt in der Nacht des einundzwanzigsten August verließ, ist noch immer abgängig, und alle Versuche, sie ausfindig zu machen, waren bisher zum Scheitern verurteilt. (Fettgedruckt) Bislang unbestätigten Gerüchten zufolge wurde sie kürzlich in männlicher Begleitung in einem Hotel von zweifelhaftem Ruf in Wien gesehen.

Die Leser von *Pippin's Weekly* werden sich erinnern, daß die Entführung unter dramatischen Umständen stattgefunden hatte. Kurz vor Mitternacht des einundzwanzigsten August blickte Mrs. Evelina Semprill, eine verwitwete Dame, die das Haus neben Mr. Warburton bewohnt, zufällig aus ihrem Schlafzimmerfenster und sah Mr. Warburton im Gespräch mit einer jungen Frau am Vordereingang seines Hauses stehen. Da es eine helle Mondnacht war, konnte Mrs. Semprill in der jungen Frau Miß Hare erkennen, die Rektorstochter. Das Paar hielt sich mehrere Minuten lang am Tor auf, und bevor sie hineingingen, fanden mehrere Umarmungen statt, in einer Art und Weise, die Mrs. Semprill als leidenschaftlich bezeichnet. Etwa eine halbe Stunde später erschienen sie von neuem, diesmal in Mr. Warburtons Wagen, der rückwärts beim Vordereingang hinausfuhr und dann in Richtung der Straße nach Ipswich entschwand. Miß Hare war spärlich bekleidet und schien unter Alkoholeinwirkung zu stehen.

Wie wir erst jetzt erfahren, stattete Miß Hare seit längerem Mr. Warburton heimliche Besuche ab. Mrs. Semprill, die nur unter großen Schwierigkeiten dazu überredet werden konnte, sich über einen so schmerzlichen Gegenstand zu äußern, hat weiter enthüllt –«

Dorothy zerknüllte *Pippin's Weekly* heftig zwischen ihren Händen, warf das Blatt ins Feuer und brachte dabei die Wasserkanne aus dem Gleichgewicht. Es gab eine Aschenwolke und schwefligen Rauch, und fast im selben Moment zog Dorothy die Zeitung wieder unverbrannt aus dem Feuer. Es hatte keinen Sinn, sich zu drücken – besser gleich das Schlimmste erfahren. Sie las weiter, mit einer fürchterlichen Faszination. Es war keine schöne Geschichte, die sie da über sich selbst zu lesen bekam. Denn es war merkwürdig, aber jetzt hatte sie auch nicht mehr den Schatten eines Zweifels, daß dieses Mädchen, über das sie las, sie selbst war. Sie sah sich die Photographie genau an. Es war ein unscharfes, undeutliches Bild, aber ganz unverkennbar. Außerdem bedurfte es gar nicht der Photographie, um sie daran zu erinnern. Jetzt fiel ihr alles wieder ein – jeder einzelne Umstand ihres Lebens, bis zu jenem Abend, an dem sie erschöpft von Mr. Warburton nach Haus gekommen und wahrscheinlich im Gewächshaus eingeschlafen war. Es stand ihr alles so deutlich vor Augen, daß es fast unglaublich war, wie sie es je hatte vergessen können.

Sie aß an diesem Tag kein Frühstück und dachte auch nicht daran, sich ein Mittagessen vorzubereiten; doch als es Zeit wurde, zeigte sich die Macht der Gewohnheit, und sie zog mit den anderen Pflückern aufs Hopfenfeld. Da sie allein war, brachte sie ihren Metzen nur mit Mühe in die richtige Stellung, zog die nächste Rebe herunter und fing zu pflücken an. Aber nach ein paar Minuten fand sie, daß es ganz unmöglich war; selbst die mechanische Arbeit des Pflückens war ihr zuviel. Diese fürchterliche, verlogene Geschichte in *Pippin's Weekly* hatte sie derart verstört, daß sie nicht einmal eine Sekunde lang an irgend etwas anderes denken konnte. Die lüsternen Phrasen gingen ihr unausgesetzt im Kopf herum. »Umarmungen, die Mrs. Semprill als leidenschaftlich bezeichnet« – »Spärlich bekleidet« – »unter der Einwirkung von Alkohol« – immer, wenn ihr eine solche Phrase wieder einfiel, spürte sie einen solchen Stich, daß sie am liebsten aufgeschrien hätte wie in physischem Schmerz.

Nach einer Weile hörte sie überhaupt zu pflücken auf, ließ die Rebe über ihren Metzen fallen und setzte sich gegen einen der Pfosten, die die Drähte hielten. Die anderen Pflücker bemerkten ihre Verfassung und waren voll Mitgefühl. Ellen sei schlecht beisammen, sagten sie. Was sonst konnte man erwarten, nachdem sie ihren Burschen eingelocht hatten? (Jedermann im Lager hatte es natürlich für selbstverständlich gehalten, daß Nobby Dorothys Liebhaber war.) Und gegen zwölf Uhr, als es Zeit für die Hopfenmeister wurde, kam die ganze Gruppe zu ihr, und jeder warf einen Hut voll Hopfen in ihren Behälter.

Als der Hopfenmeister kam, fand er Dorothy noch immer am Boden sitzend vor. Unter dem Schmutz und der Sonnenbräune war sie sehr blaß; ihr Gesicht sah abgezehrt aus und viel älter als früher. Ihr Metzen war zwanzig Yards hinter der Gruppe zurück, und darin befanden sich weniger als drei Scheffel Hopfen.

»Was soll das denn heißen?« fragte er. »Bist du krank?«

»Nein.«

»Na, und warum pflückst du dann nicht? Was glaubst du, was das hier ist – eine elegante Landpartie? Um auf dem Boden zu sitzen, dazu bist du nicht hierhergekommen, weißt du.«

»Hör auf, und quäl das arme Mädchen nicht!« schrie die alte Cockney-Marktfrau plötzlich. »Kann die Kleine nicht ein bißchen Ruhe und Frieden haben, wenn sie's braucht? Ist nicht ihr Bursch im Kittchen, dir und deinen verdammten Schnüfflern von der Polente sei's gedankt? Die hat genug Sorgen, ohne daß sie von jedem verdammten Polypen in ganz Kent herumge- wird!«

»Das langt mir aber von dir, Oma!« sagte der Hopfenmeister finster, schaute aber etwas mitfühlender drein, nachdem er erfahren hatte, daß es Dorothys Liebhaber war, der gestern abend verhaftet worden war. Als die Marktfrau ihr Teewasser zum Kochen gebracht hatte, rief sie Dorothy zu ihrem Metzen und gab ihr eine Tasse starken Tee und eine große Schnitte Brot und Käse; und nach der Mittagspause wurde ein anderer Pflücker ohne Partner zu Dorothy geschickt, um mit ihr den Metzen zu teilen. Es war ein kleiner, verhutzelter alter Tramp namens Deafie. Nach dem Tee fühlte sich Dorothy etwas besser. Von Deafies Beispiel ermutigt – denn er war ein hervorragender Pflücker –, brachte sie es fertig, am Nachmittag recht ordentlich zu arbeiten.

Sie hatte sich alles überlegt und war jetzt weniger aufgewühlt als zuvor. Die Phrasen aus *Pippin's Weekly* ließen sie noch immer vor Scham zusammenzucken, aber sie war imstande, der Situation ins Auge zu sehen. Es war ihr ziemlich klar, was mit ihr geschehen war und was zu Mrs. Semprills Verleumdungen geführt hatte. Mrs. Semprill hatte sie zusammen an der Einfahrt gesehen, und auch, wie Mr. Warburton sie geküßt hatte; und als sie daraufhin beide nicht mehr in Knype Hill zu finden waren, war es nur natürlich – zumindest natürlich für Mrs. Semprill –, daraus zu schließen, daß sie zusammen durchgebrannt waren. Die pikanten Einzelheiten hatte sie später dazuerfunden. Hatte sie sie wirklich erfunden? Das war etwas, dessen man bei Mrs. Semprill nie ganz sicher sein konnte – ob sie ihre Lügen ganz bewußt verbreitete oder ob sie es in ihrem verschrobenen und widerwärtigen Geiste fertigbrachte, selbst daran zu glauben.

Jedenfalls, das Unglück war nun einmal geschehen – es war sinnlos, sich länger darüber aufzuregen. Jetzt ging es darum, wie sie nach Knype Hill zurückkam. Man würde ihr Kleider schikken müssen sowie zwei Pfund für eine Eisenbahnfahrkarte nach Haus. Nach Haus! Das Wort fuhr ihr wie ein Stich durchs Herz. Nach Haus, nach Wochen von Schmutz und Hunger. Wie sehnte sie sich danach, jetzt, wo sie sich wieder daran erinnerte!

Aber –!

Ein eisiger kleiner Zweifel hob seinen Kopf. Es gab da eine Seite dieser Angelegenheit, die sie bis jetzt noch nicht bedacht hatte. Konnte sie es wagen, nach alledem nach Haus zu gehen? Durfte sie es wagen?

Konnte sie, nach allem, was geschehen war, Knype Hill wieder ins Auge sehen? Das war die Frage. Wenn man einmal auf der ersten Seite von *Pippin's Weekly* geprangt hat – »spärlich bekleidet« – »unter der Einwirkung von Alkohol« – ach, lieber nicht mehr daran denken! Aber wenn man von oben bis unten mit widerwärtigen, entehrenden Verleumdungen bepflastert ist, kann man dann zurückgehen in eine Stadt von zweitausend Einwohnern, wo jeder alles über das Privatleben aller anderen weiß und den ganzen lieben Tag darüber redet?

Sie wußte es nicht – sie konnte sich nicht entscheiden. In dem einen Moment schien ihr, die Geschichte ihrer Entführung sei so offensichtlich absurd, daß unmöglich jemand daran glauben konnte. Mr. Warburton zum Beispiel konnte sie widerlegen – und würde sie auch sicherlich widerlegen, aus einer Vielfalt von Gründen. Doch im nächsten Augenblick fiel ihr ein, daß Mr. Warburton ins Ausland gefahren war, und falls diese Geschichte nicht etwa bis in die kontinentalen Zeitungen gedrungen war, dann hatte er wohl nicht einmal davon gehört; und dann wurde sie wieder unsicher. Sie wußte, was es bedeutete, in einer ländlichen Kleinstadt einem Skandal ins Auge zu sehen. Die neugierigen Blicke, die einem hinter verhängten Fenstern hervor die Straße hinunter folgten! Die Gruppen von jungen Männern an den Ecken rund um Blifil-Gordons Fabrik, die einen lüstern durchhechelten!

»George! He, George! Kannst du die Puppe dort drüben sehen? Die blonde?«

»Was, das Gerippe? Ja. Wer ist das?«

»Das ist die Rektorstochter. Miß Hare. Aber hör einmal! Was glaubst du, was die vor zwei Jahren aufgeführt hat? Ist mit einem Kerl durchgegangen, der ihr Vater hätte sein können. Hat in Paris in Saus und Braus mit ihm gelebt! Man würde es ihr nicht ansehen, was?«

»Erzähl mir nichts!«

»Ehrenwort! Kannst mir's glauben. Es war in allen Zeitungen. Nur hat er sie nach drei Wochen satt gehabt, und sie ist frisch und munter wieder zurück nach Haus gekommen. Die hat Nerven, was?«

Ja, damit würde sie nicht so leicht fertig werden. Jahrelang, vielleicht sogar zehn Jahre lang würden sie auf diese Weise über sie sprechen. Und das ärgste war, daß die Geschichte in *Pippin's Weekly* wahrscheinlich nur eine sehr harmlose Fassung dessen war, was Mrs. Seprill in der Stadt herumerzählte. *Pippin's Weekly* hatte sich natürlich nicht zu weit einlassen wollen. Aber gab es überhaupt etwas, das Mrs. Semprill je Einhalt gebieten könnte? Nur die Grenzen ihrer Vorstellungskraft – und die waren beinahe so weit wie der Horizont.

Eines allerdings beruhigte Dorothy, und das war der Gedanke, daß zumindest ihr Vater sein Bestes tun würde, um ihr beizustehen. Es würde natürlich auch noch andere geben. Sie stand ja schließlich nicht etwa freundlos da. Die Kirchengemeinde wenigstens kannte sie und vertraute ihr, und die Müttervereinigung und die Pfadfinderinnen und die Frauen auf ihrer Besuchsliste würden niemals derartige Geschichten über sie glauben. Aber am wichtigsten war ihr Vater. Man kann fast in jeder Situation durchhalten, wenn man ein Zuhause hat, wohin man zurückkehren kann, und eine Familie, die zu einem hält. Mit Mut und der Unterstützung ihres Vaters konnte sie den Dingen vielleicht ins Auge sehen. Bis zum Abend hatte sie den Entschluß gefaßt, daß es vollkommen richtig sei, nach Knype Hill zurückzugehen, wenn es auch am Anfang sicher unangenehm sein würde, und als die Arbeit für heute vorbei war, holte sie sich einen Shilling Vorschuß, ging in die Gemischtwarenhandlung im Dorf und kaufte sich für einen Penny Schreibpapier. Zurück im Lager, im Gras neben dem Feuer sitzend – es gab natürlich in dem Lager keine Tische oder Stühle –, fing sie mit einem Bleistiftstumpf zu schreiben an:

Liebster Vater!
Ich kann Dir nicht sagen, wie froh ich bin, nach allem, was geschehen ist, daß ich Dir jetzt wieder schreiben kann. Und ich hoffe sehr, daß Du Dir nicht allzu viele Sorgen um mich gemacht und Dich auch nicht allzu sehr aufgeregt hast über diese schrecklichen Geschichten in den Zeitungen. Ich weiß nicht, was Du wohl gedacht hast, als ich so plötzlich verschwunden war und Du fast einen Monat lang nichts von mir hörtest. Aber siehst Du –«

Wie seltsam sich der Bleistift in ihren aufgerissenen und steif gewordenen Fingern anfühlte! Sie brachte nur große, ungelenke Buchstaben fertig, wie die eines Kindes. Aber sie schrieb einen langen Brief, erklärte alles und bat ihn, ihr Kleider zu schicken sowie zwei Pfund für die Heimreise. Außerdem bat sie ihn, ihr unter einem angenommenen Namen zu schreiben – Ellen Millborough, nach Millborough in Suffolk. Es kam ihr recht eigenartig vor, einen falschen Namen zu benutzen; unehrlich – beinahe kriminell. Aber sie wollte nicht riskieren, daß es im Dorf, und vielleicht im Lager ebenfalls bekannt würde, daß sie Dorothy Hare war, die berüchtigte »Rektorstochter«.

VI

Sobald sie einmal den Entschluß gefaßt hatte, konnte Dorothy es kaum erwarten, dem Hopfenlager zu entfliehen. Am nächsten Tag brachte sie es kaum über sich, mit der stumpfsinnigen Arbeit des Pflückens weiterzumachen, und die Unbequemlichkeiten und das schlechte Essen waren ihr jetzt, da sie Erinnerungen hatte, um sie damit zu vergleichen, ganz unerträglich. Sie wäre sofort geflohen, wenn sie nur genug Geld gehabt hätte, um bis nach Haus zu kommen. In dem Moment, da ihres Vaters Brief mit zwei Pfund darin eintraf, würde sie sich von den Turles verabschieden und den Zug nach Haus nehmen und einen Seufzer der Erleichterung ausstoßen, trotz des häßlichen Skandals, dem sie die Stirn würde bieten müssen.

Am dritten Tag, nachdem sie geschrieben hatte, ging sie ins Dorfpostamt hinunter und fragte nach dem Brief für sie. Die Postmeisterin, eine Frau mit dem Gesicht eines Dachshundes und voll bitterer Verachtung für alle Hopfenpflücker, teilte ihr frostig mit, daß kein Brief vorhanden sei. Dorothy war enttäuscht. Schade – er mußte sich mit der Post verspätet haben. Das machte aber nichts; morgen war auch noch früh genug – nur ein weiterer Tag des Wartens.

Am nächsten Abend ging sie wieder hin, überzeugt, daß der Brief jetzt da war. Aber noch immer kein Brief. Diesmal verspürte sie leichte Zweifel; und am fünften Abend, als noch immer kein Brief da war, verwandelte sich der Zweifel in schreckliche Panik. Sie kaufte noch einen Block Schreibpapier und schrieb einen ungeheuer langen Brief, brauchte alle vier Bogen auf, erklärte mehrere Male ausführlich, was geschehen war, und flehte ihren Vater an, sie nicht im ungewissen zu lassen. Nachdem sie den Brief aufgegeben hatte, beschloß sie, eine ganze Woche abzuwarten, bis sie wieder zum Postamt gehen würde.

Das war am Samstag. Am Mittwoch brach ihr Vorsatz zusammen. Als die Sirene zur Mittagspause ertönte, ließ sie ihren

Metzen stehen und eilte hinunter zum Postamt – es war eineinhalb Meilen entfernt, und das hieß, daß sie ihre Mahlzeit versäumte. Dort angekommen, ging sie mit verlegenem Gesicht an den Schalter und wagte kaum, den Mund aufzumachen. Die hundegesichtige Postmeisterin saß in ihrem Käfig aus Messingstangen am Ende der Theke und hakte in einem länglichen Kontobuch Zahlen ab. Sie warf Dorothy einen kurzen, neugierigen Blick zu und fuhr dann mit ihrer Arbeit fort, ohne sie zu beachten.

Etwas Schmerzliches vollzog sich in Dorothys Zwerchfell. Es fiel ihr schwer, zu atmen. »Gibt es Post für mich?« brachte sie endlich heraus.

»Name?« sagte die Postmeisterin und hakte weiter ab.

»Ellen Millborough.«

Die Postmeisterin drehte ihre lange Dachshundnase einen Augenblick über die Schulter und starrte auf das M-Fach in dem Briefkasten für postlagernde Sendungen.

»Nein«, sagte sie und wandte sich wieder ihrem Kontobuch zu.

Auf irgendeine Art gelang es Dorothy hinauszukommen, und sie fing an, in Richtung Hopfenfelder zu marschieren; dann blieb sie stehen. Ein tödliches Gefühl der Leere am Grunde ihres Magens, zum Teil aus Hunger, machte sie zu schwach zum Gehen.

Das Schweigen ihres Vaters konnte nur eines bedeuten. Er schenkte Mrs. Semprills Geschichte Glauben – er glaubte, daß sie, Dorothy, in erniedrigenden Umständen von zu Haus durchgebrannt sei und dann Lügen erzählt habe, um sich herauszureden. Er war zu böse und zu verbittert, um ihr zu schreiben. Er wollte nichts anderes als sie loswerden, jede Verbindung mit ihr abbrechen, sie aus den Augen und aus dem Sinn bekommen, wie einen bloßen Skandal, den man am besten vertuschte und dann vergaß.

Daraufhin konnte sie nicht nach Haus gehen. Sie wagte es nicht. Nun, da sie erkannt hatte, wie ihr Vater dazu stand, waren ihr die Augen aufgegangen, und sie sah ein, wie übereilt ihr Vorhaben gewesen war. *Natürlich* konnte sie nicht nach Haus! In Schimpf und Schande heimzukommen, durch ihr Erscheinen Schmach über ihres Vaters Haus zu bringen – ah, unmöglich, vollkommen unmöglich! Wie hatte sie nur überhaupt daran denken können?

Was aber sonst? Es blieb ihr nichts übrig, als fortzugehen – an irgendeinen Ort, der groß genug war, um sich zu verstecken. London, vielleicht. Irgendwohin, wo sie keiner kannte und wo der bloße Anblick ihres Gesichts oder die Erwähnung ihres Namens nicht gleich eine Kette schmutziger Erinnerungen ans Licht zerren würde.

Wie sie so stand, schwebte das Geläute der Glocken zu ihr hin, von der Dorfkirche hinter der Straßenbiegung, wo diejenigen, die die Glocken läuteten, sich damit amüsierten, daß sie »Bleibe bei mir« läuteten, so wie man sich auf dem Klavier mit einem Finger eine Melodie zusammensucht. Doch bald wich »Bleibe bei mir« dem bekannten Sonntagmorgengebimmel: »Ach laßt mir doch mein Weib allein! Sie ist so blau und find't nicht heim!« –, die gleiche Melodie, die die Glocken von St. Athelstan immer geläutet hatten, bis vor drei Jahren, als sie ausgehängt worden waren. Der Klang schoß einen Empfindungsschwall von Heimweh in Dorothys Herz und brachte ihr lebhaft einen Mischmasch von Erinnerungen vor das innere Auge – den Geruch des Kleistertopfes im Gewächshaus, als sie Kostüme für die Schultheateraufführung machte, und das Geschwätz der Stare vor ihrem Schlafzimmerfenster, das sie in ihren Gebeten vor der Heiligen Kommunion störte, und Mrs. Pithers jammernde Stimme, wie sie die Schmerzen an der Rückseite ihrer Beine beschrieb, und die Sorgen um den Glockenturm, der am Einstürzen war, und die Schulden in den Läden und das Unkraut zwischen den Erbsen – alle die vielfältigen, dringenden Einzelheiten eines Lebens zwischen Arbeit und Gebet.

Gebet! Eine ganz kurze Zeitspanne lang, vielleicht eine Minute, blieb sie an diesem Gedanken hängen. Gebet – in jenen Tagen war es Urquell und Mittelpunkt ihres Lebens gewesen. In Sorgen wie im Glück war immer das Gebet ihr am nächsten gelegen. Und sie erkannte – das erstemal, daß sie überhaupt auf den Gedanken kam –, daß sie kein Gebet mehr gesagt hatte, seit sie von zu Hause fort war, nicht einmal, seit ihr Gedächtnis zurückgekommen war. Und außerdem erkannte sie auch, daß sie nicht den geringsten Wunsch danach empfand. Mechanisch fing sie ein geflüstertes Gebet an und hörte beinahe sofort wieder auf; die Worte waren leer und nichtig. Das Gebet, einst das Rückgrat ihres Lebens, hatte keine Bedeutung mehr für sie. Sie nahm diesen Umstand zur Kenntnis, während sie langsam durch die Straße ging, aber kurz, fast beiläufig, wie etwas, das sie im Vorübergehen bemerkte – eine Blume im Straßengraben oder ein Vogel, der die Straße überquerte –, etwas, das man bemerkt und dann vergißt. Sie fand nicht einmal die Zeit, um nachzudenken, was das bedeutete. Es wurde von wichtigeren Dingen aus ihrem Geist verdrängt.

Jetzt mußte sie sich vor allem mit der Zukunft befassen. Sie wußte bereits ziemlich genau, was sie zu tun hatte. Sobald das Hopfenpflücken vorbei war, mußte sie nach London, ihrem Vater um Kleider und Geld schreiben – denn wie zornig er auch war, sie konnte nicht glauben, daß es seine Absicht war, sie vollkommen im Stich zu lassen – und sich dann auf Arbeitssuche begeben. Es zeigte das volle Ausmaß ihrer Unwissenheit, daß das gefürchtete Wort »Arbeitssuche« in ihren Ohren keinen gar so furchtbaren Klang hatte. Sie kannte sich selbst als kräftig und arbeitswillig – sie wußte, daß es eine Menge von Arbeiten gab, die zu leisten sie imstande war. Sie konnte zum Beispiel Kinderfräulein werden – nein, besser Hausmädchen oder Stubenmädchen. Es gab nicht viele Hausarbeiten, die sie nicht besser machen konnte als die meisten Dienstboten; außerdem, je niedriger ihre Stellung, um so leichter würde es sein, ihre Vergangenheit geheimzuhalten.

Das Haus ihres Vaters war ihr jedenfalls verschlossen, so viel war gewiß. Von jetzt an mußte sie auf eigenen Füßen stehen.

Nach diesem Entschluß, dessen Bedeutung sie nur unklar erfaßte, beschleunigte sie ihre Schritte und kam gerade rechtzeitig für die Nachmittagsschicht auf die Felder zurück.

Die Hopfensaison war schon am Auslaufen. In etwa einer Woche würde Cairns zusperren, die Cockneys würden den Hopfenpflückerzug nach London nehmen, und die Zigeuner ihre Pferde einfangen und ihre Wohnwagen packen und in den Norden ziehen, nach Lincolnshire, und sich dort um Arbeit auf den Kartoffelfeldern raufen. Die Cockneys dagegen hatten inzwischen vom Hopfenpflücken mehr als genug. Sie konnten es nicht erwarten, wieder in ihrem geliebten alten London zu sein, mit Woolworths und den Bratfischständen an jeder Ecke, und nicht mehr im Stroh zu schlafen und Speck in Blechdosen zu braten, mit Augen, die vom rauchenden Holzfeuer tränten. Hopfenpflücken war ein Urlaub, aber die Art von Urlaub, bei dem man froh war, wenn er zu Ende ging. Fröhlich singend kam man herunter, aber auf der Heimfahrt sang man noch viel fröhlicher und schwor sich, daß man nie wieder Hopfenpflücken gehen werde – bis zum nächsten August, da man die kalten Nächte und die schlechte Bezahlung und die aufgerissenen Hände wieder vergessen hatte und sich nur an die windigen Nachmittage in der Sonne und an das viele Biertrinken aus steinernen Krügen rund um die roten, nächtlichen Lagerfeuer erinnerte.

Die Morgen wurden grau und novemberhaft; grauer Himmel, die ersten Blätter fielen, und Finken und Stare scharten sich schon für den Winter. Dorothy hatte ihrem Vater noch einmal geschrieben und ihn um Kleider und Geld gebeten; er hatte ihren Brief nicht beantwortet, noch hatte ihr sonst jemand geschrieben. Außer ihrem Vater kannte ja auch niemand ihre gegenwärtige Anschrift; aber irgendwie hatte sie gehofft, daß Mr. Warburton ihr schreiben würde. Ihr Mut ließ sie jetzt fast im Stich, besonders nachts in dem elenden Stroh, wenn sie wach lag und an die unsichere und bedrohliche Zukunft dachte. Sie pflückte ihre Hopfen mit einer Art von Verzweiflung, einer Art von rasender

Energie, denn mit jedem Tag kam ihr deutlicher zum Bewußtsein, daß jede Handvoll Hopfen die Distanz zwischen ihr selbst und dem Verhungern um eine Winzigkeit vergrößerte. Deafie, ihr Kumpel, pflückte so wie sie selbst im Wettlauf mit der Zeit, denn das war das letzte Geld, das er verdienen würde, bis nächstes Jahr wieder Hopfensaison war. Die Zahl, die sie anstrebten, war fünf Shilling pro Tag – dreißig Scheffel – für sie beide, aber es gab keinen einzigen Tag, an dem sie ihr Ziel wirklich erreichten.

Deafie war ein kauziger alter Mann, als Kamerad nicht mit Nobby zu vergleichen, aber auch er war im großen und ganzen kein schlechter Mensch. Von Beruf war er Schiffssteward, aber jetzt seit vielen Jahren als Tramp unterwegs, stocktaub und daher im Gespräch so etwas wie Mr. F's Tante. Er war auch ein Exhibitionist, aber vollkommen harmlos. Oft sang er stundenlang ein kleines Lied, das so ging: »Mit meinem Willy Willy – *mit* meinem Willy Willy«, und obwohl er nicht hören konnte, was er sang, machte es ihm offenbar doch eine Art von Vergnügen. Er hatte die haarigsten Ohren, die Dorothy jemals gesehen hatte. Auf jedem wuchs ein Büschel Haar, das aussah wie ein Miniatur-Dundreary-Schnauzer. Jedes Jahr kam Deafie auf Cairns' Farm zum Hopfenpflücken, ersparte sich ein Pfund und verbrachte dann eine paradiesische Woche in einem Logierhaus in Newington Butts, bevor er wieder auf die Straße zurückging. Das war die einzige Woche des ganzen Jahres, in der er in etwas schlief, was nicht nur höflichkeitshalber als Bett zu bezeichnen war.

Das Hopfenpflücken ging am achtundzwanzigsten September zu Ende. Es gab noch ein paar unabgeerntete Felder, aber die Hopfen dort waren klein, und im letzten Moment beschloß Mr. Cairns, sie »verblasen zu lassen«. Gruppe Nr. 19 war mit ihrem letzten Feld um zwei Uhr nachmittags fertig, der kleine Zigeuner-Vorarbeiter kletterte die Pfosten hoch und holte die letzten vergessenen Trauben, und der Hopfenmeister karrte die letzten Hopfen weg. Kaum war er verschwunden, ertönte ein plötzliches »Rein in die Metzen mit ihnen!«, und Dorothy erblickte sechs Männer, die mit verbiestertem Gesichtsausdruck auf sie zustürzten, und alle anderen Frauen in der Gruppe stoben wie wild davon. Bevor sie sich soweit erholt hatte, um davonzulaufen, hatten die Männer sie gepackt, sie der Länge nach in einen Metzen gelegt, und schwangen sie jetzt heftig von einer Seite auf die andere. Dann wurde sie herausgezerrt und von einem jungen, nach Zwiebeln riechenden Zigeuner geküßt. Sie wehrte sich zuerst, sah aber dann, daß den anderen Frauen in ihrer Gruppe das gleiche geschah, also fügte sie sich. Anscheinend war es alter Brauch, am letzten Tag des Hopfenpflückens die Frauen in die Metzen zu werfen. An diesem letzten Abend ging es im Lager hoch her, und niemand fand viel Schlaf. Lange nach Mitternacht fand sich Dorothy in einem Kreis von Menschen, ein mächtiges Feuer umschreitend, die eine Hand gepackt von der eines rosigen Fleischerjungen, die andere von einer ziemlich betrunkenen alten Frau mit einer Schottenmütze aus einem Juxpaket, zur Melodie von »Auld Lang Syne«.

Am Morgen gingen sie hinauf zur Farm, um sich ihr Geld zu holen, und Dorothy bekam ein Pfund und vier Pence und verdiente weitere fünf Pence damit, daß sie denen, die nicht lesen und schreiben konnten, die Akkordlisten addierte. Die Cockney-Pflücker zahlten einem einen Penny für diese Arbeit; die Zigeuner bezahlten einen nur mit Schmeicheleien. Dann machte sich Dorothy auf den Weg zum Bahnhof von West Ackworth, vier Meilen weit weg, zusammen mit den Turles, Mr. Turle trug den Blechkoffer, Mrs. Turle das Baby, die anderen Kinder schleppten verschiedene Habseligkeiten, und Dorothy schob den Kinderwagen, der den gesamten Bestand der Turles an Geschirr enthielt; der Kinderwagen hatte zwei runde Räder und zwei elliptische.

Sie kamen etwa gegen Mittag zum Bahnhof, der Hopfenzug sollte um ein Uhr losfahren, kam aber erst um zwei an und fuhr um Viertel nach drei ab. Nach einer unwahrscheinlich langsamen Reise und viel Zickzack-Fahren durch ganz Kent, um hier ein Dutzend Hopfenpflücker mitzunehmen, da ein halbes Dutzend, um wieder und wieder die gleiche Strecke zurückzufahren und auszuweichen auf Seitengleise, um andere Züge vorbeizulassen – so daß man schließlich für fünfunddreißig Meilen sechs Stunden brauchte –, setzte der Zug sie kurz nach neun Uhr abends in London ab.

VII

Diese Nacht schlief Dorothy bei den Turles. Sie hatten sie derart ins Herz geschlossen, daß sie ihr auch eine Woche oder vierzehn Tage lang Quartier geboten hätten, wenn sie es über sich gebracht hätte, ihre Gastfreundschaft auszunützen. Die beiden Zimmer der Turles (sie lebten in einer Mietskaserne nicht weit von der Tower Bridge Road) boten sieben Leuten einschließlich der Kinder nur knapp Platz, aber sie machten ihr eine Art von Bett auf dem Boden, bestehend aus zwei Flickenteppichen, einem alten Kissen und einem Übermantel.

Am Morgen verabschiedete sie sich von den Turles und dankte ihnen für die Güte, die sie ihr erwiesen hatten, dann ging sie schnurstracks ins öffentliche Bad von Bermondsey und wusch sich den gesammelten Schmutz von fünf Wochen ab. Danach machte sie sich auf die Suche nach einer Unterkunft, mit einem Besitz von sechzehn Shilling und acht Pence in bar und den Kleidern, die sie am Leib trug. Sie hatte ihre Kleider geflickt und gewaschen, so gut es ging, und da sie schwarz waren, sah man ihnen ihren Schmutz nicht so deutlich an. Von den Knien an hinunter sah sie jetzt ganz anständig aus. Am letzten Tag des Pflückens hatte ihr eine »Heimpflückerin« aus der nächsten Gruppe namens Mrs. Killfrew ein gutes Paar Schuhe von ihrer Tochter verehrt, und dazu ein Paar Wollstrümpfe.

Aber erst am Abend gelang es Dorothy, ein Zimmer zu finden. Etwa zehn Stunden lang war sie hin- und hergewandert, von

Bermondsey nach Southwark, von Southwark nach Lambeth, durch labyrinthische Straßen, wo rotznasige Kinder Himmel und Hölle spielten, auf widerwärtigen Gehsteigen voll Bananenschalen und verfaulenden Kohlblättern. In jedem Haus, wo sie es versuchte, war's die gleiche Geschichte – die Hausfrau weigerte sich einfach, sie hereinzulassen. Eine Reihe von feindseligen Weibern, so abweisend im Eingang stehend, als wäre sie ein motorisierter Bandit oder ein Regierungsinspektor gewesen, musterten sie von oben bis unten, sagten kurz: »Wir *nehmen* keine alleinstehenden Mädchen«, und warfen ihr die Tür ins Gesicht.

Sie wußte natürlich nicht, daß schon ihr Anblick genügte, um das Mißtrauen einer jeden reputierlichen Hausfrau zu wecken. Ihre fleckigen und ausgefransten Kleider hätten sie vielleicht noch in Kauf genommen; aber der Umstand, daß sie kein Gepäck hatte, nahm ihr von vornherein jede Chance. Ein alleinstehendes Mädchen ohne Gepäck kann nicht anständig sein – das ist das erste und wichtigste Axiom aller Londoner Hausfrauen.

Gegen sieben Uhr, als sie schon so müde war, daß sie sich kaum noch auf den Füßen halten konnte, wagte sie sich in ein unappetitliches, verdrecktes Café in der Nähe des Old-Vic-Theaters und bat um eine Tasse Tee. Die Besitzerin kam ins Gespräch mit ihr, und als sie hörte, daß Dorothy ein Zimmer suchte, riet sie ihr, es bei »Mary« zu versuchen, in Wellings Court, gleich hinterm Cut. Mary, so schien es, war nicht heikel und überließ jedem ein Zimmer, der zahlen konnte. Ihr richtiger Name war Mrs. Sawyer, aber die Jungs nannten sie Mary.

Dorothy fand Wellings Court nach einiger Mühe. Man ging den Lambeth Cut entlang, bis man zu einem jüdischen Kleiderladen namens Knockout Trousers Ltd. kam, dann bog man in eine schmale Gasse ein, und dann links wieder in ein Gäßchen, das so schmal war, daß einen die schmutzigen Mörtelwände im Vorübergehen beinahe streiften. In den Verputz hatten hartnäkkige Jungen das Wort ... eingeritzt, unzählige Male, und zu tief, als daß man es hätte löschen können. Am anderen Ende der kleinen Gasse fand man sich in einem kleinen Hof, wo vier hohe schmale Häuser mit Eisentreppen einander gegenüberstanden.

Dorothy erkundigte sich und fand Mary in einer unterirdischen Bude unter einem der Häuser. Sie war eine farblose alte Person mit auffallend dünnem Haar und einem derart ausgemergelten Gesicht, daß es wie ein geschminkter und gepuderter Totenschädel aussah. Ihre Stimme war brüchig, sie klang schlau, aber nichtsdestoweniger unglaublich leblos. Sie stellte Dorothy keine Fragen, sondern verlangte nur zehn Shilling und sagte dann mit ihrer gräßlichen Stimme:

»Neunundzwanzig. Dritter Stock. Geh die Hintertreppe hinauf.«

Die Hintertreppe war offenbar die Treppe im Haus drinnen. Dorothy stieg die düstere Wendeltreppe hinauf, zwischen schwitzenden Wänden und einem Geruch nach alten Übermänteln, Spülwasser und Speiseresten. Als sie in den zweiten Stock kam, ertönte lautes, schrilles Gelächter, und zwei ordinär aussehende Mädchen kamen aus einem der Zimmer heraus und starrten sie einen Moment lang an. Sie wirkten jung, aber ihre Gesichter waren ganz versteckt unter Rouge und rosa Puder, und ihre Lippen waren scharlachrot bemalt wie Geranienblüten. Aber ihre porzellanblauen Augen unter dem rosa Puder waren müde und alt; und das war irgendwie entsetzlich, denn es sah aus wie eine Mädchenmaske mit dem Gesicht einer alten Frau dahinter. Die größere der beiden begrüßte Dorothy.

»Hallo, Schätzchen!«

»Hallo!«

»Bist neu hier? In was für einem Zimmer pennst du?«

»Nummer neunundzwanzig.«

»Gott, ist das ein Verlies, in das sie dich gesteckt haben! Gehst du heute nacht aus?«

»Nein, ich glaube nicht«, sagte Dorothy, innerlich etwas überrascht über diese Frage. »Ich bin zu müde.«

»Hab's mir schon gedacht, wie ich gesehen habe, daß du nicht hergerichtet bist. Aber hör einmal? Du bist nicht gestrandet, oder? Es ist doch nicht wegen der Kröten? Denn falls du dir zum Beispiel einen Lippenstift pumpen willst, dann brauchst du's nur zu sagen. Weißt du, hier halten wir alle zusammen.«

»Oh... Nein, vielen Dank«, sagte Dorothy, ziemlich verblüfft.

»Na schön, auch gut! Zeit, daß Doris und ich uns auf die Socken machen. Hab' eine wichtige geschäftliche Verabredung am Leicester Square.« Hier stieß sie das andere Mädchen mit der Hüfte an, und beide kicherten auf eine dumme, freudlose Art. »Hör mal!«, sagte das größere Mädchen vertraulich, »ist das nicht eine verdammt feine Sache, wenn man einmal eine ganze Nacht allein pennen kann? Wär' ich froh, wenn ich mir das leisten könnte! Ganz allein, hübsch und fein, und keine verdammten männlichen Betonstampfer, die einen herumstoßen. Tolle Sache, wenn man sich's leisten kann, was?«

»Ja«, sagte Dorothy, aus dem Gefühl heraus, daß das die erwartete Antwort war, und mit einer nur sehr vagen Vorstellung, wovon die andere überhaupt redete.

»Also, mach's gut, Schätzchen! Schlaf süß. Und paß auf die Auslagenfledderer gegen halb zwei auf!«

Als die beiden Mädchen mit einem weiteren ihrer sinnlosen Lachanfälle hinuntergehopst waren, suchte Dorothy das Zimmer Nummer 29 und öffnete die Tür. Ein kalter, übler Geruch schlug ihr entgegen. Das Zimmer maß etwa acht Fuß im Quadrat und war sehr dunkel. Die Einrichtung war einfach. In der Mitte des Zimmers stand ein schmales Eisenbett mit einem ausgefransten Überwurf und grau-weißen Bettüchern; an der Wand eine Packkiste mit einer blechernen Waschschüssel und einer leeren Whiskyflasche für Wasser; über dem Bett an der Wand befestigt eine Phtographie von Bebe Daniels, aus *Film Fun* gerissen.

Die Bettücher waren nicht nur schmutzig, sondern auch feucht. Dorothy ging zu Bett, zog sich aber nur bis aufs Unterkleid aus, oder was von ihrem Unterkleid noch übrig war, da ihre Unterwäsche mittlerweile fast vollkommen zerfallen war;

sie brachte es nicht über sich, sich nackt zwischen diese ekelerregenden Tücher zu legen. Einmal im Bett, konnte sie, obwohl sie so erschöpft war, daß ihr von Kopf bis Fuß alles weh tat, nicht einschlafen. Sie war verstört und voll unguter Vorgefühle. Die Atmosphäre dieses abstoßenden Hauses führte ihr lebhafter als bisher den Umstand vor Augen, daß sie hilf- und freundlos war und nur mehr sechs Shilling hatte zwischen sich und der Straße. Noch dazu wurde es im Haus immer lauter, je später es wurde. Die Mauern waren so dünn, daß man alles hören konnte. Es gab Ausbrüche von schrillem, idiotischem Gelächter, heisere männliche Stimmen grölten, von einem Grammophon ertönten schleppende Limericks, geräuschvolle Küsse, merkwürdiges totenähnliches Stöhnen und ein- oder zweimal heftiges Rütteln eines Eisenbettes. Gegen Mitternacht begannen die Geräusche sich in Dorothys Gehirn zu einem Rhythmus zu formen, und sie fiel in einen leichten, wenig erholsamen Schlaf. Etwa eine Minute später, wie es ihr schien, wurde sie dadurch geweckt, daß ihre Türe aufgerissen wurde, und zwei verschwommene weibliche Figuren stürzten herein, rissen sämtliche Decken von ihrem Bett, bis auf die Bettücher, und stürzten wieder hinaus. Bei Mary herrschte chronischer Mangel an Decken, und die einzige Methode, um genügend zu bekommen, bestand darin, daß man sie sich von einem fremden Bett holte. Daher der Ausdruck ›Auslagenfledderer‹.

Am Morgen ging Dorothy eine halbe Stunde vor der Öffnung zur nächsten öffentlichen Bibliothek, um sich die Annoncen in den Zeitungen anzusehen. Dort schlurften bereits an die zwanzig irgendwie räudig aussehende Gestalten auf und ab, und die Zahl schwoll an durch neu hinzukommende einzelne und Paare, bis nicht weniger als sechzig Menschen warteten. Dann öffneten sich die Tore der Bibliothek, und alle drängten hinein und rasten zu einem Anschlagbrett am anderen Ende des Leseraums, wo die »Stellenangebote« aus verschiedenen Zeitungen ausgeschnitten und angeschlagen waren. Und hinter den Stellenjägern kamen arme alte Lumpenbündel, Männer wie Frauen, die die Nacht auf der Straße verbracht hatten und in die Bücherei kamen, um zu schlafen. Sie stolperten hinter den anderen herein, ließen sich mit einem Seufzer der Erleichterung an den nächsten Tisch sinken und zogen das nächste Magazin zu sich heran; das konnte der *Freie Kirchenbote* sein, oder auch *Die Vegetarische Wacht* – es war ganz gleich, was es war, aber wenn man in der Bibliothek bleiben wollte, dann mußte man so tun, als lese man. Sie schlugen ihre Zeitungen auf und schliefen im gleichen Moment auch schon ein, das Kinn auf die Brust gesenkt. Und der Aufseher ging herum und stocherte sie der Reihe nach an, wie ein Heizer mehrere Feuer gleichzeitig, und sie grunzten und wachten auf, solange er stocherte, und fielen, kaum war er gegangen, sofort wieder in Schlaf.

Mittlerweile tobte eine Schlacht rund ums Anschlagbrett, jedermann drängte sich, um nach vorn zu kommen. Zwei junge Männer in blauen Overalls kamen hinter den anderen gelaufen, und einer von ihnen senkte den Kopf und kämpfte sich durch die Menge, als wär's ein Fußballgedränge. Im nächsten Moment war er beim Brett und wandte sich zu seinem Gefährten um: »Da haben wir's, Joe! ›Mechaniker gesucht – Lockes Garage, Camden Town.‹ Los, gehen wir!« Er kämpfte sich wieder an den Rand, und beide flitzten sie zur Tür hinaus und begaben sich nach Camden Town, so schnell ihre Füße sie trugen. Und in diesem Moment lasen in jeder öffentlichen Bücherei in ganz London stellenlose Mechaniker dieselbe Annonce und machten sich auf den Wettlauf um diesen Job, der aller Wahrscheinlichkeit nach bereits an jemanden vergeben war, der es sich leisten konnte, eine Zeitung zu kaufen, und daher die Annonce um sechs Uhr früh gesehen hatte.

Endlich drang auch Dorothy zum Brett vor und schrieb sich ein paar Adressen auf, wo »Mädchen für alles« gebraucht wurden. Die Auswahl war groß – fast die Hälfte aller Londoner Damen suchten offenbar verzweifelt nach einem kräftigen, tüchtigen »Mädchen für alles«. Mit einer Liste von zwanzig Adressen in der Tasche, und nachdem sie für drei Pence Brot,

Margarine und Tee gefrühstückt hatte, machte sich Dorothy einigermaßen zuversichtlich auf die Suche nach einem Job.

Sie war vorläufig noch zu unwissend, um zu erkennen, daß ihre Chancen, ganz auf sich allein gestellt eine Stelle zu finden, praktisch gleich Null waren; aber in den nächsten vier Tagen ging ihr nach und nach ein Licht auf. In diesen vier Tagen bewarb sie sich um achtzehn Stellen und schickte handschriftliche Bewerbungen für vier weitere ab. Erschöpft durchwanderte sie riesige Entfernungen in den südlichen Vororten: Clapham, Brixton, Dulwich, Penge, Sydenham, Beckenham, Norwood – einmal kam sie sogar bis Croydon. Sie wurde in peinlich saubere vorstädtische Wohnzimmer geschleppt und von Frauen von jedem vorstellbaren Typ interviewt: von massigen, rundlichen, herrischen Frauen, von dünnen, säuerlichen, boshaften Frauen, von spitzen, frigiden Frauen mit goldenem *Pincenez*, von unzusammenhängend dahinquatschenden Frauen, die aussahen, als wären sie praktizierende Vegetarierinnen oder als besuchten sie spiritistische Séancen. Aber alle, ob dick oder dünn, eiskalt oder mütterlich, reagierten in ein- und derselben Weise auf sie. Sie betrachteten sie von oben bis unten, hörten sie reden, starrten sie neugierig an, stellten ihr ein Dutzend peinlicher und unverschämter Fragen und wiesen sie ab.

Jeder erfahrene Mensch hätte ihr das voraussagen können. Unter den Umständen war nicht damit zu rechnen, daß irgend jemand das Risiko auf sich nehmen würde, sie einzustellen. Ihre abgerissenen Kleider und der Mangel an Referenzen sprachen gegen sie, und ihr gebildeter Akzent, den sie nicht zu verbergen verstand, machte jede Chance, die sie vielleicht noch gehabt hätte, kaputt. Die Tramps und die Cockney-Pflücker hatten ihren Akzent nicht bemerkt, aber die Hausfrauen in Suburbia bemerkten ihn schnell genug, und er verschreckte sie auf die gleiche Art wie die Tatsache, daß sie kein Gepäck bei sich trug, was auch die Pensionswirtinnen verschreckt hatte. In dem Moment, da sie sie sprechen hörten und das Mädchen aus guter Familie in ihr erkannten, war's auch schon vorbei. Sie gewöhnte sich bald an den verblüfften, überraschten Ausdruck, der in ihre Gesichter kam, sobald sie den Mund aufmachte – die forschenden, weiblichen Blicke von ihrem Gesicht zu ihren zerkratzten Händen, und von diesen zu den Flicken in ihrem Rock. Einige der Frauen fragten sie geradeheraus, wie denn ein Mädchen ihrer Klasse dazu komme, eine Stelle als Dienstbote zu suchen. Sie witterten ohne Zweifel, daß sie »in andere Umstände« gekommen – d.h. ein uneheliches Kind bekommen hatte –, und nachdem sie sie gründlich ausgefragt hatten, setzten sie sie so rasch wie möglich an die Luft.

Sobald sie eine Adresse angeben konnte, hatte Dorothy ihrem Vater geschrieben, und als am dritten Tag keine Antwort da war, schrieb sie noch einmal, diesmal ganz verzweifelt – es war ihr fünfter Brief, vier waren unbeantwortet geblieben – und sagte, daß sie verhungern müsse, wenn er ihr nicht sofort Geld schicken würde. Es blieb gerade noch genügend Zeit, daß sie eine Antwort erhielt, bevor ihre Woche bei Mary vorbei war und sie hinausgeworfen wurde, weil sie die Miete nicht bezahlen konnte.

Mittlerweile setzte sie die sinnlose Arbeitssuche fort, und ihr Geldvorrat verringerte sich dabei um einen Shilling pro Tag – eine Summe, die gerade ausreichte, um sie am Leben zu halten, wenn auch im Zustand chronischen Hungers. Sie hatte die Hoffnung schon fast aufgegeben, daß ihr Vater irgend etwas tun würde, um ihr zu helfen. Und jetzt, da sie immer hungriger wurde und die Aussicht auf eine Stelle immer schlechter, hatte sich merkwürdigerweise ihre anfängliche Panik gelegt und war einer Art jämmerlicher Apathie gewichen. Sie litt, aber sie hatte keine allzu große Angst. Die Zwischenwelt, in die sie langsam abstieg, schien nun, da sie so nahe war, nicht mehr so schrecklich.

Das Herbstwetter war schön, wurde aber kälter. Jeden Tag kämpfte sich die Sonne – einen aussichtslosen Krieg gegen den Winter führend – ein bißchen später durch den Nebel, um die Häuserfassaden in blasse Aquarellfarben zu tauchen. Dorothy war den ganzen Tag auf der Straße oder in öffentlichen Büchereien und ging nur zum Schlafen zu Mary; sie schob dann vorsichtshalber gleich ihr Bett vor die Tür. Sie hatte inzwischen begriffen, daß Mary zwar nicht geradezu ein Bordell war, denn etwas Derartiges gibt es in London kaum, aber eine bekannte Prostituierten-Unterkunft. Das war der Grund, warum man zehn Shilling pro Woche zahlte, und das für eine Hundehütte, die keine fünf Shilling wert war. Die alte Mary (sie war nicht die Besitzerin des Hauses, sondern nur die Verwalterin) war in ihrer Jugend selbst Prostituierte gewesen, und man sah's ihr an. An einem solchen Ort zu leben erledigte einen sogar in den Augen von Lambeth Cut. Die Frauen schnüffelten, wenn man vorbeiging, und die Männer zeigten ein widerwärtiges Interesse. Der Jude an der Ecke, der Besitzer von Knockout Trousers Ltd., war der ärgste von allen. Er war ein kräftiger junger Mann von etwa dreißig, mit roten Pausbacken und schwarzem Kraushaar wie Astrachan. Zwölf Stunden pro Tag stand er auf dem Gehsteig und brüllte aus ehernen Lungen, daß in ganz London kein billigeres Paar Hosen zu finden sei, und stand den Passanten im Weg. Man brauchte nur für den Bruchteil einer Sekunde stehenzubleiben, und schon packte er einen am Arm und schob einen mit roher Gewalt in den Laden hinein. Hatte er einen einmal drinnen, dann wurde er buchstäblich gewalttätig. Sagte man irgend etwas Abschätziges über seine Hosen, so lud er einen zum Kampf ein, und schwache Menschen kauften seine Hosen aus nackter physischer Angst. Aber so tüchtig er auch war, hielt er dennoch immer scharf Ausschau nach den »Puppen«, wie er sie nannte; und Dorothy schien ihn noch mehr zu faszinieren als sämtliche anderen Puppen. Er hatte begriffen, daß sie keine Prostituierte war, aber da sie bei Mary lebte, mußte sie wohl – so überlegte er – über kurz oder lang eine werden. Bei dem Gedanken lief ihm das Wasser im Mund zusammen. Wenn er sie die schmale Gasse herunterkommen sah, dann postierte er sich an die Ecke, die breite Brust zur Schau gestellt, ein schwarzes lüsternes Auge forschend auf sie geheftet (»Bist du schon zum Anfangen bereit?« schien sein Auge zu fragen), und wenn sie an ihm vorüberkam, zwickte er sie diskret in die Hinterbacke.

Am letzten Morgen ihrer Woche bei Mary ging Dorothy hinunter und schaute mit einem leichten Hoffnungsschimmer auf die Schiefertafel im Hausflur, wo die Namen all derer aufgeschrieben waren, die einen Brief bekommen hatten. Kein Brief für »Ellen Millborough«. Damit war alles entschieden; jetzt blieb ihr nichts anderes übrig, als auf die Straße zu gehen. Sie kam nicht auf einen Gedanken, auf den sonst jede andere Frau im Haus gekommen wäre – nämlich eine Jammergeschichte aufzutischen und sich damit noch eine Nacht ohne Geld zu erbetteln. Sie ging einfach aus dem Haus und brachte es nicht einmal über sich, Mary zu sagen, daß sie fortging.

Sie hatte keinen Plan, keine wie immer geartete Vorstellung. Abgesehen von einer halben Stunde zu Mittag, als sie hinausging und drei Pence von ihren letzten vier Pence für Brot, Margarine und Tee ausgab, verbrachte sie den ganzen Tag in der öffentlichen Bücherei und las die Wochenzeitungen. Am Morgen las sie immer das *Journal der Barbiere,* und am Nachmittag *Käfigvögel.* Das waren die einzigen Blätter, die sie bekommen konnte, denn es gab immer so viele Faulenzer in der Bücherei, daß man sich raufen mußte, um überhaupt eine Zeitung zu bekommen. Sie las die Blätter von der ersten bis zur letzten Seite, sogar die Annoncen. Sie saß oft stundenlang über technischen Fragen wie: Wie ziehe ich französische Klingen ab, warum die elektrische Zahnbürste unhygienisch ist, oder: Gedeihen Finken mit Rapssamen? Es war die einzige Beschäftigung, der sie sich gewachsen fühlte. Sie befand sich in einem merkwürdig lethargischen Zustand, in dem es ihr leichter fiel, sich dafür zu interessieren, wie man französische Klingen abzog, als für ihre eigene verzweifelte Lage. Jegliche Angst hatte sie verlassen. An die Zukunft konnte sie unmöglich denken; selbst so weit voraus wie heute abend konnte sie kaum sehen. Vor ihr lag eine Nacht auf der Straße, das war alles, was sie wußte, und selbst darum machte sie sich kaum Sorgen. Vorläufig las sie *Käfigvögel* und *Journal der*

Barbiere, und seltsamerweise waren diese Blätter überaus fesselnd.

Um neun Uhr ging der Aufseher mit einem langen, oben gekrümmten Stock herum und löschte die Gaslichter, und die Bücherei wurde geschlossen. Dorothy wandte sich nach links, die Waterloo Road hinauf in Richtung Fluß. Auf der eisernen Fußgängerbrücke hielt sie einen Moment inne. Der Nachtwind wehte. Tiefe Nebelbänke stiegen wie Dünen vom Fluß herauf und wirbelten, wenn der Wind sie erfaßte, in nordöstlicher Richtung über die Stadt. Ein Nebelwirbel hüllte Dorothy ein, drang durch ihre dünnen Kleider und ließ sie in einem plötzlichen Vorgefühl der nächtlichen Kälte erschauern. Sie ging immer weiter und kam schließlich, dem Gesetz der Schwerkraft folgend, der alle obdachlosen Menschen an den gleichen Fleck treibt, zum Trafalgar Square.

DRITTES KAPITEL

I

(Trafalgar Square. Im Nebel, undeutlich sichtbar, drängen sich ein Dutzend Menschen, darunter Dorothy, rund um eine der Bänke unweit der nördlichen Brüstung.)

Charlie (singt): Ave Maria, Ave Maria, A-ave Maria – (Big Ben schlägt zehn.)

Snouter (macht den Klang nach): Ding dong, Ding dong! Halt deine – Klappe, ja? Noch sieben Stunden auf diesem – Platz, bevor wir Aussicht auf einen Sitz und ein bißchen Schlaf haben! Heiliger Bimbam!

Mr. Tallboys (zu sich): *Non sum qualis eram boni sub regno Edwardi!* In den Tagen meiner Unschuld, bevor der Teufel mich hinanführte an einen hohen Ort und mich fallen ließ, in die Sonntagszeitungen – das heißt also, als ich noch Rektor war in Little Fawley-cum-Dewsbury...

Deafie (singt): Mit meinem Willy Willy, *mit* meinem Willy Willy –

Mrs. Wayne: Ach, meine Liebe, kaum hab ich einen Blick auf dich geworfen, da hab ich schon gewußt, daß du aus gutem Haus bist, eine wirkliche Dame. Du und ich, wir zwei wissen, was es heißt, von Heu auf Stroh zu kommen, nicht, meine Liebe? Es ist nicht dasselbe für uns wie für ein paar von den anderen hier.

Charlie (singt): Ave Maria, Ave Maria, Ave Maria voll der Gnaden!

Mrs. Bendigo: Und sowas hat die Stirn und nennt sich noch Ehemann! Vier Pfund pro Woche in Covent Garden, aber seine Frau kann auf dem Drecksplatz übernachten! Ehemann!

Mr. Tallboys (zu sich): Glückliche Tage, glückliche Tage! Meine efeuüberwachsene Kirche am schützenden Hang – mein Pfarrhaus mit den roten Dachziegeln, schlummernd unter elisabethanischen Eiben! Meine Bibliothek, meine Weinstöcke, meine Köchin, mein Stubenmädchen und mein Reitknecht und Gärtner! Mein Bargeld in der Bank, mein Name im Crockford! Mein schwarzer Anzug von tadellosem Schnitt, mein verkehrter Kragen, meine Moiré-Soutane in der Kirche...

Mrs. Wayne: Jedenfalls kann ich Gott nur dafür danken, meine Lieben, daß meine arme gute Mutter das nicht mehr hat erleben müssen. Denn wenn sie den Tag erlebt hätte, da ihre älteste Tochter – die aufgezogen worden ist ohne Ansehn der Kosten und mit Milch direkt von der Kuh...

Mrs. Bendigo: Ehemann!

Ginger: Kommt, Leute, genehmigen wir uns einen Schluck Tee, solang's geht. Das ist der letzte für heute – die Kaffeebude macht zu um halb elf.

Kike: Herr Jesus! Diese Scheißkälte bringt mich noch um! Ich habe unter meinen Hosen überhaupt nichts drunter. O Jehehehe-suhus!

Charlie (singt): Ave Maria, Ave Maria –

Snouter: Vier Pence! Vier Pence für sechs – Stunden auf dem Hintern! Und dieser neugierige Kerl mit dem Holzbein, der uns aus jedem Saufloch zwischen Aldgate und der Mile End Road verdrängt hat! Mit seinem – Holzbein und den Orden aus einem Laden auf dem Lambeth Cut! Schweinehund!

Deafie (singt): Mit meinem Willy Willy, *mit* meinem Willy Willy –

Mrs. Bendigo: Na, ich hab dem Schweinehund jedenfalls gesagt, was ich von ihm halte. »Du nennst dich einen Mann?« sag ich. »Sowas wie dich hab ich im Krankenhaus in Spiritus gesehen«, sag ich...

Mr. Tallboys (zu sich): Glückliche Tage, glückliche Tage! Roastbeef und knicksende Dorfleute und der Friede des Herrn, wie er Seinem Willen entspricht, Sonntag morgen in meinem Eichengestühl, kühler Blumenduft und Geraschel von Chorröcken in der süßlichen, leichengeschwängerten Luft! Sommerabende, wenn die untergehende Sonne schräg in mein Arbeitszimmer fiel – ich nachdenklich, vollgesoffen mit Tee, in duftende Rauchringe gehüllt, schläfrig durch irgendeinen Halblederband blätternd – das *Lyrische Werk von William Shenstone, Esq.*, Percys *Zeugen altenglischer Dichtkunst*, J. Lempriere, Dr. theol., Professor für Unmoralische Theologie ...

Ginger: Na los, wer ist jetzt für einen Schuß Schlupperschlapper? Milch haben wir, Tee haben wir. Die Frage ist nur, wer hat einen Scheiß Zucker?

Dorothy: Diese Kälte, diese Kälte! Ich habe das Gefühl, daß sie mir durch und durch geht! Es kann doch wohl nicht die ganze Nacht so bleiben?

Mrs. Bendigo: Na, das reicht! Ich kann diese winselnden Huren nicht ausstehen!

Charlie: Saukalt wird's, was? Schaut euch den verdammten Flußnebel an, wie er die Säule dort hochkriecht. Bis morgen früh wird's dem alten Nelson noch seine Angelhaken abfrieren.

Mrs. Wayne: Damals, in der Zeit, von der ich spreche, hatten wir natürlich noch unseren Tabak- und Süßigkeitenladen an der Ecke, müssen Sie wissen ...

Kike: Herr Jehehe-suhus! Leih mir deinen Übermantel, Ginger! Ich bin am Erfrieren!

Snouter: – hinterfotziger Schweinehund! Möchte wissen, ob ich ihm nicht den Nabel einschlage, wenn der mir unter die Finger kommt!

Charlie: Das ist eben das wechselnde Kriegsglück, Junge. Heute der verdammte Square – morgen Rumpsteak und eine Federpenne. Was kann man von so einem verdammten Donnerstag sonst erwarten?

Mrs. Bendigo: Verzieh dich, Opa! Glaubst du, ich mag deinen verlausten Schädel auf meiner Schulter – ich, eine verheiratete Frau?

Mr. Tallboys (zu sich): Im Predigen, Intonieren und Rezitieren konnte mir keiner das Wasser reichen. Mein »Erhebet die Herzen« war in der ganzen Diözese berühmt. Ich beherrschte jeden Stil aus dem Effeff, hochkirchlich, niederkirchlich, weitkirchlich und unkirchlich. Kehliges anglokatholisches Tremolo, muskulöses Anglikanisch aus der Schulter heraus, oder das nasale niederkirchliche Wimmern, in dem noch die Houyhnhnm-Töne wiehernder Gemeindeältester mitschwingen...

Deafie (singt): *Mit* meinem Willy Willy –

Ginger: Hände weg von dem verdammten Übermantel, Kikie. Du kriegst nichts von mir zum Anziehen, solange du voller Filzläuse bist...

Charlie (singt): Wie die Hindin verlangt nach kühlendem Wasser, wenn sie erhitzt von der Jagd –

Mrs. McElligot (im Schlaf): Warst das du, Michael, mein Lieber?

Mrs. Bendigo: Ich laß mir's nicht nehmen, der Schleicher, der Schweinehund hat schon eine andere Frau gehabt, wie er mich geheiratet hat.

Mr. Tallboys (vom Gaumendach, bühnenpfarrerhaft, in Erinnerung schwelgend): Wenn einer von Ihnen Grund oder ernstes Hindernis kennt, warum diese beiden hier nicht den Heiligen Bund der Ehe miteinander schließen dürfen...

Kike: Und so was schimpft sich Kumpel! Und leiht mir nicht einmal seinen vertrottelten Übermantel!

Mrs. Wayne: Nun, wenn Sie schon davon sprechen, dann muß ich zugeben, daß *ich* nicht zu denen gehöre, die eine gute Tasse Tee zurückweisen. Ich denk's, wie unsere arme gute Mutter noch gelebt hat, da haben wir immer Kanne auf Kanne...

Nosy Watson (zu sich, zornig): Saukerl! ...auf den Leim gegangen, und sofort ab ins Kittchen... Hab das blöde Ding nicht einmal gedreht... Saukerl!

Deafie (singt): *Mit* meinem Willy Willy –

Mrs. McElligot (im Halbschlaf): *Lieber* Michael... der war wirklich so liebevoll, der Michael. Zärtlich und treu... Hab keinen anderen mehr angeschaut seit dem Abend, da ich ihn vor Kronks Schlachthaus getroffen habe und er mir die zwei Pfund Würste verehrte, die er für sein eignes Nachtmahl von den International Stores geschnorrt hat...

Mrs. Bendigo: Diesen idiotischen Tee bekommen wir wahrscheinlich erst morgen um die gleiche Zeit.

Mr. Tallboys (intoniert, in Erinnerungen versunken): An den Wassern zu Babel, saßen wir und weinten, wenn wir Zions gedachten...

Dorothy: Ach, diese Kälte, diese Kälte!

Snouter: Also für mich keine – Sternennacht bis Weihnachten mehr. Morgen krieg ich meine Penne, und wenn ich sie ihnen aus den Därmen rausschneiden muß.

Nosy Watson: Soso, ein Detektiv? Smith vom Überfallkommando! Judas würde besser passen! Sonst sind sie ohnehin zu nichts gut – immer nur die alten Hasen fangen, die bei keinem Richter eine faire Chance haben.

Ginger: Also, ich zisch jetzt einmal ab um den Dingsbums. Wer hat denn ein paar Moneten fürs Wasser?

Mrs. McElligot (wacht auf): Ach, du meine Güte! Wenn nur mein Rücken noch ganz ist! O heiliger Jesus, diese Bank schneidet einem teuflisch in die Nieren! Und ich hab geträumt, ich wär in einem warmen Bett, und neben dem Bett warten eine Tasse Tee und zwei Toast mit Butter drauf. Na, das war das letzte bißchen Schlaf, bis ich morgen in die Lambeth-Bücherei hineinkomme.

Daddy (sein Kopf taucht aus seinem Übermantel auf wie der Kopf einer Schildkröte aus ihrer Schale): Was hast du da gesagt, Junge? Geld hergeben für Wasser! Wie lang bist du schon auf der Straße, du ahnungsloser junger Spunt? Geld für ein bißchen blödes Wasser? Schnorren muß man, Junge, schnorren! Kaufe nie, worum du schnorren kannst, und noch besser als geschnorrt ist gestohlen. Das sag ich – fünfzig Jahre auf der Straße, Mann und Junge. (Zieht sich wieder in seinen Mantel zurück.)

Mr. Tallboys (intoniert): O all ihr Werke des Herrn –

Deafie (singt): *Mit* meinem Willy Willy –

Charlie: Wer war's denn, der dich geleimt hat, Nosy?

Kike: O Je-hehehe-sus!

Mrs. Bendigo: Das langt, das langt! Manche Leute glauben anscheinend, sie haben eine Hypothek auf diesen verdammten Sitzplatz hier.

Mr. Tallboys (intoniert): O all ihr Werke des Herrn, verfluchet den Herrn, verfluchet und schmähet Ihn auf ewig!

Mrs. McElligot: Ich sag's ja immer, immer sind's wir armen Katholiken, die ganz unten auf dem Misthaufen landen.

Nosy Watson: Smithy. Überfallkommando. Saukerl. Gibt uns die Pläne von dem Haus und alles und wartet dann mit einem Wagen voll mit Polente und locht uns alle ein. Ich hab's in der Grünen Minna aufgeschrieben:

Detektiv Smith ist hundsgemein:
lockt dich zuerst, locht dich dann ein.

Snouter: Na, was ist jetzt mit diesem – Tee? Geh schon, Kikie, du bist jung und knusprig; mach deine – Klappe zu und pack das Geschirr. Und daß du ja nichts zahlst. Reiß es ihr nur aus, der alten Hur. Winsle. Spiel den Gebrochenen.

Mr. Tallboys (intoniert): O all ihr Kinder Adams, verfluchet den Herrn, verfluchet und schmähet Ihn auf ewig!

Charlie: Was, Smithy macht auch krumme Sachen?

Mrs. Bendigo: Ich sag euch was, Mädchen. Ich sag euch, was *mich* fertig macht, und zwar ist das die Vorstellung, wie mein Saukerl von einem Ehemann unter vier Decken schnarcht, während ich auf dem verdammten Square hier erfriere. So was kann *ich* nicht vertragen. Der Schuft, der perverse!

Ginger (singt): Da gehen sie hin – in ihrer Freud – Nimm nicht das Geschirr mit der kalten Wurst drin, Kikie.

Nosy Watson: Krumm? *Krumm?* Na, neben dem tät' ein Korkenzieher wie eine verdammte Ahle aussehen! Unter diesen – doppelten Hurensöhnen im Überfallkommando gibt's keinen einzigen, der nicht für zwei Pfund zehn Shilling seine Großmutter dem Abdecker verkaufen würde und dann auf ihrem Grabstein sitzen und Chips essen. Der hinterfotzige spitzelnde Fußfetzen!

Charlie: Knallhart, wirklich wahr. Wie viele Vorstrafen hast du denn?

Ginger: (singt): *Seht sie an – in ihrer Freud –*
den strammen Burschen, die glückliche Maid –

Nosy Watson: Vierzehn. Wenn so viel gegen dich spricht, hast du keine Chance.

Mrs. Wayne: Was, hält er Sie denn nicht aus?

Mrs. Bendigo: Nein, ich bin doch mit ihm verheiratet, dem Saukerl!

Charlie: Ich hab selbst verdammte neune.

Mr. Tallboys (intoniert): O Ananias, Azarias und Michael, verfluchet den Herrn, verfluchet und schmähet Ihn auf ewig!

Ginger (singt): *Seht sie an – in ihrer Freud*
den strammen Burschen, die glückliche Maid
Und hier bin i-hihihi-ich,
mein Herz gebro-ohohoh-chen!

Herrgott, seit drei Tagen hab ich kein Bett mehr gesehen. Und wann hast du dir zum letzten Mal die Visage gewaschen, Snouter?

Mrs. McElligot: Ach du meine Güte, ach du meine Güte! Wenn der Bub nicht bald mit dem Tee auftaucht, dann werden meine Innereien austrocknen wie ein verdammter geräucherter Hering.

Charlie: Ihr könnt ja alle miteinander nicht singen. Snouter und mich müßtet ihr hören, zu Weihnachten, wenn wir vor den Kneipen »Good King Wenceslas« zum Besten geben. Und Kirchenlieder. Die Kerle an der Bar bekommen nasse Augen, wenn sie uns hören. Weißt du noch, wie wir irrtümlich zweimal ans selbe Haus geklopft haben, Snouter? Die alte Hur dort hat uns fast die Därme rausgerissen.

Mr. Tallboys (marschiert hinter einer imaginären Trommel auf und ab und singt): *Falscher Gott, wir schmähähen dich,*
Herr, wir fluhuchen deiheiner Schwäche –
(Big Ben schlägt halb elf.)

Snouter (macht die Turmuhr nach): Ding dong, ding dong! noch sechseinhalb – Stunden! Verflixt!

Ginger: Kikie und ich haben heute nachmittag vier von diesen Sicherheitsrasierklingen bei Woolworth mitgehen lassen. Morgen stürz ich mich in den vermaledeiten Brunnen, wenn mir wer ein bißchen Seife leiht.

Deafie: Wie ich Steward war bei P. & O., da haben wir an zwei Tagen draußen auf See diese schwarzen Indianer getroffen, in den großen Kanus da, die sie Katamarans nennen, und die haben Wasserschildkröten gefangen, so groß wie ein Eßtisch.

Mrs. Wayne: Waren Sie denn früher einmal Geistlicher?

Mr. Tallboys (bleibt stehen): Vom Orden des Melchisedech. Von »früher einmal« kann keine Rede sein, Madame. Einmal Priester, immer Priester. *Hoc est corpus hocus-pocus.* Selbst wenn man ausgestoßen – abgehalftert sagen wir –, und der steife Kragen öffentlich vom Bischof der Diözese abgerissen worden ist.

Ginger (singt): Seht sie an – in ihrer Freud' – Dem Herrgott sei Dank! Da kommt Kikie. Alle in die Ordination – gratis!

Mrs. Bendigo: Aber erst, wenn's wirklich nötig ist.

Charlie: Und warum haben sie dich rausgeschmissen, Kumpel? Die übliche Geschichte? Chormädchen in andere Umstände gebracht?

Mrs. McElligot: Sie haben sich aber Zeit gelassen, was, junger Mann? Aber jetzt hopp auf, schnell einen Schluck, bevor mir die Zunge aus dem Maul bröckelt.

Mrs. Bendigo: Opa, verzieh dich! Du sitzt auf meinem verdammten Zuckerpaket.

Mr. Tallboys: Mädchen ist ein Euphemismus. Nur die üblichen flanellbehosten Fallenstellerinnen der ledigen Geistlichkeit. Kirchenhühner – Altarschmückerinnen und Messingpoliererinnen – knochige alte Jungfern mit Torschlußpanik. Es gibt einen Dämon, der in sie fährt, wenn sie fünfunddreißig sind.

Kike: Die alte Sau wollte mir kein heißes Wasser geben. Hab auf der Straße einen feinen Herrn anzapfen müssen, und dann einen Penny dafür gezahlt.

Snouter: Das erzähl deiner Großmutter! Hast dich wahrscheinlich unterwegs vollaufen lassen.

Daddy (taucht aus seinem Übermantel auf): Ein bißchen Tee, ja? Ich könnt' ein bißchen Tee vertragen. (Rülpst leicht.)

Charlie: Wenn ihre Blubber so lang wie Streichriemen werden? Kenn ich, kenn ich.

Nosy Watson: Tee – mattes Gesöff. Immerhin noch besser als dieser Kakao im Häfen. Stoß mir dein Geschirr, Kumpel.

Ginger: Warte, bis ich ein Loch in diese Milchdose geschlagen hab. Ihr da, gebt mir eine Münze, Geld oder Leben.

Mrs. Bendigo: Langsam mit dem verdammten Zucker! Wer hat dafür geblecht, das würd ich gern wissen?

Mr. Tallboys: Wenn ihre Blubber so lang wie Streichriemen werden? Ich dank Euch sehr für Euren Humor. *Pippin's Weekly* hat sich in den Fall ganz schön hineingekniet. »Rosarote Romanze des abgängigen Domherrn. Intime Enthüllungen.« Und außerdem ein offener Brief in *John Bull:* »An ein Stinktier im Gewand des Hirten«. Es war jammerschade – mir stand gerade eine Beförderung bevor. *(Zu Dorothy.)* Beffchen in der Familie, wenn Sie wissen, was ich meine. Sie hätten sich wohl nicht einfallen lassen, was, daß es Zeiten gab, da dies unwürdige Sitzfleisch hier das Plüschkissen eines Chorherrenstuhls eindrückte?

Charlie: Da kommt Florry daher. Hab ich mir schon gedacht, daß die auftaucht, sobald der Tee soweit ist. Die hat für Tee eine Nase wie ein verdammter Geier, dieses Mensch.

Snouter: Jaja, immer fest gesteppt. (Singt:)

Stepp, stepp, steppety stepp,
ich bin ein wahrer Teufel beim Stepp –

Mrs. McElligot: Das arme Kind, die ist nicht ganz bei Trost. Warum geht sie nicht hinauf zum Piccadilly Circus, dort kriegt sie jedesmal ihre fünf Bob. Da tut sie sich doch nichts Gutes, wenn sie sich mit ein paar schäbigen alten Armleuchtern auf dem Square herumtreibt.

Dorothy: Ist die Milch in Ordnung?

Ginger: In Ordnung? (Drückt den Mund an eines der Löcher in der Dose und bläst hinein. Aus dem anderen Loch tropft eine klebrige graue Flüssigkeit.)

Charlie: Wie geht das Geschäft, Florry? Was ist mit dem verdammten Sir, mit dem ich dich grad hab fortgehen sehen?

Dorothy: Es steht ›Für Säuglinge nicht geeignet‹ darauf.

Mrs. Bendigo: Na, du bist ja auch kein verdammter Säugling, oder? Hier kannst du auf deine Buckingham-Palace-Manieren verzichten, Süße.

Florry: Eine Tasse Kaffee und eine Zigarette hat er mir spendiert, der mickrige Schäbling! Ist das Tee, was du da hast, Ginger? Du warst mir schon immer der Liebste von allen, Ginger.

Mrs. Wayne: Wir sind gerade dreizehn.

Mr. Tallboys: Da wir hier nicht zu Abend speisen werden, brauchen Sie sich gar nicht die Mühe zu machen.

Ginger: Alle mal herhören, meine Damen und Herren! Der Tee ist serviert. Tassen her, bitte!

Kike: O Jeeesus! Du hast meine verdammte Tasse nicht einmal halb voll gemacht!

Mrs. McElligot: Also, auf uns, daß wir Glück haben und morgen eine bessere Penne finden. Ich wär schon fast selber in einer von den Kirchen untergekrochen, nur daß einen diese S– nicht hineinlassen, wenn sie glauben, daß man vielleicht Filzläuse haben könnte.

Mrs. Wayne: Nun, ich könnte nicht sagen, daß das die Art ist, wie ich's *gewöhnt* bin, Tee zu trinken – aber immerhin – (Trinkt.)

Charlie: Verdammt gute Tasse Tee. (Trinkt.)

Deafie: Und dann hat's auch noch ganze Scharen von diesen grünen Papageien oben in den Kokosnußpalmen gegeben. (Trinkt.)

Mr. Tallboys: (trinkt.)

Snouter: Das letzte, was wir kriegen bis fünf Uhr früh. (Trinkt.)

(Florry holt aus ihrem Strumpf eine abgebrochene Fabrikzigarette hervor und verschafft sich ein Streichholz. Die Männer – bis auf Daddy, Deafie und Mr. Tallboys – rollen sich aus aufgelesenen Zigarettenstummeln Zigaretten. Die roten Enden glühen durch die neblige Dämmerung wie ein windschiefes Sternbild, als die Raucher sich auf Bank, Boden oder auf der schrägen Seite der Brüstung ausbreiten.)

Mrs. Wayne: Das hat gut getan! So eine Tasse Tee wärmt einen doch ganz schön auf, oder nicht, oder was? Natürlich kommt's mir schon ein bißchen anders vor, wenn ich so sagen darf, wenn man kein schönes sauberes Tischtuch nicht hat, wie ich halt gewöhnt bin, und das wunderschöne Teeservice, das was unsere Mutter gehabt hat; und dann natürlich immer den besten Tee, den man für Geld hat kaufen können – echten Pekoe Points für zwei Pfund und neun Shilling das Pfund ...

Ginger (singt): *Seht sie an – in ihrer Freud –*
den strammen Burschen – die glückliche Maid –

Mr. Tallboys (singt zur Melodie von ›Deutschland, Deutschland über alles‹): *Laßt die Aspidistra wehen –*

Charlie: Wie lang seid ihr zwei Burschen schon im Smog?

Snouter: Ich nehme mir diese Saufkerle morgen derart her, daß sie nicht mehr wissen, ob sie auf dem Kopf oder auf ihren – Fersen stehen. Ich krieg meinen halben Dollar, und wenn ich sie verkehrt halten und ausbeuteln muß.

Ginger: Drei Tage. Wir sind von York herunter – den halben Weg sind wir getrampt. Herrgott, und das waren doch tatsächlich verflixte neun Karat Gold noch obendrein!

Florry: Gibt's noch Tee, Ginger, Süßer? Na, dann bis später, Leute. Morgen früh sehen wir uns alle bei Wilkins.

Mrs. Bendigo: Diebische kleine Hure! Gießt ihren Tee runter und zischt ab, und sagt noch nicht einmal Dankeschön. Auf jeden Moment kommt's ihr an.

Mrs. McElligot: Kalt? Na das glaub ich. Im langen Gras schlafen ohne Decken, und soviel Tau, daß man beinah ersäuft, und dann will das verdammte Feuer am Morgen nicht brennen, und man muß den Milchmann anhauen, bevor man sich einen ordentlichen Schluck Tee machen kann. Wie Michael und ich unterwegs waren, da hab ich einiges davon erlebt.

Mrs. Bendigo: Die geht sogar mit Schwarzen und mit Chinesen, die dreckige kleine Kuh.

Dorothy: Wieviel bekommt sie dafür jedes Mal?

Snouter: Einen Sixpence.

Dorothy: Sixpence?

Charlie: Na das glaub ich. Gegen Morgen tut sie's schon für eine verdammte Zigarette.

Mrs. McElligot: Ich hab nie weniger als einen Shilling genommen, nie.

Ginger: Kikie und ich haben einmal eine Nacht auf einem Knochenhof gepennt. Wache auf am Morgen und sehe, daß ich auf einem verdammten Grabstein liege.

Kike: Na wenn die keine Filzläuse hat!

Mrs. McElligot: Michael und ich haben einmal in einem Schweinestall gepennt. Wir waren grad am Einschleichen, da sagt Michael: »Heilige Maria!«, sagt er, »da ist ja eine Sau hier drin!« – »Auf die Sau!« sag ich, »die wird uns warmhalten.« Wir also hinein, und da liegt eine alte Sau auf der Seite und schnarcht wie eine Zugmaschine. Ich bin zu ihr gekrochen und hab die Arme um sie gelegt, und bei Gott, sie hat mich die ganze Nacht warm gehalten. Hab schon schlechter gepennt.

Deafie (singt): *Mit* meinem Willy Willy –

Charlie: Der alte Deafie hält sich ganz schön ran, was? Das setzt so eine Art Gesumm in ihm in Gang, sagt er.

Daddy: Wie ich klein war, da haben wir nicht von Brot und Margarine und Tee und solchem Zeug gelebt. Gutes anständiges Essen hat's damals gegeben. Fleischeintopf. Brotpudding. Speckklöße. Schweinskopf. Von einem Sixpence pro Tag hat man gelebt wie ein Kampfhahn. Und jetzt bin ich seit fünfzig Jahren beim Trampen. Kohlen besorgen, Lämmer ausnehmen, Erbsen und Zwiebeln versetzen – alles. Und in nassem Stroh schlafen, und nicht einmal pro Jahr kann man sich die Innereien wirklich anfüllen. Na ja – ! (Zieht sich in seinen Mantel zurück.)

Mrs. McElligot: Aber der hat sich wirklich was getraut, der Michael. Der ist überall hinein. Wie oft sind wir nicht in ein leeres Haus eingebrochen und haben im besten Bett gepennt. »Andere Leute haben ein Heim«, hat er immer gesagt. »Warum nicht auch wir?«

Ginger (singt): *Doch ich tahanze mit Tränen – in meinen Augen –*

Mr. Tallboys (zu sich): *Absumet haeres Caecuba dignior!* Wenn ich daran denke, daß in meinem Keller noch einundzwanzig Flaschen Clos St-Jacques, Jahrgang 1911, waren, damals in der Nacht, als das Baby zur Welt kam, und ich mit dem Milchzug nach London fuhr...!

Mrs. Wayne: Na, und die *Kränze,* die man uns geschickt hat, als unsre Mutter starb – also, das können Sie sich nicht vorstellen! Die waren riesig...

Mrs. Bendigo: Wenn ich noch einmal jung wäre, dann würde ich nur mehr des verdammten Geldes wegen heiraten.

Ginger (singt): *Und ich tanze – mit Tränen – in'n Augen –*
denn das Mädel – in meinem Arm – bist nicht duhu!

Nosy Watson: Ein paar von euch Figuren hier glauben, daß sie mächtig Grund zum Jammern haben, was? Und was ist mit einem armen Kerl wie mir? Ihr seid nicht mit achtzehn ins Kittchen geleimt worden!

Kike: O Je-hehehe-suhus!

Charlie: Ginger, du singst nicht besser als ein verdammter Kater mit Bauchweh. Hör *mir* einmal zu. Da hörst du was Schönes. (Singt): Jesu, Liebster *mei*ner Seele –

Mr. Tallboys (zu sich): Et *ego* in Crockford ... Mit Bischöfen und Erzbischöfen und den himmlischen Heerscharen ...

Nosy Watson: Wißt ihr, wie ich zum ersten Mal ins Kittchen gekommen bin? Verraten von meiner eigenen Schwester – jawohl, von meiner eigenen verdammten Schwester! Wenn meine Schwester nicht eine Kuh ist, dann weiß ich nicht, wer eine sein soll. Ihr Mann hat den religiösen Wahn – der ist so verdammt fromm, daß sie jetzt fünfzehn Bälger hat – na, der war's, der sie auf die Idee gebracht hat, mich zu verpfeifen. Aber ich hab's ihnen heimgezahlt, das kann ich euch sagen. Das erste, was ich getan hab, wie ich aus dem Häfen draußen war, war, daß ich einen Hammer kaufte und zum Haus von meiner Schwester ging und ihr vertrotteltes Klavier zu Kleinholz machte. »Da!« hab ich gesagt. »Das ist der Dank dafür, daß du mich verpfiffen hast! Du alte Schnüfflerin!« hab ich gesagt.

Dorothy: Diese Kälte, diese Kälte! Ich weiß nicht, ob meine Füße noch da sind oder nicht.

Mrs. McElligot: Der verdammte Tee wärmt einen nicht für lang, was? Ich bin schon selbst ganz eingefroren.

Mr. Tallboys (zu sich): O du meine goldene Hilfsgeistlichen-Zeit! Meine Basare mit zierlicher Handarbeit, meine Morris-Tänze zugunsten der Gemeindewiese, meine Vorträge vor der Mütter-Vereinigung – Missionsarbeit im westlichen China, mit vierzehn Lichtbildern in der magischen Laterne! Mein Cricket-Club für Jungen, nur für Abstinenzler, meine Konfirmationsklassen – Reinheitsvortrag einmal monatlich im Pfarrsaal – meine Pfadfinderorgien! Die Wölfe werden das Große Heulen vorführen. Haushaltsratschläge für das Pfarrmagazin, ›Ausrangierte Füllfederpatronen kann man zu Einläufen bei Kanarienvögeln benutzen‹ ...

Charlie (singt): Jesu, Liebster *mei*ner Seele –

Ginger: Da kommt der verdammte Polyp. Auf vom Boden, Leute. (Daddy taucht aus seinem Mantel auf.)

Der Polizist (schüttelt die Schläfer auf der nächsten Bank): Los,

los, aufwachen, aufwachen! Rappelt euch hoch! Wenn ihr schlafen wollt, müßt ihr heimgehen. Das ist hier keine Herberge. Aufstehen, ihr dort! (usw. usw.)

Mrs. Bendigo: Das ist der patzige junge Hund, der auf Beförderung spekuliert. Tät' einen nicht einmal atmen lassen, wenn's nach ihm ginge.

Charlie (singt): *Jesu, Liebster meiner Seele,*
Laß mich fliegen an dein Herz –

Der Polizist: Hallo, *du!* Was glaubst du, daß das hier ist? Eine baptistische Gebetsstunde? (Zu Kike) Auf, auf, nur keine Müdigkeit vorschützen!

Charlie: Ich kann mir nicht helfen, Herr Wachtmeister. Das ist meine musikalische Natur. Es kommt ganz von selber so heraus.

Der Polizist (schüttelt Mrs. Bendigo): Aufwachen, Mama, aufwachen!

Mrs. Bendigo: Mama! *Mama,* was? Na, wenn ich eine Mama bin, dann dank ich Gott, daß ich keinen Scheiß-Sohn hab' wie dich! Und ich sag' Ihnen noch ein kleines Geheimnis, Herr Schutzmann. Nächstes Mal, wenn ich mir von ein paar fetten Männertatzen das Genick begrapschen lassen will, dann werd' ich nicht ausgerechnet Sie darum ersuchen. Dann will ich jemanden mit ein bißchen mehr Sex-Appeal.

Der Polizist: Na na, na na. Sie brauchen nicht ausfällig werden, wissen Sie. Wir haben auch unsere Befehle. (Geht majestätisch ab.)

Snouter (sotto voce): – fort, du – – Sohn einer – !

Charlie (singt): *Da die Wasserströme fließen,*
da der Sturm am ärgsten ist!

Meine letzten zwei Jahre in Dartmoor hab ich Baß im Chor gesungen, tatsächlich.

Mrs. Bendigo: Dem werd' ich zeigen, was eine Mama ist! (Schreit hinter dem Polizisten her) He! Warum kümmern Sie sich denn nicht um die verdammten Einbrecher, anstatt hier eine anständige verheiratete Frau zu begrapschen?

Ginger: In die Heia, Jungens. Den sind wir los. (Daddy zieht sich in seinen Mantel zurück.)

Nosy Watson: Wie isses in Dartmoor heutzutage? Geben sie einem jetzt auch Marmelade?

Mrs. Wayne: Natürlich, man kann ja verstehen, daß sie die Leute nicht auf der Straße schlafen lassen können – ich meine, das ist ja wirklich nicht sehr ordentlich – und dann darf man auch nicht vergessen, daß das eine Ermutigung für alle wäre, die kein eigenes Heim haben – Gesindel, wenn Sie wissen, was ich meine...

Mr. Tallboys (zu sich): Glückliche Tage, glückliche Tage! Ausflüge mit den Pfadfinderinnen in den Epping Forest – gemietete Kutsche mit glänzenden Rotschimmeln, und ich auf dem Kutschbock in meinem grauen Flanellanzug, gefleckten Strohhut und diskreter Laienkrawatte. Korinthenbrötchen und Ingwerlimonade unter den grünen Ulmen. Zwanzig Pfadfinderinnen, fromm aber empfänglich, lustig durch das brusthohe Farnkraut hüpfend, und ich, glücklicher Hilfsgeistlicher, tummele mich unter ihnen und kneife sie *in loco parentis* in den verlängerten Rücken...

Mrs. McElligot: Sie haben gut reden von Heia, aber bei Gott, meine armen alten Knochen werden heut nacht nicht viel Schlaf finden. Ich bin nicht mehr so zäh wie früher zusammen mit Michael.

Charlie: Marmelade nicht. Aber Käs, zweimal pro Woche.

Kike: O Jehehesus! Ich kann's nicht mehr aushalten. Ich geh hinunter zum M. A. B.

(Dorothy steht auf, aber weil ihre Knie von der Kälte ganz erstarrt sind, wäre sie fast wieder hingefallen.)

Ginger: Die schicken dich doch nur in das verdammte Arbeitshaus. Was sagt ihr dazu, wenn wir alle morgen früh nach Convent Garden gehen? Wenn wir früh genug dort sind, schnorren wir uns ein paar Birnen.

Charlie: Ich hab meine verdammte Portion Dartmoor bekommen, kannst du mir glauben. Wir waren unser vierzig, wir hatten die Hölle, wegen dieser alten Schachteln unten in den Kleingärten. Alte Schläuche waren das, siebzig Jahre – Eiergrabscher. Mein Gott, hat's uns erwischt! Brot und Wasser, an die Wand gekettet – es hat nicht viel gefehlt, und wir wären hin gewesen.

Mrs. Bendigo: Keine Angst! Nicht, solange mein verdammter Ehemann noch da ist. Ein blaues Auge pro Woche genügt mir, vielen Dank.

Mr. Tallboys (intoniert voll Sehnsucht): Unsre Harfen, die hängten wir an die Weiden von Babylon!...

Mrs. McElligot: Wart, Kind! Stampf fest mit den Füßen auf, daß wieder Blut hineinläuft. In ein paar Minuten machen wir zusammen einen Spaziergang zu Paul hinauf.

Deafie (singt): *Mit* meinem Willy Willy –

(Big Ben schlägt elf.)

Snouter: Noch sechs – Stunden! Verflixt!

(Eine Stunde vergeht. Big Ben schlägt nicht mehr. Der Nebel zerrinnt, die Kälte wird ärger. Unter den Wolken am südlichen Himmel kann man einen verlottert aussehenden Mond herumschleichen sehen.

Ein Dutzend zähe alte Männer bleiben auf den Bänken und versuchen noch immer zu schlafen, in ihre Übermäntel eingerollt und versteckt. Ab und zu stöhnen sie im Schlaf. Die anderen entfernen sich in alle Richtungen, sie wollen die ganze Nacht herumgehen und so das Blut am Kreisen erhalten, aber gegen Mitternacht sind sie fast alle wieder auf dem Square eingetrudelt. Ein neuer Polizist tritt jetzt seinen Dienst an. Er patrouilliert in Abständen von einer halben Stunde über den Square, blickt forschend in die Gesichter der Schlafenden, läßt sie aber in Ruhe, wenn er sicher ist, daß sie nur schlafen, nicht aber tot sind. Rund um jede Bank bewegt sich ein Knäuel von Menschen, die sich abwechselnd hinsetzen und dann nach ein paar Minuten von der Kälte wieder auf die Beine getrieben werden. Ginger und Charlie füllen am Brunnen zwei Behälter und machen sich dann auf, in der verzweifelten Hoffnung, über dem Klinkerfeuer der Kanalarbeiter in der Chandos Street Tee kochen zu können; aber ein Polizist, der sich an dem Feuer wärmt, scheucht sie fort. Kike verschwindet plötzlich, wahrscheinlich, um sich im Asyl ein Bett zu erbetteln. Gegen eins macht ein Gerücht die Runde, daß unter der Charing Cross Bridge eine Dame heißen Kaffee, belegte Brote und Zigarettenpakete verteilt; alle stürzen dorthin, aber das Gerücht erweist sich als falsch. Als sich der Square wieder füllt, beschleunigt sich das Wechseln der Plätze auf den Bänken, bis es aussieht wie das Spiel von der Reise nach Jerusalem. Wenn man sich setzt und die Hände in die Armhöhlen steckt, dann kann man zwei oder drei Minuten tatsächlich so etwas wie schlafen oder dösen. In diesem Zustand scheinen ungeheure Zeitspannen zu vergehen. Man versinkt in verworrene, unruhige Träume, die einen jedoch die Umgebung und die bittere Kälte nicht vergessen lassen. Die Nacht wird mit jeder Minute klarer und kälter. Es gibt einen Chor von verschiedenen Geräuschen – Stöhnen, Fluchen, Gelächter, Singen, und das unbeherrschbare Klappern der Zähne, alles durchdringend.)

Mr. Tallboys (intoniert): Ich bin ausgegossen wie Wasser, und all meine Knochen sind aus den Gelenken!...

Mrs. McElligot: Ellen und ich sind jetzt zwei Stunden lang durch die Stadt marschiert. Bei Gott, das ist wie ein verdammtes Grab, mit den großen Lampen, die auf einen runterglotzen, und keine Menschenseele unterwegs, bis auf die Polypen, die paarweise spazierengehen.

Snouter: Fünf nach – eins, und ich hab seit dem Nachtmahl keinen Bissen mehr gehabt! Das hat uns natürlich in einer – Nacht wie dieser passieren müssen!

Mr. Tallboys: Eine Nacht zum Trinken hätte ich sie genannt. Aber jeder nach seinem Geschmack. (Intoniert) »Meine Kraft ist vertrocknet wie eine Scherbe, und meine Zunge klebt mir am Gaumen!« ...

Charlie: Hört einmal, was sagt ihr dazu? Nosy und ich haben gerade eine Auslage geräumt. Nosy sieht so eine Tabakauslage voll mit flotten Schachteln Gold Flake, und sagt: »Ich hol mir ein paar von diesen Stangen, und wenn sie mich dafür einlochen!« sagt er. Also wickelt er sich seinen Schal rund um die Hand, und wir warten, bis so ein vernagelter Lastwagen vorbeikommt, der den Lärm zudeckt, und dann läßt Nosy es fliegen – biff! Wir versorgen uns mit einem Dutzend Paketen, und was wetten wir, ihr hättet vor lauter Staub unsere Ä– nicht gesehen. Und wie wir um die Ecke kommen und sie aufmachen, da ist kein einziges verdammtes Kraut drin! Verdammte leere Schaufensterstücke. Ich hab lachen müssen.

Dorothy: Meine Knie geben nach. Ich kann nicht mehr lange stehen.

Mrs. Bendigo: Der Saukerl, der Saukerl! In einer Nacht wie dieser eine Frau aus dem Haus zu jagen! Na wartet, bis ich ihm am Samstagabend einen Rausch anhänge und er nicht zurückschlagen kann. Den zermansche ich zu einer blutigen Rinderhaxe, so wahr ich hier stehe. Der wird aussehen wie ein Imbiß für zwei Pence, wenn ich ihm eines überziehe mit dem verdammten Bügeleisen.

Mrs. McElligot: He, macht Platz, laßt das Kind sich hinsetzen. Rück an den alten Daddy ran, Kleine. Soll seinen Arm um dich legen. Er quatscht viel, aber er wird dich warmhalten.

Ginger (marschiert im Stand): Stampft mit den Füßen am Boden auf – sonst bleibt einem gar nichts anderes übrig. Na los, ein Lied, zwei-drei-vier, und dann stampfen wir alle im Rhythmus dazu.

Daddy (erwacht und taucht auf): Wassis? (Noch immer im Halbschlaf läßt er seinen Kopf zurückrollen, den Mund offen, und aus seinem verwelkten Hals sticht der Adamsapfel heraus wie die Klinge eines Tomahawk.)

Mrs. Bendigo: Es gibt Frauen, wenn die durchgemacht hätten, was ich durchgemacht hab, die hätten ihm schon Salzsäure in seinen verdammten Tee geschüttet.

Mr. Tallboys (schlägt eine imaginäre Trommel und singt): Vorwärts, heidnische Soldaten –

Mrs. Wayne: Nein, also wirklich! Wenn das einer von uns je gedacht hätte, in den guten alten Zeiten, wenn wir rund um unser eigenes Silkstone-Kohlenfeuer saßen, mit der Teekanne auf dem Kamineinsatz und einem Teller voll getoasteter Crumpets vom Bäcker ein bißchen weiter drüben ... (Das Klappern ihrer Zähne bringt sie zum Schweigen.)

Charlie: Das ist keine verdammte Kirchenpredigt, Kumpel. Von mir kannst du was hören, das sich gewaschen hat – wo wir verdammt noch dazu tanzen können. Jetzt hör mir einmal zu.

Mrs. McElligot: Hören Sie mir auf mit Crumpets, Missis. Mein blöder Bauch reibt sich sowieso schon an meinem Rückgrat.

(Charlie richtet sich auf, räuspert sich und gibt mit gewaltiger Stimme ein Lied mit dem Titel »Rollicking Bill, der Matrose« zum besten. Die Leute auf der Bank brechen in ein Gelächter aus, das zum Teil aus Frösteln und Schauern besteht. Sie singen das Lied noch einmal zusammen, mit wachsender Lautstärke, und stampfen und klatschen im Takt. Die Sitzenden, Ellbogen an Ellbogen gedrängt, schwanken grotesk von einer Seite zur anderen und heben die Füße, als würden sie die Pedale eines Harmoniums bearbeiten. Selbst Mrs. Wayne läßt sich nach kurzem Zögern mitreißen und lacht gleichsam wider Willen. Sie alle lachen, wenn auch mit klappernden Zähnen. Mr. Tallboys marschiert hinter seinem umfänglichen, schwabbelnden Bauch auf und ab und tut, als würde er ein Banner oder einen Krummstab vor sich hertragen. Die Nacht ist jetzt ganz klar, und in Abständen fegt ein eisiger Wind über den Square. Das Stampfen und Klatschen steigert sich zu einer Art von Rasen, wenn die Leute die tödliche Kälte bis auf die Knochen dringen fühlen. Dann sieht man den Polizisten von Osten her auf den Platz kommen, und der Gesang hört abrupt auf.)

Charlie: Da! Man kann nicht sagen, daß einen ein bißchen Musik nicht aufwärmen tät!

Mrs. Bendigo: Dieser verdammte Wind! Und ich hab nicht einmal meine Unterhosen an, der Hund hat mich so schnell hinausgeworfen.

Mrs. McElligot: Na, Jesus sei gelobt, lang dauert's nicht mehr, bis diese Kirche da in der Gray's Inn Road für den Winter aufsperrt. Da hat man wenigstens in der Nacht ein Dach über dem Kopf.

Der Polizist: He, was glaubt ihr überhaupt? Ist das denn die passendste Zeit in der Nacht, daß ihr zu singen anfangt wie ein verflixter Bärengarten? Ich werd' euch alle nach Haus zurück schicken, wenn ihr nicht ruhig sein könnt.

Snouter (sotto voce): Du – Sohn einer – !

Ginger: Ja – die lassen einen auf dem verdammten Steinboden schlafen, mit drei Zeitungsplakaten statt der Decken. Da kann ich genauso gut auf dem Square bleiben und vor die Hunde gehen. Gott, wär ich gern in der verdammten Kirche!

Mrs. McElligot: Immerhin, man kriegt eine Tasse Horlicks und zwei Schnitten. Ich hab oft und gern dort geschlafen.

Mr. Tallboys (intoniert): Ich war froh, als sie zu mir sagten, wir werden eingehen ins Haus des Herrn!...

Dorothy (fährt hoch): Ach, diese Kälte, diese Kälte! Ich weiß nicht, ob es ärger ist, wenn man sitzt oder wenn man steht. Oh, wie könnt ihr es nur alle ertragen? Sicher müßt ihr nicht jede Nacht eures Lebens so verbringen?

Mrs. Wayne: Du darfst nicht glauben, Kleine, daß nicht doch auch einige von uns eine anständige Kinderstube gehabt haben.

Charlie (singt): Nur munter, Kamerad, bald bist du tot. Brrrr! Verdammter Jesus! Sind meine Angelhaken nicht blau? (Marschiert im Stand und trommelt sich mit den Armen gegen die Seiten.)

Dorothy: Oh, wie könnt ihr es nur ertragen? Wie könnt ihr nur immer so weitermachen, Nacht für Nacht, Jahr für Jahr? Es ist nicht möglich, daß Menschen so leben können! Es ist so absurd, daß man es nicht glauben würde, wenn man nicht wüßte, daß es wahr ist. Es ist unmöglich!

Snouter: – möglich, wenn du mich fragst.

Mr. Tallboys (in Bühnenpfarrermanier): Bei Gott ist kein Ding unmöglich.

(Dorothy sinkt zurück auf die Bank, ihre Knie zittern noch immer.)

Charlie: Jetzt geht's eben auf halb zwei. Entweder rühren wir uns alle kräftig, oder wir machen eine Pyramide auf dieser vernagelten Bank. Falls wir nicht unsere verdammten Zehen aufstellen wollen. Wer ist für einen kleinen Verdauungsspaziergang hinauf zum Tower von London?

Mrs. McElligot: Ich tu heute keinen Schritt mehr. Meine verdammten Beine haben mich sitzen lassen.

Ginger: Hoch die Pyramide! Los, stürzen wir uns alle auf die Bank – Pardon, Mama!

Daddy: Wassis los? Kann ein Mensch nicht ein bißchen schlafen, ohne daß ihr kommt und ihn stoßt und beutelt?

Charlie: Ja, so ist's richtig! Zusammenrücken! Rutsch, Daddy, und mach Platz für meinen kleinen Allerwertesten. Alle übereinander. So ist's gut. Pfeif auf die Filzläuse. Preßt euch alle zusammen wie Sardinen in einer verdammten Dose.

Mrs. Wayne: Na na! Ich hab Sie nicht eingeladen, auf meinem Schoß zu sitzen, junger Mann!

Ginger: Dann setzen Sie sich halt auf meinen, Mama – es ist alles gleich. Ha! Das ist das erste Weib in meinem Arm seit Ostern.

(Sie häufen sich alle übereinander auf, in einen riesigen formlosen Klumpen, wie ein Rudel Kröten zur Laichzeit. Es gibt eine schlängelnde Bewegung, als der Haufen sich setzt, und ein saurer Kleidergeruch macht sich bemerkbar. Nur Mr. Tallboys geht weiter auf und ab.)

Mr. Tallboys (deklamiert): O ihr Nächte und Tage, ihr Licht und Dunkelheit, ihr Blitze und Wolken, verfluchet den Herrn!

(Deafie, auf dessen Zwerchfell sich jemand gesetzt hat, stößt einen fremdartigen, nicht reproduzierbaren Laut aus.)

Mrs. Bendigo: Hopp hopp, weg von meinem bösen Bein, ja?

Wofür halten Sie mich überhaupt? Für ein verdammtes Wohnzimmersofa?

Charlie: Na, stinkt der alte Daddy nicht, wenn du ihm nahe kommst?

Ginger: Das wird wieder einmal ein Fressen für die Filzläuse!

Dorothy: O Gott, o Gott, o Gott!

Mr. Tallboys (bleibt stehen): Warum rufen Sie Gott an wie ein reuiger Sünder am Totenbett? Halten Sie die Ohren steif und rufen Sie den Teufel an, wie ich. Heil sei Dir, Luzifer, du Fürst der Lüfte! (singt nach der Melodie von ›Heilig, Heilig, Heilig!‹) Incubi und Succubi fallen vor dir in Staub!...

Mrs. Bendigo: Ach, halt doch die Klappe, du gotteslästerlicher alter Saukerl. Der ist zu fett, um die Kälte zu spüren, sonst fehlt ihm gar nichts.

Charlie: Einen gemütlichen weichen Hintern haben Sie, Mama. Ginger, hab ein Auge auf den verdammten Polypen.

Mr. Tallboys: Maledicite, omnia opera! Die Schwarze Messe. Warum nicht? Einmal Priester, immer Priester. Reicht mir ein Stück Brot, und ich werde das Wunder wirken. Schwefelkerzen, das Vaterunser von hinten, das Kruzifix verkehrt herum. (Zu Dorothy) Wenn wir einen schwarzen Ziegenbock hätten, dann gäb's für Sie eine gute Verwendung.

(Die animalische Wärme der übereinander geschichteten Leiber wird bereits spürbar. Langsam werden alle schläfrig.)

Mrs. Wayne: Sie dürfen nicht glauben, daß ich daran *gewöhnt* bin, einem Herrn auf den Knien zu sitzen, wissen Sie...

Mrs. McElligot (schläfrig): Ich bin regelmäßig zu den Sakramenten gegangen, bis der verdammte Pfarrer mir wegen meinem Michael keine Absolution hat geben wollen. Der alte Hund, der alte Schweinehund!

Mr. Tallboys (wirft sich in Positur): *Per aquam sacratam quam nunc spargo, signumque crucis quod nunc facio...*

Ginger: Ich hab meinen letzten verdammten Tschik geraucht.

Mr. Tallboys (als wäre er am Altar): Innigst geliebte Brüder, wir sind versammelt im Angesicht Gottes zur Feier unheiliger

Gotteslästerung. Er hat uns heimgesucht mit Schmutz und Kälte, Hunger und Einsamkeit, mit Blattern und Krätze, mit Kopflaus und Filzlaus. Unsere Nahrung sind feuchte Brotrinden und schleimige Fleischfetzen, die uns in Paketen in Hotelausgängen gereicht werden. Unsere Lust ist bitter gewordener Tee und Sägemehlkuchen, in stinkenden Kellern heruntergeschlungen, Spülwasser und Bierspeichel, die Umarmung zahnloser Vetteln. Unsere Bestimmung ist das Armengrab, fünfundzwanzig Fuß tief in groben Brettersärgen, die Penne der Unterwelt. Es ist in Wahrheit billig und recht, würdig und heilsam, immer und überall Ihn zu verfluchen und zu schmähen. Daher mit Dämonen und Erzdämonen (usw. usw. usw.)

Mrs. McElligot (im Halbschlaf): Beim heiligen Jesus, ich bin schon beinah eingeschlafen, nur irgendein S– liegt auf meinen Beinen und zerquetscht sie.

Mr. Tallboys: Amen. Übel dem von uns erlöse, sondern Versuchung in nicht uns führe (usw. usw. usw.).

(Bei den ersten Worten des Gebets reißt er das geweihte Brot entzwei. Blut rinnt daraus. Es gibt einen rollenden Laut, wie Donner, und die Szenerie verändert sich. Dorothys Füße sind sehr kalt. Monströse geflügelte Gestalten von Dämonen und Erzdämonen, undeutlich sichtbar, bewegen sich hin und her. Irgend etwas, Schnabel oder Klaue, legt sich auf Dorothys Schulter und bringt ihr wieder zum Bewußtsein, daß ihre Füße und Hände vor Kälte schmerzen.)

Der Polizist (Dorothy an der Schulter schüttelnd): Aufwachen, he da, aufwachen, aufwachen! Haben Sie denn keinen Übermantel? Sie sind bleich wie der Tod. Wie können Sie nur so unvernünftig sein, sich hier in der Kälte so hinzulegen?

(Dorothy bemerkt, daß sie vor Kälte ganz steif ist. Der Himmel ist jetzt völlig klar, voll sandiger kleiner Sterne, wie elektrische Lampen, die unendlich weit entfernt sind. Die Pyramide hat sich aufgedröselt.)

Mrs. McElligot: Die arme Kleine, die ist an das harte Leben nicht so gewöhnt wie die anderen hier.

Ginger (schlägt sich die Arme): Brr! Wuhuhu!

Mrs. Wayne: Die kommt aus einer guten Kinderstube.

Der Polizist: Ist das wahr? – Schauen Sie, Fräulein, Sie kommen am besten gleich mit mir hinunter zum Asyl. Die geben Ihnen schon ein Bett. Sie gehören nicht zu dem Gesindel hier, das kann man ja mit bloßem Auge sehen.

Mrs. Bendigo: Danke schön, Herr Wachmann, *danke* schön! Habt ihr das gehört, Mädchen? »Gesindel« hat er uns genannt. Nett, nicht? (Zum Polizisten) Sie sind ja selbst ein echter Ascot-Herr, was?

Dorothy: Nein, nein! Lassen Sie mich. Ich möchte lieber hier bleiben.

Der Polizist: Bitte, wie Sie wollen. Aber sie haben gerade gar nicht gut ausgesehen. Ich komm später noch einmal und werfe einen Blick auf Sie. (Entfernt sich zweifelnd.)

Charlie: Wartet, bis der verdammte Kerl ums Eck ist, dann schichten wir uns wieder übereinander. Die einzige verdammte Art, um sich warm zu halten.

Mrs. McElligot: Komm, Kleine. Schlüpf unter die Leute und laß dich wärmen.

Snouter: Zehn Minuten vor – zwei. Kann schließlich nicht ewig dauern, nehme ich an.

Mr. Tallboys (intoniert): Ich bin ausgegossen wie Wasser, und alle meine Gebeine sind aus den Gelenken: selbst mein Herz inmitten des Leibes ist wie geschmolzenes Wachs!...

(Wieder schichten sich die Menschen auf der Bank übereinander. Aber die Temperatur ist jetzt nur wenige Grade über dem Gefrierpunkt, und der Wind bläst noch schneidender. Die Leute stecken ihre vom Wind zerfressenen Gesichter in den Haufen, wie Ferkel, die um die Zitzen der Mutter raufen. Die Schlaf-Intermezzi schrumpfen auf ein paar Sekunden, und was man träumt, wird immer monströser, bedrückender und realer. Manchmal unterhalten sich die zehn Menschen beinahe normal miteinander, manchmal sind sie sogar imstande, über ihre Lage zu lachen, und manchmal drängen sie alle in einer Art von Panik ineinander, unter tiefem Schmerzgestöhne. Mr. Tallboys ist plötzlich erschöpft, und sein Monolog verflacht zu einem Strom von Unsinn. Er läßt seine umfangreiche Masse auf die anderen fallen und erstickt sie beinahe. Der Haufen rollt auseinander. Einige bleiben auf der Bank, einige gleiten zu Boden und bleiben an der Brüstung oder an den Knien der anderen liegen. Der Polizist betritt den Square und scheucht die, die am Boden liegen, auf die Beine. Sie stehen auf, und sinken, kaum ist er fort, gleich wieder um. Von den zehn Menschen ist nichts zu hören, bis auf ein Schnarchen, das zum Teil ein Stöhnen ist. Ihre Köpfe nicken wie die von chinesischen Porzellan-Gliederpuppen, wie sie einschlafen und wieder aufwachen, gleichmäßig wie das Ticken einer Uhr. Irgendwo schlägt es drei. Vom östlichen Ende des Square her gellt eine Stimme wie eine Trompete: »Burschen! Auf, auf! Die Zeitungen sind da!«)

Charlie (aus dem Schlaf auffahrend): Die verdammten Zeitungen! Los, los, Ginger! Saus wie der Teufel!

(Sie rennen oder stolpern, so schnell sie können in die Ecke des Platzes, wo drei junge Männer die überzähligen Zeitungsplakate, die von den Morgenblättern kostenlos abgegeben werden, verteilen. Charlie und Ginger kommen mit einem dicken Stapel davon zurück. Die fünf größten Männer drängen sich jetzt auf der Bank zusammen, Deafie und die vier Frauen setzen sich auf ihre Knie; dann wickeln sie sich unter unendlichen Schwierigkeiten (es muß ja von innen heraus getan werden) in einen riesigen Papierkokon, der mehrere Blatt dick ist, und stecken die losen Enden in Hals oder Brust oder zwischen die Schultern und die Rückenlehne der Bank. Schließlich ist nichts mehr unbedeckt bis auf ihre Köpfe und den unteren Teil ihrer Beine. Für ihre Köpfe machen sie sich Kapuzen aus Papier. Das Papier wird immer wieder lose und läßt kalte Windstöße herein, aber jetzt ist es möglich, immerhin fünf Minuten auf einmal zu schlafen. Zu dieser Zeit – zwischen drei und fünf Uhr morgens – läßt die Polizei üblicherweise die Square-Schläfer in Ruhe. Ein bißchen Wärme breitet sich in allen aus und dringt sogar bis zu den Füßen vor. Unter dem Schutz des Papiers kommt es zu verstohlenem Gefummel an den Frauen. Dorothy ist so weit, daß ihr alles egal ist.

Gegen Viertel nach vier ist das Papier ganz zerknittert und zerrissen, und es ist viel zu kalt, als daß man sitzen bleiben könnte. Die Leute stehen auf, fluchen, finden, daß sich ihre Beine etwas erholt haben, und beginnen, paarweise auf- und abzuschlurfen, dabei aus reiner Erschöpfung öfter stehenbleibend. Jeder Bauch verkrampft sich jetzt vor Hunger. Gingers Dose mit Konservenmilch wird aufgerissen und der Inhalt verschlungen, jeder steckt seinen Finger hinein und leckt ihn sauber. Wer überhaupt kein Geld hat, verläßt jetzt den Square und geht zum Green Park, wo man bis sieben ungestört schlafen kann. Wer eben noch einen Halfpenny auftreiben kann, macht sich auf in Richtung von Wilkins' Café, unweit der Charing Cross Road. Es ist bekannt, daß das Café nicht vor fünf aufsperrt; nichtsdestoweniger wartet um zwanzig vor fünf bereits eine Menschenmenge vor der Tür.)

Mrs. McElligot: Hast du deinen Halfpenny Kleine? Die lassen nicht mehr als vier von uns auf eine Tasse Tee gemeinsam hinein, die schäbigen alten Knacker.

Mr. Tallboys (singt): Die Rosentöne der Mohorgenfrühühühe –

Ginger: Gott, das bißchen Schlaf unter den Zeitungen, das hat mir gutgetan. (Singt) Und ich tanze – mit Tränen – in den Augen –

Charlie: Ach, Junge, Junge! Schaut einmal durch das verdammte Fenster, ja? Schaut euch an, wie die Hitze die Scheiben beschlägt! Schaut euch die Teekessel an, wie's in ihnen siedet, und diese Berge von heißem Toast und von Schinkenbrötchen, und die Würste, wie sie in der Pfanne singen! Schlägt nicht euer Magen verdammte Purzelbäume, wenn ihr das seht?

Dorothy: Ich hab einen Penny. Dafür kann ich aber keine Tasse Tee bekommen, oder?

Snouter: Eine – Menge Würste werden wir heute morgen

bekommen, für vier Pence für uns alle. Eher eine halbe Tasse Tee und einen – Krapfen. Das nenn ich Frühstück!

Mrs. McElligot: Du brauchst nicht eine Tasse Tee für dich ganz alleine kaufen. Ich hab einen Halfpenny, und Daddy auch, das legen wir zu deinem Penny dazu, dann haben wir zu dritt eine Tasse. Er hat Schwären auf den Lippen, aber zum Teufel! Wen stört's? Trink näher beim Henkel, dann macht es nichts.

(Es schlägt Viertel vor fünf).

Mrs. Bendigo: Ich wette einen Dollar, daß mein Alter ein Stück Schellfisch zum Frühstück hat. Daran ersticken soll er!

Ginger (singt): Und ich tanze – mit Tränen – in meinen Augen –

Mr. Tallboys (singt): In der Morgenfrühe mein Lied steig' auf zu Dir!

Mrs. McElligot: Man kann dort noch ein Nickerchen machen, das ist immerhin ein Trost. Bis sieben Uhr lassen sie einen mit dem Kopf auf dem Tisch schlafen. Für uns Square-Vazierer ist das ein verdammtes Gottesgeschenk.

Charlie (hechelt wie ein Hund): Würste! Vernagelte Würste! Geröstete Käseschnitte! Heißer tropfender Toast! Und ein Rumpsteak, zwei Zoll hoch, mit Chips und einem Maß Ole Burton! Oh, du vernagelter Jesus!

(Er springt vorwärts, drängt sich durch die Menge und rüttelt an der Klinke der Glastür. Die gesamte Menge, etwa vierzig Mann stark, brandet vorwärts und versucht, die Tür zu stürmen, die jedoch von innen unerschüttert gehalten wird von Mr. Wilkins, dem Besitzer des Cafés. Der droht ihnen durch das Glas. Einige pressen Brust und Gesicht gegen die Scheiben, wie um sich zu wärmen. Plötzlich tauchen Florry und noch vier andere Mädchen, verhältnismäßig frisch, da sie einen Teil der Nacht im Bett verbracht haben, aus einer kleinen Seitengasse auf, von einer Palette von vier Jünglingen in blauen Anzügen eskortiert, und werfen sich mit Kriegsgebrüll mit solchem Schwung von hinten auf die Menge, daß die Tür beinahe aufgebrochen wird. Mr. Wilkins reißt sie wütend auf und drängt die Anführer zurück.

Geruchsschwaden von Würsten, Heringen, Kaffee und warmem Brot strömt in die Kälte heraus.)

Stimme eines jungen Mannes von hinten: Warum kann er – nicht vor fünf aufmachen? Wir kommen um nach unserem – Tee! Rammt die – Tür ein! (usw. usw.)

Mr. Wilkins: Hinaus! Hinaus, alle miteinander! Oder bei Gott, ich lasse sonst heute morgen keinen herein!

Mädchenstimme von hinten: Mis-ter Wil-kins! Mis-ter Wilkins! Haben Sie ein Herz und lassen Sie uns hinein! Ich geb Ihnen einen Kuß, ganz umsonst, ohne Bezahlung! Haben Sie ein Herz! (usw. usw.)

Mr. Wilkins: Hinaus, dalli, dalli! Wir öffnen nicht vor fünf, das wißt ihr genau. (Schlägt die Tür zu.)

Mrs. McElligot: O du heiliger Jesus, wenn das nicht die längsten zehn Minuten von der ganzen verdammten Nacht sind! Naja, meine armen alten Beine müssen sich jedenfalls ein bißchen ausruhen. (Hockt sich nach Art der Kohlenkumpel auf die Fersen. Viele andere machen es ihr nach.)

Ginger: Wer hat einen Halfpenny? Ich bin so weit, daß ich fifty-fifty auf einen Krapfen gehe.

Stimmen junger Männer (imitieren eine Militärkapelle, dann singen sie): › – !‹ *hat die Kapelle gespielt,*
› – ! – !‹ *und dir wünsch ich das gleiche.*

Dorothy (zu Mrs. McElligot): Sehen Sie uns alle an! Sehen Sie uns doch nur alle an! Was für Gewänder! Was für Gesichter!

Mrs. Bendigo: Sie sind selbst keine Greta Garbo, wenn ich das einmal kurz erwähnen darf.

Mrs. Wayne: Nun, die Zeit scheint aber wirklich langsam zu vergehen, wenn man auf seine Tasse Tee hier wartet, nicht wahr?

Mr. Tallboys (intoniert): Denn unsre Seel ist tief gesunken, tief bis in den Staub; unser Bauch klafft bis an den Boden!

Charlie: Hering! Ganze verdammte Berge von Heringen! Ich kann sie durch das verdammte Glas hindurch riechen.

Ginger (singt):

Und ich tanze – mit Tränen – in meinen Augen,
denn das Mädel – in meinem Arm – bist nicht du-hu!

(Viel Zeit vergeht. Es schlägt fünf. Unerträglich lange Zeitspannen scheinen zu vergehen. Dann wird die Tür plötzlich aufgerissen, und die Menge drängt in panischer Hast hinein und kämpft um die Eckplätze. Von der heißen Luft fast ohnmächtig werdend, lassen sie sich fallen und werfen sich über die Tische und nehmen die Wärme und den Essensgeruch mit allen Poren in sich auf.)

Mr. Wilkins: Alle mal herhören! Die Regeln kennt ihr ja, nehme ich an. Kein Hokuspokus heute morgen! Schlaft bis sieben, wenn ihr wollt, aber wenn ich danach noch einen pennen seh, dann fliegt er hochkantig hinaus. Los, los, beeilt euch mit dem Tee, Mädchen!

Ein betäubender Chor von Schreien: Zwei Tees hier! Großer Tee und Krapfen für uns vier! Heringe! Mis-ter Wil-kins! Was kosten die Würste? Zwei Scheiben! Mis-ter Wil-kins! Hamse Zigaretten? Heringe! (usw. usw.)

Mr. Wilkins: Klappe! Ruhe! Schluß mit dem Geröhre, sonst wird keiner von euch bedient.

Mrs. McElligot: Kannst du spüren, wie das Blut wieder in die Zehen rinnt, Kleine?

Mrs. Wayne: Er geht ziemlich grob mit uns um, nicht wahr? Ein gentlemanhaftes Benehmen würd ich das nicht nennen.

Snouter: Das ist ein – Hungerloch und nichts anderes. Verflixt! Mit so einem Paar Würste wüßte ich schon was anzufangen!

Die Huren (Im Chor): Heringe her! Beeilt euch mit den Heringen! Mis-ter Wil-kins! Eine Runde Heringe! *Und* einen Krapfen!

Charlie: Nicht ’nen Halben! Heute müssen wir uns mit dem Dunst den Bauch vollschlagen. Bin aber trotzdem noch lieber hier als auf dem verdammten Square.

Ginger: He, Deafie! Du hast deine Hälfte schon! Gib mir die verdammte Tasse.

Mr. Tallboys (intoniert): Dann ward unser Mund voll des Lachens, und unsre Zunge voll Freude!...

Mrs. McElligot: Bei Gott, ich schlaf schon fast. Das kommt von der Hitze hier drin.

Mr. Wilkins: Sie dort, aufhören mit dem Singen! Sie kennen die Regeln.

Die Huren (im Chor): He-ringe!

Snouter: – Krapfen! Kaltes Fressen! Das dreht mir den Magen um.

Daddy: Sogar den Tee, den sie einem geben, ist nichts als Wasser mit ein bißchen Staub darin. (Rülpst.)

Charlie: Das Gescheiteste – genehmige dir ein Aug-zu und vergiß es. Träum von einer verdammten Bratenscheibe mit zwei Gemüsen. Los, Schädel auf den Tisch und gemütlich eindösen.

Mrs. McElligot: Lehn dich nur an meine Schulter, Kleine. Ich hab mehr Fleisch auf den Knochen als du.

Ginger: Ich gäb einen Sixpence für einen verdammten Glimmstengel, wenn ich einen verdammten Sixpence hätt'.

Charlie: Pack ein. Komm, lehn deine Birne an meine, Snouter. So ist's recht. Jesus, werd ich verdammt schlafen!

(Ein Tablett mit rauchenden Heringen wird vorbeigetragen, hinüber zum Tisch der Huren.)

Snouter (schläfrig): Noch mehr – Heringe. Möcht wissen, wie oft sie sich auf den Rücken gelegt hat, daß sie das alles bezahlen kann.

Mrs. McElligot (im Halbschlaf): Es war schon schade, war wirklich schade, als Michael sich abgeseilt hat und mich mit dem verdammten Baby und allem hat sitzenlassen...

Mrs. Bendigo (wütend, dem Teller Heringe mit einem anklagenden Finger folgend): Schaut euch das an, Mädels! Schaut euch das an! *Heringe!* Macht euch das nicht verdammt rasend? *Wir* kriegen keine Heringe zum Frühstück, was, Mädels? Die verdammten Huren schlingen die Heringe so blitzartig hinunter, wie sie sie aus der Pfanne schaufeln, und wir sitzen hier zu viert mit einer Tasse Tee und sind noch froh darum! Heringe!

Mr. Tallboys (in Bühnenpfarrermanier): Der Lohn der Sünde ist Heringe.

Ginger: Hauch mir nicht ins Gesicht, Deafie. Das haut mich verdammt um.

Charlie (im Schlaf): Charles-Wilson-betrunken-und-sinnlos-betrunken? – Jawohl – sechs Shilling – der-nächste-bitte!

Dorothy (an Mrs. McElligots Busen): O Freude, o Freude! (Sie schlafen.)

II

Und so geht es weiter.

Dorothy ertrug dieses Leben zehn Tage lang – oder, um genau zu sein, neun Tage und zehn Nächte. Schwer zu sagen, was sie sonst hätte tun können. Ihr Vater hatte sie offenbar völlig aufgegeben, und obwohl sie in London Freunde hatte, die ihr sofort geholfen hätten, fühlte sie, daß sie ihnen nach dem, was geschehen war, oder was angeblich geschehen war, nicht gegenübertreten konnte. Und an die organisierte Wohlfahrt wollte sie sich nicht wenden, weil das fast sicher zur Entdeckung ihres Namens geführt hätte, und dadurch möglicherweise zu einem neuerlichen Auflauf wegen der Rektorstochter.

Also blieb sie in London und stieß zu jenem seltsamen, seltenen, doch nie ganz ausgestorbenen Stamm – dem Stamm jener Frauen, die ohne Heim und ohne einen Pfennig Geld leben, sich jedoch so verzweifelt bemühen, diesen Umstand zu verheimlichen, daß sie damit beinahe Erfolg haben; Frauen, die in der Morgendämmerung ihre Gesichter an Wasserhydranten waschen, nach schlaflosen Nächten ihre Kleider sorgfältig glätten und sich so zurückhaltend und anständig benehmen, daß nur ihren unter der Sonnenbräune bleichen Gesichtern abzulesen ist, daß sie im Elend leben. Zum abgestumpften Bettler zu werden, wie die meisten rund um sie, das lag nicht in ihrer Natur. Die ersten vierundzwanzig Stunden auf dem Platz verbrachte sie ohne jeden Bissen, bis auf die Tasse Tee am Abend und dem Drittel einer Tasse, das sie am Morgen in Wilkins' Café bekommen hatte. Doch am Abend trat sie, angetrieben von Hunger und vom Beispiel der anderen, an eine fremde Frau heran, beherrschte mit Mühe ihre Stimme, und sagte: »Bitte, Madame, würden Sie mir zwei Pence geben? Ich habe seit gestern nichts gegessen.« Die Frau starrte sie an, öffnete aber ihre Börse und gab Dorothy drei Pence. Dorothy wußte es nicht, aber ihr gebildeter Akzent, der jeden ihrer Versuche, Arbeit als Bedienung zu finden, vereitelt hatte, war ihr beim Betteln eine unschätzbare Hilfe.

Danach fand sie, daß es wirklich ganz leicht war, den täglichen Shilling oder so, den sie brauchte, um am Leben zu bleiben, zu erbetteln. Aber dennoch bettelte sie nie – ihr kam es so vor, als wäre sie dazu einfach nicht imstande –, solange ihr Hunger nicht unerträglich war, oder wenn sie nicht den kostbaren Penny auftreiben mußte, der am Morgen ihr Paß für Wilkins' Caféhaus war. Mit Nobby auf dem Weg zu den Hopfenfeldern hatte sie ohne Furcht noch Skrupel gebettelt. Aber damals war es anders gewesen; sie hatte nicht begriffen, was sie tat. Jetzt konnte sie unter dem Druck von wirklichem Hunger ihren Mut so weit aufbieten und um ein paar Kupferstücke betteln, bei Frauen, deren Gesichter freundlich aussahen. Sie bettelte natürlich immer nur Frauen an. Einmal hatte sie versucht, einen Mann um Geld zu bitten – aber nur einmal.

Im übrigen gewöhnte sie sich an das Leben, das sie führte – gewöhnte sich an die endlosen schlaflosen Nächte, die Kälte, den Schmutz, die Langeweile und den schrecklichen Kommunismus des Platzes. Nach ein oder zwei Tagen spürte sie nicht einmal mehr einen Funken von Verblüffung über ihre Lage. Sie hatte schließlich, so wie die anderen rund um sie, diese ungeheuerliche Existenzform akzeptiert, als sei sie etwas Normales. Das gelähmte, leere Gefühl, das sie auf dem Weg zu den Hopfenfeldern gespürt hatte, hatte sie wieder übermannt, stärker als damals. Das ist die übliche Folge von Schlaflosigkeit und noch mehr von Kälte. Wenn man ständig im Freien lebt und höchstens für eine oder zwei Stunden einmal unter ein Dach kommt, dann dämpft das die Sinneswahrnehmungen genauso wie ein grelles Licht die Augen oder ein starkes Trommeln die Ohren. Man handelt und plant und leidet, und dabei ist alles irgendwie unscharf, irgendwie unwirklich. Die Welt, die innere wie die äußere, verwischt sich, bis sie beinahe die Verschwommenheit eines Traums erreicht.

Mittlerweile wurde sie der Polizei vom Aussehen her bekannt. Auf dem Square herrscht ein ständiges Kommen und Gehen, und es nimmt kaum einer vom anderen Notiz. Die Menschen tauchen aus dem Nichts auf mit ihren Geschirren und Bündeln, kampieren hier ein paar Tage und Nächte und verschwinden dann so geheimnisvoll, wie sie gekommen sind. Wenn man länger als eine Woche oder so bleibt, dann wird man bei der Polizei als gewohnheitsmäßiger Bettler vermerkt und früher oder später festgenommen. Es ist der Polizei nicht möglich, die Bettlergesetzgebung tatsächlich immer anzuwenden, aber von Zeit zu Zeit machen sie eine plötzliche Razzia und nehmen zwei oder drei Individuen fest, auf die sie seit längerem ein Auge hatten. Und so geschah es auch in Dorothys Fall.

Eines Abends ging sie »hops«, gemeinsam mit Mrs. McElligot und einer anderen Frau, deren Namen sie nicht kannte. Sie waren unvorsichtig gewesen und hatten eine scheußliche alte Dame mit einem Gesicht wie ein Pferd angebettelt, welche daraufhin prompt zum nächsten Polizisten gegangen war und sie angezeigt hatte.

Dorothy machte sich nicht viel daraus. Alles war jetzt wie im Traum – das Gesicht der gräßlichen alten Dame, die sie heftig beschuldigte, und der Gang zum Polizeiposten, mit der Hand eines jungen Polizisten leicht, fast ehrerbietig auf ihrem Arm; und dann die weiß gekachelte Zelle, mit dem väterlichen Wachtmeister, der ihr eine Tasse Tee durchs Gitter reichte und ihr erklärte, der Friedensrichter würde nicht zu streng mit ihr sein, wenn sie ein Geständnis ablegte. In der Zelle nebenan beschimpfte Mrs. McElligot den Wachtmeister, nannte ihn einen verdammten Schweinehund und verbrachte dann die halbe Nacht damit, ihr Schicksal zu beklagen. Aber Dorothy spürte nichts als eine vage Erleichterung darüber, an einem so warmen und sauberen Ort zu sein. Sie stieg sofort auf die Pritsche, die wie ein Bord an der Wand befestigt war, und schlief dann zehn Stunden lang, ohne sich zu rühren. Erst am folgenden Morgen fing sie an, sich ihrer Lage bewußt zu werden, als die grüne Minna, unter den Klängen von *Adeste Fideles* aus den Kehlen von fünf darin sitzenden Saufbrüdern, rasch zum Polizeigericht in der Old Street fuhr.

VIERTES KAPITEL

1

Dorothy hatte ihrem Vater Unrecht getan mit der Annahme, daß er willens wäre, sie auf der Straße verhungern zu lassen. Er hatte durchaus versucht, Verbindung mit ihr aufzunehmen, wenn auch auf eine umständliche und nicht sehr zweckdienliche Art.

Sein erstes Gefühl, nachdem er von Dorothys Verschwinden gehört hatte, war einfach Wut gewesen, sonst nichts. Gegen acht Uhr am Morgen, als er begonnen hatte, sich zu fragen, was denn aus seinem Rasierwasser geworden war, war Ellen in sein Schlafzimmer gekommen und hatte in einem irgendwie panikgeschwängerten Ton verkündet:

»Bitte, Sir, Miß Dorothy is nicht im Haus, Sir. Ich kann sie nirgends nicht finden!«

»Was?« sagte der Rektor.

»Sie is nicht im Haus, Sir! Und ihr Bett schaut nicht aus, als ob einer drin geschlafen hätt, Sir. Wenn Sie mich fragen, die is fort, Sir!«

»Fort!« rief der Rektor und richtete sich im Bett halb auf. »Was willst du damit sagen – *fort*?«

»Also, Sir, mir kommt vor, sie ist von zu Haus fortgelaufen, Sir!«

»Von zu Haus fortgelaufen! Zu *dieser* frühen Morgenstunde? Und was ist mit meinem Frühstück, bitte schön?«

Als der Rektor nach unten kam – unrasiert, da kein warmes Wasser gekommen war –, war Ellen bereits in der Stadt, um fruchtlose Erkundigungen nach Dorothy anzustellen. Eine Stunde verging, und sie kehrte nicht zurück. Worauf ein erschröckliches, noch nie dagewesenes Ereignis eintrat – etwas, dessen man sich noch am Totenbett erinnern würde; der Rektor war gezwungen, sich sein eigenes Frühstück zuzubereiten – ja, er mußte tatsächlich mit einem gemeinen schwarzen Teekessel und Scheiben von dänischem Speck herumhantieren – mit seinen eigenen priesterlichen Händen.

Danach war naturgemäß sein Herz auf ewig gegen Dorothy verhärtet. Den restlichen Tag über war er viel zu sehr damit beschäftigt, sich über unpünktliche Mahlzeiten zu empören, als daß er sich gefragt hätte, *warum* sie verschwunden war, und ob ihr nicht etwas zugestoßen sei. Der springende Punkt war eben, daß das verflixte Mädchen (er sagte mehrere Male »verflixtes Mädchen« und hätte beinahe etwas Stärkeres gesagt) überhaupt verschwunden war und dadurch den ganzen Haushalt auf den Kopf gestellt hatte. Am nächsten Tag jedoch wurde die Frage noch dringender, denn Mrs. Semprill verkündete jetzt nah und fern die Geschichte von der Entführung. Natürlich stritt der Rektor das heftig ab, aber tief in seinem Herzen hegte er den nagenden Verdacht, daß es wahr sein könnte. Das war genau die Art von Benehmen, so entschied er, die Dorothy ähnlich sähe. Ein Mädchen, das plötzlich aus dem Haus ging, ohne auch nur einen Gedanken an ihres Vaters Frühstück zu verschwenden, ein solches Mädchen war zu allem imstande.

Zwei Tage später bemächtigten sich die Zeitungen der Geschichte, und ein aufdringlicher junger Reporter kam nach Knype Hill und begann, Fragen zu stellen. Der Rektor machte alles noch schlimmer dadurch, daß er sich weigerte, sich von dem Reporter interviewen zu lassen, so daß Mrs. Semprills Version die einzige war, die in den Druck gelangte. Etwa eine Woche lang, bis die Zeitungen dieses Falls müde wurden und ihn zugunsten eines Plesiosaurus, der in der Themsemündung gesehen worden war, fallen ließen, genoß der Rektor eine gräßliche Berühmtheit. Er konnte kaum eine Zeitung aufschlagen, ohne irgendeine flammende Überschrift zu sehen über »Rektorstochter. Weitere Enthüllungen«, oder »Rektorstochter. Ist sie in Wien? Angeblich in billigem Nachtlokal gesichtet«. Endlich erschien ein Artikel im Sonntags-*Guckloch*, der begann: »Unten in einem Pfarrhaus in Suffolk sitzt ein gebrochener alter Mann und starrt auf die Wand«, und der so absolut unerträglich war, daß der Rektor seinen Rechtsanwalt bezüglich einer Verleumdungsklage konsultierte. Der Rechtsanwalt riet aber davon ab; das würde zwar möglicherweise zu einer Verurteilung führen, sagte er, sicherlich aber auch zu noch mehr Publizität. Also tat der Rektor nichts, und sein Zorn auf Dorothy, die diese Schande über ihn gebracht hatte, verhärtete sich, bis Vergebung unmöglich wurde.

Darauf kamen drei Briefe von Dorothy, in denen sie erklärte, was geschehen war. Natürlich glaubte der Rektor nie wirklich daran, daß Dorothy ihr Gedächtnis verloren hatte. Es war wirklich eine allzu fadenscheinige Geschichte. Er glaubte, daß sie entweder wirklich mit Mr. Warburton entflohen war oder sich irgendeine ähnliche Eskapade geleistet hatte und dann völlig mittellos in Kent gelandet war; auf jeden Fall – das hatte er ein für allemal entschieden, und kein Einwand würde ihn jemals davon abbringen können – war alles, was geschehen war, ganz allein ihre eigene Schuld. Der erste Brief, den er schrieb, war nicht an Dorothy selbst gerichtet, sondern an seinen Vetter Tom, den Baronet. Einem Mann von seiner Erziehung und Kinderstube war es zur zweiten Natur geworden, sich in jeder schwierigen Lebenslage an einen reichen Verwandten um Hilfe zu wenden. Er hatte in den letzten fünfzehn Jahren mit seinem Vetter kein Wort gewechselt, seit sie sich nämlich über der lächerlichen Frage eines Darlehens von fünfzig Pfund zerstritten hatten; nichtsdestoweniger schrieb er recht selbstbewußt und bat Sir Thomas, wenn irgend möglich mit Dorothy Verbindung aufzunehmen und ihr in London irgendeine Art von Arbeit zu suchen. Denn nach allem, was geschehen war, kam es natürlich nicht in Frage, sie etwa nach Knype Hill zurückkehren zu lassen.

Kurz danach trafen zwei verzweifelte Briefe von Dorothy ein, worin sie ihm schrieb, daß sie dem Verhungern nahe sei, und ihn anflehte, ihr etwas Geld zu schicken. Der Rektor war beunruhigt. Es dämmerte ihm – und das war das erstemal in seinem

Leben, daß er etwas Derartiges ernsthaft in Betracht zog –, daß man tatsächlich verhungern kann, wenn man kein Geld hat. Nachdem er die Sache also beinahe eine ganze Woche lang überdacht hatte, verkaufte er für zehn Pfund Wertpapiere und schickte seinem Vetter einen Scheck über zehn Pfund, die dieser bis zu Dorothys Erscheinen aufbewahren sollte. Zur gleichen Zeit sandte er an Dorothy selbst einen kühlen Brief, in dem er ihr mitteilte, sie möge sich am besten an Sir Thomas Hare wenden. Aber es vergingen noch einige weitere Tage, bis dieser Brief aufgegeben wurde, denn der Rektor hatte Bedenken, einen Brief an »Ellen Millborough« zu adressieren – er stellte sich vage vor, es sei gegen das Gesetz, falsche Namen zu benutzen –, und hatte dadurch natürlich viel zu lange gezögert. Dorothy war schon auf der Straße, als der Brief bei »Mary« eintraf.

Sir Thomas Hare war Witwer, ein gutherziger schafsköpfiger Mann von etwa fünfundsechzig, mit einem stumpfsinnigen rosa Gesicht und gezwirbeltem Schnurrbart. Er kleidete sich mit Vorliebe in karierte Übermäntel und Bowlerhüte mit gewellter Krempe, die gleichzeitig umwerfend flott und seit vier Jahrzehnten aus der Mode waren. Beim ersten Anblick machte er den Eindruck, als hätte er sich sorgfältig als Kavalleriemajor aus den Neunzigerjahren verkleidet, so daß man ihn kaum ansehen konnte, ohne an Knochen in Teufelssauce mit Brandy und Soda zu denken, an das Geklingel von Droschkenglocken und an den *Pink'Un* in seiner großen »Werfer«-Zeit und Lottie Collins und »Tarara-BUM-diöh«. Aber seine Haupteigenschaft war eine abgrundtiefe geistige Verschwommenheit. Er war einer dieser Menschen, die »wissen Sie, wissen Sie?« und »Was? Was?« sagen und mitten im Satz den Faden verlieren. Wenn er etwas nicht begriff oder in Schwierigkeiten war, dann schien sich sein Schnurrbart vorwärts zu sträuben, was ihm das Aussehen einer wohlwollenden, aber ungewöhnlich hirnlosen Garnele verlieh.

Wenn es nach ihm gegangen wäre, hätte Sir Thomas nicht den geringsten Drang verspürt, seinem Cousin zu helfen, denn Dorothy selbst hatte er nie gesehen, und den Rektor hielt er für einen schnorrenden armen Verwandten von der übelsten Sorte. Allerdings stand ihm diese Sache mit der »Rektorstochter« inzwischen tatsächlich bis zum Hals. Der vermaledeite Zufall, daß Dorothys Familienname derselbe war wie sein eigener, hatte sein Leben in den letzten zwei Wochen zur Hölle gemacht, und er sah weitere und ärgere Skandale voraus, wenn man sie noch länger auf freier Wildbahn beließ. Daher sandte er kurz vor seiner Abreise aus London zur Fasanenjagd nach seinem Butler, der gleichzeitig sein Vertrauter und intellektueller Führer war, und hielt einen Kriegsrat.

»Hören Sie her, Blyth, verdammt noch einmal«, sagte Sir Thomas garnelenhaft (Blyth war der Name des Butlers), »nehme an, Sie haben das ganze verdammte Zeug in den Zeitungen gelesen, he? Dieses Zeug über die ›Rektorstochter‹? Über diese verdammte Nichte von mir.«

Blyth war ein kleiner Mann mit scharfen Gesichtszügen und einer Stimme, die sich nie über ein Flüstern erhob. Es war eine Stimme, die dem Schweigen so nahe war, wie eine Stimme eben noch sein kann. Nur wenn man seine Lippen beobachtete und gleichzeitig scharf aufpaßte, konnte man alles mitbekommen von dem, was er sagte. In diesem Fall entsandten seine Lippen Zeichen, die dahin gingen, daß Dorothy Sir Thomas' Cousine war, nicht seine Nichte.

»Was, meine Cousine ist sie, ja?« sagte Sir Thomas. »Ja, ja, das ist sie, bei Zeus! Also, hören Sie einmal, Blyth, was ich sagen will – es wird langsam Zeit, daß wir das verdammte Mädel schnappen und sie irgendwo einsperren. Sie verstehen mich? Müssen sie schnappen, bevor es noch *mehr* Auflauf gibt. Treibt sich irgendwo in London herum, nehme ich an. Wie kommt man ihr am besten auf die Spur? Polizei? Privatdedektive und der ganze Kram? Meinen Sie, wir könnten es schaffen?«

Blyths Lippen zeigten Ablehnung. Es müßte möglich sein, so schien er zu sagen, Dorothy ausfindig zu machen, ohne die Polizei beizuziehen und dadurch unangenehmes Aufsehen zu erregen.

»Guter Mann!« sagte Sir Thomas. »Dann machen Sie sich daran. Kosten egal. Ich gäbe fünfzig Quid, wenn mir eine Neuauflage der ›Rektorstochter‹ erspart bliebe. Und um Himmels willen, Blyth«, fügte er vertraulich hinzu, »wenn Sie das verdammte Mädel einmal geschnappt haben, lassen Sie sie nicht mehr aus den Augen. Bringen Sie sie hier ins Haus und sorgen Sie dafür, daß sie hier bleibt. Sie verstehen mich? Halten Sie sie hinter Schloß und Riegel, bis ich zurück bin. Weiß der Himmel, was sie sonst wieder anstellt.«

Sir Thomas hatte Dorothy natürlich nie gesehen, daher war es verzeihlich, daß er aufgrund der Zeitungsberichte dieses Bild von ihr gewonnen hatte.

Blyth brauchte etwa eine Woche, um Dorothy ausfindig zu machen. An dem Morgen an dem sie aus der Zelle des Polizeigerichts kam (sie hatten sie zur Zahlung von sechs Shilling, und dann wegen Nichtzahlung zu zwölf Stunden Haft verurteilt; Mrs. McElligot bekam, weil mehrfach vorbestraft, sieben Tage), trat Blyth an sie heran, hob seinen Bowlerhut einen Viertelzoll vom Kopf hoch und fragte geräuschlos, ob sie nicht Miß Dorothy Hare sei. Beim zweiten Anlauf verstand Dorothy, was er sagte, und gab zu, sie sei tatsächlich Miß Dorothy Hare, worauf Blyth erklärte, von ihrem Cousin geschickt zu sein, dem viel daran läge, ihr zu helfen, und daß sie ihm unverzüglich nach Haus folgen möge.

Dorothy folgte ihm ohne weitere Worte. Es schien eigenartig, daß ihr Cousin plötzlich solches Interesse an ihr nahm, aber nicht eigenartiger als die anderen Dinge, die in der letzten Zeit geschehen waren. Sie nahmen den Bus zum Hyde Park Corner, Blyth bezahlte die Fahrkarten, und gingen dann zu Fuß zu einem großen, teuer aussehenden Haus mit geschlossenen Fensterläden auf der Grenze zwischen Knightsbridge und Mayfair. Sie schritten einige Stufen hinunter, und Blyth zog einen Schlüssel hervor und führte sie hinein. Dergestalt kehrte Dorothy nach einer Abwesenheit von über sechs Wochen in die anständige Gesellschaft zurück, und zwar über die Lieferantentreppe.

Sie verbrachte drei Tage in dem leeren Haus, bevor ihr Cousin zurückkehrte. Es war eine eigenartige, einsame Zeit. Es gab mehrere Dienstboten in dem Haus, aber sie sah niemanden außer Blyth, der ihr die Mahlzeiten brachte und sich geräuschlos mit ihr unterhielt, mit einer Mischung aus Ehrerbietung und Mißbilligung. Er konnte sich nicht entscheiden, ob sie eine junge Dame von Familie oder eine gerettete Magdalena war, und behandelte sie daher als etwas zwischen beidem. Das Haus hatte jene gedrückte, leichenhafte Atmosphäre, wie man sie in Häusern findet, deren Herr abwesend ist, so daß man unwillkürlich auf Zehenspitzen geht und die Jalousien vor den Fenstern nicht öffnet. Dorothy wagte es nicht einmal, die Gesellschaftsräume zu betreten. Sie hielt sich den ganzen Tag über in einem Zimmer im obersten Stockwerk versteckt, einem verstaubten, vergessenen Raum, der eine Art Museum für Kitsch seit 1880 war. Lady Hare, vor fünf Jahren verblichen, war eine eifrige Sammlerin von Trödel gewesen, und bei ihrem Tod war das meiste davon in diesem Raum hier verstaut worden. Es war eine umstrittene Sache, ob das seltsamste Objekt eine vergilbte Photographie von Dorothys Vater war, achtzehnjährig, aber mit Ehrfurcht gebietendem Backenbart, der etwas steif neben einem »gewöhnlichen« Fahrrad stand – das war 1888; oder aber eine kleine Schachtel aus Sandelholz mit der Aufschrift: »Brotstück, berührt von Cecil Rhodes beim Südafrikanischen Stadt- und Staatsbankett, Juni 1897.« Die einzigen Bücher in dem Raum waren irgendwelche schauerlichen Schulpreise, errungen von Sir Thomas' Kindern – er hatte drei, das jüngste war im gleichen Alter wie Dorothy.

Es war offensichtlich, daß die Dienstboten Order hatten, sie nicht außer Haus zu lassen. Allerdings war der Scheck ihres Vaters über zehn Pfund eingetroffen, und mit einiger Schwierigkeit gelang es ihr schließlich, Blyth zu überreden, daß er ihn einlöste, und am dritten Tag ging sie fort und kaufte sich einige Kleider. Sie kaufte sich einen Tweedmantel von der Stange, einen dazu passenden Rock und Pullover, einen Hut und ein wirklich billiges Kleid aus Kunstseide; außerdem ein Paar ganz passabler brauner Schuhe, drei Paar Florstrümpfe, eine gräuliche, billige kleine Handtasche, und ein Paar graue Baumwollhandschuhe, die aus der Entfernung für Sämischleder gelten mochten. Das kam auf acht Pfund zehn Shilling, und mehr wagte sie nicht auszugeben. Unterwäsche, Nachtwäsche und Taschentücher mußten eben noch warten. Schließlich kommt es auf die Kleidung an, die man sieht.

Sir Thomas traf am nächsten Tag ein und erholte sich nie richtig von der Überraschung, die Dorothys Aussehen ihm bereitete. Er hatte eine geschminkte und gepuderte Sirene erwartet, die ihn mit Versuchungen verlockte, denen zu erliegen er, leider!, nicht mehr imstande war; und dieses ländlich ungeschickte, altjüngferliche Mädchen warf alle seine Erwartungen über den Haufen. Bestimmte vage Vorstellungen, die ihm durch den Kopf geschwebt waren, daß er ihr eine Stelle als Maniküre und vielleicht als Privatsekretärin eines Buchmachers finden würde, schwebten wieder aus seinem Kopf hinaus. Von Zeit zu Zeit ertappte Dorothy ihn dabei, wie er sie mit einem verwirrten, garnelenhaften Blick betrachtete, sich offensichtlich den Kopf zerbrechend, wie, zum Teufel, dieses Mädchen jemals eine Rolle bei einer Entführung gespielt haben konnte. Es hatte natürlich so gut wie keinen Sinn, ihm zu erklären, daß sie ja gar nicht entführt worden war. Sie hatte ihm ihre Version der Geschichte erzählt, die er mit einem ritterlichen »Aber natürlich, meine Liebe, natürlich!« angehört hatte, woraufhin er in jedem zweiten Satz verraten hatte, daß er ihr nicht glaubte.

Zwei Tage lang wurde nichts Definitives unternommen. Dorothy führte weiter ihr einsames Leben in dem Zimmer unter dem Dach, und Sir Thomas ging zu den meisten Mahlzeiten in seinen Club, und am Abend gab es Gespräche von der unbeschreiblichsten Vagheit. Sir Thomas war ernsthaft daran interessiert, für Dorothy eine Stellung zu finden, aber es fiel ihm äußerst schwer, sich jeweils länger als fünf Minuten zu merken, wovon überhaupt die Rede war. »Schön, meine Liebe«, so begann er zum Beispiel,

»du wirst natürlich verstehen, daß mir viel daran liegt, für dich zu tun, was ich kann. Klar, wo ich dein Onkel bin, und so weiter – was? Was ist das? Nicht dein Onkel? Nein, tatsächlich nicht, beim Zeus! Cousin – ja, ja, das ist's; Cousin. Schön, schön, nun ja, meine Liebe, wo ich also dein Cousin – also, wovon sprach ich gerade?« Wenn Dorothy ihn dann zurück zum Thema geführt hatte, dann verfiel er auf Vorschläge wie: »Schön, also zum Beispiel, meine Liebe, wärst du nicht gern Gesellschafterin bei einer alten Dame? Bei irgendeinem lieben alten Mädchen, weißt du – schwarze Handschuhe und Gelenkrheumatismus. Stirbt und hinterläßt dir zehntausend Quid und die Sorgepflicht für den Papagei. Was, was?« – was sie nicht viel weiter brachte. Dorothy wiederholte mehrere Male, daß sie lieber Hausmädchen oder Stubenmädchen wäre, aber davon wollte Sir Thomas nichts hören. Schon allein die Vorstellung weckte einen Klasseninstinkt in ihm, an den er sich vor lauter Zerstreutheit sonst nicht erinnerte. »Was!« sagte er dann. »Ein verflixter Dienstbolzen? Mädchen mit deiner Kinderstube? Nein, meine Liebe – nein, nein! *Das* geht wirklich nicht, verflixt!«

Schließlich jedoch wurde alles arrangiert, und zwar überraschend einfach, nicht durch Sir Thomas, der nicht fähig war, irgend etwas zu arrangieren, sondern durch seinen Rechtsanwalt, den zu konsultieren ihm plötzlich eingefallen war. Und der Rechtsanwalt hatte, ohne Dorothy auch nur zu sehen, eine Stellung für sie vorschlagen können. Sie könne doch, meinte er, so gut wie sicher eine Stellung als Lehrerin finden. Diese Arbeit war von allen am leichtesten zu bekommen.

Sir Thomas war von dem Vorschlag, der ihm als ungemein passend erschien, sehr angetan. (Er dachte bei sich, daß Dorothy genau die Art von Gesicht hatte, wie es sich für eine Schulmamsell gehörte.) Aber Dorothy war zunächst, als sie davon hörte, ganz fassungslos.

»Eine Lehrerin!« sagte sie. »Aber das ist doch nicht möglich! Ich bin sicher, keine Schule würde mir eine Stelle geben. Es gibt keinen einzigen Gegenstand, den ich unterrichten könnte.«

»Was? Was ist das? Nicht unterrichten können! Ach, verflixt noch einmal! Natürlich kannst du! Wo liegt die Schwierigkeit?«

»Aber ich weiß doch nicht genug! Ich habe niemals irgend jemanden irgend etwas gelehrt, außer den Pfadfinderinnen Kochen. Als Lehrer muß man doch entsprechend qualifiziert sein.«

»Ach, Unsinn! Unterrichten ist das einfachste von der Welt. Gutes solides Lineal – hau sie damit auf die Knöchel. Die werden froh sein, wenn sie eine junge Frau mit guter Kinderstube bekommen, um ihren Knirpsen das ABC beizubringen. Das ist genau das richtige für dich, meine Liebe – Schulmamsell. Du bist dafür wie geschaffen.«

Und tatsächlich wurde Dorothy eine Schulmamsell. Der unsichtbare Rechtsanwalt hatte in weniger als drei Tagen alles Nötige abgewickelt. Es stellte sich heraus, daß eine gewisse Mrs. Creevy, die im Vorort Southbridge eine Tagesschule für Mädchen führte, eben eine Gehilfin suchte und durchaus geneigt war, Dorothy die Stellung zu überlassen. Wie das alles so rasch hatte gehen können, und was für eine Sorte von Schule das war, die einen vollkommen fremden Menschen, noch dazu einen ohne Qualifikation, mitten im Semester aufzunehmen bereit war, das konnte Dorothy sich nur schwer vorstellen. Sie konnte natürlich nicht wissen, daß ein Schmiergeld von fünf Pfund, fälschlich Prämie genannt, die Hände gewechselt hatte.

Und so machte sich Dorothy, genau zehn Tage nach ihrer Verhaftung wegen Bettelei, auf den Weg zur Ringwood House Academy, Brough Road, Southbridge, mit einem kleinen Koffer, der eine anständige Menge Kleider enthielt, und vier Pfund zehn Shilling in ihrem Portemonnaie – denn Sir Thomas hatte ihr ein Geschenk von zehn Pfund gemacht. Als sie an die Leichtigkeit dachte, mit der diese Arbeit für sie gefunden worden war, und dann an ihr elendes Dasein von vor drei Wochen, da fand sie den Gegensatz verblüffend, und sie erkannte so deutlich wie nie zuvor die geheimnisvolle Macht des Geldes. Es erinnerte sie an einen Lieblingsausspruch von Mr. Warburton, daß nämlich, wenn man den ersten Korintherbrief, Kapitel dreizehn, nahm und in jedem Vers statt »Liebe« »Geld« sagte, dieses Kapitel zehnmal soviel Sinn hatte als wie zuvor.

II

Southbridge war ein widerwärtiger Vorort, zehn oder zwölf Meilen von London entfernt. Brough Road lag irgendwo mitten drin, in Labyrinthen von schäbig anständigen Straßen von ununterscheidbarer Ähnlichkeit, mit ihren Reihen von Doppelhäusern, ihren Liguster- und Lorbeerhecken, ihren Flecken mit mickrigem Gebüsch an den Kreuzungen, so daß man sich fast so leicht verirren konnte wie im brasilianischen Urwald. Nicht nur die Häuser selbst, sondern auch ihre Namen zeigten die gleiche endlose Wiederholung. Wenn man, sich Brough Road nähernd, die Namen an den Eingängen las, dann hatte man das Gefühl, als würde man von irgendeinem halb vergessenen Gedicht verfolgt; machte man sich die Mühe, es zu identifizieren, dann stellte sich heraus, daß es die beiden Anfangszeilen von »Lycidas« waren.

Ringwood House war ein düster aussehendes Doppelhaus aus gelben Ziegeln, drei Stockwerke hoch; die unteren Fenster versteckten sich hinter zerfressenen, staubigen Lorbeerbüschen vor der Straße. Über dem Lorbeer an der Vorderfront des Hauses befand sich ein Brett, auf dem mit vergilbten Goldbuchstaben geschrieben stand:

RINGWOOD HOUSE ACADEMY FÜR MÄDCHEN
Alter 5–18
Musik- und Tanzunterricht
Prospekt hier erhältlich

Rand an Rand mit diesem Brett, jedoch auf der anderen Hälfte des Hauses, befand sich ein zweites Brett, auf dem stand:

RUSHINGTON GRANGE OBERSCHULE FÜR KNABEN
Alter 6–16
Buchhaltung und Handelsarithmetik Spezialität des Hauses
Prospekt hier erhältlich

Im Bezirk wimmelte es nur so von kleinen Privatschulen; allein in Brough Road gab es vier von ihnen. Mrs. Creevy, die Direktorin von Ringwood House, und Mr. Boulger, der Direktor von Rushington Grange, befanden sich im Kriegszustand, obwohl ihre Interessen keineswegs kollidierten. Niemand wußte, worum die Fehde ging, nicht einmal Mrs. Creevy oder Mr. Boulger selbst; es war eine Fehde, die sie von den früheren Besitzern der beiden Schulen geerbt hatten. Morgens nach dem Frühstück schritten sie jeder in seinem Hintergarten auf und ab, die sehr niedrige Mauer entlang, die sie voneinander trennte, taten, als würden sie einander nicht sehen, und grinsten vor Haß.

Dorothys Mut sank beim Anblick von Ringwood House. Sie hatte nichts besonders Großartiges oder Anheimelndes erwartet, aber doch etwas, das ein bißchen besser war als dieses schäbige, düstere Haus, das kein einziges erleuchtetes Fenster hatte, obwohl es nach acht Uhr abends war. Sie klopfte ans Tor, und es wurde von einer Frau geöffnet, groß und hager in dem dunklen Flur wirkend, die Dorothy für eine Bedienung hielt, die aber in Wirklichkeit Mrs. Creevy selbst war. Ohne ein Wort, bis auf eine Frage nach Dorothys Namen, ging die Frau eine dunkle Treppe voran in ein dämmriges, kaltes Wohnzimmer, wo sie eine Gaslampe andrehte, so daß ein schwarzes Klavier, ein paar mit Roßhaar gepolsterte Stühle und einige vergilbte, gespenstische Photographien an den Wänden zum Vorschein kamen.

Mrs. Creevy mußte wohl so um die vierzig sein, sie war mager, hart und eckig und hatte abrupte, entschlossene Bewegungen, die auf einen starken Willen und wahrscheinlich einen gewalttätigen Charakter deuteten. Obwohl sie nicht im geringsten verschmutzt oder unordentlich war, lag etwas Verfärbtes in ihrer Erscheinung, als würde sie ihr ganzes Leben in schlechter Beleuchtung verbringen; und der Ausdruck ihres Mundes, verbissen und unangenehm geformt, wie er war, mit der Unterlippe nach unten gedreht, erinnerte an den einer Kröte. Sie sprach in scharfem Befehlston, einem ungebildeten Akzent und gelegentlichen vulgären Wendungen. Man erkannte in ihr auf den ersten Blick eine Person, die genau wußte, was sie wollte, und die es sich so skrupellos beschaffen würde wie eine Maschine; nicht geradezu ein Tyrann – man konnte irgendwo aus ihrer Erscheinung schließen, daß sie sich nicht genug für einen interessieren würde, um einen zu tyrannisieren –, aber eine Person, die einen ausnützen und dann wegwerfen würde, ohne Gewissensbisse, als handle es sich um eine abgenutzte Bodenbürste.

Mrs. Creevy verschwendete keine Worte auf eine Begrüßung. Sie wies Dorothy in einen Stuhl, was eher als Befehl denn als Einladung zum Sitzen wirkte, und nahm dann selbst Platz, die Hände in den knochigen Unterarmen verschränkt.

»Ich hoffe, daß Sie und ich gut miteinander auskommen werden, Miß Millborough«, begann sie mit durchdringender Feldwebelstimme. (Auf Anraten von Sir Thomas unerschöpflichem Rechtsanwalt war Dorothy bei dem Namen Ellen Millborough geblieben.) »Und ich hoffe, ich werde mit Ihnen nicht die gleichen Scherereien haben wie mit meinen beiden letzten Gehilfinnen. Sie sagen, Sie hatten bisher noch keine Unterrichtserfahrung?«

»Nicht in einer Schule«, antwortete Dorothy – in ihrem Einführungsbrief war davon geflunkert woden, daß sie Erfahrung in »Privatunterricht« habe.

Mrs. Creevy maß Dorothy von oben bis unten, als frage sie sich, ob sie sie in die innersten Geheimnisse des Unterrichtens einführen solle, schien sich jedoch schließlich dagegen zu entscheiden.

»Nun, wir werden sehen«, sagte sie. »Ich muß sagen«, fügte

sie im Ton einer Beschwerde hinzu, »es ist nicht leicht, heutzutage eine gute, arbeitsame Gehilfin zu finden. Man gibt ihnen einen guten Lohn und gute Behandlung, und man erntet nichts als Undank. Die letzte, die ich hatte – die, die ich gerade hinausgeschmissen habe – Miß Strong, die war nicht so übel, was den Unterricht anging; sie war sogar ein B. A. und was könnte man Besseres sein als ein B. A., falls man nicht ein M. A. ist. Sie sind nicht zufällig ein B. A. oder ein M. A., was, Miß Millborough?«

»Nein, leider nicht«, sagte Dorothy.

»Tja, schade. Es sieht auf dem Prospekt so viel besser aus, wenn man ein paar Buchstaben nach dem Namen hat. Nun ja, darauf kommt es vielleicht nicht an. Ich glaube nicht, daß irgend jemand von *unseren* Eltern weiß, was ein B. A. bedeutet; und sie legen keinen Wert darauf, ihre Unwissenheit zu zeigen. Ich nehme an, daß Sie Französisch sprechen, natürlich?«

»Also – ich habe Französisch gelernt.«

»Gut, gut, das reicht schon. Nur damit wir es in den Prospekt schreiben können. Also, um auf das vorige zurückzukommen, als Lehrerin war Miß Strong in Ordnung, aber sie entsprach nicht meinen Vorstellungen von dem, was ich die *moralische* Seite nenne. Wir in Ringwood House sind sehr stark auf der moralischen Seite. Sie werden sehen, daß dies dasjenige ist, was bei den Eltern am meisten zählt. Und die vor Miß Strong, Miß Brewer – also, die hatte, was ich einen schwachen Charakter nenne. Wenn man einen schwachen Charakter hat, dann kommt man mit den Mädchen nicht zurecht. Der Enderfolg war, daß eines Morgens ein Mädchen mit einer Streichholzschachtel unter den Katheder kroch und Miß Brewers Rock anzündete. Natürlich konnte ich sie daraufhin nicht länger hier behalten. Die ging mir noch am selben Nachmittag aus dem Haus – und Referenzen bekam sie von mir auch keine, das kann ich Ihnen sagen!«

»Sie meinen, Sie haben das Mädchen von der Schule gewiesen?« fragte Dorothy, die sich nicht zurechtfand.

»Was? Das *Mädchen*? Aber doch nicht das Mädchen! Sie glauben doch wohl nicht, daß ich hingehe und mich selbst um

Schulgelder bringe, oder? Ich meine, ich warf Miss Brewer hinaus, nicht das *Mädchen.* Es tut nicht gut, wenn man Lehrer hat, die den Kindern Unverschämtheiten erlauben. Wir haben zur Zeit einundzwanzig in der Klasse, und Sie werden sehen, daß man eine starke Hand braucht, um sie in Schach zu halten.«

»Sie unterrichten selbst nicht?« fragte Dorothy.

»Guter Gott, nein!« sagte Mrs. Creevy beinahe verächtlich. »Dazu habe ich viel zu viel am Hals, um meine Zeit mit *Unterrichten* zu verschwenden. Jemand muß sich um das Haus kümmern, und sieben von den Kindern essen hier zu Mittag – und ich habe jetzt nur eine Putzfrau. Außerdem verbringe ich meine ganze Zeit damit, die Schulgelder aus den Eltern herauszubekommen. Schließlich ist das Schulgeld das, worauf es ankommt, oder nicht?«

»Ja. Ich glaube schon«, antwortete Dorothy.

»Also, wir sprechen jetzt besser über ihren Lohn«, fuhr Mrs. Creevy fort. »Während des Semesters bekommen Sie Unterkunft und Verpflegung und zehn Shilling die Woche; in den Ferien nur Unterkunft und Verpflegung. Für Ihre Wäsche können Sie den Kupferkessel in der Küche benutzen, und jeden Samstagabend heize ich den Boiler für ein heißes Bad; zumindest *fast* jeden Samstagabend. Den Raum, in dem wir jetzt sind, können Sie nicht benützen, denn das ist mein Empfangszimmer, und ich möchte nicht, daß Sie in Ihrem Schlafzimmer Gas verschwenden. Aber das Frühstückszimmer können Sie benutzen, wann Sie wollen.«

»Ich danke Ihnen«, sagte Dorothy.

»Schön, ich glaube, das wäre alles. Sie sind wahrscheinlich reif fürs Zubettgehen? Zu Abend gegessen haben Sie sicher schon längst, nicht wahr?«

Das sollte ganz offensichtlich bedeuten, daß Dorothy heute abend nichts mehr zu essen bekommen würde, daher antwortete sie mit Ja, was nicht der Wahrheit entsprach, und damit war das Gespräch zu Ende. Das war immer Mrs. Creevys Art – sie unterhielt sich nie mit jemandem länger als unbedingt nötig. Und was sie sagte, war so bestimmt, so präzis zur Sache, daß man es kein Gespräch nennen konnte, sondern eher das Skelett eines Gesprächs; wie die Dialoge in einem schlecht geschriebenen Roman, wo alle ein bißchen zu typisch reden. Überhaupt war bei ihr von *Sprechen* in der eigentlichen Bedeutung des Wortes gar nicht die Rede; sie sagte einfach nur, auf ihre kurze und mürrische Art, was eben gesagt werden mußte, und entledigte sich dann so rasch als möglich ihres Gesprächspartners. Darauf führte sie Dorothy über einen Korridor zu ihrem Schlafzimmer und entzündete einen Gasstrahler, nicht größer als eine Eichel, worauf ein öder Raum sichtbar wurde, mit einem schmalen Bett mit weißer Steppdecke, einem wackeligen Schrank, einem Stuhl und einem Waschtisch mit einem frostig aussehenden weißen Porzellanbecken und Waschkrug. Es war sehr ähnlich wie die Schlafzimmer in Logierhäusern am Meer, nur fehlte hier das eine, was diesen Räumen eine Spur von Häuslichkeit und Anstand verleiht – der Text über dem Bett.

»Das ist Ihr Zimmer«, sagte Mrs. Creevy, »und ich kann nur hoffen, daß Sie etwas besser Ordnung halten als Miß Strong. Und lassen Sie nicht die halbe Nacht das Gas brennen, bitte, denn ich kann an der Spalte unter der Tür sehen, um wieviel Uhr Sie abdrehen.«

Mit diesen Abschiedsworten überließ sie Dorothy sich selbst. Der Raum war trostlos kalt; überhaupt hatte das ganze Haus eine eisig feuchte Atmosphäre, als würde kaum jemals hier Feuer gemacht. Dorothy ging so schnell als möglich zu Bett, weil es dort noch am wärmsten war. Als sie ihre Kleider einräumte, fand sie oben auf dem Schrank einen Pappkarton, der nicht weniger als neun leere Whiskyflaschen enthielt – Andenken, wahrscheinlich, an Miß Strongs Schwäche auf der *moralischen* Seite.

Um acht Uhr früh ging Dorothy hinunter und fand Mrs. Creevy bereits beim Frühstück, und zwar in dem sogenannten »Frühstückszimmer«. Es war das ein ziemlich kleiner Raum gleich neben der Küche, der sein Leben als Spülküche begonnen hatte; doch Mrs. Creevy hatte ihn durch das simple Verfahren, daß sie Spülstein und Kupferkessel in die Küche übersiedelte, in das »Frühstückszimmer« verwandelt. Der Frühstückstisch, bedeckt mit einem Tuch aus grobem Stoff, war sehr groß und abweisend kahl. Oben an Mrs. Creevys Ende war ein Tablett mit einer sehr kleinen Teekanne und zwei Tassen, ein Teller mit zwei lederigen Spiegeleiern und eine Marmeladeschale; in der Mitte, gerade in Dorothys Reichweite, wenn sie die Hand ausstreckte, stand ein Teller mit Brot und Butter; und neben ihrem Teller – als wäre das das einzige, das man ihr anvertrauen konnte – ein Essig-und-Öl-Ständer mit irgendwelchem vertrockneten, klebrigen Zeug in den Flaschen.

»Guten Morgen, Miß Millborough«, sagte Mrs. Creevy. »Heute morgen macht es nichts, da dies der erste Tag ist, aber denken Sie bitte ein anderes Mal daran, daß ich Sie rechtzeitig hier unten haben möchte, damit Sie mir beim Frühstückmachen helfen können.«

»Entschuldigen Sie bitte«, sagte Dorothy.

»Ich hoffe, Sie mögen Spiegeleier zum Frühstück?« fuhr Mrs. Creevy fort.

Dorothy beeilte sich zu versichern, daß sie Spiegeleier sehr gerne mochte.

»Schön, das trifft sich günstig, denn Sie werden immer das gleiche haben müssen wie ich. Also hoffe ich, daß Sie beim Essen nicht, wie ich es nenne, *heikel* sein werden. Ich finde immer«, fügte sie hinzu und nahm Messer und Gabel auf, »daß ein Spiegelei so viel besser schmeckt, wenn man es vor dem Essen ordentlich kleinschneidet.«

Sie zerschnitt die beiden Eier in dünne Streifen und teilte sie dann so auf, daß Dorothy etwa zwei Drittel eines Eis bekam. Mit einiger Schwierigkeit dehnte Dorothy ihren Eier-Bruchteil so weit aus, daß es zu einem halben Dutzend Bissen reichte, und dann, nachdem sie eine Schnitte Brot und Butter genommen hatte, blickte sie unwillkürlich hoffnungsvoll in die Richtung der Marmeladeschale. Aber Mrs. Creevy saß mit ihrem mageren linken Arm – nicht geradezu *rund* um die Marmelade, aber in schützender Haltung zu ihrer Linken, als befürchte sie von seiten Dorothys einen Angriff. Da verließ Dorothy der Mut, und sie bekam an diesem Morgen keine Marmelade – und auch nicht an vielen kommenden Morgen.

Mrs. Creevy sagte beim Frühstück nichts weiter, doch bald verkündete das Geräusch von Füßen draußen auf dem Kies und von quäkenden Stimmen drinnen im Klassenzimmer, daß die Mädchen langsam eintrafen. Sie kamen durch eine Seitentür, die für sie offen gehalten wurde. Mrs. Creevy stand vom Tisch auf und knallte die Frühstückssachen aufs Tablett. Sie gehörte zu jenen Frauen, die nie irgend etwas bewegen können, ohne daß es knallt; sie war so voll Geklopfe und Gehämmer wie ein Poltergeist. Dorothy trug das Tablett in die Küche, und als sie zurückkam, holte Mrs. Creevy ein Ein-Penny-Rechenheft aus einer Lade in der Anrichte und legte es offen auf den Tisch.

»Werfen Sie einmal einen Blick darauf«, sagte sie. »Hier ist die Liste der Mädchennamen, die ich für Sie vorbereitet habe. Ich möchte, daß Sie sie bis heute abend alle auswendig wissen.« Sie befeuchtete ihren Daumen und blätterte über drei Seiten: »Hier, sehen Sie diese drei Listen?«

»Ja«, sagte Dorothy.

»Also, diese drei Listen müssen Sie einfach auswendig lernen, und streng darauf achten, welche Mädchen auf welcher Liste stehen. Denn Sie dürfen keinesfalls glauben, daß alle Mädchen gleich zu behandeln sind. Davon ist keine Rede – nicht im geringsten. Verschiedene Mädchen, verschiedene Behandlung – das ist mein System. Hier, sehen Sie die Gruppe auf der ersten Seite?«

»Ja«, sagte Dorothy wieder.

»Also, die Eltern von dieser Gruppe sind, was ich *gute* Zahler nenne. Sie verstehen, was ich damit meine? Das sind die, die prompt bar bezahlen und die wegen einer halben Guinea extra ab und zu keinen Auflauf machen. Von dieser Gruppe dürfen Sie kein Mädchen schlagen, unter keinen Umständen. Diese Gruppe hier sind die *mittelmäßigen* Zahler. Ihre Eltern zahlen zwar früher oder später, aber aus denen bekommt man das Geld erst heraus, wenn man Tag und Nacht hinter ihnen herläuft. Denen können Sie einen Klaps geben, wenn sie frech werden, aber ja nicht so, daß ihre Eltern eine Spur davon sehen. Wenn Sie *meinen* Rat haben wollen: bei Kindern ist es das beste, ihnen die Ohren zu verdrehen. Haben Sie das schon versucht?«

»Nein«, sagte Dorothy.

»Also ich finde das am zweckmäßigsten. Es hinterläßt keine Spuren, und die Kinder können es nicht ertragen. Also, diese drei hier drüben sind die *schlechten* Zahler. Ihre Väter sind schon zwei Semester im Rückstand, und ich erwäge einen Brief von meinem Rechtsanwalt. Was sie *denen* tun, ist mir ganz egal – nur daß kein Fall fürs Polizeigericht daraus wird, natürlich. Nun, soll ich Sie jetzt hineinbringen und mit den Mädeln anfangen lassen? Dieses Heft nehmen Sie am besten mit, und behalten Sie es nur die ganze Zeit im Auge, daß da ja keine Fehler vorkommen.«

Sie gingen ins Klassenzimmer. Es war ein ziemlich großer Raum, mit grauen Tapeten, die in dem trüben Licht noch grauer wirkten, denn die dichten Lorbeerhecken draußen nahmen den Fenstern das Licht, so daß kein direkter Sonnenstrahl jemals ins Zimmer dringen konnte. Neben dem leeren Kamin stand das Lehrerpult, außerdem gab es ein Dutzend kleiner Doppelpulte, eine helle Tafel und auf dem Kaminsims eine schwarze Uhr, die wie ein Miniatur-Mausoleum aussah; aber keine Landkarten, keine Bilder, noch auch, soweit Dorothy sehen konnte, irgendwelche Bücher. Die einzigen Gegenstände in dem Raum, die man allenfalls dekorativ hätte nennen können, waren zwei Bogen schwarzes Papier, mit Reißzwecken an die Wand geheftet, worauf mit Kreide wunderschön und wie gestochen etwas geschrieben stand; auf dem einen Bogen: »Reden ist Silber, Schweigen ist Gold«, und auf dem anderen: »Pünktlichkeit ist die Höflichkeit der Könige«.

Die Mädchen – es waren ihrer einundzwanzig – saßen schon an ihren Pulten. Beim Geräusch der sich nähernden Schritte waren sie verstummt, und als Mrs. Creevy eintrat, schienen sie in ihren

Sitzen zu schrumpfen, wie kleine Rebhühner, wenn ein Falke aufsteigt. Es waren fast lauter stumpf aussehende, lethargische Kinder mit schlechtem Teint, und Polypen schienen unter ihnen ungewöhnlich häufig. Die älteste war vielleicht fünfzehn Jahre alt, die jüngste war kaum älter als ein Baby. Die Schule hatte keine Uniform, und ein oder zwei Kinder wirkten beinahe zerlumpt.

»Steht auf, Mädchen«, sagte Mrs. Creevy, als sie am Lehrerpult angelangt war. »Wir beginnen mit dem Morgengebet.«

Die Mädchen standen auf, falteten ihre Hände und schlossen ihre Augen. Sie wiederholten das Gebet im Chor, mit schwachen, piepsenden Stimmen; Mrs. Creevy als Vorbeterin beobachtete sie die ganze Zeit über mit scharfen Blicken, um zu sehen, ob sie auch alle bei der Sache waren.

»Allmächtiger und ewiger Vater«, piepsten sie, »wir flehen Dich an, erweise unserem Studium heute die Gnade Deiner göttlichen Führung. Mach, daß wir uns ruhig und gehorsam benehmen, sieh herab auf unsere Schule und lasse sie gedeihen, auf daß sie wachse in Zahlen und ein gutes Beispiel werde im Bezirk und nicht eine Schande wie einige andere Schulen, die Du ja kennst, o Herr. Mach uns, wir flehen dich an, o Herr, fleißig, pünktlich und damenhaft und in jeder Hinsicht würdig, Dir nachzufolgen: durch Jesus Christus, unseren Herrn, Amen.«

Dieses Gebet war Mrs. Creevys eigene Schöpfung. Als sie geendet hatten, sagten die Mädchen das Vaterunser und setzten sich.

»Also, Mädchen«, sagte Mrs. Creevy, »das ist eure neue Lehrerin, Miß Millborough. Wie ihr wißt, mußte Miß Strong uns ganz plötzlich verlassen, nachdem ihr mitten in der Arithmetik-Stunde so übel wurde; und ich kann euch sagen, ich habe eine anstrengende Woche bei der Suche nach einer neuen Lehrerin verbracht. Ich bekam dreiundsiebzig Bewerbungen, bevor ich Miß Millborough nahm, und ich mußte sie alle ablehnen, weil ihre Qualifikationen nicht gut genug waren. Merkt euch das nur und sagt es euren Eltern, ihr alle – dreiundsiebzig Bewerbungen!

Also, Miß Millborough wird euch in Latein, Französisch, Geschichte, Geographie, Mathematik, englische Literatur und Aufsatzschreiben, Rechtschreiben, Grammatik, Handschrift und Freihandzeichnen unterrichten; und Mr. Booth wie üblich jeden Donnerstag nachmittag in Chemie. Also, was ist heute morgen die erste Stunde in eurem Stundenplan?«

»Geschichte, Madame«, piepsten eine oder zwei Stimmen.

»Ausgezeichnet. Miß Millborough wird euch wahrscheinlich zunächst ein paar Fragen darüber stellen, was ihr in Geschichte schon gelernt habt. Also gebt euer Bestes, jede von euch, und zeigt ihr, daß die ganze Mühe, die wir uns mit euch gemacht haben, nicht verschwendet war. Sie werden sehen, daß das lauter kluge Mädchen sein können, wenn sie sich bemühen, Miß Millborough.«

»Da bin ich ganz sicher«, sagte Dorothy.

»Gut, dann verlasse ich Sie jetzt also. Und ihr, Mädchen, benehmt euch! Nehmt euch nichts heraus bei Miß Millborough, so wie ihr das mit Miß Brewer getan habt, denn Miß Millborough läßt euch nichts durchgehen, ich warne euch. Wenn ich den geringsten Lärm aus diesem Zimmer höre, dann wird mir irgend jemand dafür büßen.«

Sie sah mit einem Blick in die Runde, der Dorothy mit einschloß, ja sogar andeutete, daß dieser »jemand« wahrscheinlich Dorothy sein würde, und entfernte sich.

Dorothy blickte der Klasse ins Auge. Sie hatte keine Angst vor ihnen – sie war zu sehr an den Umgang mit Kindern gewöhnt, als daß sie je vor ihnen Angst gehabt hätte – aber sie empfand eine augenblickliche Verzagtheit. Das Gefühl, daß sie eigentlich ein Hochstapler war (welcher Lehrer hat es nicht hin und wieder gespürt?), lastete schwer auf ihr. Plötzlich wurde ihr sonnenklar, woran sie vorher nur flüchtig gedacht hatte, daß sie nämlich diese Lehrerstelle unter vollkommen falschen Angaben angenommen hatte, ohne auch nur irgendeine Art von Qualifikation dafür zu besitzen. Der Gegenstand, dessen Vortrag man jetzt von ihr erwartete, war Geschichte, aber wie die meisten »gebildeten«

Leute hatte auch sie so gut wie keine Ahnung davon. Wie fürchterlich, dachte sie, wenn sich herausstellen sollte, daß diese Mädchen mehr über Geschichte wußten als sie selbst. Sie sagte versuchsweise:

»Welche Periode habt ihr eigentlich mit Miß Strong gemacht?«

Niemand antwortete. Dorothy sah die älteren Mädchen Blicke miteinander wechseln, als würden sie einander fragen, ob man es riskieren könne, etwas zu sagen; schließlich beschlossen sie jedoch, sich nicht zu kompromittieren.

»Also, wie weit seid ihr ungefähr gekommen?« fragte sie, und überlegte, ob ihnen der Ausdruck »Periode« nicht vielleicht zu hoch war.

Wieder keine Antwort.

»Aber an irgend etwas werdet ihr euch doch sicher erinnern? Sagt mir die Namen von ein paar Leuten, von denen ihr in eurer letzten Geschichtsstunde gelernt habt.«

Wieder wurden Blicke getauscht, und ein sehr unscheinbares kleines Mädchen in der ersten Reihe in braunem Pullover und Rock, das Haar in zwei feste Zöpfe geflochten, bemerkte düster: »Das war über die Alten Britannier.« Daraufhin faßten zwei andere Mädchen Mut und antworteten gleichzeitig. Die eine sagte: »Columbus«, und die andere: »Napoleon.«

Danach sah Dorothy ihren Weg irgendwie deutlicher vor sich. Es war offensichtlich, daß die Klasse nicht etwa, wie sie gefürchtet hatte, beängstigend viel wußte, sondern vielmehr so gut wie keine Ahnung von Geschichte hatte. Mit dieser Entdeckung löste sich ihr Lampenfieber in nichts auf. Sie begriff, daß sie, bevor sie irgend etwas mit ihnen anfing, herausfinden mußte, was diese Kinder überhaupt wußten. Also verbrachte sie, anstatt dem Stundenplan zu folgen, den Rest des Vormittags damit, die ganze Klasse über jeden Gegenstand der Reihe nach auszufragen; als sie mit Geschichte fertig war (sie brauchte ungefähr fünf Minuten, um ihrem geschichtlichen Wissen auf den Grund zu kommen), fragte sie sie über Geographie aus, englische Grammatik, Französisch, Arithmetik – kurz und gut, über alles, was sie angeblich bisher gelernt hatten. Bis zwölf Uhr hatte sie die erschütternden Abgründe ihrer Unwissenheit ausgelotet, wenn schon nicht erforscht.

Denn sie wußten nichts, absolut gar nichts – nichts, nichts, nichts, wie die Dadaisten. Es war ungeheuerlich, daß selbst Kinder so unwissend sein konnten. Es gab in der ganzen Klasse nur zwei Mädchen, die wußten, ob die Sonne rund um die Erde kreiste oder die Erde um die Sonne, und keine einzige von ihnen konnte Dorothy sagen, wer der letzte König vor Georg V. gewesen war, oder wer Hamlet geschrieben hatte, oder was ein gemeiner Bruch bedeutete, oder welchen Ozean man überquerte, um nach Amerika zu kommen, den Atlantik oder den Pazifik. Und die großen Mädchen von fünfzehn Jahren waren nicht viel besser als die kleinen von acht, nur daß die ersteren fließend lesen und gestochen schön schreiben konnten. Das war das einzige, was fast alle älteren Mädchen fertig brachten – sie hatten eine saubere Handschrift. Darauf hatte Mrs. Creevy geachtet. Und natürlich gab es mitten in ihrer Unwissenheit hier und da kleine, unzusammenhängende Inselchen des Wissens; zum Beispiel die eine oder andere Strophe von »Lyrischen Werken«, die sie auswendig gelernt hatten, und ein paar Ollendorffsche französische Sätze wie *»Passez-moi le beurre, s'il vous plaît«* und *»Le fils du jardinier a perdu son chapeau«*, die sie so offenbar gelernt hatten, wie ein Papagei »Schöne Poll« lernt. Was ihre Arithmetik-Kenntnisse anging, so waren diese etwas besser als die anderer Gegenstände. Die meisten von ihnen konnten addieren und subtrahieren, etwa die Hälfte hatte eine Vorstellung vom Multiplizieren, und es gab sogar drei oder vier, die bis zum zweistelligen Dividieren vorgedrungen waren. Hier jedoch lag die äußerste Grenze ihres Wissens; darüber hinaus herrschte nach allen Richtungen finstere, undurchdringliche Nacht.

Und nicht nur, daß sie nichts wußten, sie waren auch so wenig daran gewöhnt, etwas gefragt zu werden, daß es oft schwierig war, überhaupt eine Antwort aus ihnen herauszubekommen. Es war klar, daß sie alles, was sie wußten, auf vollkommen mechanische Weise gelernt hatten, und sie konnten nur in einer Art dumpfer Verblüffung glotzen, wenn man ihnen nahelegte, für sich selbst zu denken. Immerhin schienen sie recht willig und hatten sich ganz offensichtlich vorgenommen, »brav« zu sein – bei einem neuen Lehrer sind Kinder immer »brav«; Dorothy ließ nicht locker, und nach und nach wurden die Kinder – oder wenigstens schien es so – eine Spur weniger stumpf. Aus den Antworten, die die Kinder ihr gaben, bildete sich Dorothy eine ziemlich wahrheitsgetreue Vorstellung davon, wie Miß Strongs Regime gewesen war.

Nun waren die Kinder zwar theoretisch in allen üblichen Schulfächern unterrichtet worden; offenbar waren jedoch die einzigen, die auch nur einigermaßen ernsthaft betrieben wurden, Handschrift und Arithmetik gewesen. Auf Handschrift war Mrs. Creevy ganz besonders erpicht. Und außerdem hatten sie auch sehr viel Zeit – jeden Tag eine oder zwei Stunden, wie es schien – damit verbracht, sich durch eine schreckliche Routine durchzuquälen, die sie »Kopien« nannten. »Kopien« bedeutete, irgend etwas aus den Schulbüchern oder von der Tafel abzuschreiben. Miß Strong schrieb zum Beispiel irgendeinen sentenziösen kleinen »Aufsatz« vor (es gab einen Aufsatz mit der Überschrift »Frühling«, der in den Heften aller älteren Mädchen auftauchte und mit den Worten begann: »Nun, da der Monat April lieblich durch die Lande tänzelt, die Vöglein auf den Zweigen fröhlich singen und die zierlichen Blümchen aus ihren Knospen brechen«, usw., usw.), und die Mädchen schrieben in ihre Hefte Wort für Wort ab; und die Eltern, denen die Hefte von Zeit zu Zeit vorgelegt wurden, waren ohne Zweifel dementsprechend beeindruckt. Dorothy begann langsam zu begreifen, daß alles, was man den Mädchen hier beibrachte, in Wirklichkeit auf die Eltern gemünzt war. Daher die »Kopien«, daher das Bestehen auf Schönschreiben, daher das papageienhafte Auswendiglernen französischer Phrasen; das war die einfachste und billigste Art, Eindruck zu machen. Die kleinen Mädchen am unteren Ende der Klasse konnten allerdings kaum lesen und schreiben, und eine von ihnen – ihr Name war Mavis Williams, sie war ein ziemlich unheimlich aussehendes Kind von elf Jahren, mit Augen, die viel zu weit auseinander lagen – konnte nicht einmal zählen. Dieses Kind hatte offenbar in den letzten eineinhalb Semestern gar nichts anderes getan, als Schlaufen zu malen. Sie hatte einen ganzen Stoß von Heften, die alle voll mit Schlaufen waren – Seite auf Seite voller Schlaufen, die sich dahinschlangen wie Mangrovenwurzeln in einem tropischen Sumpf.

Dorothy bemühte sich, die Kinder nicht dadurch zu kränken, daß sie ihre Verwunderung über ihre Unwissenheit offen zeigte, aber in ihrem Inneren war sie verblüfft und entsetzt. Sie hatte nicht geahnt, daß Schulen von dieser Art in der zivilisierten Welt noch existierten. Die ganze Atmosphäre des Hauses war so merkwürdig veraltet – man fühlte sich an diese trostlosen kleinen Privatschulen erinnert, wie sie in viktorianischen Romanen vorkommen. Und was die wenigen Schulbücher anging, die die Klasse besaß, so konnte man sie kaum ansehen, ohne sich in die Mitte des neunzehnten Jahrhunderts zurückversetzt zu fühlen. Es gab nur drei Lehrbücher, von denen jedes Kind ein Exemplar besaß. Das eine war ein Shilling-Rechenbuch, Vorkriegsware, aber doch recht brauchbar, und das zweite war ein gräßliches kleines Buch mit dem Titel *Geschichte Englands auf hundert Seiten* – ein greuliches kleines Buch im Zwölftelbogenformat mit einem rauhen braunen Umschlag und als Frontispiz einem Porträt der Boadicea, vorn über ihrem Streitwagen mit einem Union Jack drapiert. Dorothy schlug dieses Buch irgendwo auf, stieß auf Seite 91 und las:

»Nachdem die Französische Revolution vorüber war, versuchte Napoleon, der Kaiser von eigenen Gnaden, seine Herrschaft zu errichten, doch obwohl er einige Siege gegen kontinentale Truppen zu erringen vermochte, mußte er bald erkennen, daß er es mit der ›dünnen roten Linie‹ nicht aufnehmen konnte. Zur Entscheidung kam es auf dem Schlachtfeld von Waterloo, wo 50000 Briten 70000 Franzosen in die Flucht schlugen – denn die Preußen, unsere Verbündeten, kamen zu spät zur Schlacht. Mit einem schallenden britischen Hurra! stürmten unsere Truppen den Abhang hinunter, und der Feind wankte und floh. Wir kommen jetzt zum großen Reformgesetz von 1832, der ersten jener wohltätigen Reformen, die die britische Freiheit zu dem gemacht haben, was sie ist, und uns von weniger vom Schicksal begünstigten Nationen abheben ...«

Das Buch stammte aus dem Jahre 1888. Dorothy, die ein Geschichtsbuch dieser Art noch nie zuvor gesehen hatte, studierte es mit einem Gefühl, das an Entsetzen grenzte. Und da war auch noch ein bemerkenswertes kleines »Lesebuch« aus dem Jahre 1863. Es bestand zur Hauptsache aus Ausschnitten von Fenimore Cooper, Dr. Watts und Lord Tennyson, und am Ende gab es die seltsamsten kleinen »Bemerkungen zur Natur« mit Holzschnittillustrationen. Da war zum Beispiel ein Holzschnitt mit einem Elefanten, und darunter stand kleingedruckt: »Der Elefant ist ein weises Tier. Er erholt sich im Schatten der Palmen, und wenngleich stärker als sechs Pferde, erlaubt er doch einem kleinen Kinde, ihn zu führen. Seine Nahrung sind Bananen.« Und so weiter, bis zum Walfisch, Zebra, Stachelschwein und der gefleckten Giraffe. Im Lehrerpult fand sich auch noch ein Exemplar von *Wunderschöner Joe*, ein gottverlassenes kleines Buch mit dem Titel *Kurze Blicke auf ferne Länder*, und ein französisches Konversationsbuch von 1891. Der Titel war *Alles, was Sie auf Ihrem Ausflug nach Paris brauchen*, und als erster Satz war angegeben: »Schnüren Sie mein Korsett, jedoch nicht zu fest.« Gegenstände wie etwa ein Atlas oder ein Satz geometrischer Geräte waren im ganzen Raum nicht zu finden.

Um elf gab es eine Pause von zehn Minuten, und einige Mädchen spielten langweilige kleine Spiele mit Nullen und Kreuzen oder stritten sich um Federpenale, und ein paar hatten ihre anfängliche Schüchternheit überwunden und drängten sich um Dorothys Pult und unterhielten sich mit ihr. Sie erzählten noch ein bißchen mehr über Miß Strong und ihre Unterrichtsmethoden, und wie sie sie immer an den Ohren gezogen hatte, wenn sie Kleckse in ihre Hefte machten. Offenbar war Miß Strong eine sehr strenge Lehrerin gewesen, nur eben dann nicht, wenn ihr »übel« wurde, was etwa zweimal pro Woche geschehen war. Und wenn ihr übel wurde, dann trank sie immer irgendeine Medizin aus einer kleinen braunen Flasche, und nachdem sie getrunken hatte, wurde sie eine Weile recht lustig und erzählte ihnen von ihrem Bruder in Kanada. Aber an ihrem letzten Tag – damals, als ihr während der Rechenstunde so arg übel geworden war –, da wurde es von der Medizin anscheinend noch viel schlimmer, denn kaum hatte sie sie getrunken, da fing sie zu singen an und fiel über ein Pult, und Mrs. Creevy hatte sie aus der Klasse tragen müssen.

Nach der Pause gab es noch einmal drei viertel Stunden lang Unterricht, und dann war der Vormittagsunterricht zu Ende. Dorothy war ganz steif und müde nach drei Stunden in dem kalten, muffigen Raum, und sie wäre gern ins Freie gegangen, um ein bißchen Luft zu schnappen, aber Mrs. Creevy hatte ihr bereits vorher erklärt, daß sie bei der Zubereitung des Mittagessens helfen müsse. Die Mädchen, die in der Nähe der Schule wohnten, gingen fast alle zum Essen nach Haus, aber sieben Mädchen aßen im »Frühstückszimmer« zu Mittag, für zehn Pence pro Mahlzeit. Es war eine ungemütliche Mahlzeit, die in fast vollständigem Schweigen verging, denn unter Mrs. Creevys Blick wagten die Mädchen nicht, den Mund aufzumachen. Das Essen bestand aus gedünsteten Hals- und Nackenstücken vom Hammel, und Mrs. Creevy zeigte außerordentliche Geschicklichkeit darin, wie sie die mageren Stücke den »guten Zahlern« und die fetten den »mittelmäßigen Zahlern« vorlegte. Die drei »schlechten Zahler« dagegen verschlangen ein verschämtes Essen aus Papiertüten im Klassenzimmer.

Der Unterricht ging um zwei Uhr weiter. Schon jetzt, nach einem einzigen Unterrichtsvormittag, ging Dorothy mit innerlicher Abneigung und Angst wieder an ihre Arbeit. Sie konnte sich jetzt bereits ausmalen, wie ihr Leben aussehen würde, Tag für Tag und Woche für Woche in diesem lichtlosen Raum zu versuchen, diesen widerspenstigen Gören die Anfangsgründe des Wissens einzutrichtern. Doch als sie die Mädchen zusammengerufen und ihre Namen vorgelesen hatte, da kam eine von ihnen, ein kleines spitzgesichtiges Mädchen mit mausfarbenem Haar namens Laura Firth, zu ihrem Pult und verehrte ihr einen kläglichen Strauß braungelber Winterastern, »von uns allen«. Die Mädchen hatten eine Zuneigung zu Dorothy gefaßt, hatten vier Pence untereinander gesammelt und ihr damit einen Strauß Blumen gekauft.

Irgend etwas rührte sich in Dorothys Herz, als sie die schäbigen Blumen entgegennahm. Sie schaute jetzt sehenderen Auges als zuvor auf die anämischen Gesichter und die schäbigen Kleider dieser Kinder und schämte sich plötzlich ganz fürchterlich, daß sie sie am Morgen so gleichgültig, ja fast widerwillig angesehen hatte. Tiefes Mitleid nahm jetzt von ihr Besitz. Die armen Kinder, die armen Kinder! Wie waren sie nur verkümmert, vernachlässigt und mißhandelt! Und dennoch hatten sie sich diese kindliche Güte erhalten, daß sie ihre paar Pennies für Blumen für ihre Lehrerin hingaben.

Von diesem Moment an hatte sie ihrer Arbeit gegenüber eine vollkommen andere Einstellung. Ein Gefühl von Loyalität und Zuneigung war in ihrem Herzen aufgegangen. Diese Schule war *ihre* Schule; dafür würde sie arbeiten, auf sie würde sie stolz sein und keine Mühe scheuen, um sie von einem Ort der Sklaverei in eine menschliche und anständige Anstalt zu verwandeln. Wahrscheinlich war es nicht viel, was sie tun konnte. Sie war so unerfahren, so ungeeignet für diese Stelle, daß sie sich erst selbst erziehen mußte, bevor sie anfangen durfte, irgend jemand anderen zu erziehen. Dennoch würde sie ihr Bestes tun; sie würde alles tun, wozu guter Wille und Tatkraft imstande waren, um diese Kinder aus der fürchterlichen Finsternis, in der man sie gehalten hatte, herauszuführen.

III

In den nächsten paar Wochen gab es zwei Dinge, die Dorothy unter Ausschluß aller anderen in Anspruch nahmen. Das eine war, ihre Klasse in eine Art von Ordnung zu bringen; das andere, ein Konkordat mit Mrs. Creevy zu schließen.

Das zweite war das bei weitem schwierigere. Mrs. Creevys Haus war als Domizil derart scheußlich, wie man es sich nur überhaupt ausmalen kann. Es war immer mehr oder weniger kalt, es gab vom Dachboden bis zum Keller keinen einzigen gemütlichen Stuhl darin, und das Essen war widerwärtig. Unterrichten ist anstrengender, als man meint, und ein Lehrer braucht gutes Essen, um in Schuß zu bleiben. Es war schrecklich entmutigend, bei einer Kost zu arbeiten, die aus wäßrigem Hammeleintopf, gekochten, feuchten Kartoffeln voll schwarzer Augenlöcher, dünnem Reispudding, dünn beschmierten Butterbroten und schwachem Tee bestand – und nicht einmal davon gab es genug. Mrs. Creevy, die geizig genug war, um bereitwilligst und mit Vergnügen selbst an ihrem eigenen Essen zu knausern, aß ziemlich genau das gleiche wie Dorothy, nahm sich aber immer den Löwenanteil. Jeden Morgen beim Frühstück wurden die beiden Spiegeleier klein geschnitten und ungleich verteilt, und das Marmeladetöpfchen blieb für immer sakrosankt. Dorothy wurde mit dem Fortgang des Trimesters immer hungriger und hungriger. An den zwei Abenden pro Woche, wo es ihr gelang, aus dem Haus zu kommen, griff sie ihren schwindenden Geldvorrat an und kaufte sich ein paar Tafeln Kochschokolade, die sie ganz im geheimen verzehrte – denn Mrs. Creevy ließ Dorothy zwar mehr oder weniger absichtlich hungern, wäre aber tödlich beleidigt gewesen, hätte sie erfahren, daß sie sich selber Essen kaufte.

Das ärgste an Dorothys Lage war, daß sie nie für sich allein war und kaum Freizeit hatte. Sobald der Unterricht vorbei war, war ihre einzige Zuflucht das »Frühstückszimmer«, wo sie sich jedoch unter Mrs. Creevys Auge befand, und Mrs. Creevys Leitvorstellung war, daß man Dorothy nie auch nur zehn Minuten lang in Frieden lassen durfte. Sie hatte es sich in den Kopf gesetzt – oder tat zumindest so –, daß Dorothy eine faule Person sei, die eine starke Hand hinter sich brauche. »Nun, Miß Millborough, Sie scheinen heute abend ja nicht viel zu tun zu haben, wie? Gibt's denn gar keine Hefte, die korrigiert werden müssen? Oder warum holen Sie sich nicht Ihre Nadel und nähen ein bißchen? Also *ich* könnte jedenfalls nicht einfach so in meinem Sessel sitzen und gar nichts tun!« Ständig fand sie irgendeine Arbeit im Haushalt für Dorothy, ließ sie sogar an Samstagvormittagen, wenn die Mädchen nicht zur Schule kamen, den Fußboden des Klassenzimmers schrubben; das geschah jedoch aus reiner Bosheit, denn sie traute Dorothy gar nicht zu, die Arbeit ordentlich zu machen, und tat sie im allgemeinen nach ihr noch einmal. Eines Abends war Dorothy unklug genug, von der öffentlichen Bücherei einen Roman nach Haus zu bringen. Bei dessen Anblick bekam Mrs. Creevy einen Anfall. »Also wirklich, Miß Millborough! Ich hätte nicht gedacht, daß Sie auch noch Zeit zum *Lesen* hätten!« bemerkte sie bitter. Sie selbst hatte niemals in ihrem Leben ein Buch von Anfang bis zu Ende gelesen, und sie war stolz darauf.

Aber auch, wenn Dorothy nicht direkt unter ihren Blicken war, kannte Mrs. Creevy Mittel und Wege, um ihre Gegenwart spürbar werden zu lassen. Sie schlich unausgesetzt um das Klassenzimmer herum, so daß Dorothy sich vor ihrem plötzlichen Eindringen nie ganz sicher fühlte; und wenn sie fand, es gebe zu viel Lärm, dann klopfte sie mit ihrem Besenstiel gegen die Wand, und zwar auf eine Art, daß die Kinder zusammenfuhren und von ihrer Arbeit abgelenkt wurden. Zu jeder Stunde des Tages war sie ruhelos und geräuschvoll tätig. Wenn sie nicht gerade das Essen kochte, dann polterte sie mit Besen und Schaufel herum oder malträtierte die Putzfrau, oder sie drang im Klassenzimmer ein, um »sich einmal umzusehen«, in der Hoffnung, Dorothy oder die Kinder bei irgendeinem Unfug zu ertappen, oder sie ging »ein bißchen gärtnern« – darunter verstand sie die Verstümmelung der unglücklichen kleinen Sträucher, die hier und dort auf den verwahrlosten Kiesflächen im Hintergarten wuchsen, vermittels einer Gartenschere. An nur zwei Abenden in der Woche war Dorothy sie los, und zwar dann, wenn Mrs. Creevy auszog, um, wie sie es nannte, »den Mädchen hinterherzulaufen«; das heißt also, Eltern, die in Frage kamen, für die Schule anzuwerben. Diese Abende verbrachte Dorothy meistens in der öffentlichen Bücherei, denn wenn Mrs. Creevy nicht zu Haus war, dann erwartete sie das gleiche auch von Dorothy, um Feuer und Gaslicht zu sparen. An den anderen Abenden war Mrs. Creevy damit beschäftigt, Mahnbriefe an die Eltern zu schreiben oder Briefe an den Redakteur des Lokalblattes, in denen sie um den Preis von einem Dutzend Anzeigen feilschte; oder sie stöberte in den Pulten der Mädchen herum, um nachzusehen, ob ihre Hefte auch ordentlich verbessert worden waren, oder sie »nähte ein bißchen«. Wenn sie auch nur fünf Minuten lang nichts zu tun hatte, holte sie sofort ihre Nähkiste heraus und »nähte ein bißchen« – darunter verstand sie meistens das Flicken bauschiger Unterhosen aus grobem weißem Leinen, von denen sie zahllose Paare besaß. Es waren das die frostigst aussehenden Kleidungsstücke, die man sich nur vorstellen konnte; sie schienen – weit stärker als je eine Nonnenhaube oder das härene Hemd eines Einsiedlers – den Stempel einer gefrorenen, grauenhaften Keuschheit zu tragen. Ihr Anblick weckte Zweifel an dem verstorbenen Mr. Creevy, die sogar so weit gingen, daß man sich fragte, ob er wohl je existiert habe.

Betrachtete man Mrs. Creevys Lebensweise mit dem Auge eines Außenstehenden, so hätte man vielleicht gemeint, sie kenne kein wie immer geartetes *Vergnügen*. Sie tat niemals irgend etwas von jenen Dingen, die gewöhnliche Leute tun, um sich zu amüsieren – sie ging nie ins Kino, schaute nie in ein Buch, aß niemals Süßigkeiten, kochte niemals irgendeine besondere Mahlzeit, zog nie irgendwelche schönen Kleider an. Gesellschaftsleben bedeutete ihr absolut gar nichts. Sie hatte keine Freunde, konnte sich etwas Derartiges wie Freundschaft wahrscheinlich gar nicht vorstellen und wechselte kaum je mit einem Mitmenschen ein Wort außer in Geschäften. Sie besaß auch nicht die Spur von religiösem Glauben. Ihre Einstellung der Religion gegenüber – obwohl sie jeden Sonntag zu den Baptisten ging, um die Eltern mit ihrer Frömmigkeit zu beeindrucken – war ein kleinlicher Anti-Klerikalismus, geprägt von der Vorstellung, daß der Klerus »nur hinter unserem Geld her ist«. Sie wirkte wie ein durch und durch freudloses Geschöpf, völlig untergegangen in der öden Leere ihrer Existenz. Doch dem war in Wirklichkeit nicht so. Es gab mehrere Dinge, denen sie intensives und unerschöpfliches Vergnügen abgewann.

Da war zum Beispiel ihr Geiz in bezug auf Geld. Das war das Hauptinteresse ihres Lebens. Es gibt zwei Arten von geizigen Menschen – der aufdringliche, habgierige Typ, der einen ruiniert, wenn er kann, der jedoch den Shilling nicht zweimal umdreht, und der kleinliche Geizkragen, der nicht genügend Unternehmungslust besitzt, um selber Geld zu *scheffeln*, der jedoch jederzeit bereit ist, wie es im Sprichwort heißt, einen Heller mit den Zähnen vom Misthaufen zu holen. Mrs. Creevy gehörte zum zweiten Typ. Durch unaufhörliche Propaganda und unverschämten Bluff hatte sie ihre Schule auf einundzwanzig Schüler hochgetrieben, jedoch viel weiter würde sie es nie bringen, denn sie war zu geizig, um Geld für die nötige Ausrüstung auszugeben und ihrer Gehilfin einen anständigen Lohn zu bezahlen. Das Schulgeld, das die Mädchen zahlten, oder auch nicht zahlten, betrug fünf Guineas pro Trimester, und dazu kamen noch gewisse Extrakosten; so sehr sie also ihre Gehilfinnen auch aushungerte und ausbeutete, auf mehr als hundertfünfzig Pfund pro Jahr Reingewinn konnte sie nicht hoffen. Doch damit war sie eigentlich recht zufrieden. Six Pence zu sparen bedeutete ihr mehr als ein Pfund einzunehmen. Solange ihr nur ein Weg einfiel, wie sie Dorothys Mittagessen um eine weitere Kartoffel kürzen konnte, oder ihre Hefte im Dutzend um einen halben Penny billiger kaufen, oder auf der

Rechnung eines »guten Zahlers« eine unrechtmäßige halbe Guinea unterbringen konnte, so lange war sie auf ihre Art glücklich.

Und außerdem fand sie auch in reiner, zweckfreier Bosheit – in kleinlichen Gemeinheiten, aus denen sie nicht einmal einen Gewinn zog – ein Hobby, dessen sie nie müde wurde. Ihre Fehde mit Mr. Boulger von nebenan – in Wirklichkeit eine einseitige Affäre, denn der arme Mr. Boulger war Mrs. Creevys Kampfkraft keineswegs gewachsen – wurde erbarmungslos geführt, Gnade wurde weder geübt noch erwartet. So intensiv war Mrs. Creevys Vergnügen, wenn sie Mr. Boulger eins auswischen konnte, daß sie sogar bereit war, dafür gelegentlich Geld zu opfern. Vor einem Jahr hatte Mr. Boulger an den Hausherrn geschrieben (beide schrieben sie unablässig Briefe an den Hausherrn, worin sie sich jeweils über des anderen Benehmen beklagten), daß Mrs. Creevys Küchenkamin in seine hinteren Fenster hineinrauche, und bat, ihn bitte um zwei Fuß höher zu machen. Noch am gleichen Tag, an dem der Brief des Hausherrn sie erreichte, ließ Mrs. Creevy die Maurer kommen und den Rauchfang um zwei Fuß niedriger machen. Das kostete sie dreißig Shilling, doch das war es ihr auch wert. Danach hatte es den langen Guerilla-Kampf gegeben, wo man des Nachts irgendwelche Sachen über die Gartenmauer warf, den Mrs. Creevy schließlich dadurch gewann, daß sie einen Mülleimer voll feuchter Asche auf Mr. Boulgers Tulpenbeet warf. Zufällig errang Mrs. Creevy kurz nach Dorothys Ankunft einen sauberen, unblutigen Sieg. Als sie zufällig entdeckte, daß die Wurzeln von Mr. Boulgers Pflaumenbaum unter der Mauer in ihren Garten herübergewachsen waren, spritzte sie schnurstracks eine ganze Dose Unkrautvertilgungsmittel in die Wurzeln und vernichtete damit den Baum. Das war insofern bemerkenswert, als es die einzige Gelegenheit war, daß Dorothy Mrs. Creevy je lachen hörte.

Doch Dorothy war, wenigstens zu Anfang, viel zu beschäftigt, um Mrs. Creevy und ihren widerwärtigen Eigenheiten viel Aufmerksamkeit zu schenken. Sie sah ganz deutlich, daß Mrs.

Creevy eine hassenswerte Frau war und ihre eigene Stellung buchstäblich die einer Sklavin; aber das machte ihr nicht allzu viel aus. Ihre Arbeit war viel zu fesselnd, viel zu wichtig. Im Vergleich damit fiel ihre eigene Bequemlichkeit, ja selbst ihre Zukunft, überhaupt kaum ins Gewicht.

Sie brauchte nicht mehr als zwei Tage, um ihre Klasse in gute Ordnung zu bringen. Es war eigenartig, aber obwohl sie keine Unterrichtserfahrung hatte, noch auch irgendwelche vorgefaßten Theorien dazu besaß, fand sie sich doch vom ersten Tag an gleichsam instinktiv neu ordnend, planend, umändernd. Es gab so vieles, das unbedingt getan werden mußte. Das erste war natürlich, die gräßliche Einrichtung der »Kopien« abzuschaffen, und nach Dorothys zweitem Tag wurden in der Klasse keine »Kopien« mehr gemacht, wenn auch Mrs. Creevy die Stirn darüber runzelte. Auch die Schönschreibstunden wurden weniger. Dorothy hätte sie am liebsten ganz abgeschafft, zumindest für die älteren Mädchen – es kam ihr lächerlich vor, daß fünfzehnjährige Mädchen ihre Zeit damit vertun sollten, sich in Schönschrift zu üben – aber davon wollte Mrs. Creevy nichts hören. Sie schien diesen Schönschreibstunden einen beinah abergläubischen Wert beizumessen. Als nächstes ging es natürlich der *Hundert-Seiten-Geschichte* und den albernen kleinen »Lesebüchern« an den Kragen. Es wäre noch ärger als zwecklos gewesen, Mrs. Creevy darum zu bitten, daß sie den Kindern neue Bücher kaufte, doch an ihrem ersten Samstagnachmittag bat Dorothy um die Erlaubnis, nach London fahren zu dürfen. Die Erlaubnis wurde ungnädig erteilt, und Dorothy gab von ihren kostbaren vier Pfund zehn zwei Pfund und drei Shilling für ein Dutzend antiquarische Exemplare einer billigen Shakespeare-Schulausgabe aus, für einen großen gebrauchten Atlas, einige Bände von Andersen-Märchen für die Kleineren, einen Satz geometrischer Geräte und zwei Pfund Plastilin. Damit, und mit den Geschichtsbüchern aus der öffentlichen Bücherei, konnte sie, so fand sie, einen Anfang wagen.

Sie hatte auf den ersten Blick erkannt, daß das, was die Kinder am meisten brauchten und was sie bisher nie bekommen hatten, individuelle Zuwendung war. Also fing sie damit an, daß sie sie in drei getrennte Gruppen aufteilte und die Arbeit immer so organisierte, daß jeweils zwei Gruppen selbständig beschäftigt waren, während sie mit der dritten irgend etwas »durchging«. Das war anfangs schwierig, besonders mit den kleineren Mädchen, deren Gedanken wanderten, sobald man sie sich selbst überließ, so daß man sie eigentlich nie aus den Augen lassen durfte. Aber dennoch, wie wunderbar, wie überraschend waren die Fortschritte, die sie fast alle in diesen ersten Wochen machten! Die meisten von ihnen waren nicht wirklich dumm, sondern nur wie betäubt von dem vielen öden, mechanischen Geschwätz. Etwa eine Woche lang wirkten sie zunächst wie unbelehrbar; aber dann schienen ihre verkümmerten kleinen Hirne plötzlich aufzublühen und sich auszudehnen, wie Gänseblümchen, wenn man den Gartenroller von ihnen wegrollt.

Ziemlich rasch und mühelos brachte Dorothy ihnen die Gewohnheit bei, selbständig zu denken. Sie brachte sie dazu, Aufsätze ihrer eigenen Erfindung zu schreiben, anstatt dieses Gefasel über Vögel, die auf den Zweigen sangen, und Blümchen, deren Knospen aufbrachen, einfach abzuschreiben. Ihre Rechenkünste ging sie von den Grundlagen her an und begann mit den kleinen Mädchen das Multiplizieren, und die älteren führte sie über die mehrstellige Division zum Bruchrechnen; drei von ihnen brachte sie sogar so weit, daß schon davon die Rede war, mit Dezimalstellen zu beginnen. Statt *»Passez-moi le beurre, s'il vous plaît«* und *»Le fils du jardinier a perdu son chapeau«* brachte sie ihnen die ersten Anfangsgründe der französischen Grammatik bei. Als sich herausstellte, daß kein einziges Mädchen in der Klasse wußte, wie irgendeines der Länder dieser Erde aussah (obgleich mehrere von ihnen wußten, daß Quito die Hauptstadt von Ecuador war), stellte sie ihnen die Aufgabe, eine große Reliefkarte von Europa in Plastilin anzufertigen, auf einem Stück Sperrholz, und sie maßstabgerecht vom Atlas zu kopieren. Die Kinder waren vom Landkartenmachen einfach begeistert; sie bettelten immer darum, damit weitermachen zu dürfen. Und sie fing mit der ganzen Klasse – bis auf die sechs kleinsten Mädchen und Mavis Williams, die Schnörkel-Spezialistin – mit der Lektüre von *Macbeth* an. Keines unter diesen Kindern hatte jemals in seinem Leben irgend etwas freiwillig gelesen, ausgenommen vielleicht *Girl's Own Paper;* aber Shakespeare gefiel ihnen sofort, wie allen Kindern, denen er nicht mit grammatikalischer Definition und Analyse vergällt wird.

Mit dem Geschichtsunterricht tat sich Dorothy am schwersten. Sie hatte bisher nicht erkannt, wie schwer es Kindern aus armen Familien fällt, überhaupt einen Begriff davon zu gewinnen, was Geschichte eigentlich bedeutet. Ein Mitglied der Oberschicht wächst immer, und sei es noch so ungebildet, mit ein paar vagen geschichtlichen Vorstellungen auf; es kann sich einen römischen Centurio vorstellen, einen mittelalterlichen Ritter, einen Edelmann aus dem achtzehnten Jahrhundert; die Ausdrücke Altertum, Mittelalter, Renaissance, Industrielle Revolution wecken in seinem Geist eine bestimmte Bedeutung, und sei's auch nur eine verschwommene. Doch diese Kinder kamen aus buchlosen Familien und stammten von Eltern ab, die nur gelacht hätten über die Idee, die Vergangenheit könne irgendeine Bedeutung für die Gegenwart besitzen. Sie hatten nie von Robin Hood gehört, hatten nie Kavaliere und Rundköpfe gespielt, sich nie gefragt, wer die englischen Kirchen erbaut habe oder was *Fid. Def.* auf einem Penny bedeutete. Es gab nur zwei historische Gestalten, von denen sie alle fast ohne Ausnahme gehört hatten, und diese beiden waren Columbus und Napoleon. Der Himmel allein weiß, warum – vielleicht, weil Columbus und Napoleon etwas öfter in der Zeitung stehen als die meisten anderen historischen Figuren. In der Vorstellung der Kinder waren sie offenbar so angeschwollen wie Tweedledum und Tweedledee, bis sie die gesamte Landschaft der Vergangenheit verstellten. Auf die Frage, wann das Auto erfunden worden sei, riet ein zehnjähriges Mädchen zögernd: »Vor etwa tausend Jahren, von Columbus.«

Einige der älteren Mädchen hatten, wie Dorothy erfuhr, die *Hundert-Seiten-Geschichte* bis zu viermal durchgemacht, von Boadicea bis zum ersten Jubiläum, hatten aber so gut wie jedes Wort wieder vergessen. Nicht daß das viel geschadet hätte, denn es standen ohnehin fast nur Lügen drin. Sie fing mit der ganzen Klasse noch einmal bei Caesars Einfall an und versuchte zuerst, aus der öffentlichen Bücherei Geschichtsbücher auszuleihen und sie den Kindern laut vorzulesen; doch diese Methode versagte, denn sie begriffen nichts, was ihnen nicht in ein- oder zweisilbigen Wörtern erklärt wurde. Also erklärte sie, was sie konnte, in ihren eigenen Worten und mit ihrem eigenen unzulänglichen Wissen, indem sie das, was sie las, in paraphrasierter Form den Kindern vorsetzte; und dabei bemühte sie sich unausgesetzt, ihren stumpfen kleinen Hirnen eine Vorstellung von der Vergangenheit zu vermitteln und – und das war immer noch schwieriger – auch etwas Interesse daran. Eines Tages jedoch hatte sie einen glänzenden Einfall. Sie kaufte bei einem Tapezierer eine Rolle billiger, einfacher Tapete und betraute die Kinder mit der Anfertigung eines historischen Schaubildes. Sie teilten die Papierrolle in Jahrhunderte und Jahre ein und befestigten Bilder, die sie aus Illustrierten ausgeschnitten hatten – Bilder von Rittern in Rüstung, von spanischen Galeonen, von Druckerpressen und Eisenbahnzügen –, an den passenden Stellen. Mit Reißzwecken an den vier Wänden des Klassenzimmers angebracht, stellte das Schaubild, als die Anzahl der Bilder immer weiter wuchs, eine Art Panorama der englischen Geschichte dar. Die Kinder hatten das Schaubild sogar noch lieber als die Reliefkarte. Dorothy fand, daß sie immer mehr Verstand zeigten, wenn es darum ging, etwas selbst zu *machen,* anstatt nur einfach zu büffeln. Man sprach sogar davon, eine Reliefkarte der Welt anzufertigen, vier Fuß im Quadrat, aus Papiermaché, falls Dorothy Mrs. Creevy »herumkriegte«, daß sie ihnen die Zubereitung von Papiermaché gestattete – ein matschiges Verfahren, zu dem man ganze Eimer Wasser benötigte.

Mrs. Creevy beobachtete Dorothys Neuerungen mit einem eifersüchtigen Auge, mischte sich jedoch zunächst nicht direkt ein. Sie hatte natürlich nicht vor, das zu zeigen, aber sie war im geheimen verblüfft und entzückt darüber, einer Gehilfin habhaft geworden zu sein, die ganz offensichtlich arbeitswillig war. Als sie sah, daß Dorothy ihr eigenes Geld auf Lehrbücher für die Kinder ausgab, da empfand sie das gleiche köstliche Gefühl, als ob sie mit Erfolg jemand anderen beschwindelt hätte. Nichtsdestoweniger brummte und murrte sie über alles, was Dorothy tat, und verschwendete eine Menge Zeit damit, auf einer, wie sie es nannte, »gründlichen Verbesserung« aller Hausübungshefte zu bestehen. Jedoch war ihr Verbesserungssystem, sowie auch sonst alles andere im Lehrplan der Schule, mit einem Auge auf die Eltern hin eingerichtet. In regelmäßigen Abständen nahmen die Kinder ihre Hefte nach Hause, zur Inspektion durch die Eltern, daher hätte Mrs. Creevy nie zugelassen, daß irgend etwas Abfälliges darin stünde. Nichts durfte mit »schlecht« benotet oder durchgestrichen oder zu dick unterstrichen werden; statt dessen verzierte Dorothy an den Abenden die Hefte nach Mrs. Creevys Diktat mit mehr oder weniger beifälligen Kommentaren in roter Tinte. »Eine sehr lobenswerte Leistung«, und »Bravo! Du machst große Fortschritte. Nur so weiter!« waren Mrs. Creevys Lieblingsbemerkungen. Offenbar machten sämtliche Kinder in der Schule ständig »große Fortschritte«; in welche Richtung sie da fortschritten, wurde nicht erläutert. Die Eltern schienen allerdings bereitwillig eine so gut wie unbegrenzte Anzahl dieser Dinge zu schlucken.

Es kam natürlich auch vor, daß Dorothy Schwierigkeiten mit den Mädchen selbst hatte. Schon der Umstand, daß sie in so verschiedenen Altersklassen waren, machte den Umgang mit ihnen schwierig, und obwohl sie sie gern hatten und anfangs sehr »brav« waren, wären sie keine Kinder gewesen, wenn sie immer nur ausschließlich »brav« gewesen wären. Manchmal waren sie faul, und manchmal ergaben sie sich dem abscheulichsten aller Schulmädchen-Laster – dem Kichern. In den ersten paar Tagen machte sich Dorothy große Sorgen um die kleine Mavis Williams, die dümmer war, als man das bei einem elfjährigen Kind für möglich gehalten hätte. Beim ersten Versuch, sie zu irgendeiner anderen Betätigung zu bewegen als der Malerei von Schlaufen, erschien in ihren weit auseinanderliegenden Augen ein Ausdruck von beinahe untermenschlicher Idiotie. Dafür hatte sie ab und zu Anfälle von Geschwätzigkeit, wo sie die verblüffendsten und unsinnigsten Fragen stellte. Sie schlug zum Beispiel ihr »Lesebuch« auf, zeigte auf eine der Abbildungen – den weisen Elefanten vielleicht – und fragte Dorothy:

»Bitte, Miß, was isses Ding da?« (Sie brachte ihre Worte auf eine merkwürdig verquollene Art heraus.)

»Das ist ein Elefant, Mavis.«

»Was isn Elefant?«

»Ein Elefant ist eine Art von wildem Tier.«

»Wassn Tier?«

»Ja – ein Hund ist ein Tier.«

»Wassn Hund?«

Und so weiter, mehr oder weniger *ad infinitum.* Etwa gegen die Mitte des vierten Vormittags meldete sich Mavis und sagte mit einer verschlagenen Höflichkeit, die Dorothy vielleicht zu denken hätte geben sollen:

»Bitte, Miß, darf ich hinaus?«

»Ja«, sagte Dorothy.

Eines der größeren Mädchen fuhr mit der Hand hoch, errötete und nahm die Hand wieder herunter, als sei sie zu schüchtern, um zu sprechen. Von Dorothy zum Sprechen gedrängt, sagte sie verlegen:

»Bitte, Miß, Miß Strong hat Mavis nie allein aufs Klo gehen lassen. Sie sperrt sich nämlich ein und kommt nicht mehr heraus, und dann wird Mrs. Creevy wütend, Miß.«

Dorothy schickte einen Boten hinterher, aber es war zu spät. Mavis verblieb bis zwölf Uhr Mittag *in latebra pudenda.* Später erklärte Mrs. Creevy Dorothy unter vier Augen, daß Mavis von Geburt an schwachsinnig war – oder, wie sie sich ausdrückte,

»nicht ganz richtig im Kopf«. Es war gänzlich ausgeschlossen, ihr irgend etwas beizubringen. Aber natürlich würde Mrs. Creevy das nicht Mavis' Eltern auf die Nase binden; die glaubten, ihr Kind sei nur leicht zurückgeblieben, und zahlten regelmäßig das Schulgeld. Mavis war ganz einfach zu behandeln. Man brauchte ihr nur ein Heft und einen Bleistift zu geben und ihr zu sagen, sie solle Bilder malen und still sein. Aber Mavis, ein Kind mit festen Gewohnheiten, zeichnete immer nur Schlaufen – so blieb sie stundenlang still und offenbar auch ganz glücklich, mit heraushängender Zunge inmitten von Schlaufengirlanden emsig weiterzeichnend.

Aber von diesen nebensächlichen Problemen abgesehen, wie gut ging doch alles in diesen ersten Wochen! Wie ominös gut geradezu! Um den zehnten November erlaubte Mrs. Creevy nach viel Geraunze über den Preis der Kohle schließlich doch im Klassenzimmer ein Feuer zu machen. Der Verstand der Kinder belebte sich merklich, als der Raum ordentlich warm war. Und sie hatten manchmal glückliche Stunden, wenn das Feuer im Kamin knisterte und Mrs. Creevy außer Haus war und die Kinder still und versunken an einem ihrer Lieblingsgegenstände arbeiteten. Am schönsten war es, wenn die beiden obersten Klassen *Macbeth* lasen, die Mädchen atemlos durch die Szenen quiekten und Dorothy sie unterbrach und ihnen sagte, wie die Worte richtig ausgesprochen wurden und wer Bellonas Bräutigam war und wie Hexen auf Besenstielen ritten; und die Mädchen, beinah so aufgeregt, als wär's ein Kriminalroman, von ihr wissen wollten, wie der Wald von Birnam denn nach Dunsinane komme und Macbeth von einem Mann getötet werden konnte, der nicht vom Weibe geboren ward. Das sind die Stunden, da man als Lehrer weiß, wozu man da ist – die Stunden, wo einem die Begeisterung der Kinder entgegenschlägt wie eine antwortende Flamme und der eigenen Begeisterung begegnet, wo ein plötzliches, unerwartetes Aufsprühen von Intelligenz alle frühere Plage belohnt. Es gibt keine faszinierendere Arbeit als die des Lehrers, wenn man freie Hand dabei hat. Und Dorothy wußte vorläufig noch nicht, daß dieses »wenn« eines der größten »wenns« auf der Welt ist.

Ihre Arbeit gefiel ihr, und sie war dabei glücklich. Sie kannte die Kinder inzwischen in- und auswendig, kannte ihre individuellen Eigenarten und die besonderen Anregungen, die jeweils nötig waren, um sie zum Denken zu bewegen. Sie hatte sie tiefer ins Herz geschlossen, interessierte sich stärker für ihre Entwicklung, war mehr darauf erpicht, das Beste für sie zu geben, als sie das vor noch ganz kurzer Zeit für möglich gehalten hätte. Die komplexe, niemals endende Mühe des Lehrens füllte ihr Leben so aus, wie die lange Reihe von Aufgaben in der Pfarre sie ausgefüllt hatten. Der Unterricht erfüllte ihre Gedanken und ihre Träume; sie holte sich Bücher aus der öffentlichen Bibliothek und studierte Unterrichtstheorien. Sie fühlte, daß sie durchaus ihr ganzes Leben lang weiter unterrichten könnte, sogar für einen Wochenlohn von zehn Shilling pro Woche plus Kost und Logis, wenn es nur immer so wäre wie jetzt. Das war, so dachte sie, ihre Berufung.

Fast jede Arbeit, die sie gänzlich ausfüllte, wäre ihr nach der grauenhaften Leere ihrer Zeit im Elend wie eine Wohltat erschienen. Aber dies hier war mehr als nur einfach ein Job; es war – so schien es ihr – eine Sendung, ein Lebenszweck. Sich bemühen, den verdummten Geist dieser Kinder zu wecken, den Schwindel, der im Namen der Bildung an ihnen verübt worden war, wieder gut zu machen – das war doch sicherlich etwas, dem sie sich mit Herz und Seele verschreiben konnte? Und so übersah sie also vorläufig im Interesse ihrer Arbeit die Widerwärtigkeiten des Lebens in Mrs. Creevys Haus und vergaß ganz ihre eigenartige, abnormale Stellung und die Unsicherheit ihrer Zukunft.

IV

Aber so konnte es natürlich nicht bleiben.

Es waren noch nicht viele Wochen vergangen, als die Eltern begannen, sich in Dorothys Arbeitsprogramm einzumischen. Das – Ärger mit den Eltern – gehört in einer Privatschule einfach zur Routine. Vom Standpunkt des Lehrers aus hat man mit den Eltern immer Ärger, und die Eltern von Kindern an einer viertklassigen Privatschule sind von Haus aus völlig unmöglich. Einerseits haben sie nur den leisesten Schimmer davon, was man unter Bildung versteht; andererseits betrachten sie das »Zur-Schule-Gehen« mit dem gleichen Auge wie eine Fleischer- oder Krämerrechnung, und sind ewig mißtrauisch, ob man sie nicht betrüge. Sie bombardieren den Lehrer mit fehlerhaften Briefen, in denen sie Unmögliches verlangen, und schicken diese per Hand, so daß das Kind sie auf dem Weg zur Schule liest. Am Ende der ersten vierzehn Tage brachte Mabel Briggs, eines der begabtesten Mädchen der Klasse, Dorothy die folgende Nachricht:

Sehr geehrte Miß! Würden Sie bitte Mabel etwas mehr ARITHMETIK *aufgeben? Ich finde, was Sie ihr aufgeben, ist nicht praktisch genug. Alle diese Landkarten und so etwas. Sie soll etwas Praktisches lernen, nicht dieses ausgefallene Zeug. Also mehr* ARITHMETIK, *wenn ich bitten darf. Hochachtungsvoll Ihr Geo. Briggs*
PS. Mabel sagt, sie wollen ihr etwas beibringen, was sich Dezimalzahlen nennt. Sie braucht keine Dezimalzahlen, sie braucht ARITHMETIK.

Also ließ Dorothy Mabel keine Geographie mehr machen, sondern gab ihr statt dessen zusätzlichen Rechenunterricht, worauf Mabel heulte. Eine Dame regte sich darüber auf, daß man ihrem Kind Shakespeare zu lesen gab. »Sie habe gehört«, so schrieb sie, »daß dieser Mr. Shakespeare ein Verfasser von

Bühnenstücken sei, und war Miß Millborough ganz sicher, daß das nicht ein sehr *unmoralischer* Schriftsteller war? Sie selbst sei noch kein einziges Mal in ihrem Leben im Kino gewesen, von Theaterstücken ganz zu schweigen, und ihrer Ansicht nach liege selbst im *Lesen* von Theaterstücken eine große Gefahr«, usw. usw. Sie gab allerdings nach, als man ihr mitteilte, daß Mr. Shakespeare tot sei. Das schien sie zu beruhigen. Ein anderes Elternpaar wollte für sein Kind unbedingt mehr Schönschreiben, und wieder ein anderes hielt Französisch für Zeitverschwendung; und so weiter, bis Dorothys sorgfältig ausgearbeiteter Stundenplan so gut wie kaputt war. Mrs. Creevy gab ihr eindeutig zu verstehen, daß sie alles tun müsse, was die Eltern verlangten – oder zumindest hatte sie diesen Anschein zu erwecken. In vielen Fällen war das fast unmöglich, denn es brachte alles durcheinander, wenn zum Beispiel ein Kind Rechnen übte, während die restliche Klasse Geschichte oder Geographie hatte. Aber in einer Privatschule ist das Wort der Eltern Gesetz. Diese Schulen leben wie Läden davon, daß sie ihren Kunden schmeicheln, und wenn ein Vater darauf besteht, daß sein Kind nichts anderes lernt als Schnurspielen und Keilschrift, dann hat der Lehrer darauf einzugehen, damit nur ja nicht die Schule einen Schüler verliert.

Die Berichte, die die Kinder über Dorothys Methoden nach Haus brachten, machten die Eltern langsam wirklich nervös. Sie konnten in diesen neumodischen Ideen, wie Landkarten aus Plastilin machen und Gedichte lesen, keinen wie immer gearteten Sinn erblicken –, während der alte mechanische Drill, der Dorothy so entsetzt hatte, ihnen überaus vernünftig schien. Sie wurden immer unruhiger und ihre Briefe mit dem Worte »praktisch« gepfeffert, worunter sie nichts anderes als mehr Schönschreiben und mehr Rechnen verstanden. Und selbst ihre Vorstellung von Arithmetik beschränkte sich auf Addition, Subtraktion, Multiplikation und »Üben«; mehrstellige Division war in ihren Augen bereits eine Art von Kunststück ohne praktischen Wert. Sehr wenige unter ihnen hätten selbst eine

Summe in Dezimalstellen ausrechnen können, daher legten sie auch keinen besonderen Wert darauf, daß ihre Kinder dazu imstande seien.

Wäre das alles gewesen, dann hätte es wahrscheinlich dennoch keinen ernsthaften Ärger gegeben. Die Eltern hätten an Dorothy herumgenörgelt, wie alle Eltern das tun; aber Dorothy hätte schließlich begriffen – wie das ebenfalls alle Lehrer früher oder später begreifen –, daß man, wenn man nur ein bißchen taktvoll ist, die Eltern ungestraft ignorieren darf. Aber eines gab es, was auf jeden Fall zur Katastrophe führen mußte, und das war der Umstand, daß die Eltern aller Kinder bis auf drei Nonkonformisten waren, Dorothy dagegen Anglikanerin. Zugegeben, Dorothy hatte ihren Glauben verloren – in den letzten zwei Monaten hatte sie, unter dem Druck der verschiedenen Abenteuer, kaum über ihren Glauben noch über dessen Verlust nachgedacht. Aber das machte nicht viel Unterschied; ob Katholik oder Anglikaner, Nonkonformist, Jude, Türke oder Heide, man behält immer die Denkungsart bei, in der man aufgezogen wurde. Dorothy, geboren und aufgezogen in der Tradition der Staatskirche, hatte kein Verständnis für die nonkonformistische Denkweise. Mit dem besten Willen der Welt konnte sie es nicht verhindern, daß sie Dinge tat, die bei manchen Eltern Anstoß erregten.

Gleich am Anfang gab es ein Geplänkel wegen der Bibelstunden – zweimal pro Woche lasen die Kinder immer zwei Kapitel aus der Bibel, abwechselnd aus dem Alten und dem Neuen Testament. Einige Eltern schrieben, Miß Millborough solle bitte Fragen, die die Kinder über die Jungfrau Maria stellten, *nicht* beantworten; Stellen, wo die Jungfrau Maria vorkam, sollten schweigend übergangen oder am besten ganz ausgelassen werden. Doch es war Shakespeare, dieser unmoralische Schriftsteller, der das Faß zum Überlaufen brachte. Die Mädchen hatten sich durch *Macbeth* durchgekämpft und warteten jetzt gespannt darauf, wie die Prophezeiung der Hexen in Erfüllung gehen würde. Sie kamen zu den letzten Szenen. Der Wald von Birnam war nach Dunsinane gekommen – das war erledigt; aber was war jetzt mit dem Mann, der nicht vom Weibe geboren ward? Sie kamen zu der katastrophalen Stelle:

Macbeth: »Verlorne Müh'!
So leicht magst du die unteilbare Luft
Mit scharfem Schwert durchhaun als mich verletzen.
Auf Schädel, die verwundbar, schwing den Stahl;
Mein Leben ist gefeit, kann nicht erliegen
Einem vom Weib Gebornen.«
Macduff: »So verzweifle
An deiner Kunst, und sage dir der Engel,
Dem du von je gedient, daß vor der Zeit
Macduff geschnitten ward aus Mutterleib.«

Die Mädchen blickten verwirrt drein. Einen Augenblick lang war Schweigen, und dann ein Gewirr von Stimmen in der Klasse:

»Bitte, Miß, was heißt das?«

Dorothy erklärte. Sie erklärte zögernd und unvollständig, mit einem plötzlichen unheimlichen Vorgefühl – einer Ahnung, daß das zu Unannehmlichkeiten führen könnte –, aber immerhin, sie erklärte. Und daraufhin ging der Spaß natürlich los.

Etwa die Hälfte der Kinder in der Klasse gingen heim und fragten ihre Eltern, was das denn heiße, »aus dem Mutterleib geschnitten«. Es gab eine plötzliche Aufregung, ein Hin und Her von Botschaften, einen elektrischen Schock des Entsetzens in fünfzehn anständigen nonkonformistischen Familien. An diesem Abend hielten die Eltern offenbar eine Art Konklave ab, denn am nächsten Abend, als die Schule eben zu Ende ging, erschien eine Abordnung bei Mrs. Creevy. Dorothy hörte sie einzeln und paarweise eintreffen und erriet, was im Anzug war. Kaum hatte sie die Kinder entlassen, da hörte sie Mrs. Creevy scharf die Treppe herunterrufen:

»Miß Millborough, kommen Sie eine Minute herauf!«

Dorothy ging hinauf – und bemühte sich, das Zittern in ihren Knien zu beherrschen. In dem nüchternen Wohnzimmer stand

Mrs. Creevy grimmig neben dem Klavier, und rund herum auf Roßhaarstühlen saßen wie ein Kreis von Inquisitoren sechs Väter und Mütter. Da war der Mr. Geo. Briggs, der den Brief wegen Mabels Arithmetik geschrieben hatte – ein wachsam dreinschauender Gemüsehändler mit einer vertrockneten, zänkischen Gattin –, dann ein massiger, büffelartiger Mann mit hängendem Schnauzbart und einer farblosen, merkwürdig *flachen* Gemahlin, die aussah, als sei sie vom Druck eines schweren Gegenstandes flachgewalzt worden – ihres Mannes vielleicht. Die Namen der beiden anderen hatte Dorothy nicht verstanden. Dann war auch noch Mrs. Williams da, die Mutter der Schwachsinnigen, eine kleine, dunkle, stumpfe Frau, die immer dem recht gab, der zuletzt gesprochen hatte, sowie ein Mr. Poynder, Handlungsreisender. Das war ein nicht mehr ganz junger Mann mit grauem Gesicht, beweglichen Lippen und einer Glatze, über die er sorgfältig ein paar Strähnen eklig aussehender, feuchter Haare gelegt hatte. Dem Besuch der Eltern zu Ehren schwelte ein Feuer, bestehend aus drei Kohlen, im Kaminrost vor sich hin.

»Setzen Sie sich hierher, Miß Millborough«, sagte Mrs. Creevy und deutete auf einen harten Stuhl, der wie ein Büßerschemel mitten im Kreis der Eltern stand.

Dorothy setzte sich.

»Und jetzt«, sagte Mrs. Creevy, »jetzt passen Sie nur einmal genau auf, was Mr. Poynder Ihnen zu sagen hat.«

Mr. Poynder hatte eine ganze Menge zu sagen. Die anderen Eltern hatten ihn offenbar zu ihrem Sprecher gewählt, und er redete, bis Spuren gelblichen Schaums in seinen Mundwinkeln erschienen. Und besonders bemerkenswert daran war, daß er das alles fertig brachte – so außerordentlich viel lag ihm daran, daß der Anstand gewahrt bliebe –, ohne auch nur einmal jenen Ausdruck, der die ganze Aufregung verursacht hatte, in den Mund zu nehmen.

»Ich glaube, daß ich in unser aller Namen spreche«, sagte er mit seiner öligen Beredsamkeit des Vertreters, »wenn ich sage, daß Miß Millborough, wenn sie gewußt hätte, daß dieses Stück –

Macduff, oder wie es heißt – derartige Worte enthielt wie – nun, solche Worte wie die, über die wir eben gesprochen haben, dann hätte sie es den Kindern erst gar nicht zu lesen geben dürfen. Meiner Meinung nach ist es eine Schande, daß Schulbücher mit solchen Ausdrücken darin überhaupt gedruckt werden. Ich bin überzeugt, wenn einer von uns gewußt hätte, daß Shakespeare ein solches Zeug schrieb, dann hätten wir uns das von Anfang an nicht bieten lassen. Ich muß sagen, ich bin überrascht. Erst vor kurzem habe ich morgens in meiner *News Chronicle* gelesen, daß Shakespeare der Vater der englischen Literatur sein soll; also wenn das Literatur ist, dann bitte etwas *weniger* Literatur, sage ich. Ich glaube, darin wird mir wohl jeder zustimmen. Falls aber Miß Millborough vielleicht nicht gewußt hat, daß dieses Wort – also eben das Wort, von dem ich spreche – kommen würde, dann hätte sie einfach weitergehen und überhaupt nicht darauf eingehen sollen. Es bestand nicht die geringste Notwendigkeit, ihnen das jetzt zu erklären. Sagen Sie ihnen einfach, sie sollen still sein und keine Fragen stellen – so wird man am besten mit Kindern fertig.«

»Aber die Kinder hätten das Stück nicht verstanden, wenn ich es ihnen nicht erklärt hätte!« protestierte Dorothy zum dritten- oder viertenmal.

»Natürlich nicht! Sie verstehen offenbar nicht, was ich sagen will, Miß Millborough! Wir wollen nicht, daß sie es verstehen. Glauben Sie, wir wollen, daß sie aus Büchern schmutzige Ideen bekommen? Davon lernen sie schon genug von allen diesen schmutzigen Filmen und diesen billigen Frauenmagazinen, die sie in die Hände bekommen – alle diese ordinären, schmutzigen Liebesgeschichten mit Bildern von – also, darüber will ich nicht reden. Wir schicken unsere Kinder nicht zur Schule, damit man ihnen Ideen in den Kopf setzt. Und wenn ich das sage, dann spreche ich im Namen aller Eltern. Wir sind alles anständige, gottesfürchtige Leute – einige von uns sind Baptisten, einige Methodisten, und ein oder zwei sind sogar bei der anglikanischen Hochkirche; aber in einem Falle wie diesem können wir unsere Differenzen vergessen – und wir versuchen, unsere Kinder anständig aufzuziehen und sie vor jedem Wissen um die sogenannten Tatsachen des Lebens zu bewahren. Wenn es nach mir ginge, dann würde kein Kind – jedenfalls kein Mädchen – von diesen Dingen irgend etwas erfahren, bis sie einundzwanzig ist.«

Es folgte von seiten der Eltern ein allgemeines Nicken, und der büffelartige Mann fügte hinzu: »Jawohl, jawohl. Völlig meiner Meinung, Mr. Poynder. Jawohl, Jawohl!«, mit dem Brustton der Überzeugung.

Nachdem er mit Shakespeare fertig war, fügte Mr. Poynder einige Bemerkungen über Dorothys neumodische Unterrichtsmethoden hinzu, was Mr. Geo. Briggs Gelegenheit gab, von Zeit zu Zeit herauszupoltern: »Genau! Praktische Arbeit – das brauchen wir – praktische Arbeit! Nicht dieses ganze komische Zeug wie Lirrik und Landkarten-Machen und Papierschnitzel aufkleben und so weiter. Die sollen nur ordentlich Rechnen und Schönschreiben lernen, alles andere kann mir gestohlen bleiben. Praktische Arbeit! Sie haben es gesagt!«

Das ging etwa zwanzig Minuten lang so dahin. Zuerst versuchte Dorothy, sich zu verteidigen, aber dann sah sie, wie Mrs. Creevy hinter der Schulter des büffelartigen Mannes zornig den Kopf gegen sie schüttelte, und faßte das zu Recht als Zeichen auf, doch still zu sein. Als die Eltern schließlich fertig waren, hatten sie Dorothy fast zum Weinen gebracht; jetzt machten sie sich zum Aufbruch bereit. Aber Mrs. Creevy hielt sie zurück.

»Eine Minute, bitte, meine Damen und Herrn«, sagte sie. »Jetzt, wo Sie alle gesagt haben, was Sie zu sagen hatten – und ich bin also wirklich sehr froh, Ihnen die Gelegenheit dazu gegeben zu haben –, jetzt möchte ich auch gern selber noch ein paar kleine Bemerkungen hinzufügen. Nur um die Dinge klarzustellen, falls nämlich jemand von Ihnen glauben sollte, *ich* wäre an der häßlichen Sache Schuld, die da passiert ist. Und *Sie* bleiben auch hier, Miß Millborough!« fügte sie hinzu.

Und sie fiel über Dorothy her und kanzelte sie über zehn

Minuten lang vor den Eltern auf eine überaus giftige Art ab. Es lief darauf hinaus, daß Dorothy diese schmutzigen Bücher hinter ihrem Rücken ins Haus gebracht habe; daß das Undankbarkeit und ein ungeheuerlicher Vertrauensbruch sei; und daß sie Dorothy, sollte irgend etwas in dieser Art jemals wieder passieren, mit einem Wochenlohn in ihrer Tasche auf die Straße setzen werde. Sie ließ nicht locker und fing immer wieder von vorn an. Phrasen wie »Mädchen, das ich ins Haus genommen habe«, »mein Brot essen« und sogar »von meiner Wohltätigkeit leben« kamen wieder und wieder vor. Die Eltern saßen rund herum und sahen zu, und in ihren stumpfen Gesichtern – die nicht gewalttätig oder böse waren, nur abgestumpft durch Unwissenheit und kleinliche, spießbürgerliche Tugenden – zeichnete sich eine feierliche Zustimmung ab, ein feierlicher Genuß am Schauspiel einer strengen Zurechtweisung des Sünders. Dorothy verstand das; sie verstand, daß es notwendig war, daß Mrs. Creevy sie vor den Eltern abkanzelte, damit diese das Gefühl bekämen, daß ihnen für ihr Geld auch etwas geboten werde, und zufrieden nach Haus gingen. Aber dennoch, als der Strom der niedrigen, grausamen Vorwürfe immer weiter und weiter ging, da stieg ein solcher Zorn in ihrem Herzen hoch, daß sie mit Vergnügen aufstehen und Mrs. Creevy ins Gesicht hätte schlagen können. Wieder und wieder dachte sie: »Ich lasse es mir nicht gefallen, ich lasse es mir nicht länger gefallen! Ich werde ihr sagen, was ich von ihr halte, und dann schnurstracks das Haus verlassen!« Aber sie tat nichts dergleichen. Mit furchtbarer Klarheit erkannte sie die Hilflosigkeit ihrer Lage. Was auch geschah, welche Beleidigungen sie auch schlucken mußte, sie durfte ihre Arbeit nicht verlieren. Also saß sie ganz still da, mit gedemütigtem rosa Gesicht, vom Kreis der Eltern umgeben, und bald verwandelte sich ihr Zorn in Jammer, und sie erkannte, daß sie anfangen würde zu heulen, wenn sie nicht dagegen ankämpfte. Aber sie erkannte auch, daß sie mit ihren Tränen das Faß zum Überlaufen bringen und die Eltern ihre Entlassung verlangen würden. Und so grub sie, um sich zu beherrschen, ihre Nägel so tief in ihre

Handflächen ein, daß sie nachher sah, daß ein paar Tropfen Blut gekommen waren.

Nach einer Weile erschöpfte sich die Strafpredigt in Versicherungen von seiten Mrs. Creevys, daß das nie wieder vorkommen und der anstößige Shakespeare sofort verbrannt werde. Die Eltern waren jetzt zufrieden. Dorothy hatte ihre Lektion bekommen und würde zweifellos daraus lernen; sie trugen ihr nichts nach und wären nicht auf den Gedanken gekommen, daß sie sie gedemütigt haben könnten. Sie verabschiedeten sich von Mrs. Creevy, verabschiedeten sich – um einiges kühler – auch von Dorothy und gingen. Dorothy erhob sich ebenfalls zum Gehen, aber Mrs. Creevy deutete an, sie möge bleiben, wo sie war.

»Sie warten eine Minute hier«, sagte sie unheilverkündend, als die Eltern den Raum verließen. »Mit Ihnen bin ich noch nicht fertig – noch lange nicht.«

Dorothy setzte sich wieder. Sie fühlte sich schwach in den Knien und den Tränen näher als je. Nachdem Mrs. Creevy die Eltern beim Vordereingang hinausgebracht hatte, kam sie mit einer Schale Wasser zurück, das sie über das Feuer goß – denn was hätte es für einen Sinn, gute Kohle zu verbrennen, nachdem die Eltern fort waren? Dorothy erwartete, daß die Strafpredigt jetzt wieder von vorn anfangen werde. Aber Mrs. Creevys Zorn hatte sich anscheinend abgekühlt – zumindest hatte sie jetzt diesen Ausdruck einer aufgebrachten Rechtschaffenheit abgelegt, den sie vor den Eltern hatte annehmen müssen.

»Ich möchte mich mit Ihnen einfach noch ein bißchen unterhalten, Miß Millborough«, sagte sie. »Es ist Zeit, daß wir ein für allemal festlegen, wie diese Schule geführt und wie sie nicht geführt werden soll.«

»Ja«, sagte Dorothy.

»Ich möchte ganz offen zu Ihnen sein. Als Sie hierher kamen, konnte ich mit bloßem Auge sehen, daß Sie vom Unterrichten keine Ahnung hatten; aber das hätte mich nicht gestört, hätten Sie nur soviel Hausverstand gehabt wie jedes andere Mädchen auch. Das hatten Sie aber offenbar nicht. Da lasse ich Ihnen ein oder zwei Wochen lang Ihren Willen, und Sie gehen hin und bringen alle Eltern gegen uns auf. Also, das mache ich nicht mehr mit. Von jetzt an geschieht alles, wie *ich* es will, nicht wie Sie es wollen. Ist das klar?«

»Ja«, sagte Dorothy wieder.

»Sie brauchen nicht zu glauben, daß ich auf Sie angewiesen bin«, fuhr Mrs. Creevy fort. »Lehrer gibt's wie Sand am Meer, M.A.s und B.A.s und was Sie wollen. Nur neigen die M.A.s und B.A.s meistens zum Trinken, oder sie – nun, das ist ja egal – und Ihnen will ich zugute halten, daß Sie sich nicht mit Alkohol und ähnlichem abgeben. Ich würde sagen, daß wir beide uns ganz gut vertragen können, wenn Sie diese neumodischen Ideen aufgeben und begreifen, was praktischer Schulunterricht eigentlich ist. Und jetzt hören Sie mir einmal gut zu.«

Dorothy hörte zu. Mit bewundernswerter Klarheit und einem Zynismus, der, weil völlig unbewußt, nur um so wiederwärtiger war, erklärte Mrs. Creevy die Technik jenes schmutzigen Schwindels, den sie praktischen Schulunterricht nannte.

»Was Sie sich ein für allemal merken müssen«, begann sie, »das ist, daß es nur eines gibt, worauf es in einer Schule ankommt, und das ist das Schulgeld. ›Den kindlichen Geist fördern‹ und solches Zeug, wie Sie es nennen, das hat weder Hand noch Fuß. Was für mich zählt, ist das Schulgeld, und nicht *den kindlichen Geist fördern.* Das sagt einem schließlich der gesunde Hausverstand. Man darf doch nicht annehmen, daß jemand sich die Mühe macht und eine Schule führt und sich sein Haus von einem Haufen von Fratzen auf den Kopf stellen läßt, wenn dabei nicht etwas Geld herausschauen würde. Das Schulgeld kommt zuerst, und alles andere kommt hinterher. Hab ich Ihnen das nicht gleich an Ihrem ersten Tag hier gesagt?«

»Ja«, gab Dorothy demütig zu.

»Na also – und da die Eltern das Schulgeld zahlen, müssen Sie auch in erster Linie an die Eltern denken. Tun Sie, was die Eltern wünschen – das ist unsere Regel hier. Kann schon sein, daß dieses

Herumspielen mit Plastilin und Papierschnitzeln, das Ihnen so am Herzen liegt, den Kindern gar nicht schadet; aber die Eltern wünschen es nicht, und damit ist der Fall erledigt. Es gibt eigentlich nur zwei Fächer, in denen sie Kinder unterrichtet haben wollen, und das ist Schönschreiben und Arithmetik. Ganz besonders Schönschreiben. Das ist etwas, worin Sie einen Sinn sehen können. Daher müssen Sie also darauf das meiste Gewicht legen. Jede Menge saubere, ordentliche Abschreibearbeiten, die die Mädchen heimnehmen können, und die die Eltern dann voll Stolz den Nachbarn zeigen und damit kostenlos für uns ein bißchen Reklame machen. Ich möchte also, daß Sie mit den Kindern jeden Tag zwei Stunden Schönschreiben üben und sonst gar nichts.«

»Jeden Tag zwei Stunden Schönschreiben und sonst gar nichts«, wiederholte Dorothy gehorsam.

»Richtig. Und außerdem eine Menge Arithmetik. Die Eltern sind sehr scharf auf Arithmetik: besonders aufs Geld zählen. Sie dürfen nie die Eltern aus dem Blick verlieren. Wenn Sie einem von ihnen auf der Straße begegnen, dann halten Sie sie fest und erzählen Sie ihnen etwas über ihre Tochter. Tun Sie, als ob sie die Beste der ganzen Klasse wäre, und daß sie das reinste Wunderkind sein wird, wenn sie noch drei Trimester länger bleibt. Begreifen Sie, was ich meine? Sagen Sie ihnen ja nicht, daß aus dem Kind nichts wird; denn wenn Sie ihnen *das* sagen, dann nehmen sie im allgemeinen ihr Kind aus der Schule. Nur noch drei Trimester – das sagt man ihnen am besten. Und wenn Sie die Trimester-Zeugnisse ausschreiben, dann bringen Sie sie vorher zu mir und lassen Sie sie mich studieren. Die eigentliche Benotung mache ich immer am liebsten selbst.«

Mrs. Creevys Blick traf Dorothys Auge. Sie hatte vielleicht noch sagen wollen, daß sie die Noten immer so erteilte, daß jedes Mädchen an der Spitze der Klasse zu liegen schien; aber sie verbiß es sich. Dorothy konnte einen Moment lang nicht antworten. Nach außen hin wirkte sie nachgiebig und sehr blaß, aber in ihrem Herzen empfand sie Wut und einen tödlichen Ekel, den sie erst bekämpfen mußte, bevor sie sprechen konnte. Es wäre ihr allerdings nicht eingefallen, Mrs. Creevy zu widersprechen. Die Strafpredigt hatte ihren Geist gebrochen. Sie sagte mit mühsam beherrschter Stimme:

»Ich soll also nichts als Schönschreiben und Arithmetik unterrichten – stimmt das?«

»Das habe ich nicht ausdrücklich gesagt. Es gibt eine Menge von anderen Fächern, die sich auf dem Prospekt sehr gut machen. Französisch zum Beispiel – Französisch macht sich auf dem Prospekt ganz *ungemein* gut. Aber das ist kein Fach, mit dem Sie sehr viel Zeit verschwenden sollten. Stopfen Sie sie nur nicht mit einem Haufen Grammatik und Syntax und Verben und so Sachen voll. So viel *ich* sehen kann, bringt das die Kinder überhaupt nicht weiter. Trichtern Sie ihnen ein bißchen *›Parlez-vous français‹* ein, und *›Passez-moi le beurre‹*, und so weiter; das ist viel nützlicher für sie als die Grammatik. Und dann wäre noch Latein – Latein gebe ich immer in den Prospekt. Aber Sie sind wahrscheinlich auch nicht groß in Latein, oder?«

»Nein«, gestand Dorothy.

»Das macht nichts. Sie müssen es nicht unterrichten. Von *unseren* Eltern sähe es niemand gern, daß sein Kind seine Zeit mit Latein vertut. Aber sie sehen es gern, wenn's im Prospekt steht. Das wirkt so gebildet. Natürlich gibt es eine ganze Reihe von Fächern, die wir gar nicht unterrichten können, aber angeben müssen wir sie trotzdem. Buchhaltung und Maschinenschreiben und Kurzschrift, zum Beispiel; außerdem auch Musik und Tanz. Auf dem Prospekt macht sich das alles sehr gut.«

»Arithmetik, Schönschreiben, Französisch – sonst noch etwas?« fragte Dorothy.

»Ja, nun – Geschichte und Geographie und englische Literatur natürlich. Aber mit diesem Landkarten-Machen hören Sie sofort auf – das ist nichts als Zeitverschwendung. Der beste Geographieunterricht besteht im Aufzählen von Hauptstädten. Bringen Sie sie so weit, daß sie die Hauptstädte aller englischen Grafschaften so herunterrattern können wie das Einmaleins. Dann haben sie jedenfalls von ihrem Unterricht etwas vorzuzeigen. Und in Geschichte bleiben Sie nur bei der *Geschichte Englands in hundert Seiten.* Ich erlaube nicht, daß Sie sie aus diesen großen Geschichtsbüchern unterrichten, die Sie immer aus der Bücherei ins Haus schleppen. Neulich hab' ich eins von diesen Büchern aufgeschlagen, und das erste, was ich fand, war eine Stelle, wo es hieß, daß die Engländer in irgendeiner Schlacht geschlagen worden seien. Schöne Sachen bringen Sie unseren Kindern bei! Das werden die Eltern nicht ruhig hinnehmen, das sage ich Ihnen!«

»Und Literatur?« fragte Dorothy.

»Ein bißchen lesen müssen sie natürlich, aber ich kann nicht verstehen, warum Sie über unsere netten kleinen Lesebücher Ihre Nase rümpfen. Machen Sie nur weiter damit. Die sind zwar etwas alt, aber für ein Rudel Kinder immer noch gut genug, würde ich meinen. Und sie können sicher auch ein paar Gedichte auswendig lernen. Manche Eltern haben es gern, wenn ihr Kind ein Gedicht aufsagen kann. ›Der Knabe stand am brennenden Deck‹ – das ist ein sehr gutes Stück – und dann gibt es ›Der Untergang des Dampfers‹ – wie hat das Schiff nur geheißen? ›Der Untergang des Dampfers Hesperus‹. Hin und wieder einmal ein Gedicht kann gar nicht schaden. Aber, *bitte,* auf Shakespeare können wir gut und gern verzichten!«

An diesem Tag bekam Dorothy nichts zu essen. Die Essenszeit war längst vorüber, aber als Mrs. Creevy mit ihrer Predigt fertig war, schickte sie Dorothy hinaus, ohne den Gegenstand auch nur zu erwähnen. Vielleicht war das noch eine kleine zusätzliche Bestrafung für die *Macbeth-Affäre.*

Dorothy hatte keine Erlaubnis zum Fortgehen eingeholt, aber sie hatte nicht das Gefühl, daß sie in dem Haus noch länger bleiben konnte. Sie holte sich Hut und Mantel und machte sich auf der spärlich erleuchteten Straße auf den Weg zur öffentlichen Bücherei. Es war gegen Ende November. Obwohl der Tag feucht gewesen war, blies der Wind jetzt scharf wie eine Drohung durch die beinahe nackten Bäume, daß die Gaslaternen trotz ihrer Glasröhren flackerten und die durchweichten Blätter auf dem Gehsteig raschelten. Dorothy fröstelte ein wenig. Der rauhe Wind weckte eine durchdringende Erinnerung an die Kälte auf dem Trafalgar Square. Und obwohl sie nicht wirklich glaubte, daß der Verlust ihrer Stelle die Rückkehr in die Zwischenwelt bedeuten würde, aus der sie gekommen war – so verzweifelt war die Lage jetzt nicht; im schlimmsten Fall würde ihr Vetter oder sonst jemand ihr helfen –, so hatte doch Mrs. Creevys »Abkanzelung« den Trafalgar Square plötzlich viel näher rücken lassen. Es war ihr ein viel tieferes Verständnis jenes großen modernen Gebotes eingehämmert worden, als sie zuvor gehabt hatte – des elften Gebotes, das alle anderen abgelöst hat: »Du sollst deine Stelle nicht verlieren.«

Was aber Mrs. Creevy über den »praktischen Schulunterricht« geäußert hatte, war nichts anderes gewesen als eine realistische Einschätzung der Tatsachen. Sie hatte nur laut geäußert, was die meisten Leute in ihrer Stellung denken, aber nicht sagen. Ihre mehrmals wiederholte Phrase: »Was mich interessiert, ist das Schulgeld«, war ein Motto, das über den Toren jeder einzelnen englischen Privatschule geschrieben sein könnte – nein, sollte.

Es gibt übrigens in England riesige Mengen von Privatschulen. In jedem Londoner Vorort und in jeder Provinzstadt gibt es sie dutzend-, ja schockweise, zweitklassige, drittklassige und viertklassige (Ringwood House war ein viertklassiges Exemplar). Zu jedem beliebigen Zeitpunkt existieren so etwa an die zehntausend Privatschulen, von denen weniger als eintausend der Kontrolle der Regierung unterstehen. Und obwohl manche besser sind als andere und eine bestimmte Anzahl wahrscheinlich sogar besser ist als die öffentlichen Schulen, denen sie Konkurrenz machen, so leiden sie doch alle unter demselben grundlegenden Übel: daß sie letzten Endes keinen anderen Zweck haben, als Geld einzubringen. Oft werden sie in genau dem gleichen Geist gegründet wie ein Bordell oder eine Winkelbörse, nur daß eben nichts Illegales an ihnen ist. Irgendein schmieriger kleiner Geschäftsmann (es ist durchaus üblich, daß die Besitzer dieser

Schulen nicht selbst unterrichten) sagt eines Morgens zu seiner Frau:

»Emma, mir ist was eingefallen! Was sagst du dazu, wenn wir zwei eine Schule aufmachen, he? Mit einer Schule kann man ganz schön was verdienen, weißt du, und man hat nicht so viel Strapazen wie in einem Laden oder einem Wirtshaus. Und außerdem riskiert man nichts; keine Betriebskosten, bis auf die Miete und ein paar Pulte und eine Tafel. Aber wir lassen was springen. Wir holen uns einen von diesen Oxford- oder Cambridge-Burschen, die ohne Stellung sind und nicht viel kosten, und stecken ihn in einen Talar und – wie nennt man diese kleinen viereckigen Hüte mit Quasten darauf? Da werden die Eltern schauen, was? Halte du nur deine Augen offen und schau, ob du nicht eine gute Gegend findest, wo noch nicht zu viele am Ball sind.«

Und er sucht sich einen Platz in einem jener kleinbürgerlichen Bezirke, wo die Leute zu arm sind, als daß sie das Schulgeld für eine ordentliche Schule aufbringen könnten, aber auch zu stolz, um ihre Kinder in die öffentlichen Schulen zu schicken, und richtet sich ein. Im Lauf der Zeit erwirbt er sich einen festen Kundenstamm, gar nicht anders wie der Milchmann oder der Gemüsehändler, und wenn er taktvoll und gerieben ist und nicht zu viele Konkurrenten hat, dann macht er damit pro Jahr seine paar hundert Pfund.

Natürlich sind diese Schulen nicht alle gleich. Nicht jeder Prinzipal ist so ein habgieriger, gemeiner Zankteufel wie Mrs. Creevy, und es gibt viele Schulen, wo die Atmosphäre freundlich und anständig ist und der Unterricht so gut, wie man das bei einem Schulgeld von fünf Pfund pro Trimester vernünftigerweise erwarten kann. Dafür sind andere Schulen ein Skandal, der zum Himmel schreit. Später, als Dorothy eine der Lehrerinnen in einer anderen Privatschule in Southbridge kennenlernte, da erfuhr sie Geschichten über Schulen, die noch viel, viel ärger waren als Ringwood House. Sie hörte von billigen Internaten, wo Schauspieler auf Tournee ihre Kinder abgaben, so wie man sein Gepäck in der Gepäckaufbewahrung am Bahnhof aufgibt, und wo die Kinder einfach dahinvegetierten und überhaupt nichts taten und im Alter von sechzehn Jahren noch nicht lesen konnten; und von einer anderen Schule, wo die Tage in unaufhörlichem Randalieren vergingen, und ein gebrochener alter Jämmerling von einem Schulmeister hinter den Jungen herrannte und mit seinem Rohrstock auf sie eindrosch und dann plötzlich zusammenbrach und heulend den Kopf auf ein Pult legte, während die Jungen ihn auslachten. Solange die Schulen vor allem um des Geldes willen betrieben werden, solange werden derartige Dinge eben passieren. Die teuren Privatschulen, wo die Reichen ihre Kinder hinschicken, sind, oberflächlich betrachtet, nicht so schlecht wie die anderen, denn sie können sich ordentliche Lehrer leisten, und das Prüfungssystem der Public Schools bewirkt, daß sie ihr Niveau halten; aber auch sie haben den gleichen grundlegenden Makel.

Dorothy fand diese Tatsachen über die Privatschulen erst später heraus und auch nicht alles auf einmal. Anfangs litt sie unter der absurden Angst, die Schulinspektoren könnten eines Tages in Ringwood House auftauchen, entdecken, was für ein Betrug und Schwindel das alles war, und dementsprechend Krach schlagen. Später wurde ihr jedoch klar, daß das nie passieren konnte. Ringwood House war nicht »anerkannt« und unterlag daher auch keiner Inspektion. Eines Tages besuchte zwar tatsächlich ein Regierungsinspektor die Schule, aber er maß nur das Klassenzimmer aus, um festzustellen, ob auch wirklich jedes Mädchen die ihr zustehende Menge an Luft in Kubikfuß hatte, sonst tat er nichts; zu mehr hatte er nicht das Recht. Nur die winzige Minorität von »anerkannten« Schulen – weniger als zehn Prozent – werden offiziell daraufhin inspiziert, ob sie einigermaßen dem Unterrichtsstandard entsprechen. Alle anderen dürfen in völliger Freiheit unterrichten oder nicht unterrichten, was sie wollen. Niemand kontrolliert oder inspiziert sie, bis auf die Eltern der Kinder – Blinde, von Blinden geführt.

V

Am nächsten Tag fing Dorothy an, ihr Unterrichtsprogramm nach Mrs. Creevys Anordnungen neu zu gestalten. Die erste Stunde des Tages war Schönschreiben, und die zweite Geographie.

»Das genügt, Mädchen«, sagte Dorothy, als die Uhr mit Grabesstimme zehn schlug. »Jetzt beginnen wir mit unserer Geographiestunde.«

Die Mädchen rissen ihre Pulte auf und räumten die verhaßten Schönschreibhefte mit hörbaren Seufzern der Erleichterung weg. Man hörte »Ah, Geographie! Fein!« murmeln. Geographie war eines ihrer Lieblingsfächer. Die beiden Mädchen, die diese Woche »Aufsicht« hatten, und deren Aufgabe es war, die Tafel zu säubern, Hefte einzusammeln und so weiter (und Kinder reißen sich um das Vorrecht derartiger Aufgaben), sprangen von ihren Plätzen auf, um die halb fertige Reliefkarte zu holen, die an der Wand lehnte. Aber Dorothy rief sie zurück.

»Wartet einen Moment. Wir machen heute nicht mit der Karte weiter.«

Es gab einen Aufschrei der Enttäuschung. »Oh, Miß! Warum nicht, Miß? *Bitte,* machen wir doch weiter damit!«

»Nein. Wir haben leider in der letzten Zeit zu viele Stunden mit der Karte vertan. Jetzt werden wir einige Hauptstädte von englischen Grafschaften lernen. Ich möchte, daß jedes einzelne Mädchen in der Klasse bis zum Ende des Trimesters alle Hauptstädte auswendig kann.«

Die Kinder sahen bestürzt drein. Dorothy bemerkte es, und mit gespielter Heiterkeit fügte sie hinzu – mit jener hohlen, künstlichen guten Laune des Lehrers, der versucht, einen langweiligen Gegenstand für interessant zu verkaufen:

»Stellt euch nur vor, wie eure Eltern sich freuen werden, wenn sie euch nach einer Grafschaftshauptstadt fragen, und ihr könnt sie ihnen sagen!«

Die Kinder waren nicht im geringsten beeindruckt. Sie wanden sich bei der schrecklichen Aussicht.

»Uh, *Hauptstädte! Hauptstädte* büffeln! Genau das haben wir immer bei Miß Strong gemacht. Bitte, Miß, *warum* können wir nicht mit der Karte weitermachen?«

»Keine Debatten, bitte. Nehmt eure Hefte heraus und schreibt nach meinem Diktat. Und nachher sagen wir sie alle miteinander auf.«

Unwillig und noch immer murrend fischten die Kinder ihre Hefte heraus. »Bitte, Miß, können wir *nächstesmal* mit der Karte weitermachen?«

»Ich weiß es nicht. Wir werden sehen.«

Am gleichen Nachmittag wurde die Karte aus dem Klassenzimmer entfernt, und Mrs. Creevy kratzte das Plastilin vom Brett ab und warf es weg. Und genauso war es mit allen anderen Gegenständen, einem nach dem anderen. Alle Veränderungen, die Dorothy eingeführt hatte, wurden wieder rückgängig gemacht. Sie kehrten zurück zum geistlosen Drill mit endlosen »Kopien« und endlosem »Übungs-Rechnen«, zum papageienhaften Auswendiglernen von *»Passez-moi le beurre«* und *»Le fils du jardinier a perdu son chapeau«* zur *Hundert-Seiten-Geschichte* und dem unerträglichen kleinen »Lesebuch«. (Den Shakespeare hatte Mrs. Creevy konfisziert, angeblich um ihn zu verbrennen. Wahrscheinlicher war es, daß sie ihn verkauft hatte.) Zwei Stunden täglich wurden dem Schönschreiben vorbehalten. Die beiden deprimierenden schwarzen Papiere, die Dorothy von der Wand genommen hatte, hingen wieder dort, die Sprüche prangten in frischer Schönschrift darauf. Und die Geschichts-Wandkarte wurde von Mrs. Creevy abgenommen und verbrannt.

Als die Kinder erkannten, daß die verhaßten Stunden, von denen sie sich für immer befreit geglaubt hatten, eine nach der anderen wieder zurückkehrten, waren sie zuerst verblüfft, dann unglücklich und dann böse. Aber für Dorothy war es noch ärger als für die Kinder. Schon nach zwei Tagen verursachte ihr der Unsinn, den sie ihnen aufzwingen mußte, eine solche Übelkeit, daß sie daran zu zweifeln begann, ob sie das noch länger aushalten könne. Immer wieder spielte sie mit der Idee, Mrs. Creevy zu hintergehen. Warum kann ich nicht, so überlegte sie – wenn die Kinder bei dieser Quälerei ächzten und stöhnten und schwitzten –, warum kann ich nicht wieder einen anständigen Unterricht machen, und sei's nur für eine oder zwei Stunden täglich? Oder warum lassen wir nicht diese ganze Unterrichts-Vorspiegelung fallen und lassen die Kinder einfach spielen? Das wäre um so vieles besser für sie als dies hier. Sollen sie doch zeichnen oder etwas aus Plastilin machen, oder Märchen erfinden – irgend etwas *Echtes,* etwas, das sie interessiert, anstelle dieses gräßlichen Unsinns. Aber sie wagte es nicht. Mrs. Creevy konnte jeden Moment hereinkommen, und wenn sie entdeckte, daß die Kinder »herumspielten«, anstatt mit ihrem Drill weiterzumachen, dann würde es einen furchtbaren Auflauf geben. Also verhärtete Dorothy ihr Herz und befolgte Mrs. Creevys Anordnungen bis aufs I-Tüpfchen, und bald waren die Dinge ziemlich genau wie in der Zeit, bevor es Miß Strong »schlecht geworden« war.

Die Stunden erreichten einen solchen Gipfelpunkt der Langeweile, daß Mr. Booths sogenannte Chemiestunde an Donnerstagnachmittagen zum Lichtblick der ganzen Woche wurden. Mr. Booth war ein mickriger, zittriger Mann von etwa fünfzig Jahren, mit langem, feuchtem, kuhfladenfarbenem Schnauzbart. Vor langer Zeit einmal war er Lehrer in einer Public School gewesen, aber heute verdiente er sich mit Unterrichtsstunden gegen zwei Shilling und sechs Pence das Stück gerade genug, um chronisch angesäuselt zu bleiben. Sein Unterricht bestand aus nichtssagendem Geschwätz. Selbst in seiner Glanzzeit war Mr. Booth kein besonders brillanter Vortragender gewesen, und jetzt, nachdem er seinen ersten Anfall von Delirium tremens hinter sich hatte und in täglicher Angst vor dem zweiten lebte, entglitt ihm das chemische Wissen, das er vielleicht einmal besessen hatte, mit zunehmender Schnelligkeit. Leicht schwankend stand er vor der Klasse, sagte zum x-tenmal dasselbe und versuchte vergeblich, sich zu erinnern, worüber er eben gesprochen hatte. »Denkt daran, Mädchen«, sagte er dann mit seiner belegten, pseudo-väterlichen Stimme, »die Anzahl der Elemente ist dreiundneunzig – dreiundneunzig Elemente, Mädchen – ihr wißt ja alle, was ein Element ist, nicht wahr? –, und es gibt genau dreiundneunzig davon – merkt euch diese Zahl, Mädchen –, dreiundneunzig«, bis Dorothy (sie mußte im Klassenzimmer bleiben, denn Mrs. Creevy fand, es schicke sich nicht, die Mädchen mit einem Mann allein zu lassen) sich so für ihn schämte, daß sie ganz unglücklich war. Der Unterricht begann jedesmal mit den dreiundneunzig Elementen und kam nie viel weiter. Mr. Booth redete immer wieder von einem »sehr interessanten kleinen Experiment, das ich euch nächste Woche vorführen werde, Mädchen – es wird euch sehr interessieren – nächste Woche auf jeden Fall –, ein sehr interessantes kleines Experiment«, welches, überflüssig zu sagen, niemals gemacht wurde. Mr. Booth besaß keinerlei chemische Geräte, und selbst wenn er welche gehabt hätte, so waren doch seine Hände viel zu zittrig, als daß er damit hätte umgehen können. Die Mädchen ließen seinen Vortrag über sich ergehen und fielen dabei vor Langeweile in eine talgige Erstarrung, aber selbst er war eine willkommene Abwechslung von den Schönschreibstunden.

Nach dem Besuch der Eltern wurden die Kinder anders zu Dorothy. Sie änderten sich natürlich nicht in einem Tag. Sie hatten die »alte Millie« ins Herz geschlossen gehabt, und sie rechneten damit, daß sie nach ein oder zwei Tagen Quälerei mit Schönschreiben und »Wirtschaftsarithmetik« wieder auf etwas Interessantes zurückkommen werde. Aber Schönschreiben und Arithmetik blieben, und die Beliebtheit, die Dorothy als eine Lehrerin, deren Stunden nicht langweilig waren und die einen nicht ohrfeigte, zwickte oder an den Ohren zog, genossen hatte, war bald verschwunden. Außerdem dauerte es nicht lange, bis die Geschichte von dem Krach wegen *Macbeth* durchsickerte. Die Kinder begriffen, daß die »alte Millie« irgend etwas ausgefressen hatte – sie wußten nicht genau was – und daß man ihr eine

Strafpredigt verpaßt hatte. Das setzte sie in ihren Augen herab. Man wird mit Kindern nicht fertig – auch nicht mit Kindern, die einen gern haben –, wenn man sich nicht sein Ansehen als Erwachsener erhalten kann; wird dieses Ansehen nur ein einziges Mal angekratzt, dann bringen einem selbst die gutmütigsten Kinder nur mehr Verachtung entgegen.

Sie fingen also an, auf die normale, hergebrachte Art schlimm zu sein. Bisher hatte Dorothy nur mit gelegentlicher Faulheit, mit Ausbrüchen von Lärm und mit dummen Kicheranfällen zu kämpfen gehabt; jetzt kamen noch Bosheit und Falschheit hinzu. Die Kinder rebellierten ohne Unterlaß gegen den öden Drill. Sie vergaßen die kurzen Wochen, wo die »alte Millie« ihnen ganz anständig vorgekommen war und die Schule selber eigentlich ganz lustig war. Jetzt war die Schule wieder, was sie immer gewesen war und wofür man sie ja ohnehin immer gehalten hatte – ein Ort, wo man lustlos gähnend die Zeit versaß oder sie sich vertrieb, indem man die Nachbarin zwickte oder die Lehrerin zur Weißglut brachte, und von dem man sich, kaum war die letzte Stunde vorbei, mit einem Aufschrei der Erleichterung fluchtartig entfernte. Manchmal schmollten sie, manchmal heulten sie, manchmal nörgelten sie in dieser hartnäckigen Art, mit der einen Kinder in den Wahnsinn treiben: »*Warum* müssen wir das tun? *Warum* muß jeder Lesen und Schreiben lernen?« immer und immer wieder, bis Dorothy sich über sie beugte und mit der Androhung von Schlägen sie zum Schweigen bringen mußte. Ihre Gereiztheit war jetzt chronisch geworden; es überraschte und schockierte sie, aber sie konnte nichts dagegen tun. Jeden Morgen schwor sie sich: »Heute werde ich *nicht* meine Nerven verlieren«, und jeden Vormittag verlor sie mit deprimierender Regelmäßigkeit doch tatsächlich wieder die Nerven, besonders gegen halb zwölf, wenn die Kinder am schlimmsten waren. Nichts auf der Welt ist so nervenzermürbend wie der Umgang mit aufsässigen Kindern. Dorothy wußte, daß sie früher oder später die Beherrschung verlieren und anfangen würde, sie zu schlagen. Es schien ihr etwas Unverzeihliches, ein Kind zu schlagen; aber fast alle Lehrer wußten sich schließlich nicht mehr anders zu helfen. Es war jetzt ganz unmöglich, ein Kind zum Arbeiten zu bringen, wenn man es nicht ständig im Auge behielt. Man brauchte ihnen nur einen Augenblick lang den Rücken zu kehren, und schon flogen Löschpapierkugeln durch die Luft. Immerhin zeigten sich als Folge unausgesetzter Schinderei in Schönschreiben und »Wirtschaftsarithmetik« der Kinder eindeutig Fortschritte, und ohne Zweifel waren die Eltern jetzt zufrieden.

Die letzten paar Wochen des Trimesters waren eine sehr schlechte Zeit. Über zwei Wochen lang hatte Dorothy keinen Penny in der Tasche, denn Mrs. Creevy hatte erklärt, sie könne ihr das Gehalt für das ganze Trimester erst bezahlen, »wenn etwas Schulgeld eingeht«. Daher mußte sie auf die heimlichen Schokoladentafeln verzichten, mit denen sie sich bis jetzt gestärkt hatte, und litt unter einem unaufhörlichen leichten Hunger, der sie matt und lustlos werden ließ. Es gab bleierne Vormittage, wo sich die Minuten hinschleppten wie Stunden, wo sie mit sich kämpfte, um ihre Blicke von der Uhr fernzuhalten, und wo ihr schwer ums Herz wurde bei dem Gedanken, daß nach dieser Stunde eine andere kam, die ihr aufs Haar glich, und dahinter noch eine und noch eine, endlos, bis es wie eine freudlose Ewigkeit schien. Noch ärger war es, wenn die Kinder zum Lärmen aufgelegt waren und sie sie nur mit ständiger Willensanstrengung in Schach halten konnte; und hinter der Mauer lag natürlich Mrs. Creevy auf der Lauer, immer mit gespitzten Ohren, immer bereit, die Klasse heimzusuchen, die Türe aufzureißen und ins Zimmer zu starren mit »Aber aber! Was soll denn der Lärm hier heißen, bitte??« – und in ihrem Blick die Kündigung.

Dorothy hatte jetzt keine Illusionen mehr über die Widerwärtigkeit des Lebens bei Mrs. Creevy. Das scheußliche Essen, die Kälte, die fehlende Bademöglichkeit schien ihr jetzt viel bedrükkender als noch vor kurzer Zeit. Außerdem begann sie unter der völligen Einsamkeit ihrer Stellung zu leiden, was sie am Anfang, als ihre Arbeit ihr noch Freude machte, nicht getan hatte. Weder ihr Vater noch Mr. Warburton hatten ihr geschrieben, und in den zwei Monaten in Southbridge hatte sie sich noch mit keiner Menschenseele angefreundet. Für einen Menschen in ihrer Lage, und ganz besonders für eine Frau, sind Freundschaften überhaupt so gut wie ausgeschlossen. Sie hatte kein Geld und kein eigenes Heim, und ihre einzigen Zufluchtsorte außer der Schule waren die öffentliche Bücherei an den wenigen Abenden, wo sie dafür Zeit fand, und an den Sonntagmorgen die Kirche. Sie ging natürlich regelmäßig zur Kirche – Mrs. Creevy hatte darauf bestanden. Sie hatte überhaupt die Frage von Dorothys religiösem Verhalten gleich beim ersten Sonntagsfrühstück entschieden.

»Ich habe gerade überlegt, in welche Kirche Sie gehen sollten«, sagte sie. »Sie wurden ja wahrscheinlich in der anglikanischen Hochkirche aufgezogen?«

»Ja«, antwortete Dorothy.

»Hmm, aha. Ich bin mir nicht ganz sicher, wo ich Sie hinschicken soll. Wir haben St. Georg – Hochkirche – und wir haben die Baptisten, wo ich selbst hingehe. Die meisten von unseren Eltern sind Nonkonformisten, und ich bin nicht sicher, ob ihnen ein Hochkirchenlehrer passen würde. Mit den Eltern kann man gar nicht vorsichtig genug sein. Vor zwei Jahren bekamen sie alle einen Schock, als sich herausstellte, daß die Lehrerin, die ich damals hatte, doch tatsächlich Katholikin war, wenn Sie sich das einmal vorstellen! Natürlich hielt sie es geheim, so lang es ging, aber schließlich kam es doch heraus, und drei Eltern nahmen ihre Kinder von der Schule. Als ich darauf kam, warf ich sie natürlich noch am selben Tag hinaus.«

Dorothy sagte nichts.

»Immerhin«, fuhr Mrs. Creevy fort, »haben wir ja drei Schülerinnen aus der Hochkirche, und warum sollen wir die Beziehungen zur Kirche eigentlich nicht ein bißchen aufpolieren? Also vielleicht riskieren Sie's und gehen nach St. Georg. Aber ein bißchen vorsichtig müssen Sie schon sein, wissen Sie. St. Georg soll eine von diesen Kirchen sein, wo sie sich ständig verbeugen und niederknien und bekreuzigen und lauter solche Sachen. Wir haben zwei Eltern, die sind Plymouth Brothers, die bekommen einen Anfall, wenn sie hören, daß Sie sich bekreuzigt haben. Also ganz egal, was Sie sonst anstellen, *das* tun Sie jedenfalls nicht.«

»Sehr wohl«, sagte Dorothy.

»Und halten Sie nur bei der Predigt gut die Augen offen. Schauen Sie sich ordentlich um, ob nicht irgendwelche jungen Mädchen in der Gemeinde sind, die wir uns einfangen könnten. Und wenn Sie etwas Passendes sehen, dann gehen Sie nachher zum Pfarrer und versuchen Sie, ihre Namen und Adressen herauszukriegen.«

Also ging Dorothy nach St. Georg. Dort war man um eine Spur »höher« als in St. Athelstan; es gab Stühle statt Kirchengestühl, aber keinen Weihrauch, und der Geistliche (sein Name war Mr. Gore-Williams) trug, außer an Feiertagen, nur eine einfache Soutane mit Chorhemd darüber. Ansonsten war die Meßfeier der von zu Haus derart ähnlich, daß Dorothy dabeisitzen und sämtliche Responsorien zur rechten Zeit sagen konnte, selbst wenn sie im Geiste gar nicht bei der Sache war.

Die Fähigkeit zur Andacht kehrte ihr nicht zurück, keinen einzigen Moment lang, ja das ganze Konzept des Gottesdienstes hatte für sie jeden Sinn verloren; ihr Glaube war verschwunden, vollkommen und unwiderruflich. Es ist eine geheimnisvolle Sache, dieser Verlust des Glaubens – so geheimnisvoll wie der Glaube selbst. Und wie der Glaube, so ist auch sein Verlust letztlich nicht in der Logik verwurzelt; es ist eine Veränderung im geistigen Klima. Aber wie wenig ihr der Gottesdienst auch bedeutete, sie bereute trotzdem die Stunden nicht, die sie in der Kirche verbrachte. Im Gegenteil, sie freute sich auf ihre Sonntagvormittage als gesegnete Inseln des Friedens; und das nicht nur deshalb, weil die Sonntagvormittage ihr Ruhe von Mrs. Creevys spionierendem Auge und nörgelnder Stimme brachten. Die Atmosphäre der Kirche beruhigte und tröstete sie in einem anderen und tieferen Sinn. Denn sie erkannte, daß in allem, was in der Kirche geschieht, wie absurd und hasenherzig sein vorgegebener Sinn auch sein möge, doch etwas ist – es ist schwer zu definieren, aber so etwas wie Anstand, wie geistige Anmut –, das man in der Welt draußen nicht findet. Ihr schien es, daß es selbst dann, wenn man nicht mehr glaubte, immer noch besser war, in die Kirche zu gehen, als nicht in die Kirche zu gehen; besser, bei den alten Bräuchen zu bleiben, als sich in entwurzelter Freiheit treiben zu lassen. Sie wußte sehr gut, daß sie nie mehr imstande sein würde, ein Gebet zu sagen und jedes Wort ernst zu meinen; aber ebenso gut wußte sie, daß sie ihr ganzes weiteres Leben lang die religiösen Gewohnheiten beibehalten mußte, mit denen sie aufgewachsen war. Gerade so viel blieb noch von ihrem Glauben, der früher einmal ihr ganzes Leben zusammengehalten hatte wie die Knochen ihren Körper.

Aber vorläufig machte sie sich über den Verlust ihres Glaubens und was das in Zukunft für sie bedeuten würde, noch keine allzu tiefen Gedanken. Sie war vollauf damit beschäftigt, einfach zu existieren, ihre Nerven bis zum Ende dieses unglückseligen Trimesters beisammen zu halten. Denn je mehr sich das Trimester dem Ende näherte, um so mühevoller wurde es, die Klasse in Schach zu halten. Die Mädchen benahmen sich unmöglich, und gegen Dorothy waren sie gerade deshalb so verbittert, weil sie sie einmal gern gehabt hatten. Sie fanden, sie habe sie getäuscht. Sie war zu Anfang anständig gewesen, aber jetzt hatte sie sich zu einer genauso verkniffenen alten Lehrerin gemausert wie die anderen alle auch – zu einem gräßlichen alten Biest, das nicht locker ließ mit diesen widerwärtigen Schönschreibstunden und das einem den Kopf abriß, wenn man nur einen kleinen Klecks ins Heft machte. Dorothy ertappte sie manchmal dabei, wie sie mit der unpersönlichen, grausamen Neugier von Kindern ihr Gesicht studierten. Sie hatten sie früher für hübsch gehalten, aber jetzt kam sie ihnen häßlich, alt und hager vor. Sie war wirklich seit ihrem Eintreffen in Ringwood House viel dünner geworden. Die Mädchen haßten sie jetzt, so wie sie alle ihre früheren Lehrerinnen gehaßt hatten.

Manchmal reizten sie sie in voller Absicht. Die älteren und intelligenteren Mädchen verstanden die Situation durchaus – sie begriffen, daß »Millie« von der alten Creevy tyrannisiert wurde und daß sie es nachher büßen mußte, wenn die Klasse zu viel Lärm schlug; manchmal schlugen sie so viel Krach, daß ihnen beinahe selbst bange wurde, nur um die alte Creevy hereinzulokken und voll Genuß Millies Gesicht zu beobachten, während die alte Creevy sie anbrüllte. Es gab Zeiten, wo Dorothy sich beherrschen konnte und ihnen alles verzieh, was sie anstellten, weil sie erkannte, daß sie nur aus einem gesunden Instinkt heraus gegen die abscheuliche Eintönigkeit ihrer Arbeit rebellierten. Aber es gab auch Zeiten, da ihre Nerven noch gespannter waren als sonst, und wenn sie sich dann den Haufen kleiner dummer Gesichter ansah, grinsend oder aufsässig, dann war es ihr möglich, sie zu hassen. Kinder sind so blind, so selbstsüchtig, so erbarmungslos. Sie spüren es nicht, wenn sie einen bis über die Grenze des Erträglichen hinaus quälen, und würden sie es spüren, dann wäre es ihnen auch egal. Man kann sein Bestes für sie tun, man kann sich in Situationen beherrschen, die einen Heiligen versuchen würden, aber wenn man gezwungen ist, sie zu langweilen und zu tyrannisieren, dann hassen sie einen, ohne sich je zu fragen, wer eigentlich daran schuld ist. Wie wahr – wenn man nicht zufällig selbst ein Schullehrer ist – wie wahr klingen diese viel zitierten Zeilen:

Unter einem grausamen ermatteten Auge
verbringen die Kleinen den Tag
mit Seufzern, Schrecken und Klag'.

Doch wenn man selbst das grausame ermattete Auge ist, dann begreift man, daß dieses Bild zwei Seiten hat.

Die letzte Woche kam heran, und es wurde die schmutzige Farce der »Prüfungen« gespielt. So, wie Mrs. Creevy es erklärte, war das System ganz einfach. Man drillte die Kinder zum Beispiel in einer Reihe von Additionen, bis man ganz sicher war, daß sie sie richtig machen würden, und gab sie ihnen dann als Arithmetik-Schularbeit auf, bevor sie Zeit hatten, die Lösungen zu vergessen; und so der Reihe nach mit jedem Gegenstand. Die Schularbeiten der Kinder wurden natürlich den Eltern zur Einsicht vorgelegt. Und Dorothy schrieb nach Mrs. Creevys Diktat die Zeugnisse, und sie mußte so oft »ausgezeichnet« schreiben, bis sie – wie das manchmal passiert, wenn man ein Wort unzählige Male schreibt – vergaß, wie man das Wort schrieb, und anfing, orthographische Fehler zu machen.

Der letzte Tag verging unter fürchterlichem Getöse. Nicht einmal Mrs. Creevy selbst konnte die Kinder dämpfen. Bis Mittag waren Dorothys Nerven in Fetzen, und Mrs. Creevy hielt ihr vor den sieben Kindern, die zum Essen blieben, eine Predigt. Am Nachmittag war der Krach ärger als je zuvor, bis Dorothy schließlich, außer sich und den Tränen nahe, die Mädchen anflehte, doch aufzuhören.

»Kinder!« rief sie, und brüllte dabei, um sich durch den Lärm verständlich zu machen. *»Bitte,* hört auf, *bitte!* Ihr benehmt euch wirklich fürchterlich. Findet ihr denn, daß ich das verdient habe?«

Das gab ihr natürlich den Rest. Nie, nie, nie darf man ein Kind um Schonung bitten! Es gab einen Augenblick Stille, und dann rief ein Mädchen laut und höhnisch: »Mill – iee!« Im nächsten Moment fiel die ganze Klasse ein, sogar die vertrottelte Mavis, und alle grölten zusammen: »Mill – iee! Mill-iee! Mill-iee!« Da schien irgend etwas in Dorothy zu reißen. Sie zögerte einen Augenblick, suchte sich dann das Mädchen heraus, das den meisten Lärm machte, ging zu ihr hin und verpaßte ihr eine Ohrfeige, die beinahe so fest war, wie sie schlagen konnte. Glücklicherweise war es nur eine von den »mittelmäßigen Zahlern«.

VI

Am ersten Ferientag erhielt Dorothy einen Brief von Mr. Warburton.

Meine teure Dorothy (schrieb er) – *oder soll ich Sie Ellen nennen, da dies, soviel ich gehört habe, Ihr neuer Name ist? Ich fürchte, Sie müssen es sehr herzlos von mir gefunden haben, daß ich Ihnen nicht früher schrieb, aber ich versichere Ihnen, daß es erst zehn Tage her ist, daß ich von unserer angeblichen Eskapade überhaupt gehört habe. Ich war im Ausland, zuerst in verschiedenen Gegenden Frankreichs, dann in Österreich und dann in Rom, und wie Sie wissen, gehe ich auf diesen Reisen meinen Landsleuten immer sorgfältigst aus dem Weg. Sie sind schon zu Hause widerwärtig genug, aber im Ausland ist mir ihre Aufführung derart peinlich, daß ich meistens versuche, mich als Amerikaner auszugeben.*

Als ich nach Knype Hill zurückkam, weigerte sich Ihr Vater, mich zu sehen, aber es gelang mir, an Victor Stone heranzukommen, der mir Ihre Adresse wie auch den Namen gab, den Sie jetzt tragen. Es war ihm dabei offensichtlich nicht sehr wohl, woraus ich schloß, daß sogar er, genau wie alle anderen in dieser giftigen Stadt, noch immer glaubt, daß Sie sich irgend etwas zuschulden kommen ließen. Die Theorie, daß wir beide, Sie und ich, gemeinsam durchgebrannt sind, wurde zwar offenbar fallen gelassen, aber Sie müssen, so meint man hier, doch IRGEND ETWAS *Skandalöses getan haben. Eine junge Frau hat ihr Zuhause plötzlich verlassen, daher muß ein Mann mit im Spiele sein; so arbeitet eben der Geist des Kleinstädters. Es wird Sie freuen zu hören, daß ich Mrs. Semprill, dieses widerwärtige alte Scheusal, am Schlafittchen packen und ihr meine Meinung sagen konnte; und ich versichere Ihnen, daß ich dies mit einigem Nachdruck tat. Aber dieses Weib ist einfach nicht völlig menschlich. Ich konnte nichts aus ihr herausbekommen bis auf ein heuchlerisches Gewinsel über die ›arme,* ARME *Dorothy‹.*

Ich höre, daß Sie Ihrem Vater sehr fehlen und daß er Sie freudig wieder zu Haus aufnehmen würde, wäre es nicht wegen des Skandals. Wie es scheint, sind seine Mahlzeiten heutzutage nie mehr pünktlich. Er hat verlauten lassen, daß Sie ›fortgingen, um sich von einer leichten Krankheit zu erholen, und jetzt eine ausgezeichnete Stelle an einer Mädchenschule innehaben‹. Sie werden überrascht sein, wenn Sie erfahren, was ihm unter anderem zugestoßen ist. Er wurde gezwungen, alle seine Schulden zu bezahlen! Die Kaufleute sollen sich wie ein Mann erhoben und im Pfarrhaus praktisch so etwas wie eine Gläubigerversammlung abgehalten haben. Nie hätte etwas Derartiges in Plumstead Episkopi geschehen können – doch wir leben ja leider in demokratischen Zeiten! Ganz offensichtlich waren Sie die einzige Person, die die Kaufleute auf Dauer in Schach halten konnte.

Und nun muß ich Ihnen berichten, wie es mir selbst erging, usw. usw. usw.

An diesem Punkt zerriß Dorothy den Brief voll Enttäuschung, ja Verärgerung. Er hätte doch ein wenig mehr Mitgefühl zeigen können, dachte sie. Das sah Mr. Warburton ähnlich, nachdem er sie in ernstliche Schwierigkeiten gebracht hatte –, denn schließlich war alles, was geschehen war, vor allem seine Schuld – so ungerührt und leichtsinnig darüber hinwegzugehen. Doch nach nochmaliger Überlegung sprach sie ihn frei vom Vorwurf der Herzlosigkeit. Er hatte ihr geholfen, so weit ihm das möglich war, und man konnte nicht sein Mitgefühl für Schwierigkeiten erwarten, von denen er nichts gehört hatte. Außerdem war sein eigenes Leben eine Kette von schallenden Skandalen gewesen; wahrscheinlich konnte er gar nicht begreifen, daß für eine Frau ein Skandal eine ernste Sache ist.

Zu Weihnachten schrieb auch Dorothys Vater, und was mehr war, er schickte ihr ein Weihnachtsgeschenk von zwei Pfund. Aus dem Ton seines Briefes ging eindeutig hervor, daß er Dorothy inzwischen verziehen hatte. *Was* genau er ihr verziehen hatte, war nicht sicher, denn es war ja nicht sicher, was sie eigentlich verbrochen hatte; doch immerhin, er hatte ihr verziehen. Der Brief begann mit einigen oberflächlichen, aber recht freundlichen Erkundigungen. Er hoffte, daß ihre neue Stelle ihr zusage, so schrieb er. Und ob ihre Räume in der Schule gemütlich seien und der restliche Lehrkörper umgänglich? Er habe gehört, daß es sich heutzutage in den Schulen recht gut leben ließe – sehr zum Unterschied von vor vierzig Jahren. Also, zu seiner Zeit, usw. usw. usw. Er hatte, so erkannte Dorothy, von ihren gegenwärtigen Umständen auch nicht die geringste Vorstellung. Bei der Erwähnung von Schulen flog sein Geist nach Winchester, seiner eigenen alten Schule; ein Ort wie Ringwood House ging über seine Vorstellungskraft.

Der Rest des Briefes bestand aus Beschwerden über den Stand der Pfarrangelegenheiten. Der Rektor klagte über Sorgen und Überarbeitung. Die lästigen Kirchenräte bedrängten ihn dauernd mit diesem und jenem, er bekam langsam genug von Proggetts Meldungen bezüglich des einstürzenden Glockenturms, die Putzfrau, die er aufgenommen hatte, damit sie Ellen unterstütze, erwies sich als arge Heimsuchung und hatte mit dem Besenstiel die Standuhr in seinem Arbeitszimmer eingeschlagen – und so weiter, und so weiter, über eine ganze Anzahl von Seiten. Mehrere Male gab er auf eine brummige, umständliche Art zu verstehen, er wünsche, Dorothy wäre hier, um ihm zu helfen; aber daß sie heimkehren möge, schlug er nicht ausdrücklich vor. Offenbar war es noch immer nötig, daß sie aus den Augen, aus dem Sinn bliebe – ein Skelett in einem fernen, wohl verschlossenen Schrank.

Der Brief erfüllte Dorothy mit plötzlichem schmerzhaftem Heimweh. Auf einmal sehnte sie sich nach ihren Pfarrbesuchen und den Kochklassen der Pfadfinderinnen und fragte sich unglücklich, wie ihr Vater die ganze Zeit über ohne sie ausgekommen war und ob diese Frauen auch gut für ihn sorgten. Sie hatte ihren Vater gern, auf eine Art, die sie nie zu zeigen gewagt hätte; denn er gehörte nicht zu jenen Menschen, denen man seine Zuneigung offen zeigen durfte. Es überraschte, ja schockierte sie geradezu, wie wenig sie in den letzten vier Monaten an ihn gedacht hatte. Sie hatte oft mehrere Wochen lang seine Existenz völlig vergessen. Aber die Wahrheit war eben, daß die Aufgabe, Leib und Seele beisammenzuhalten, ihr keine Muße für andere Gefühle gelassen hatte.

Jetzt allerdings war es mit der Arbeit in der Schule vorbei, und sie hatte mehr Muße, als ihr lieb war, denn obwohl Mrs. Creevy ihr Bestes tat, konnte sie nie genügend Haushaltsarbeiten erfinden, um Dorothy länger als nur einen Teil des Tages zu beschäftigen. Sie ließ Dorothy nicht im unklaren darüber, daß sie während der Ferien nichts als eine unnütze Ausgabe für sie war, und beobachtete sie bei ihren Mahlzeiten (offensichtlich fand sie es empörend, daß sie überhaupt aß, wenn sie nicht arbeitete) auf eine Weise, die schließlich unerträglich wurde. Daher hielt sich Dorothy so oft als möglich außer Haus auf, und da sie sich mit ihrem Lohn (vier Pfund zehn Shilling für neun Wochen) und den zwei Pfund von ihrem Vater geradezu reich vorkam, begann sie, sich im Schinken-und-Rindfleisch-Laden in der Stadt Sandwiches zu kaufen und ihre Mahlzeiten im Freien zu sich zu nehmen. Mrs. Creevy ließ es sich gefallen, einerseits leicht verärgert, weil sie Dorothy gern um sich hatte, um an ihr zu nörgeln, andererseits erfreut darüber, daß sie sich einige Mahlzeiten ersparte.

Dorothy machte lange einsame Spaziergänge und erforschte Southbridge und seine noch trübsinnigeren Nachbarbezirke, Dorley, Wembridge und West Holton. Der Winter war gekommen, naßkalt und windlos, und in diesen farblosen, labyrinthischen Vorstädten noch düsterer als in der rauhesten Wildnis. Zwei- oder dreimal kaufte sich Dorothy – obwohl eine derartige Verschwendung später wahrscheinlich hungrige Tage bedeuten würde – eine billige Retourkarte nach Iver Heath oder Burnham Beeches. Der Wald war verschlammt und winterlich, mit großen Dünen von verwehten Buchenblättern, die in der reglosen feuchten Luft wie Kupfer glühten, und das Wetter war so mild, daß man im Freien sitzen und lesen konnte, wenn man nur die Handschuhe anbehielt. Am Weihnachtsabend brachte Mrs.

Creevy ein paar Stechpalmenzweige zum Vorschein, die sie vom letzten Jahr aufgehoben hatte, staubte sie ab und nagelte sie an die Wand; ein Festessen habe sie, wie sie sagte, allerdings nicht geplant. Sie sei mit diesem Weihnachtsunsinn, so sagte sie, gar nicht einverstanden – dieser ganze Unfug sei nur von den Kaufleuten erfunden und nichts als überflüssige Geldausgabe; und außerdem seien ihr Truthahn wie auch Weihnachtstorte ohnedies verhaßt. Dorothy war erleichtert; ein weihnachtliches Festessen in diesem freudlosen »Frühstückszimmer« (sie hatte eine momentane gräßliche Vision von Mrs. Creevy mit einem Papierhut aus einem Knallbonbon) war eine Vorstellung, die ihr unerträglich war. Sie nahm ihr Weihnachtsessen – ein hartes Ei, zwei Käsebrote und eine Flasche Limonade – im Wald unweit von Burnham ein, an eine knorrige Buche gelehnt, vertieft in *The Odd Women* von George Gissing.

An Tagen, die zu feucht waren zum Spaziergehen, verbrachte sie die meiste Zeit in der öffentlichen Bücherei – sie wurde geradezu zu einem Stammgast der Bücherei, genauso wie die arbeitslosen Männer, die stumpf über illustrierten Magazinen brüteten, die sie nicht lasen, und die ältlichen mieselsüchtigen Junggesellen, die gegen zwei Pfund die Woche auf Untermiete lebten und in die Bücherei kamen, um stundenlang in Büchern über das Segeln zu schmökern. Sie war sehr erleichtert gewesen, als das Trimester zu Ende ging, doch dieses Gefühl hielt sich nicht lange; da sie mit keiner Menschenseele sprechen konnte, schleppten sich die Tage bald noch mühsamer dahin als zuvor. Es gibt vielleicht in der ganzen bewohnten Welt keinen Ort, wo man so mutterseelenallein sein kann wie in den Vororten von London. In einer großen Stadt vermittelt einem das geschäftige Menschengedränge wenigstens die Illusion einer Gemeinschaft, und auf dem Land ist jeder an jedem interessiert – viel zu sehr interessiert. Aber wenn man in einem Ort wie Southbridge keine eigene Familie und kein eigenes Heim hat, dann kann man ein halbes Leben hier verbringen, ohne einen einzigen Freund zu finden. An solchen Orten leben Frauen, und besonders verarmte

Frauen aus den besseren Kreisen, in schlecht bezahlten Stellungen, die oft viele Jahre hindurch in fast völliger Einsamkeit verbringen. Es dauerte nicht lange, bis Dorothy in einen Zustand der ständigen Bedrücktheit und Ermattung fiel, in dem sie sich für nichts mehr zu interessieren vermochte, so sehr sie sich auch bemühte. Und erst in der verhaßten Langeweile dieser Zeit – jenem Seelen-zerfressenden *ennui*, dem keine moderne Seele sich entziehen kann – begriff sie zum erstenmal voll und ganz, was es bedeutete, den Glauben verloren zu haben.

Sie versuchte, sich mit Büchern zu betäuben, und etwa eine Woche lang gelang ihr das auch. Doch nach einer Weile schienen ihr so gut wie alle Bücher ermüdend und unverständlich; denn der Geist kann sich kein Ziel zu eigen machen, wenn er ganz allein ist. Am Ende fand sie, daß sie nichts Schwierigeres mehr verarbeiten konnte als Detektivgeschichten. Sie machte zehn und fünfzehn Meilen lange Spaziergänge und bemühte sich, durch Müdigkeit in eine bessere Stimmung zu gelangen; aber die schäbigen Vorortstraßen, die feuchten, verschlammten Waldwege, die kahlen Bäume, das durchweichte Moos und die großen, aufgeschwemmten Schimmelpilze trieben sie in eine tödliche Melancholie. Was sie brauchte, war menschliche Gesellschaft, aber dafür gab es offenbar keine Möglichkeit. An den Abenden, wenn sie zur Schule heimkehrte, blickte sie in die warm erleuchteten Fenster der Häuser, hörte drinnen lachende Stimmen und Musik von Grammophonen, und ihr Herz schwoll vor Neid an. Ach, so zu sein wie die Menschen da drinnen – wenigstens ein Heim haben, eine Familie, ein paar Freunde, die sich für einen interessierten! Es gab Tage, wo sie sich danach sehnte, so viel Mut zu haben, um Fremde auf der Straße anzusprechen. Oder auch Tage, wo sie daran dachte, Frömmigkeit zu heucheln, um sich beim Pfarrer von St. George und seiner Familie anzubiedern und vielleicht Gelegenheit zu bekommen, sich mit ein bißchen Pfarrarbeit zu beschäftigen; oder sogar Tage, wo sie so verzweifelt war, daß sie daran dachte, dem CVJM beizutreten.

Doch schon fast am Ende der Ferien freundete sie sich, durch eine zufällige Begegnung in der Bücherei, mit einer kleinen Frau namens Miß Beaver an, Geographielehrerin in Toot's Commercial College, einer anderen Privatschule in Southbridge. Toot's Commercial College war eine viel größere und anspruchsvollere Schule als Ringwood House – hier gab es rund hundertundfünfzig Tagesschüler beiderlei Geschlechts, und sogar ein Dutzend interner Schüler beehrten die Schule mit ihrer Anwesenheit – und der Lehrplan der Schule war wenigstens nicht ganz so ein Schwindel. Es war eine dieser Schulen, die sich an jenen Elterntyp wenden, die immer von »modernen Handelsschulen« schwatzen, und ihr Schlüsselwort war Tüchtigkeit; worunter man, neben der aufdringlichen Betonung einer gehetzten Betriebsamkeit, auch den Verzicht auf alle schöngeistigen Fächer verstand. Zu den Eigentümlichkeiten der Schule gehörte eine Art von Katechismus, genannt das Tüchtigkeits-Ritual, das alle Kinder sofort nach Eintritt in die Schule auswendig lernen mußten. Dabei gab es Fragen und Antworten der folgenden Art:

F. Was ist das Geheimnis des Erfolgs?
A. Das Geheimnis des Erfolgs ist Tüchtigkeit.
F. Was ist der Beweis für Tüchtigkeit?
A. Der Beweis für Tüchtigkeit ist der Erfolg.

Und so weiter und so weiter. Der Anblick, wie die ganze Schule, Knaben und Mädchen zusammen, unter Führung des Direktors das Tüchtigkeits-Ritual aufsagte – diese Zeremonie gab es zweimal die Woche anstelle des Schulgebets –, war dem Vernehmen nach ungemein eindrucksvoll.

Miß Beaver war eine steife kleine Person mit runder Figur, dünnem Gesicht, rötlicher Nase und dem Gang eines Perlhuhns. Nach zwanzig Jahren Menschenschinderei hatte sie es zu einem Einkommen von vier Pfund die Woche gebracht sowie zu dem Privileg, außer Haus wohnen zu dürfen, anstatt die Internen abends zu Bett bringen zu müssen. Sie wohnte zur Untermiete – das heißt, in einer Art Wohnschlafzimmer –, wohin sie Dorothy manchmal einlud, wenn sie beide einen freien Abend hatten. Wie sehr freute sich Dorothy auf diese Besuche! Sie waren nur in großen Abständen möglich, weil Miß Beavers Vermieterin »Besuche nicht gern sah«, und selbst wenn man dort war, gab's nicht viel zu tun, außer bei der Lösung des Kreuzworträtsels aus dem *Daily Telegraph* zu helfen und die Photographien zu betrachten, die Miß Beaver 1913 auf ihrer Reise ins österreichische Tirol geknipst hatte (diese Reise war der glanzvolle Höhepunkt ihres Lebens gewesen). Aber dennoch, wie viel bedeutete es ihr doch, mit jemandem beisammen zu sitzen und sich freundlich zu unterhalten und eine Tasse Tee zu trinken, der weniger labbrig war als Mrs. Creevys Tee! Miß Beaver besaß eine Spirituslampe in einem schwarz lackierten Reisefutteral (sie war 1913 mit ihr in Tirol gewesen), auf welcher sie sich einen Tee braute, der so schwarz wie Teer war, und von diesem Gebräu trank sie täglich etwa einen Eimer. Dorothy vertraute sie an, daß sie immer eine Thermosflasche mit zur Schule nehme und sich in der Pause und nach dem Mittagessen jeweils eine gute heiße Tasse Tee genehmige. Dorothy erkannte, daß jede drittklassige Schulmamsell von zwei gut ausgetretenen Wegen einen davon gehen mußte: Miß Strongs Weg via Whisky ins Arbeitshaus; oder Miß Beavers Weg via starken Tee zu einem properen Tod im Heim für verarmte Höhere Töchter.

Miß Beaver war eigentlich eine recht vertrocknete kleine Person. Für Dorothy war sie ein Memento mori, oder vielmehr ein Memento senescere. Ihre Seele war offensichtlich dahingewelkt, bis sie so verloren schien wie eine eingetrocknete Seife in einem vergessenen Seifenbehälter. Sie hatte den Punkt erreicht, wo das Leben in einem Untermietzimmer unter einer tyrannischen Vermieterin und das »tüchtige« Stopfen von Wirtschaftsgeographie in würgende Kinderkehlen beinahe schon das einzige Schicksal geworden war, das sie sich vorstellen konnte. Und dennoch faßte Dorothy zu Miß Beaver eine große Zuneigung, und die seltenen Stunden, die sie miteinander in dem Untermietszimmer verbrachten, wenn sie bei einer guten heißen Tasse Tee das Kreuzworträtsel aus dem *Daily Telegraph* lösten, waren die Oasen in ihrem Leben.

Sie war froh, als das Oster-Trimester begann, denn selbst die tägliche Runde der Menschenschinderei war noch besser als die leere Einsamkeit der Ferien. Außerdem wurde sie jetzt mit den Mädchen viel besser fertig; nie wieder fand sie es nötig, ihnen Ohrfeigen zu geben. Denn sie hatte erkannt, daß es einfach genug ist, Kinder unter Kontrolle zu halten, wenn man nur von Anfang an energisch auftritt. Im letzten Trimester hatten die Mädchen sich schlecht benommen, weil sie sie zuerst wie menschliche Wesen behandelt hatte, und später, als die Stunden, die sie interessiert hatten, abgebrochen worden waren, hatten sie wie menschliche Wesen dagegen rebelliert. Wenn man aber gezwungen ist, Kindern unsinniges Zeug beizubringen, dann darf man sie eben nicht wie Menschen behandeln, sondern wie Tiere – drillen, nicht überzeugen. Das wichtigste ist, ihnen klarzumachen, daß Auflehnung schmerzhafter ist als Gehorsam. Diese Behandlungsweise ist vielleicht für die Kinder nicht gerade gut, aber es besteht kein Zweifel daran, daß sie sie begreifen und darauf reagieren.

Sie lernte die traurigen Künste des Schullehrers. Sie lernte, ihren Geist abzuhärten gegen die endlosen langweiligen Stunden, mit ihrer nervösen Energie sparsam umzugehen, unnachsichtig und stets wachsam zu sein und eine Art Stolz und Vergnügen daran zu finden, wenn ein sinnloser Drill gut ausgeführt wurde. Sie war, und zwar, wie es schien, ganz unvermittelt, viel strenger und reifer geworden. Ihre Augen hatten den halb kindlichen Ausdruck, den sie einmal gehabt hatten, ganz verloren, und ihr Gesicht war dünner geworden, so daß ihre Nase länger wirkte. Manchmal war es ganz eindeutig das typische Lehrerinnen-Gesicht; man konnte sich einen Kneifer darin vorstellen. Aber zynisch war sie bis jetzt noch nicht geworden. Es war ihr noch immer bewußt, daß diese Kinder einem schäbigen Schwindel zum Opfer fielen, und sie sehnte sich, wäre es nur möglich gewesen, noch immer danach, etwas Besseres für sie zu tun. Wenn sie sie quälte und ihre Köpfe mit Unsinn vollstopfte, dann nur aus einem einzigen

Grund: weil sie, was auch immer geschah, ihre Stelle behalten mußte.

In diesem Trimester gab es im Klassenzimmer nur selten Lärm. Mrs. Creevy, so ängstlich sie auch darauf bedacht war, etwas zum Aussetzen zu finden, mußte nur selten mit ihrem Besenstiel an die Wand klopfen. Eines Morgens schenkte sie Dorothy einen langen Blick, als ringe sie innerlich mit einer Entscheidung, und schob ihr dann das Marmeladeschüsselchen über den Tisch hin.

»Nehmen Sie doch etwas Marmelade, wenn Sie möchten, Miß Millborough«, sagte sie, für ihre Verhältnisse recht freundlich.

Es war das erstemal, daß Marmelade über Dorothys Lippen kam, seit sie in Ringwood House war. Sie errötete leicht. »Also erkennt die Frau jetzt doch, daß ich mein Bestes für sie getan habe«, dachte sie unwillkürlich.

Von da an bekam sie jeden Morgen zum Frühstück Marmelade. Und auch in anderer Hinsicht wurde Mrs. Creevy ihr gegenüber – nicht etwa herzlich, denn das lag nicht in ihrer Natur, aber weniger gröblich beleidigend. Es kam sogar vor, daß sie eine Grimasse hervorbrachte, die als Lächeln gedacht war; Dorothy schien es, als würde ihr Gesicht bei dieser Anstrengung *knirschen.* Etwa um diese Zeit wurden in ihren Reden die Anspielungen auf das »nächste Trimester« immer häufiger. Es hieß immer »nächstes Trimester werden wir das tun«, und »nächstes Trimester müssen Sie das für mich machen«, bis Dorothy das Gefühl bekam, sie habe Mrs. Creevys Vertrauen gewonnen und werde nunmehr eher als Kollege denn als Sklave behandelt. Daraufhin begann in Dorothys Herzen eine kleine, unvernünftige, aber sehr aufregende Hoffnung zu keimen. Vielleicht hatte Mrs. Creevy vor, ihren Lohn zu erhöhen! Es war zutiefst unwahrscheinlich, und sie versuchte, sich diese Hoffnung aus dem Kopf zu schlagen, aber ganz gelang es ihr nicht. Wenn ihr Lohn nur um eine halbe Krone pro Woche erhöht würde, was für einen Unterschied würde das machen!

Der letzte Tag kam. Mit einigem Glück würde Mrs. Creevy ihr den Lohn morgen auszahlen, dachte Dorothy. Sie brauchte das Geld wirklich sehr dringend; seit Wochen schon war sie ohne einen Penny gewesen und war daher nicht nur unerträglich hungrig, sondern brauchte auch dringend neue Strümpfe, denn sie besaß kein einziges Paar mehr, das nicht schon beinahe zu Tode gestopft war. Am nächsten Morgen erledigte sie die ihr zugeteilten Hausarbeiten, und dann ging sie nicht aus, sondern wartete im »Frühstückszimmer«, während Mrs. Creevy oben mit Besen und Schaufel rumpolterte. Kurz darauf kam Mrs. Creevy herunter.

»Ach, *hier* sind Sie, Miß Millborough!« sagte sie in einem merkwürdig bedeutungsvollen Ton. »Ich dachte mir schon, Sie würden es heute morgen mit dem Fortgehen nicht so eilig haben. Na, wenn Sie schon da sind, dann kann ich Ihnen wohl gleich auch Ihr Gehalt zahlen.«

»Danke«, sagte Dorothy.

»Und danach«, fügte Mrs. Creevy hinzu, »hätte ich Ihnen noch eine Kleinigkeit mitzuteilen.«

Dorothys Herz tat einen Sprung. War diese »Kleinigkeit« vielleicht die ersehnte Gehaltserhöhung? Völlig ausgeschlossen wäre es nicht. Mrs. Creevy brachte aus einer versperrten Lade in der Anrichte einen abgewetzten, dicken Ledergeldbeutel zum Vorschein, öffnete ihn und leckte sich den Daumen.

»Zwölf Wochen und fünf Tage«, sagte sie. »Zwölf Wochen kommt auch hin. Auf einen Tag kommt es nicht an. Das macht sechs Pfund.«

Sie zählte fünf schmierige Pfundnoten ab, und dann zwei Zehn-Shilling-Noten; dann untersuchte sie eine der Banknoten, fand sie offenbar für zu sauber, steckte sie wieder in den Geldbeutel zurück und fischte eine andere heraus, die entzwei gerissen war. Dann ging sie zur Anrichte zurück, holte ein Stück durchsichtiges Klebepapier heraus und klebte die beiden Hälften sorgfältig zusammen. Darauf reichte sie sie Dorothy, zusammen mit den anderen sechs Banknoten.

»Hier, Miß Millborough«, sagte sie. »Und würden Sie jetzt das Haus bitte *sofort* verlassen? Ich brauche Sie nicht mehr.«

»Sie brauchen mich –«

Dorothys Eingeweide schienen zu Eis zu erstarren. Alles Blut wich aus ihrem Gesicht. Doch sie war sich in ihrem Entsetzen und ihrer Verzweiflung nicht ganz sicher, ob sie überhaupt richtig gehört habe. Halb und halb glaubte sie noch, daß Mrs. Creevy damit nur hatte sagen wollen, daß sie den Rest des Tages außer Haus verbringen sollte.

»Sie brauchen mich nicht mehr?« wiederholte sie matt.

»Nein. Ich bekomme eine neue Lehrerin zu Anfang des nächsten Semesters. Und man kann ja wohl nicht von mir erwarten, daß ich Sie die Ferien hindurch umsonst durchfüttere, oder?«

»Aber Sie meinen doch nicht, daß ich *gehen* soll – daß Sie mich hinauswerfen?«

»Natürlich meine ich das. Was glauben Sie, was ich sonst wohl meine?«

»Aber Sie haben mir doch nicht gekündigt!« sagte Dorothy.

»Gekündigt!« sagte Mrs. Creevy und kam sofort in Rage. »Was geht das *Sie* an, ob ich Ihnen gekündigt habe oder nicht? Sie haben doch keinen schriftlichen Vertrag, oder!«

»Nein … das habe ich nicht.«

»Na also! Sie gehen besser gleich hinauf und packen Ihre Sachen. Länger hierzubleiben hat keinen Zweck, denn Mittagessen habe ich keines mehr für Sie.«

Dorothy ging hinauf und setzte sich auf den Bettrand. Sie zitterte unbeherrscht, und es dauerte einige Minuten, bis sie sich soweit in der Hand hatte, daß sie zu packen beginnen konnte. Sie war wie betäubt. Das Unglück, das sie getroffen hatte, war so plötzlich, so offensichtlich grundlos, daß sie nur mit Mühe glauben konnte, daß es wirklich geschehen war. In Wirklichkeit jedoch war der Grund, aus dem Mrs. Creevy sie auf die Straße setzte, ganz einfach und plausibel.

Nicht weit von Ringwood House gab es eine arme, zum Aussterben verurteilte kleine Schule namens The Gables, die nur sieben Schüler hatte. Den Unterricht erteilte eine unfähige alte

Vettel namens Miß Allcock, die in ihrem Leben in achtunddreißig verschiedenen Schulen gewesen und nicht fähig war, einen zahmen Kanarienvogel zu beaufsichtigen. Aber Miß Allcock nannte eine hervorragende Begabung ihr eigen: sie war äußerst geschickt im Hintergehen ihrer Arbeitgeber. In diesen dritt- und viertklassigen Privatschulen geht ständig eine Art von Piratentum vor sich. Eltern werden »herumgekriegt« und Schüler von einer Schule zur anderen entführt. Sehr oft geht das alles auf eine verräterische Lehrerin zurück. Heimlich nähert diese sich den Eltern, einzeln natürlich (»Wenn Sie Ihr Kind zu mir schicken, nehme ich sie pro Trimester um zehn Shilling billiger«), und wenn sie eine ausreichende Anzahl beisammen hat, dann geht sie plötzlich und macht ihre eigene Schule auf oder nimmt die Kinder in eine andere Schule mit. Miß Allcock war es gelungen, von den sieben Kindern ihrer Schule drei zu stehlen, und mit diesem Angebot war sie bei Mrs. Creevy erschienen. Zum Dank dafür bekam sie Dorothys Stelle und eine fünfzehnprozentige Vermittlungsgebühr für die Schüler, die sie mitbrachte.

Es gab Wochen voll heimlichen Geschachers, bevor der Handel abgeschlossen war, wobei Miß Allcock schließlich von fünfzehn auf zwölfeinhalb Prozent heruntergedrückt wurde. Mrs. Creevy beschloß bei sich, die alte Allcock in dem Moment, da sie sicher sein konnte, daß die mitgebrachten Kinder bei ihr bleiben würden, auf die Straße zu setzen. Gleichzeitig plante Miß Allcock bereits, der alten Creevy ihre Schülerinnen zu klauen, sobald sie nur erst in der Schule Fuß gefaßt hatte.

Nachdem sie beschlossen hatte, Dorothy an die Luft zu setzen, war es natürlich äußerst wichtig, zu verhindern, daß Dorothy dies herausfand. Denn falls sie erführe, was ihr drohte, würde sie natürlich sofort anfangen, auf eigene Faust Schülerinnen zu stehlen oder zumindest den Rest des Trimesters keinen Finger mehr rühren. (Mrs. Creevy war sehr stolz auf ihre Menschenkenntnis.) Daher die Marmelade, daher das knirschende Lächeln und die verschiedenen anderen Tricks, um Dorothy in Sicherheit zu wiegen. Ein alter Hase hätte sich schon in dem

Moment, da das Marmeladeschälchen über den Tisch geschoben wurde, nach einer anderen Stelle umzusehen begonnen.

Nicht mehr als eine halbe Stunde nach der Verkündung ihres Hinauswurfes öffnete Dorothy, ihre Handtasche am Arm, bereits den Vordereingang. Es war der vierte April, ein heller, windiger Tag, zu kalt zum Herumstehen, mit einem Himmel, so blau wie das Ei eines Graukehlchens, und diesem boshaften Frühlingswind, der in plötzlichen Stößen über den Gehsteig jagt und den Leuten trockenen, brennenden Staub ins Gesicht bläst. Dorothy schloß hinter sich die Pforte und begann, sehr langsam in Richtung Hauptbahnhof zu gehen.

Sie hatte Mrs. Creevy gesagt, sie würde sie die Adresse wissen lassen, an die ihre Schachtel geschickt werden sollte, worauf Mrs. Creevy ihr sofort fünf Shilling fürs Nachschicken abgenommen hatte. Dorothy hatte also noch fünf Pfund und fünfzehn Shilling in der Hand, wovon sie bei äußerster Sparsamkeit drei Wochen leben konnte. Was sie jetzt tun sollte, außer nach London fahren und eine passende Unterkunft finden, darüber hatte sie so gut wie keine Vorstellung. Aber ihre anfängliche Panik hatte sich gelegt, und sie sah ein, daß die Lage doch nicht vollkommen verzweifelt war. Ihr Vater würde ihr sicherlich helfen, jedenfalls eine Weile lang, und im schlimmsten Falle konnte sie, wenn ihr auch schon der Gedanke daran höchst widerwärtig war, ihren Vetter ein zweitesmal um Hilfe bitten. Abgesehen davon waren ihre Aussichten, eine neue Stelle zu finden, wahrscheinlich recht gut. Sie war jung, sie hatte den Akzent der Gebildeten, und sie war bereit, für einen Dienstbotenlohn zu schuften – lauter Eigenschaften, die von Besitzern viertklassiger Schulen sehr schätzt werden. Höchstwahrscheinlich würde alles gutgehen. Doch daß eine schlimme Zeit vor ihr lag, eine Zeit der Stellenjagd, der Unsicherheit, vielleicht sogar des Hungerns – das war jedenfalls gewiß.

FÜNFTES KAPITEL

I

Es kam jedoch ganz anders. Denn Dorothy hatte sich noch keine fünf Yards vom Tor entfernt, als aus der entgegengesetzten Richtung ein Telegraphenjunge die Straße heraufgefahren kam, pfeifend und die Namen der Häuser studierend. Er sah den Namen Ringwood House, wendete sein Fahrrad, stellte es am Rinnstein ab und sprach Dorothy an.

»Miß Mill – *burrow* wohnt hier?« fragte er und deutete mit dem Kopf in Richtung Ringwood House.

»Ja. Ich bin Miß Millborough.«

»Muß warten, falls es eine Antwort gibt«, sagte der Junge und zog einen orangefarbenen Umschlag aus dem Gürtel.

Dorothy stellte ihre Tasche ab. Sie hatte schon wieder heftig zu zittern begonnen. Ob vor Freude oder vor Angst, dessen war sie sich nicht sicher, denn zwei widerstreitende Gedanken waren beinahe gleichzeitig in ihr Gehirn gehüpft. Der eine: »Das ist irgendeine gute Nachricht!« Der andere: »Vater ist ernstlich erkrankt!« Es gelang ihr, den Umschlag aufzureißen; darin fand sie ein Telegramm von zwei Seiten Länge, das sie nur mit größter Mühe begriff. Es lautete:

Frohlocket im herrn, ihr gerechten ausrufzeichen tolle neuigkeiten ausrufszeichen ihr guter ruf vollkommen wiederhergestellt stop mrs. semprill in den abgrund gestürzt den sie selbst gegraben stop verleumdungsklage stop keiner glaubt ihr mehr stop ihr vater wünscht ihre unverzügliche heimkehr stop komme selbst in die stadt komma hol sie ab wenn sie wollen stop eintreffe kurz nach diesem stop warten sie auf mich stop preiset ihn mit pauken und zimbeln ausrufungszeichen alles liebe stop

Ein Blick auf die Unterschrift war gar nicht nötig. Das

Telegramm stammte natürlich von Mr. Warburton. Dorothy fühlte sich schwächer und zittriger denn je. Wie von fernher hörte sie den Telegraphenjungen etwas fragen.

»Gibt's a Antwort?« fragte er zum dritten- oder viertenmal.

»Nein danke, heute nicht«, sagte Dorothy zerstreut.

Der Junge bestieg wieder sein Rad und fuhr ab und pfiff dabei besonders laut, um Dorothy zu zeigen, wie sehr er sie dafür verachtete, daß sie ihm kein Trinkgeld gab. Doch Dorothy merkte nichts von der Verachtung des Telegraphenjungen. Das einzige, was sie in dem Telegramm wirklich verstanden hatte, war: »Ihr Vater wünscht Ihre unverzügliche Heimkehr«, und die Überraschung darüber hatte sie in einen benommenen Zustand versetzt. Eine unbestimmte Weile lang stand sie auf dem Bürgersteig im kalten Wind und hatte die unbestimmtesten Gedanken, die man sich vorstellen kann, bis auch schon ein Taxi die Straße heruntergerollt kam, und darin saß Mr. Warburton. Er erblickte Dorothy, hielt das Taxi an, sprang heraus, lief über die Straße strahlend auf sie zu und packte sie an beiden Händen.

»Hallo!« rief er, schlang sofort seine Arme in pseudoväterlicher Art um sie und zog sie an sich, ohne Rücksicht darauf, wer sie wohl sähe. »Wie geht's Ihnen? Aber, beim Jupiter, wie dünn Sie geworden sind! Ich kann alle Ihre Rippen spüren. Wo ist denn Ihre Schule?«

Dorothy, die sich noch nicht von seinem Arm hatte freimachen können, machte eine Vierteldrehung und warf einen Blick zurück auf die dunklen Fenster von Ringwood House.

»Was? Dieser Kasten? Großer Gott, was für ein Loch! Was haben Sie mit Ihrem Gepäck angestellt?«

»Das ist dort drinnen. Ich habe Geld hinterlassen, damit man es mir nachschickt. Ich glaube, das wird schon klappen.«

»Unsinn! Warum zahlen? Wir nehmen es jetzt mit. Das hat oben auf dem Taxi Platz.«

»Nein, nein! Sie sollen es nur nachschicken. Ich möchte nicht zurückgehen. Mrs. Creevy wäre fürchterlich böse.«

»Mrs. Creevy? Wer ist Mrs. Creevy?«

»Die Direktorin – das heißt, die Schule gehört ihr.«

»Aha, ein Drachen, was? Überlassen Sie sie nur mir – ich werde schon mit ihr fertig. Perseus und die Gorgone, was? Sie sind Andromeda. He!« rief er dem Taxifahrer zu.

Die beiden gingen zum Eingang hin, und Mr. Warburton klopfte. Dorothy hätte nie geglaubt, daß sie es fertig bringen würden, ihre Schachtel Mrs. Creevy zu entreißen, ja, sie rechnete sogar damit, die beiden wieder herausstürzen zu sehen, um ihr Leben rennend, und Mrs. Creevy mit ihrem Besen hinter ihnen her. Jedoch nach zwei Minuten erschienen sie schon wieder, und der Taxifahrer schleppte die Schachtel auf der Schulter. Mr. Warburton schob Dorothy ins Taxi, und als sie sich hingesetzt hatten, ließ er eine halbe Krone in ihre Hand fallen.

»Was für ein Weib! Was für ein Weib!« sagte er mit umfassender Bedeutung, während das Taxi sie fortführte. »Wie, zum Teufel, haben Sie das nur so lange aushalten können?«

»Was ist das?« fragte Dorothy und schaute auf die Münze.

»Die halbe Krone, die Sie für das Gepäck gezahlt haben. Ziemlich tüchtig von mir, daß ich sie dem alten Mädchen entriß, was?«

»Aber ich habe ihr doch fünf Shilling gelassen!« sagte Dorothy.

»Was! Mir hat das Weib gesagt, sie hätten ihr nur eine halbe Krone gegeben. Bei Gott, so eine Frechheit! Wir fahren zurück und holen diese halbe Krone heraus. Soll sie platzen!« Er klopfte ans Glas.

»Nein, nein!« rief Dorothy, ihre Hand auf seinen Arm legend. »Das macht doch überhaupt nichts. Fahren wir fort von hier – nichts als fort! Ich könnte es nicht ertragen, jemals wieder in dieses Haus zurückzugehen! Nie wieder!«

Das war die Wahrheit. Sie fühlte, daß sie lieber nicht nur eine halbe Krone, sondern alles Geld in ihrem Besitz opfern würde, als Ringwood House noch einmal zu sehen. Also fuhren sie weiter und überließen Mrs. Creevy das Feld. Es wäre interessant zu wissen, ob dies eine der weiteren Gelegenheiten war, da Mrs. Creevy lachte.

Mr. Warburton bestand darauf, den ganzen Weg bis nach London mit dem Taxi zu fahren und zeigte sich, wo der Verkehr ruhiger war, von solcher Redegewalt, daß Dorothy kaum den Mund auftun konnte. Erst als sie die inneren Vorstädte erreichten, konnte sie eine Erklärung für die plötzliche Wende in ihrem Schicksal herausbekommen.

»Sagen Sie mir doch«, meinte sie, »was ist denn da eigentlich passiert? Ich kenne mich nicht aus. Warum kann ich plötzlich so ohne weiteres nach Haus? Warum glauben die Leute jetzt Mrs. Semprill nicht mehr? Sie hat doch nicht etwa reuig gestanden?«

»Die? Nie im Leben! Aber ihre Sünden haben sie nichtsdestoweniger entlarvt. Es war die Art von Ding, das ihr frommen Menschen dem Zeichen der Vorsehung zuschreiben würdet. Werfet das Brot über die Gewässer, und so weiter. Sie hat sich selbst in eine äußerst mißliche Lage gebracht – eine Klage wegen Verleumdung. In den letzten vierzehn Tagen haben wir in Knype Hill von nichts anderem mehr gesprochen. Ich nahm an, Sie hätten in den Zeitungen darüber gelesen.«

»Ich habe schon weiß Gott wie lange keine Zeitungen mehr gesehen. Wer hat sie angeklagt? Doch nicht mein Vater?«

»Um Gottes willen, natürlich nicht! Geistliche dürfen niemanden wegen Verleumdung anklagen. Es war der Bankdirektor. Erinnern Sie sich an ihre Lieblingsgeschichte über ihn – wie er mittels Bankgeld eine Frau aushielt, und so weiter?«

»Ja, ich glaube schon.«

»Vor ein paar Monaten war sie unvorsichtig genug, etwas davon zu Papier zu bringen. Irgendein guter Freund – ein weiblicher Freund, nehme ich an – hinterbrachte diesen Brief dem Bankdirektor. Darauf ging der vor Gericht – und Mrs. Semprill wurde zu hundertundfünfzig Pfund Schmerzensgeld verurteilt. Ich nehme nicht an, daß sie auch nur einen halben Penny gezahlt hat, aber immerhin, das ist das Ende ihrer Laufbahn als Klatschbase. Man kann jahrelang die Leute um ihren guten Ruf bringen, und es wird einem jeder mehr oder weniger glauben, auch wenn es ganz eindeutig ist, daß man lügt. Aber sobald man einmal vor Gericht als Lügner abgestempelt ist, dann ist man sozusagen disqualifiziert. Mrs. Semprill ist erledigt, zumindest in Knype Hill. Innerhalb von Tagen hat sie die Stadt verlassen – bei Nacht und Nebel, könnte man fast sagen. Ich glaube, zur Zeit wird Bury St. Edmunds von ihrer Anwesenheit heimgesucht.«

»Aber was hat das alles mit den Dingen zu tun, die sie über Sie und mich gesagt hat?«

»Nichts – nicht das geringste. Aber wozu sich darüber den Kopf zerbrechen? Die Hauptsache ist, daß Sie wieder in Gnaden aufgenommen sind; und alle die alten Vetteln, die in den letzten Monaten ihre Mäuler an Ihnen gewetzt haben, sagen jetzt: ›Die arme, arme Dorothy, wie *schrecklich* hat diese gräßliche Frau ihr mitgespielt!‹«

»Sie meinen, sie glauben jetzt, weil Mrs. Semprill in dem einen Fall Lügen erzählt hat, muß sie auch in einem anderen gelogen haben?«

»Das würden sie zweifellos sagen, wenn sie zu einer solchen Überlegung überhaupt fähig wären. Jedenfalls ist Mrs. Semprill in Ungnade gefallen, und daher müssen alle Leute, die sie je verleumdet hat, Märtyrer sein. Selbst *mein* Ruf ist zumindest vorläufig so gut wie fleckenlos!«

»Und meinen Sie denn, daß damit wirklich alles erledigt ist? Glauben Sie, die Leute glauben wirklich, daß alles nur ein Zufall war – daß ich wirklich nur mein Gedächtnis verlor und mit niemandem durchgebrannt bin?«

»Also wissen Sie, so weit würde ich nicht gehen. In diesen ländlichen Kleinstädten hängt immer ein gewisses Maß an Verdacht in der Luft. Nicht Verdacht auf irgend etwas Bestimmtes, sondern einfach Verdacht im allgemeinen. Eine Art von instinktiver ländlich-schmutziger Phantasie. Ich kann mir vorstellen, wie in zehn Jahren in der Bar des *Dog and Bottle* das Gerücht umgeht, in Ihrer Vergangenheit gebe es irgendein schauriges

Geheimnis, nur weiß niemand mehr was. Trotzdem, Ihre Leiden sind vorüber. Wenn ich Sie wäre, dann würde ich keine Erklärungen abgeben, bis man Sie von Ihnen verlangt. Die offizielle Theorie lautet, Sie hätten eine böse Grippe gehabt und seien auf Erholung gefahren. Dabei würde ich bleiben. Sie werden sehen, das wird geschluckt. Offiziell liegt nichts gegen Sie vor.«

Kurz darauf erreichten sie London, und Mr. Warburton führte Dorothy in ein Restaurant in der Coventry Street zum Mittagessen, wo sie ein junges Huhn zu sich nahmen, gebraten, mit Spargel und winzigen, perlweißen Kartoffeln, die man vorzeitig der Mutter Erde entrissen hatte, und darauf Sirup-pudding und eine gute warme Flasche Burgunder; aber was Dorothy nach Mrs. Creevys lauwarmem, labbrigem Tee am meisten genoß, war der schwarze Kaffee, den sie zum Abschluß tranken. Nach dem Lunch fuhren sie wieder im Taxi zum Bahnhof Liverpool Street und nahmen den 2-Uhr-45-Zug. Die Fahrt nach Knype Hill dauerte vier Stunden.

Mr. Warburton bestand darauf, erster Klasse zu fahren, und wollte nichts davon hören, daß Dorothy ihre Fahrkarte selbst bezahlen wollte; und als Dorothy gerade nicht hinsah, gab er dem Schaffner ein Trinkgeld, damit dieser ein Abteil für sie allein reservierte. Es war einer dieser kalten, schönen Tage, die entweder dem Frühling oder dem Winter angehören, je nachdem, ob man drinnen oder draußen ist. Hinter den geschlossenen Fenstern des Abteils sah der tiefblaue Himmel warm und mild aus, und selbst die verwilderten Elendsviertel, durch die der Zug ratterte – die Labyrinthe der kleinen, schmutziggrauen Häuser, die großen, unübersichtlichen Fabriken, die schlammigen Kanäle und die verkommenen Bauplätze voll rostiger Kessel und rauchgeschwärzten Unkrauts –, waren alle von der Sonne erlöst und vergoldet. In der ersten halben Stunde ihrer Reise sagte Dorothy kaum ein Wort. Vorläufig war sie zu glücklich, um zu sprechen. Sie dachte auch gar nicht an irgend etwas Bestimmtes, sondern saß nur da und genoß die glasgefilterte Sonnenwärme, den gemütlich gepolsterten Sitz und das Gefühl, Mrs. Creevys

Klauen für immer entkommen zu sein. Aber es war ihr klar, daß diese Stimmung nicht mehr lange dauern konnte. Ihre Zufriedenheit sickerte fort wie die Wärme des Weins, den sie zu Mittag getrunken hatte, und in ihrem Geist formten sich Gedanken, die entweder schmerzlich oder schwierig auszudrücken waren. Mr. Warburton hatte ihr Gesicht beobachtet, mit mehr Aufmerksamkeit, als er sonst aufbrachte, als wollte er die Veränderungen abschätzen, die die vergangenen acht Monate in ihr bewirkt hatten.

»Sie sehen älter aus«, sagte er endlich. »Ja; aber Sie sehen – erwachsener aus, würde ich sagen. Robuster. Irgend etwas hat sich in Ihrem Gesicht verändert. Sie sehen aus – wenn Sie mir den Ausdruck verzeihen –, als wäre Ihnen das Pfadfindertum ein für allemal ausgetrieben worden. Ich hoffe, es sind statt dessen nicht sieben Teufel in Sie gefahren?« Dorothy antwortete nicht, und er sprach weiter: »Ich nehme an, daß Sie die reinste Hölle durchgemacht haben?«

»Ach, es war fürchterlich! Manchmal unsagbar fürchterlich. Wissen Sie, daß ich manchmal –«

Sie hielt inne. Sie hatte ihm eben sagen wollen, wie sie manchmal um ihr Essen hatte betteln müssen; wie sie auf der Straße geschlafen hatte; wie sie wegen Bettelei verhaftet wurde und eine Nacht in einer Polizeizelle verbracht hatte; wie Mrs. Creevy sie gequält und hatte hungern lassen. Doch sie hielt inne, weil sie plötzlich erkannt hatte, daß nicht das es war, worüber sie sprechen wollte. Dinge wie diese, das sah sie jetzt, besaßen keine wirkliche Bedeutung; das sind nichts als unwichtige Zufälle, nicht wesentlich unterschieden von einer Erkältung oder daß man auf einem Bahnhof einmal zwei Stunden warten muß. So etwas ist unangenehm, aber nicht wirklich wichtig. Die Binsenwahrheit, daß alles Wesentliche sich im Geiste vollzieht, stand ihr plötzlich deutlicher vor Augen als je zuvor, und sie sagte:

»Diese Dinge sind nicht wirklich wichtig. Ich meine, daß man kein Geld hat und nicht genug zu essen. Selbst wenn man praktisch Hunger leidet – in einem selbst *ändert* das nichts.«

»Wirklich nicht? Ich nehme Ihr Wort dafür. Ich würde es gar nicht gern selbst ausprobieren.«

»Ach, es ist natürlich schrecklich, solange man mitten drin steckt; aber es macht keinen wirklichen Unterschied; was in einem selbst vorgeht, das ist es, worauf es ankommt.«

»Und das heißt?« fragte Mr. Warburton.

»Ach – man verändert sich eben innerlich. Und dann ändert sich die ganze Welt, weil man sie anders betrachtet.«

Sie schaute noch immer zum Fenster hinaus. Der Zug hatte die östlichen Slums hinter sich gebracht und fuhr jetzt immer schneller an von Weiden gesäumten Bäumen und flachen Wiesen vorüber, über deren Heckenzäune die ersten Knospen einen schwachen grünen Schein wie Wolken legten. In einem Feld nahe den Gleisen hüpfte ein einmonatiges Kalb, flach wie ein Tier aus der Arche Noah, steifbeinig hinter seiner Mutter her, und in einem kleinen Hintergarten grub ein Landarbeiter mit langsamen rheumatischen Bewegungen die Erde unter einem Birnbaum um, der mit geisterhaften Blüten bedeckt war. Sein Spaten blitzte in der Sonne auf, als der Zug vorüberfuhr. Der deprimierende Vers aus einem Kirchenlied »Veränderung und Verfall in allem ringsumher« ging Dorothy durch den Kopf. Es war wahr, was sie eben gesagt hatte. Irgend etwas war in ihrem Herzen geschehen, und von dieser Minute an war die Welt ein wenig leerer, ein wenig ärmer geworden. An einem solchen Tag wie heute hätte sie letzten Frühling, oder jeden früheren Frühling, Gott gedankt, wie überschwenglich, wie rückhaltlos gedankt für den ersten blauen Himmel und die ersten Blüten des erwachenden Jahres! Und jetzt gab es anscheinend keinen Gott mehr, dem man danken konnte, und nichts – keine Blume, kein Stein, kein Grashalm – nichts im ganzen Universum würde je wieder so sein wie früher.

»Man verändert sich innerlich«, wiederholte sie. »Ich habe meinen Glauben verloren«, fügte sie hinzu, etwas abrupt vielleicht, denn plötzlich waren ihr diese Worte irgendwie peinlich.

»Sie haben Ihren *was* verloren?« fragte Mr. Warburton, an derartige Ausdrücke noch weniger gewohnt als sie.

»Meinen Glauben. Sie wissen schon, was ich meine. Vor ein paar Monaten kam es mir ganz plötzlich so vor, als hätte sich alles in mir vollkommen verändert. Alles, woran ich bis dahin geglaubt hatte – alles – schien plötzlich sinnlos, fast dumm. Gott – was ich unter Gott verstanden hatte – das ewige Leben, Himmel und Hölle – alles. Es war alles verschwunden. Und es kam nicht davon, daß ich darüber nachgedacht hätte; es passierte mir einfach. Es war, wie wenn man als Kind, und zwar eines Tages und ohne bestimmten Grund, nicht mehr an Feen glaubt. Ich konnte einfach nicht mehr länger daran glauben.«

»Sie haben nie daran geglaubt«, sagte Mr. Warburton ungerührt.

»Doch, ich habe wirklich geglaubt! Ich weiß schon, daß Sie es mir nie abnahmen – Sie dachten, ich täte nur so, weil ich Angst hätte, ehrlich zu sein. Aber so war's überhaupt nicht! Ich habe genauso geglaubt, wie ich daran glaube, daß ich in diesem Abteil sitze.«

»Aber, mein armes Kind, natürlich taten Sie das nicht! Wie konnten Sie auch, in Ihrem Alter! Dazu waren Sie doch viel zu intelligent. Aber Sie waren eben mit diesen absurden Glaubensvorstellungen groß geworden, und daher gestatteten Sie sich sozusagen weiterhin die Hypothese, das alles immer noch schlucken zu können. Sie hatten sich ein Lebens-Muster zurechtgelegt – wenn Sie das bißchen psychologischen Jargon entschuldigen –, das nur für einen gläubigen Menschen paßte, und das wurde Ihnen mit der Zeit natürlich zur Belastung. Es war ja die ganze Zeit hindurch ganz klar zu sehen, was mit Ihnen los war. Ich würde sagen, daß Sie aller Wahrscheinlichkeit nach auch deshalb Ihr Gedächtnis verloren.«

»Was meinen Sie damit?« sagte sie, einigermaßen verblüfft über diese Bemerkung.

Er sah, daß sie ihn nicht verstand, und erklärte ihr, daß der Verlust des Gedächtnisses nur ein – unbewußt angewandter – Kunstgriff ist, um einer unmöglichen Lage zu entgehen. Der Geist, so sagte er, bediene sich, in eine Ecke gedrängt, oft merkwürdiger Kniffe. Dorothy hatte noch nie zuvor von diesen Dingen gehört und konnte seine Erklärung zuerst nicht akzeptieren. Sie dachte jedoch einen Moment darüber nach und erkannte dann, daß auch in diesem Falle die grundlegenden Tatsachen sich dadurch nicht ändern würden.

»Ich sehe nicht, was dadurch anders würde«, sagte sie schließlich.

»Wirklich nicht? In meinen Augen macht das einen ganz wesentlichen Unterschied.«

»Aber sehen Sie denn nicht, wenn mein Glaube fort ist, daß es dann nicht darauf ankommt, ob ich ihn jetzt verloren habe, oder eigentlich schon vor Jahren? Was zählt, ist nur, daß er fort ist und daß ich mein Leben jetzt von vorn beginnen muß.«

»Damit wollen Sie doch hoffentlich nicht sagen«, antwortete Mr. Warburton, »daß es Ihnen um Ihren Glauben, wie Sie es nennen, womöglich *leid* tut? Genauso gut könnte man den Verlust eines Kropfes bedauern. Bitte, ich rede hier allerdings wie der Blinde von der Farbe – als Mann, der nie sehr viel Glauben zu verlieren hatte. Das bißchen, das ich hatte, verlor ich ganz ohne unangenehme Nebenerscheinungen im Alter von neun Jahren. Aber das ist doch wohl nicht etwas, dessen Verlust meiner Meinung nach irgend jemandem *leid* tun sollte. Pflegten Sie denn nicht, wenn ich mich recht entsinne, grausige Dinge zu tun, so wie um fünf Uhr früh aufzustehen, um mit leerem Magen zur Kommunion zu gehen? Sie sehnen sich doch wohl nicht nach solchem Zeug zurück?«

»Ich glaube nicht länger daran, wenn Sie das meinen. Und ich sehe jetzt, daß einiges davon recht dumm war. Aber davon habe ich nichts. Der springende Punkt ist, daß alles, woran ich geglaubt habe, jetzt verschwunden ist, und daß ich nichts an seine Stelle setzen kann.«

»Aber gütiger Gott! Warum wollen Sie denn etwas an seine Stelle setzen? Sie sind einen Haufen abergläubischen Unsinns losgeworden, und darüber sollten Sie froh sein. Ihr Leben lang vor dem Feuer der Hölle zu zittern, das hätte Sie doch wohl nicht glücklicher gemacht?«

»Aber sehen Sie denn nicht – Sie müssen es sehen – wie anders alles wird, wenn die ganze Welt ganz plötzlich leer ist?«

»Leer?« rief Mr. Warburton. »Was meinten Sie damit, wenn Sie die Welt leer nennen? Das finde ich buchstäblich einen Skandal, bei einem Mädchen Ihres Alters. Die Welt ist keineswegs leer, sie ist, dem Teufel sei's geklagt, leider viel zu voll, das ist das ganze Problem. Wir sind heute rot und morgen tot und finden nicht genügend Zeit, um alles zu genießen, was wir haben.«

»Aber wie kann man überhaupt genießen, wenn auf einmal jeder Sinn verschwunden ist?«

»Gütiger Gott im Himmel! Wozu brauchen Sie denn einen Sinn? Wenn ich mein Mittagessen zu mir nehme, dann tu ich's nicht zur höheren Ehre Gottes; ich tu's, weil's mir schmeckt. Die Welt ist so voll unterhaltsamer Dinge – Bücher, Bilder, Weine, Reisen, Freunde – alles. Ich habe noch nie einen Sinn darin gesehen, und ich will auch keinen sehen. Warum nicht das Leben nehmen, wie es ist?«

»Aber –«

Sie brach ab, denn sie sah ein, daß sie in dem Bemühen, ihm ihre Gedanken klar zu machen, ihre Worte nur verschwendete. Er war einfach nicht fähig, ihre Schwierigkeiten zu verstehen – er konnte nicht begreifen, wie ein von Natur aus frommer Geist vor einer Welt, die er als sinnlos erkannt hatte, zurückschrecken mußte. Ihm wären selbst noch die widerwärtigen Plattitüden der Pantheisten viel zu hoch. Wahrscheinlich kam ihm die Vorstellung, wie flüchtig und wie nichtig das Leben eigentlich sei, eher komisch vor – falls sie ihm überhaupt kam. Dabei war er durchaus ein kluger Mensch. Er sah ein, wie schwierig ihre eigene Lage jetzt war, und kam einen Moment später wieder darauf zurück.

»Natürlich«, sagte er, »begreife ich, daß, wenn Sie jetzt nach Haus kommen, manches etwas peinlich für Sie wird. Sie sind jetzt sozusagen ein Wolf im Schafspelz. Pfarrarbeit – Müttervereinigung, Gebete mit den Sterbenden, und so weiter – das wird Ihnen manchmal sicher auf die Nerven gehen. Haben Sie Angst, Sie werden die Komödie nicht durchstehen – geht es darum?«

»O nein. Daran dachte ich gar nicht. Ich werde weiter machen genau wie früher. Ich bin an nichts anderes gewöhnt. Und außerdem braucht Vater meine Hilfe. Einen Kooperator kann er sich nicht leisten, und die Arbeit muß getan werden.«

»Wo ist dann das Problem? Machen Sie sich Sorgen wegen der Heuchelei? Haben Sie Angst, die Hostie könnte Ihnen im Halse stecken bleiben und so weiter? Ich würde mich da nicht ängstigen. Die Hälfte aller Pfarrerstöchter Englands sitzen wahrscheinlich im selben Boot. Und gut neun Zehntel aller Pfarrer auch, würde ich sagen.«

»Das ist es zum Teil. Ich werde mich immer verstellen müssen – ach, Sie können sich gar nicht vorstellen, auf welche Arten! Aber das ist nicht das Ärgste. Vielleicht ist diese Seite der Angelegenheit gar nicht so wichtig. Vielleicht ist man besser ein Heuchler – *diese* Art von Heuchler – als verschiedenes andere.«

»Warum sagen Sie *diese* Art von Heuchler? Ich hoffe, Sie meinen damit nicht, daß, wenn man schon nicht glaubt, Glauben heucheln das nächstbeste ist?«

»Doch ... doch, ich glaube schon, daß ich das meine. Vielleicht ist es besser – weniger selbstsüchtig –, wenn man so tut, als würde man glauben, selbst wenn man nicht mehr glaubt, als offen zuzugeben, daß man nicht mehr glaubt und damit vielleicht auch noch anderen Menschen den Glauben nimmt.«

»Meine teure Dorothy«, sagte Mr. Warburton, »Ihr Geist, wenn Sie mir die Bemerkung gestatten, befindet sich in einem morbiden Zustand. Nein, Teufel noch mal!, ärger als morbid; schon buchstäblich septisch. Sie haben eine Art geistigen Brand, der Ihnen noch von Ihrer christlichen Erziehung her nachhängt. Da erzählen Sie mir, daß Sie diesen lächerlichen Aberglauben los sind, den man Ihnen von der Wiege an eingetrichtert hat, und befleißigen sich gleichzeitig einer Einstellung zum Leben, die ohne diesen Aberglauben einfach sinnlos ist. Nennen Sie so etwas vernünftig?«

»Ich weiß nicht. Nein, vielleicht nicht. Aber das ist wohl einfach meine natürliche Einstellung.«

»Worauf Sie offensichtlich aus sind«, redete Mr. Warburton weiter, »das ist, sich von allem das Schlechteste herauszuholen. Sie halten sich zwar ans christliche Lebensschema, aber aufs Paradies verzichten Sie. Und ich glaube, wenn man nur die Wahrheit wüßte, dann sähe man eine ganze Menge Leute wie Sie herumwandern unter den Ruinen der anglikanischen Hochkirche. Ihr seid praktisch eine eigene Sekte«, fügte er nachdenklich hinzu, »die anglikanischen Atheisten. Keine Sekte allerdings, der ich gern angehören möchte, muß ich sagen.«

Sie unterhielten sich noch eine Weile, aber es kam nicht viel dabei heraus. Das ganze Gebiet religiöser Glaubensvorstellungen und religiöser Zweifel war für Mr. Warburton langweilig und unverständlich. Ihn interessierte es einzig und allein als Vorwand für Blasphemien. Er wechselte auch bald darauf das Thema, sozusagen als gäbe er es auf, Dorothys Einstellung begreifen zu wollen.

»Was wir da reden, ist doch alles Unsinn«, sagte er. »Sie haben sich einige deprimierende Ideen in den Kopf gesetzt, aber Sie werden da später schon herauswachsen, wissen Sie. Christlichkeit ist nicht unbedingt unheilbar. Es gibt da übrigens noch etwas ganz anderes, was ich Ihnen sagen wollte. Ich möchte, daß Sie mir jetzt ein bißchen zuhören. Sie kehren heim, nach einer Abwesenheit von acht Monaten, und zwar in eine, wie Sie doch selbst erkennen, recht ungemütlichen Situation. Sie hatten schon bisher ein hartes Leben – zumindest würde ich es so nennen –, und jetzt, wo Sie eine nicht mehr ganz so brave Pfadfinderin sind wie früher, jetzt wird es noch sehr viel härter werden. Aber halten Sie es denn wirklich für unbedingt notwendig, dahin zurückzukehren?«

»Aber ich sehe nicht, was ich sonst tun könnte, falls ich nicht eine andere Arbeit finde. Ich habe wirklich keine Wahl.«

Mr. Warburton, der den Kopf leicht zur Seite geneigt hatte, warf Dorothy einen recht merkwürdigen Blick zu und sagte in einem ernsteren Ton als üblich: »Es gibt zumindest *eine* andere Möglichkeit, die ich Ihnen vorschlagen könnte.«

»Sie meinen, ich soll weiter in die Schule gehen? Vielleicht sollte ich das wirklich tun. Letzten Endes wird mir ja ohnehin nichts anderes übrig bleiben.«

»Nein. Ich würde es Ihnen jedenfalls nicht raten.«

Bis zu dieser Minute hatte Mr. Warburton, so besorgt wie eh und je um seine Glatze, seinen draufgängerischen, ziemlich breitkrempigen grauen Filzhut aufgehabt. Jetzt aber nahm er ihn plötzlich ab und setzte ihn vorsichtig auf den leeren Sitz neben sich. Sein kahler Schädel, nur noch in der Gegend der Ohren von ein oder zwei dünnen Strähnen goldenen Haares verziert, sah aus wie eine monströse rosa Perle. Dorothy betrachtete ihn leicht überrascht.

»Ich nehme meinen Hut ab«, sagte er, »damit Sie mich so sehen können, wie ich wirklich bin. Sie werden sogleich verstehen, warum. Und nun lassen Sie mich Ihnen eine weitere Möglichkeit anbieten, außer der Rückkehr zu Pfadfinderinnen und Müttervereinigung oder der Gefangenschaft in den Verliesen irgendeiner Mädchenschule.«

»Was meinen Sie denn?« fragte Dorothy.

»Ich meine, würden Sie – denken Sie gut nach, bevor Sie antworten; ich gebe zu, daß da einige sehr naheliegende Einwände vorliegen, aber – würden Sie mich heiraten?«

Dorothys Lippen öffneten sich vor Überraschung. Vielleicht wurde sie auch um eine Spur blasser. Hastig, fast unbewußt fuhr sie zurück und entfernte sich so weit von ihm, als die Rücklehne ihres Sitzes es ihr gestattete. Aber er hatte gar keine Bewegung auf sie zu gemacht. Er sagte in völliger Gemütsruhe:

»Sie wissen doch sicherlich, daß Dolores (Dolores war Mr. Warburtons Ex-Geliebte) mich vor einem Jahr verlassen hat?«

»Aber ich kann nicht, ich kann nicht!« rief Dorothy. »Sie

wissen doch, daß ich nicht kann! Ich bin – nicht so. Ich dachte, Sie hätten es gewußt. Ich werde niemals heiraten.«

Mr. Warburton ignorierte diese Bemerkung.

»Ich will Ihnen gern zugestehen«, sagte er, noch immer mit bewundernswerter Ruhe, »daß ich nicht gerade unter die Rubrik Herzensbrecher falle. Ich bin um einiges älter als Sie. Wir legen offenbar heute beide unsere Karten auf den Tisch, also vertraue ich Ihnen ein großes Geheimnis an und sage Ihnen, daß ich neunundvierzig Jahre alt bin. Und außerdem habe ich drei Kinder und einen schlechten Ruf. Es wäre eine Ehe, die Ihr Vater – nun, mit Mißbilligung betrachten würde. Und mein Einkommen beträgt nur siebenhundert pro Jahr. Aber immerhin, finden Sie nicht, daß es einer Überlegung wert wäre?«

»Ich kann nicht, Sie wissen doch, daß ich nicht kann!« wiederholte Dorothy.

Sie hielt es für selbstverständlich, daß er »wußte, warum sie nicht konnte«, obwohl sie weder ihm, noch sonst einer Menschenseele je erklärt hatte, warum es ihr unmöglich war zu heiraten. Und selbst wenn sie's ihm erklärt hätte, so hätte er sie höchstwahrscheinlich gar nicht verstanden. Er sprach weiter, es schien, als habe er ihren Einwurf gar nicht bemerkt.

»Erlauben Sie mir«, sagte er, »Ihnen die Sache in Form eines Handels darzustellen. Ich brauche Ihnen natürlich nicht zu sagen, daß es in Wirklichkeit doch sehr viel mehr ist. Ich bin, wie man so sagt, nicht der Typ zum Heiraten, und ich würde Ihnen keinen Heiratsantrag machen, wenn Sie nicht eine ganz besondere Anziehung auf mich hätten. Aber lassen Sie mich die geschäftliche Seite zuerst behandeln. Sie brauchen ein Heim und ein Auskommen; ich brauche eine Frau, die sich um mich kümmert. Ich habe genug von diesen widerwärtigen Frauen, mit denen ich mein Leben verbracht habe, wenn Sie ihre Erwähnung bitte verzeihen wollen, und mir liegt viel daran, mich endlich zur Ruhe zu setzen. Dazu ist es vielleicht schon ein bißchen spät, aber besser spät als nie. Und außerdem brauche ich auch jemanden, der sich der Kinder annimmt – der *Bastarde*, Sie wissen schon. Ich nehme nicht an, daß Sie mich überwältigend attraktiv finden«, fügte er hinzu, und fuhr sich mit der Hand nachdenklich über seinen kahlen Scheitel, »aber dafür ist mit mir leicht auszukommen. Wie übrigens meistens mit unmoralischen Leuten. Und von Ihnen aus gesehen hätte die Sache gewisse Vorteile. Warum müssen Sie Ihr Leben damit verbringen, Pfarrmagazine zu verteilen und ekligen alten Weibern die Beine mit Ellimans Schmiere einzureiben? Als verheiratete Frau wären Sie glücklicher, selbst bei einem Ehemann mit kahlem Schädel und undurchsichtiger Vergangenheit. Sie hatten für ein Mädchen Ihres Alters ein schweres und wenig amüsantes Leben, und Ihre Zukunft ist nicht gerade rosig. Haben Sie sich einmal wirklich überlegt, wie Ihre Zukunft aussehen wird, wenn Sie nicht heiraten?«

»Ich weiß nicht. Ich habe ein bißchen darüber nachgedacht«, sagte sie.

Da er nicht versucht hatte, Hand an sie zu legen oder irgendwelche Liebesbeteuerungen zu flüstern, beantwortete sie seine Frage, ohne ihre ursprüngliche Ablehnung zu wiederholen. Er sah zum Fenster hinaus und sprach dann in einem nachdenklichen Ton weiter, viel leiser als sonst bei ihm üblich, so daß sie ihn zuerst über dem Geratter des Zuges kaum verstehen konnte; doch bald hob er die Stimme und schlug einen derart ernsten Ton an, wie sie ihn nie zuvor von ihm gehört noch überhaupt sich vorgestellt hatte, daß er dazu fähig wäre.

»Überlegen Sie einmal, wie Ihre Zukunft aussieht«, wiederholte er. »Es ist die gleiche Zukunft, wie Sie jede Frau Ihrer Gesellschaftsschicht ohne Mann und ohne Geld erwartet. Nehmen wir einmal an, daß Ihr Vater noch zehn Jahre lebt. Bis dahin wird er sein Geld bis auf den letzten Penny verspekuliert haben. Sein Wunsch, das Geld zu verpulvern, wird ihn gerade so lange am Leben halten, wie es reicht, und wahrscheinlich nicht länger. Diese ganze Zeit über wird er immer hinfälliger werden, immer mürrischer, immer unleidlicher; er wird Sie immer heftiger tyrannisieren, Ihnen immer weniger Geld geben, Ihnen das

Auskommen mit den Nachbarn und den Kaufleuten immer schwieriger und schwieriger machen. Und Sie werden immer so weitermachen wie bisher, ein sklavisches Leben voll von Sorgen, sich mühsam nach der Decke strecken, die Pfadfinderinnen drillen, der Müttervereinigung Romane vorlesen, das Altarmessing polieren, Geld zusammenbetteln für den Orgel-Fonds, braune Pappkarton-Stiefel für die Schulaufführungen basteln, sich behaupten in den üblen kleinen Kämpfen und Skandalen des kirchlichen Hühnerstalls. Jahr für Jahr, Winter und Sommer werden Sie mit Ihrem Rad von einem Häuschen voller Mief zum anderen strampeln, werden Sie aus der Armenkasse Pennies verteilen und Gebete aufsagen, an die Sie nicht einmal mehr glauben. Sie werden endlose Messen absitzen, die Sie letzten Endes durch ihre ewig Eintönigkeit und Sinnlosigkeit physisch krank machen werden. Jedes Jahr wird Ihr Leben noch ein bißchen öder, ein bißchen mehr noch angefüllt mit diesen tödlichen kleinen Aufgaben, die auf alleinstehende Frauen abgewälzt werden. Und vergessen Sie nicht, daß Sie nicht immer achtundzwanzig Jahre alt sein werden. Die ganze Zeit über werden Sie immer blasser, immer welker werden, bis Sie eines morgens in den Spiegel blicken und erkennen, daß Sie kein Mädchen mehr sind, sondern nur mehr eine knochige alte Jungfer. Dagegen werden Sie natürlich ankämpfen. Sie werden sich Ihre körperliche Energie und Ihr mädchenhaftes Gehabe bewahren – und zwar sogar ein bißchen zu lange. Kennen Sie diesen Typ der munteren – allzu munteren – alten Jungfer, die immer ›toll‹ sagt, und ›eine Wucht‹, und ›klare Sache‹, und sich so viel darauf zugute tut, daß sie jeden Spaß versteht, daß schließlich keinem in ihrer Nähe richtig wohl wird? Und sie ist so großartig beim Tennis und so unentbehrlich bei Amateur-Theateraufführungen, und sie wirft sich mit einer Art Verzweiflung in ihre Arbeit mit den Pfadfinderinnen und in ihre Pfarrbesuche, und sie ist der Mittelpunkt jedes kirchlichen Gesellschaftsabends, und immer, obwohl Jahr für Jahr vergeht, sieht sie sich noch als junges Mädchen und erkennt nicht, daß hinter ihrem Rücken sie alle als enttäuschte alte Jungfer verlachen. Das ist's, was aus Ihnen wird, was aus Ihnen werden muß, und wenn Sie's noch so sehr voraussehen und zu vermeiden suchen. Falls Sie nicht heiraten, ist Ihnen keine andere Zukunft möglich. Frauen, die nicht heiraten, vertrocknen – sie vertrocknen wie eine Aspidistra im Fenster eines Hinterzimmers; und das Teuflische daran ist, daß sie's nicht einmal wissen.«

Dorothy saß schweigend da und lauschte, hingegeben und von schauerlicher Faszination erfüllt. Sie bemerkte nicht einmal, daß er aufgestanden war, eine Hand an der Tür, um sich gegen das Schwanken des Zuges abzustützen. Sie war wie hypnotisiert, nicht so sehr von seiner Stimme als vielmehr von den Visionen, die seine Worte in ihr wachgerufen hatten. Er hatte ihr Leben, wie es unvermeidlich aussehen würde, mit so entsetzlicher Genauigkeit beschrieben, daß er sie buchstäblich zehn Jahre voraus mitten in die drohende Zukunft hineingetragen zu haben schien, und sie kam sich nicht mehr als ein Mädchen voll von Kraft und Jugend vor, sondern als verzweifelte, abgekämpfte Jungfrau von achtunddreißig Jahren. Als er weiterredete, nahm er ihre Hand, die schlaff auf der Armlehne ihres Sitzes lag, und selbst das bemerkte sie kaum.

»Nach zehn Jahren«, fuhr er fort, »wird Ihr Vater sterben, und er wird Ihnen keinen Penny hinterlassen, nur Schulden. Sie sind dann fast vierzig, ohne Geld, ohne Beruf, ohne Aussicht auf eine Ehe; nichts als eine verarmte Pfarrerstochter, genau wie zehntausend andere in England. Und danach, was meinen Sie, was aus Ihnen wird? Sie werden eine Stellung finden müssen – die Art von Stellung eben, wie sie Pfarrerstöchter bekommen können. Kinderfräulein zum Beispiel, oder Gesellschafterin bei einer hinfälligen alten Schachtel, die die ganze Zeit nichts tun wird als darüber nachzudenken, wie sie Sie demütigen kann. Oder Sie gehen wieder in die Schule; als Englischlehrerin in irgendeine gräßliche Mädchenschule, mit fünfundsiebzig Pfund pro Jahr und Unterkunft und Verpflegung, und jeden August zwei Wochen in einer kleinen Pension am Meer. Und die ganze Zeit über immer weiter verwelken, vertrocknen, versauern, immer knochiger und freudloser werden, Und deshalb –«

Bei dem Wort »deshalb« zog er Dorothy auf die Füße. Sie leistete keinen Widerstand. Seine Stimme hatte sie in Bann geschlagen. In ihrem Geist breitete sich die Aussicht auf diese grauenvolle Zukunft aus, deren Leere sie sich noch viel besser vorstellen konnte als er, und eine derartige Verzweiflung stieg in ihr hoch, daß sie, hätte sie überhaupt den Mund aufgemacht, nur hätte sagen können: »Ja, ich werden Sie heiraten.« Er legte sehr vorsichtig den Arm um sie und zog sie zu sich heran, und nicht einmal jetzt machte sie einen Versuch zum Widerstand. Ihre Augen hingen wie hypnotisiert an den seinen. Als er seinen Arm um sie legte, da war's, wie um sie zu beschützen, sie aufzunehmen, sie zurückzuholen vom Rand der grauen tödlichen Armut, zurück in die Welt der angenehmen und wünschenswerten Dinge – zu Sicherheit und Behagen, zu hübschen Häusern und guter Kleidung, zu Büchern und Freunden und Blumen, zu Sommertagen und fernen Ländern. Und so standen fast eine volle Minute lang der dicke, verlebte Junggeselle und das dünne, altjüngferliche Mädchen einander Aug in Aug gegenüber, beinahe auch Körper an Körper, während der fahrende Zug sie leicht hin und her warf und Wolken und Telegraphenmasten und knospenverhangene Hecken und mit jungem Weizen begrünte Felder ungesehen vorbeirasten.

Mr. Warburton verstärkte seinen Griff und zog sie fester an sich. Damit war der Bann gebrochen. Die Visionen, die sie gefesselt hatten – Visionen von Armut und der Errettung vor der Armut – lösten sich plötzlich in Nichts auf und hinterließen nichts als die schockierte Wahrnehmung dessen, was ihr geschah. Sie war in den Armen eines Mannes – eines dicklichen, älteren Mannes! Eine Welle von Abscheu und tödlicher Angst durchfuhr sie, und ihre Eingeweide schienen zu schrumpfen und zu gefrieren. Sein schwerer männlicher Körper drückte sie nach hinten und hinunter, sein großes rosa Gesicht, glatt, aber alt in ihren Augen, beugte sich über ihr eigenes. Der strenge Geruch der Männlichkeit drang in ihre Nüstern. Sie wich zurück. Haarige Schenkel des Satyrs! Sie begann sich wild zu wehren, obwohl er kaum irgendeine Anstrengung machte, sie zu halten, und im nächsten Moment hatte sie sich frei gemacht und war, weiß und zitternd, in ihren Sitz zurückgesunken. Sie sah mit Augen zu ihm auf, die, von Angst und Ekel gezeichnet, für einen Moment lang die einer Fremden waren.

Mr. Warburton blieb stehen und betrachtete sie mit einem Ausdruck resignierter, beinahe amüsierter Enttäuschung. Jedoch schien er nicht im mindesten erschüttert. Als sie ihre Ruhe wiedergewonnen hatte, erkannte sie, daß alles, was er gesagt hatte, nicht mehr als eine Art von Kunstgriff gewesen war, um mit ihren Gefühlen zu spielen und sie dazu zu bringen, daß sie seinen Heiratsantrag annahm; und noch merkwürdiger war, daß er das alles gesagt hatte, ohne sich ernstlich zu kümmern, ob sie ihn heiraten wollte oder nicht. Er hatte sich nur amüsieren wollen, sonst nichts. Höchstwahrscheinlich war das Ganze nichts weiter als einer seiner periodischen Versuche, sie zu verführen.

Er setzte sich, aber umständlicher als sie, und achtete dabei sorgfältig auf seine Bügelfalten.

»Falls Sie die Notbremse ziehen möchten«, bemerkte er milde, »dann lassen Sie mich bitte zuerst nachsehen, ob ich fünf Pfund im Geldbeutel habe.«

Danach war er wieder ganz er selbst, oder zumindest so weit er selbst, wie das nach einer solchen Szene möglich war, und fuhr, ohne das geringste Anzeichen von Verlegenheit, zu sprechen fort. Sein Schamgefühl hatte er, falls er so etwas überhaupt je besessen hatte, schon vor Jahren eingebüßt. Vielleicht war es auch durch Überarbeitung in einem Leben voll schmutziger Weiberaffären erstickt worden.

Etwa eine Stunde lang fühlte Dorothy sich sehr unbehaglich, doch dann kam der Zug nach Ipswich, wo sie eine Viertelstunde Aufenthalt hatten, und man begab sich zur Ablenkung auf eine Tasse Tee in den Erfrischungsraum. Während der letzten zwanzig Meilen der Reise unterhielt man sich ganz freundschaftlich. Mr. Warburton kam nicht mehr auf seinen Heiratsantrag zurück, doch als der Zug sich Knype Hill näherte, griff er, wenn auch weniger ernst als zuvor, die Frage nach Dorothys Zukunft noch einmal auf.

»Sie haben also wirklich die Absicht«, sagte er, »wieder zu Ihrer Pfarrarbeit zurückzukehren? ›Die eintönige Runde, die alltägliche Last?‹ Mr. Pithers Rheumatismus und Mrs. Lewins Hühneraugenpflaster und der ganze Rest? Macht die Aussicht darauf Sie nicht lebensüberdrüssig?«

»Ich weiß nicht – manchmal schon. Aber wenn ich erst wieder richtig drin bin, wird's schon gehen. Wissen Sie, ich bin eben schon daran gewöhnt.«

»Und Sie fühlen sich wirklich langen Jahren voller Heuchelei gewachsen? Denn darauf läuft es hinaus. Sie fürchten nicht, eines Tages die Katze aus dem Sack zu lassen? Sie sind ganz sicher, daß Sie den Bengeln in der Sonntagsschule das Vaterunser nicht plötzlich rückwärts beibringen, oder der Müttervereinigung Gibbons fünfzehntes Kapitel vorlesen, anstatt Gene Stratton Porter?«

»Das glaube ich nicht. Und zwar deshalb nicht, weil ich diese Art von Arbeit – und selbst wenn ich dabei Gebete sagen muß, an die ich nicht mehr glaube, und selbst wenn ich dabei Kindern Dinge erzählen muß, die ich nicht unbedingt für wahr halte –, weil ich diese Arbeit immer noch nützlich finde.«

»Nützlich?« sagte Mr. Warburton angewidert. »Sie legen ein bißchen zu viel Wert auf dieses bedrückende Wort ›nützlich‹. Ein ins Unmäßige gesteigertes Pflichtgefühl – das ist's, was mit Ihnen los ist. Mir dagegen sagt der einfache Hausverstand, daß man sich amüsieren soll, so viel und so lang man kann.«

»Das ist der reinste Hedonismus«, warf Dorothy ein.

»Mein liebes Kind, können Sie mir eine Lebensphilosophie zeigen, die nicht Hedonismus ist? Ihre verlausten christlichen Heiligen sind die größten Hedonisten von allen. Sie spekulieren auf die ewige Seligkeit, während wir armen Sünder auf nicht mehr als ein paar Jahre hoffen. Letzen Endes haschen wir alle nach ein bißchen Glück; nur daß eben manche Leute ihre Dosis in derart perverser Form zu sich nehmen. Was Sie sich unter Glück vorstellen, ist offenbar das Massieren von Mrs. Pithers Beinen.«

»Das ist es nicht genau, aber – ach! – ich kann es irgendwie nicht erklären!«

Was sie hätte sagen wollen, war, daß zwar ihr Glaube sie verlassen, sie sich selber aber nicht geändert hatte und sie den geistigen Hintergrund ihrer Natur nicht ändern konnte und nicht ändern wollte; daß ihr Kosmos, auch wenn er ihr jetzt leer und sinnlos schien, in gewissem Sinn noch immer der christliche Kosmos war; daß die christliche Lebensweise noch immer diejenige war, die für sie die natürlichste war. Aber sie konnte das nicht in Worte fassen, und sie spürte, daß er, sollte sie's versuchen, sich vielleicht noch über sie lustig machen würde. Also schloß sie lahm:

»Irgendwann finde ich, daß es für mich am besten ist, wenn ich so weitermache wie bisher.«

»*Genauso* wie bisher? Die ganze Speisekarte? Die Pfadfinderinnen, die Müttervereinigung, die Schar der Hoffnung, die Gesellschaft der Ehe, Pfarrbesuche und Unterricht in der Sonntagsschule. Heilige Kommunion zweimal die Woche, Doxologie auf Teufel komm raus, und dazu Gregorianischen Choral? Sind Sie ganz sicher, daß Sie dem gewachsen sind?«

Dorothy mußte wider Willen lächeln. »Keinen Gregorianischen Choral. Vater mag das nicht.«

»Und Sie meinen, daß, von ihren innerlichen Gedanken einmal abgesehen, Ihr Leben ganz genauso weitergehen wird wie früher, bevor Sie Ihren Glauben verloren? Wird es *keine* Änderung in Ihren Gewohnheiten geben?«

Dorothy überlegte. Doch, das würde es geben; aber vor allem heimlich. Die strafende Stecknadel fiel ihr ein. Niemand außer ihr hatte je davon erfahren, und sie beschloß, auch jetzt nichts davon zu erwähnen.

»Also«, sagte sie schließlich, »bei der Heiligen Kommunion werde ich mich vielleicht zur Rechten von Miß Mayfill hinknien anstatt zur Linken.«

II

Eine Woche war vergangen.

Dorothy radelte die Steigung von der Stadt herauf und schob ihr Rad durchs Tor zum Pfarrhaus. Es war ein schöner Abend, klar und kalt, und die Sonne versank in einem wolkenlosen fernen, grünlichen Himmel. Dorothy fiel auf, daß die Esche am Tor blühte, sie war übersät mit Klümpchen dunkelroter Blüten, die aussahen wie Schwären an einer Wunde.

Sie war ziemlich erschöpft. Die vergangene Woche war recht anstrengend gewesen, sie hatte alle Frauen auf ihrer Liste der Reihe nach besucht und außerdem damit begonnen, die Angelegenheiten der Pfarre wieder einigermaßen in Ordnung zu bringen. Durch ihre Abwesenheit war alles in schreckliches Durcheinander geraten. Die Kirche war geradezu unvorstellbar schmutzig – Dorothy hatte beinahe einen ganzen Tag damit verbracht, mit Reibbürste, Besen und Schaufel sauber zu machen, und die Häufchen von »Mäusedreck« machten sie schaudern, wenn sie nur daran dachte. (Der Grund, warum die Mäuse kamen, war, daß Georgie Frew, der Orgelbläser, nicht aufhören konnte, Penny-Rollen mit Keks in die Kirche mitzubringen und während der Predigt zu essen.) Sämtliche kirchlichen Vereinigungen waren schwer vernachlässigt, mit dem Ergebnis, daß die Schar der Hoffnung und die Gesellschaft der Ehe jetzt den Geist aufgegeben hatten und der Besuch der Sonntagsschule um die Hälfte gesunken war und daß in der Müttervereinigung wegen irgendwelcher taktloser Bemerkungen von Miß Foot ein mörderischer Kleinkrieg herrschte. Der Glockenturm war in ärgerem Zustand als je. Das Pfarrblatt war nicht regelmäßig verteilt, das Geld dafür nicht eingesammelt worden. Bei keinem der verschiedenen Kirchenfonds war ordentlich Buch geführt worden, es gab, alles in allem, neunzehn Shilling, die nicht in den Büchern erschienen, und selbst das Kirchenbuch war in Unordnung – und so weiter und so weiter, *ad infinitum*. Der Rektor hatte einfach alles so laufen lassen.

Dorothy war vom Augenblick ihrer Rückkehr an sofort bis über beide Ohren mit Arbeit eingedeckt worden. Überhaupt war alles wieder mit erstaunlicher Schnelligkeit ins alte Gleis gekommen. Es war, als wäre sie erst gestern fortgegangen. Nun, da der Skandal sich gelegt hatte, hatte ihre Rückkehr gar nicht mehr viel Neugier erregt. Einige der Frauen auf ihrer Besucherliste, besonders Mrs. Pither, waren ehrlich froh gewesen, sie wieder zu sehen, und Victor Stone schämte sich möglicherweise ein ganz klein wenig dafür, daß er Mrs. Semprills Verleumdungen auch nur für kurze Zeit geglaubt hatte; aber das vergaß er bald, als er Dorothy über seinen jüngsten Triumph in der *Church Times* berichtete. Verschiedene Kaffeetanten hatten Dorothy natürlich auf der Straße angehalten und geflötet: »Meine Liebe, nein wie *reizend*, daß Sie wieder zurück sind! Sie *waren* aber lang weg! Und wissen Sie, wir waren ja alle so *empört* darüber, wie diese gräßliche Person herumging und diese Geschichten über Sie erzählte. Aber ich hoffe, Sie werden verstehen, meine Liebe, daß ich – ganz gleich, was die anderen vielleicht gedacht haben –, daß ich jedenfalls nie ein Wort davon geglaubt habe«, usw. usw. Aber niemand hat ihr die unbequemen Fragen gestellt, die sie befürchtet hatte. »Ich habe an einer Schule in der Nähe von London unterrichtet« hatte jedermann zufrieden gestellt; nicht einmal nach dem Namen der Schule hatten sie sie gefragt. Sie erkannte, daß sie vor dem Geständnis, auf dem Trafalgar Square geschlafen zu haben und wegen Bettelns verhaftet worden zu sein, ganz sicher war. Tatsächlich haben nämlich Leute, die in einer ländlichen Kleinstadt leben, nur eine sehr ungenaue Vorstellung von allem, was weiter als zehn Meilen von ihrer Haustür entfernt sich abspielt. Die Welt da draußen ist *terra incognita*, von Drachen und Antropophagen bevölkert, ohne Zweifel, aber nicht besonders interessant.

Selbst Dorothys Vater begrüßte sie, als wäre sie nur übers Wochenende fort gewesen. Er war in seinem Arbeitszimmer, als sie kam, zog nachdenklich an seiner Pfeife vor der alten Standuhr, deren Glastür, vom Besenstiel der Putzfrau vor vier Monaten eingeschlagen, noch immer nicht repariert war. Als Dorothy ins Zimmer trat, nahm er seine Pfeife aus dem Mund und steckte sie mit der zerstreuten Geste eines alten Mannes in seine Tasche. Er sah viel älter aus, fand Dorothy.

»Also, hier bist du endlich«, sagte er. »Hast du eine angenehme Reise gehabt?«

Dorothy legte die Arme um seinen Nacken und berührte seine silberblasse Wange mit ihren Lippen. Als sie sich von ihm löste, klopfte er ihr mit einer kaum merklich größeren Spur von Zuneigung als sonst auf die Schulter.

»Was brachte dich denn auf den Gedanken, so mir nichts, dir nichts einfach fortzulaufen?«

»Ich hab's dir doch gesagt, Vater – ich hatte mein Gedächtnis verloren.«

»Hm«, antwortete der Pfarrer; und Dorothy erkannte, daß er ihr nicht glaubte und niemals glauben würde und daß er ihr diese Eskapade noch bei zahllosen künftigen Gelegenheiten, wenn er schlechterer Laune war als jetzt, unter die Nase reiben würde. »Schön«, setzte er hinzu, »wenn du deine Tasche hinaufgebracht hast, kannst du dann die Schreibmaschine herunterbringen? Ich möchte gern, daß du meine Predigt abtippst.«

In der Stadt hatte sich nichts Bemerkenswertes ereignet. Ye Olde Tea Shoppe baute seine Räumlichkeiten aus, zur weiteren Verunstaltung der Hauptstraße. Mrs. Pithers Rheumatismus war besser (dank dem Angelikatee, zweifellos), aber Mr. Pither war »beim Arzt gewesen«, und man befürchtete, er habe Steine in der Blase. Mr. Blifil-Gordon war jetzt im Parlament, ein gefügiger Schafskopf in den hinteren Reihen der Konservativen Partei. Der alte Mr. Tombs war kurz nach Weihnachten gestorben, und Miß Foote hatte sieben von seinen Katzen zu sich genommen und machte jetzt heroische Anstrengungen, um auch für die anderen ein Heim zu finden. Eva Twiss, die Nichte von Mr. Twiss, dem Eisenhändler, hatte ein uneheliches Kind zur Welt gebracht, das jedoch gestorben war. Proggett hatte den Gemüsegarten umgegraben und ein paar Samen gesät, und die Saubohnen und die ersten Erbsen zeigten schon die ersten Triebe. Seit der Gläubiger-Sitzung waren die Schulden in den Läden wieder angewachsen, bei Cargill beliefen sie sich auf sechs Pfund. Victor Stone hatte in der *Church Times* eine Kontroverse mit Professor Coulton ausgefochten, über die Heilige Inquisition, und ihn vollkommen zerschmettert. Ellens Ekzem war den ganzen Winter hindurch sehr arg gewesen. Walph Blifil-Gordon hatte zwei Gedichte im *London Mercury* veröffentlicht.

Dorothy begab sich ins Gewächshaus. Eine große Aufgabe wartete auf sie – die Kostüme für einen Festzug, den die Schulkinder an St. Georg abhalten wollten, zugunsten des Orgelfonds. In den vergangenen acht Monaten war kein Penny für die Orgel abgezahlt worden, und es war vielleicht ganz gut, daß der Rektor die Briefe der Orgel-Leute immer ungeöffnet wegwarf, denn deren Ton war immer hitziger geworden. Dorothy hatte sich den Kopf zerbrochen, wie sie zu etwas Geld kommen könnten, und hatte sich schließlich für einen historischen Festzug entschieden, beginnend mit Julius Caesar und endend mit dem Herzog von Wellington. Bei einem Festzug nahmen sie vielleicht zwei Pfund ein, dachte sie – mit ein bißchen Glück und schönem Wetter womöglich sogar drei Pfund!

Sie sah sich im Gewächshaus um. Sie war seit ihrer Rückkehr kaum hier gewesen, und während ihrer Abwesenheit war hier offenbar nichts angerührt worden. Ihre Sachen lagen noch genauso herum, wie sie sie verlassen hatte; aber überall lag fingerdick der Staub. Ihre Nähmaschine auf dem Tisch war umgeben von dem alten vertrauten Durcheinander aus Stoffresten, braunen Packpapierbögen, Zwirnspulen und Kleistertöpfen, und die Nadel war zwar verrostet, aber der Faden noch immer drin. Und, ja!, da waren die Stulpenstiefel, an denen sie in der Nacht, in der sie fortgegangen war, gearbeitet hatte. Sie hob einen auf und sah ihn sich an. Irgend etwas regte sich in ihrem Herzen. Man konnte sagen, was man wollte, das waren *ordentliche* Stulpenstiefel! Wie schade, daß sie nicht verwendet worden waren! Immerhin, beim Festzug konnte man sie gut brauchen. Für Charles II. vielleicht – oder nein, lieber keinen Charles II., lieber Oliver Cromwell; denn wenn man Oliver Cromwell auftreten ließ, dann mußte man keine Perücke machen.

Dorothy machte Feuer im Ölofen, nahm ihre Schere und zwei Bogen braunes Papier und setzte sich. Es gab einen Berg von Kleidern zu machen. Am besten fange ich mit Julius Caesars Brustpanzer an, dachte sie. Immer waren es diese schrecklichen Rüstungen, die einem die größte Mühe machten. Wie sah die Rüstung eines römischen Soldaten aus? Dorothy dachte scharf nach, bis ihr die Statue irgendeines idealisierten krausbärtigen Kaisers im römischen Raum des Britischen Museums einfiel. Man könnte vielleicht aus Kleister und Papier eine Art groben Brustpanzer machen, und dann schmale Papierstreifen drüber kleben als Panzerplatten, und dann das ganze mit Silber bemalen. Helme waren keine nötig, Gott sei Dank! Julius Caesar trug immer einen Lorbeerkranz – wegen seiner Glatze wahrscheinlich, wie Mr. Warburton. Aber was war mit Beinschienen? Trug man zu Caesars Zeiten Beinschienen? Und Stiefel? War ein caligum ein Stiefel oder eine Sandale?

Nach ein paar Momenten hielt sie inne, die große Schere lag auf ihren Knien. Ein Gedanke, der sie wie ein Geist, den man nicht austreiben konnte, in der vergangenen Woche jede freie Minute überfallen hatte, hatte sich schon wieder eingestellt, um sie abzulenken. Es war der Gedanke an das, was Mr. Warburton ihr im Zug gesagt hatte – wie ihr Leben später aussehen würde, unverheiratet und ohne Geld.

Nicht etwa, daß sie bezüglich der äußeren Umstände ihrer Zukunft irgendwelche Zweifel gehabt hätte. Sie konnte alles ganz klar vor sich sehen. Zehn Jahre noch vielleicht als Kooperator ohne Gehalt, und dann zurück in die Schule. Nicht unbedingt wieder in so eine Schule wie die von Mrs. Creevy – ohne Zweifel würde sie imstande sein, etwas Besseres zu finden –, aber dennoch eine mehr oder weniger schäbige, mehr oder weniger gefängnisartige Schule; oder vielleicht eine noch drückendere, noch unmenschlichere Form von Plackerei. Aber was immer auch geschah, auch im besten Falle lag vor ihr das Schicksal, das allen einsamen und mittellosen Frauen gemeinsam ist. »Die alten Jungfern des Alten England«, wie jemand sie genannt hatte. Sie war achtundzwanzig – gerade alt genug, um in ihre Reihen aufgenommen zu werden.

Aber darauf kam es nicht an, das war nicht wichtig! Und das war es ja, was man den Mr. Warburtons dieser Welt niemals klar machen konnte, und selbst wenn man tausend Jahre lang auf sie einredete; daß nämlich rein äußerliche Dinge wie Armut und Plackerei, ja sogar Einsamkeit nicht in sich selber wichtig sind. Wichtig ist nur, was tief drinnen im Herzen geschieht. Nur einen Moment lang – einen bösen Moment – hatte sie, als Mr. Warburton im Zug mit ihr sprach, Furcht vor der Armut gespürt. Doch sie hatte sie bezwungen; das war nicht wert, daß man sich deshalb Sorgen machte. Nicht *das* war der Grund, daß sie ihren ganzen Mut zusammennehmen und die ganze Struktur ihres Geistes erneuern mußte.

Nein, das war etwas viel Wesentlicheres; es war die tödliche Leere, die sie im Herzen aller Dinge entdeckt hatte. Sie dachte daran, wie sie vor einem Jahr noch auf diesem Stuhl gesessen, dieselbe Schere in der Hand, und haargenau das gleiche getan hatte wie jetzt; und dennoch war es, als wären es damals und heute zwei verschiedene Wesen. Wohin war es entschwunden, dieses von den besten Absichten erfüllte lächerliche Mädchen, das in sommerlich duftenden Feldern ekstatisch gebetet und sich zur Strafe für lästerliche Gedanken in dem Arm gestochen hatte?

Und wo sind wir denn alle vom vergangenen Jahr? Aber trotz allem – und hier lag eben die Schwierigkeit – *war* sie dasselbe Mädchen. Die Ansichten ändern sich, die Gedanken ändern sich, aber irgendwo tief drinnen in der Seele gibt es etwas, das sich nicht ändert. Der Glaube vergeht, aber die Sehnsucht nach Glauben bleibt dieselbe wie zuvor.

Und wenn man nur den Glauben hat, was wäre dann sonst noch wichtig? Was könnte einem zustoßen, solange in der Welt ein Sinn liegt, dem man dienen, und den man, ihm dienend, begreifen kann? Das ganze Leben wird von diesem Bewußtsein eines Sinns erhellt. Man spürt im Herzen keine Trübsal und keine Zweifel, kein Gefühl der Nichtigkeit, keinen Baudelairehaften *ennui*, der auf unbewachte Stunden lauert. Jede Handlung ist bedeutungsvoll, jeder Augenblick geheiligt, vom Glauben gleichsam zu einem Muster verwoben, ein Gewebe aus niemals endender Freude.

Sie begann, über die Natur des Lebens zu meditieren. Der Mensch trat aus dem Schoße heraus, lebte sechzig oder siebzig Jahre, und dann starb er und verfaulte. Und in jeder kleinsten Einzelheit des Lebens steckte, wenn kein höherer Sinn es rettete, ein Element von Grauheit, von Trostlosigkeit, das sich nicht beschreiben ließ, das man jedoch wie einen körperlichen Schmerz im Herzen spürte. Das Leben, wenn es im Grab wirklich sein Ende findet, ist monströs und grauenvoll. Es hatte keinen Zweck, das bestreiten zu wollen. Man denke an das Leben, wie es wirklich ist, man denke an die *Details* des Lebens; und dann stelle man sich vor, daß kein Sinn darin liegt, kein Zweck, kein Ziel, bis auf das Grab. Diesen Gedanken können doch wohl nur Narren oder Selbstbetrüger, oder Menschen, die in ihrem Leben ungewöhnlich glücklich waren, mit Gleichmut ertragen.

Sie veränderte ihre Stellung auf dem Stuhl. Aber es muß doch schließlich *irgendein* Sinn, *irgendeine* Absicht hinter allem stekken! Die Welt kann doch kein Zufall sein. Alles, was geschieht, muß eine Ursache haben – und letzten Endes daher auch ein Ziel.

Da du existierst, muß Gott dich geschaffen haben, und da er dich als ein bewußtes Wesen schuf, muß auch er ein Bewußtsein haben. Das Größere kann nicht aus dem Kleineren hervorgehen. Er hat dich geschaffen, und er wird dich vernichten, alles nach Seinem Willen. Aber dieser Wille ist unerforschlich. Es liegt in der Natur der Dinge, daß man ihn nie erkennen kann, und selbst wenn man ihn erkennen könnte, dann wäre man damit vielleicht nicht einverstanden. Dein Leben und dein Tod sind vielleicht nur eine einzige Note in dem ewigen Orchester, das zu Seiner Unterhaltung spielt. Und was ist, wenn dir die Melodie nicht zusagt? Sie dachte an den schrecklichen ausgestoßenen Priester vom Trafalgar Square. Hatte sie die Dinge, die er sagte, nur geträumt, oder hatte er sie wirklich gesagt? »Daher mit Teufeln und Erzteufeln und allen höllischen Heerscharen.« Aber das war eigentlich dumm. Denn daß einem die Melodie vielleicht nicht gefiel, gehörte eben auch zur Melodie.

Sie rang innerlich mit diesen Fragen und erkannte doch gleichzeitig, daß es keine Lösung dafür gab. Es gab, das sah sie ganz klar, für den Glauben keinen möglichen Ersatz; keine heidnische Annahme des Lebens als etwas, das sich selbst genügte, kein pantheistisches Heiterkeits-Getue, keine Pseudo-Religion des »Fortschritts« mit Visionen eines glitzernden Utopia und Ameisenhaufen aus Stahl und Beton. Es ist alles oder nichts. Entweder ist das Leben auf der Erde die Vorbereitung auf etwas Größeres, Dauernderes, oder es ist sinnlos, düster und grauenvoll.

Dorothy fuhr zusammen. Vom Kleistertopf ertönte ein zischendes Geräusch. Sie hatte vergessen, Wasser dazuzugeben, und der Kleister brannte an. Sie nahm den Topf und lief damit zum Spülbecken in der Waschküche, um ihn wieder aufzufüllen, dann brachte sie ihn zurück und stellte ihn wieder auf den Ölofen. Diesen Brustpanzer *muß* ich einfach noch vor dem Abendessen fertig kriegen, dachte sie. Nach Julius Caesar mußte sie sich mit Wilhelm dem Eroberer befassen. Noch mehr Rüstungen! Und außerdem mußte sie jetzt schnell in die Küche und

Ellen daran erinnern, die Kartoffeln aufzusetzen, die sie mit dem Hackfleisch zum Abendessen essen wollten; und dann mußte noch die »Memo-Liste« für morgen gemacht werden. Sie formte die beiden Hälften des Brustpanzers, schnitt Armlöcher und Halsausschnitt aus und hielt dann wieder inne.

Wie weit war sie gekommen? Sie hatte gesagt, daß, falls mit dem Tod alles zu Ende ist, nirgends Hoffnung und nirgends Sinn zu finden ist. Nun, und was dann?

Die Tätigkeit, in die Waschküche zu gehen und den Topf aufzufüllen, hatte den Tenor ihrer Gedanken in eine andere Richtung gewendet. Sie erkannte, wenigstens für den Moment, daß sie in Übertreibung und Selbstmitleid abgeglitten war. Wie viel Lärm um nichts, genau genommen! Als ob's in Wirklichkeit nicht Menschen ohne Zahl gäbe, die in der gleichen Lage waren wie sie selbst! Überall auf der ganzen Welt, tausende, ja Millionen; Menschen, die zwar ihren Glauben verloren hatten, nicht aber ihr Bedürfnis nach Glauben. »Die Hälfte aller englischen Pfarrerstöchter«, hatte Mr. Warburton gesagt. Wahrscheinlich hatte er recht. Und nicht nur Pfarrerstöchter; Menschen jeder Beschreibung – kranke, einsame, erfolglose Menschen und solche, die ein verfehltes, trostloses Leben führten –, Menschen, die den Glauben brauchten, damit er sie stütze, und die keinen hatten. Vielleicht sogar Nonnen in Klöstern, die den Boden schrubbten und dabei ein *Ave Maria* sagten und ganz im geheimen nicht glaubten.

Und wie feig war es doch letzten Endes, einem Aberglauben nachzutrauern, den man los geworden war – etwas glauben zu wollen, von dessen Unwahrheit man doch zutiefst überzeugt war.

Und dennoch –!

Dorothy hatte ihre Schere sinken lassen. Es kam beinahe von der Macht der Gewohnheit, als hätte ihre Heimkehr zwar nicht ihren Glauben, aber doch die äußeren Gesten der Frömmigkeit wiederhergestellt, daß sie sich neben ihren Stuhl kniete. Sie barg das Gesicht in ihren Händen und fing zu beten an.

»Herr, ich glaube, hilf Du meinem Unglauben. Herr, ich glaube, ich glaube; hilf Du meinem Unglauben.«

Es war zwecklos, vollkommen zwecklos. Selbst als sie die Worte sagte, war sie sich dieser Zwecklosigkeit bewußt, und fast schämte sie sich ihrer Handlung. Sie hob den Kopf. Und in diesem Augenblick schlich ein warmer, widerwärtiger Geruch in ihre Nasenlöcher, ein Geruch, den sie die letzten acht Monate zwar vergessen hatte, der aber unaussprechlich vertraut war – der Geruch des Kleisters. Das Wasser im Topf kochte geräuschvoll. Dorothy sprang auf die Füße und berührte den Griff des Kleisterpinsels. Der Kleister wurde langsam weich – in weiteren fünf Minuten würde er sich auflösen.

Die Standuhr im Arbeitszimmer ihres Vaters schlug sechs. Wieder schrak Dorothy zusammen. Sie erkannte, daß sie zwanzig Minuten vergeudet hatte, und ihr Gewissen gab ihr einen derartigen Stich, daß sämtliche Fragen, die sie gequält hatten, aus ihrem Inneren verschwanden. Was habe ich nur die ganze Zeit über getan? dachte sie; und in diesem Moment kam es ihr so vor, als wüßte sie wirklich nicht, was sie getan hatte. Sie ermahnte sich selbst. Komm, komm, Dorothy! Nur nicht faulenzen! Dieser Brustpanzer muß noch vor dem Abendessen fertig werden. Sie setzte sich wieder, nahm den Mund voller Stecknadeln und begann, die beiden Hälften des Brustpanzers aufeinander zu stecken, ihn zu fassonieren, bevor der Kleister bereit war.

Der Geruch des Kleisters war die Antwort auf ihr Gebet. Doch das wußte sie nicht. Sie faßte den Gedanken nicht bewußt, daß die Lösung ihrer Probleme in der Annahme des Umstands lag, daß es keine Lösung gab; daß, wenn man sich nur der zunächst liegenden Aufgabe widmet, der letzte Sinn dieser Aufgabe nicht mehr so wichtig ist; daß Glaube oder Unglaube letzten Endes auf das gleiche hinauslaufen, vorausgesetzt, man tut das Übliche, das Sinnvolle und Annehmbare. Sie konnte diese Gedanken allerdings noch nicht formulieren, sie konnte sie nur leben. Erst viel später vielleicht würde sie sie formulieren und Trost aus ihnen gewinnen können.

Sie hatte noch ein oder zwei Minuten, bevor der Kleister soweit war. Dorothy war mit dem Zusammenstecken des Brustpanzers fertig und fing im gleichen Moment schon damit an, im Geiste die zahllosen Kostüme zu entwerfen, die alle noch gemacht werden mußten. Nach Wilhelm dem Eroberer – gab's zu seiner Zeit denn schon Kettenhemden? – kamen Robin Hood – Lincoln-grün und Pfeil und Bogen – und Thomas Becket mit Chorrock und Mitra und die Halskrause von Königin Elisabeth und ein Dreispitz für den Herzog von Wellington. Und um halb sieben muß ich gehen und mich um die Kartoffeln kümmern, dachte sie. Und ihre »Memo-Liste« für morgen mußte aufgestellt werden. Morgen war Mittwoch – darf nicht vergessen, den Wecker auf halb sechs zu stellen. Sie zog ein Blatt Papier heraus und fing mit ihrer »Memo-Liste« an:

> 7 Uhr H. K.
> Mrs. J. nächsten Monat Kind muß sie besuchen.
> *Frühstück.* Speck.

Sie hob den Kopf, um nachzudenken. Mrs. J. war Mrs. Jowett, die Frau des Schmieds; sie kam nach der Geburt ihrer Kinder manchmal, um sich aussegnen zu lassen, aber nur, wenn man sie vorher taktvoll drängte. Und der alten Mrs. Frew muß ich ein paar schmerzstillende Tabletten bringen, dachte Dorothy, dann wird sie vielleicht mit Georgie reden und ihn dazu bringen, daß er während der Predigt keine Kekse mehr ißt. Sie setzte auch Mrs. Frew auf ihre Liste. Und was ist morgen mit dem Dinner – vielmehr, Lunch? Cargill *müssen* wir einfach etwas zahlen! dachte sie. Und morgen war der Tag mit dem Tee der Müttervereinigung, und sie hatten den Roman, den Miß Foote ihnen vorgelesen hatte, schon fertig. Die Frage war, was kam als nächstes dran? Von Gene Stratton Porter, ihrem Lieblingsautor, gab es offenbar nichts mehr. Was wäre mit Warwick Deeping? Zu schwierig, möglicherweise? Und ich muß Proggett bitten, daß er uns ein paar Blumenkohl-Setzlinge beschafft, dachte sie abschließend.

Der Kleister hatte sich aufgelöst. Dorothy nahm zwei frische Bögen braunes Papier, zerschnitt sie in schmale Streifen und klebte sie – es ging gar nicht so leicht, denn die Brustpanzer mußten ja konvex bleiben – horizontal darüber, vorne und hinten. Rasch wurden sie unter ihren Händen fester. Als sie den ganzen Panzer auf diese Weise verstärkt hatte, stellte sie ihn auf, um ihn sich anzusehen. So übel war er gar nicht! Noch eine Schicht Papier, und es war fast wie eine echte Rüstung. Dieser Festzug *muß* ein Erfolg werden! dachte sie. Wie schade, daß wir uns nicht von irgend jemandem ein Pferd leihen und Boadicea in ihrem Streitwagen zeigen können! Mit einem wirklich guten Streitwagen, mit Sicheln an den Rädern, könnten wir vielleicht fünf Pfund einnehmen? Und was ist mit Hengist und Horsa? Gekreuzte Hosenbänder und geflügelte Helme. Dorothy schnitt zwei weitere Bögen braunes Papier in Streifen und nahm den Panzer auf, um ihn ein letztesmal zu beschichten. Die Frage von Glauben oder Unglauben war ihrem Geiste gänzlich entschwunden. Es wurde langsam dunkel, aber sie hatte es zu eilig, um jetzt aufzuhören und die Lampe anzuzünden, daher arbeitete sie weiter und klebte Papierstreifen auf Papierstreifen an seinen Ort, mit tiefer, mit frommer Konzentration, im durchdringenden Geruch des Kleistertopfes.

George Orwell im Diogenes Verlag

Werkausgabe in 11 Bänden:

Erledigt in Paris und London
Sozialreportage aus dem Jahre 1933. Aus dem Englischen von Alexander Schmitz
detebe 20533

Tage in Burma
Roman. Deutsch von Susanna Rademacher
detebe 20308

Eine Pfarrerstochter
Roman. Deutsch von Hanna Neves
detebe 21088

Die Wonnen der Aspidistra
Roman. Deutsch von Nikolaus Stingl
detebe 21086

Der Weg nach Wigan Pier
Sozialreportage von 1936. Deutsch und mit einem Nachwort von Manfred Papst
detebe 21000

Mein Katalonien
Bericht über den Spanischen Bürgerkrieg. Deutsch von Wolfgang Rieger. detebe 20214

Auftauchen, um Luft zu holen
Roman. Deutsch von Helmut M. Braem
detebe 20804

Farm der Tiere
Ein Märchen. Neu übersetzt von Michael Walter. Mit Zeichnungen von Friedrich Karl Waechter und einem neuentdeckten Nachwort des Autors ›Die Pressefreiheit‹.
Diogenes Evergreens. Auch als detebe 20118

1984
Roman. Deutsch von Kurt Wagenseil
detebe 21087 (nur in Kassette lieferbar)

Im Innern des Wals
Erzählungen und Essays. Deutsch von Felix Gasbarra und Peter Naujack. detebe 20213
Warum ich schreibe – Einen Mann hängen – Einen Elefanten erschießen – Hopfenpflükken – In einem Bergwerk – Marrakesch – Im Innern des Wals – Mark Twain – Der Hofnarr – Rudyard Kipling – Wells, Hitler und der Weltstaat

Rache ist sauer
Erzählungen und Essays. Deutsch von Felix Gasbarra und Claudia Schmölders
detebe 20250
Autobiographisches – Rückblick auf den Spanischen Krieg – Einige Bemerkungen über Salvador Dali – Raffles und Miss Blandish – Rache ist sauer – Zur Verhinderung von Literatur – Gedanken über die gemeine Kröte – Bekenntnisse eines Rezensenten – Politik contra Literatur: Eine Untersuchung von *Gullivers Reisen* – Lear, Tolstoi und der Narr – Gedanken über Gandhi – Die Schriftsteller und der Leviathan

Außerdem lieferbar:

Das George Orwell Lesebuch
Essays, Reportagen, Betrachtungen. Herausgegeben und mit einem Nachwort von Fritz Senn. Deutsch von Tina Richter
detebe 20788
Orwell über Orwell – Die Engländer – Reportagen – Freiheit und Sozialismus – Allerlei Vorurteile – Aus dem Alltag – Schriftsteller und Bücher – Bemerkungen am Weg

Denken mit Orwell
Sätze für Zeitgenossen, zusammengestellt von Fritz Senn. Deutsch von Felix Gasbarra und Tina Richter. Mit 8 Zeichnungen von Tomi Ungerer

Klassiker und moderne Klassiker der angelsächsischen Literatur im Diogenes Verlag

● Eric Ambler

Die Maske des Dimitrios. Roman. Aus dem Englischen von Mary Brand und Walter Hertenstein. detebe 20137
Der Fall Deltschev. Roman. Deutsch von Mary Brand und Walter Hertenstein detebe 20178
Eine Art von Zorn. Roman. Deutsch von Susanne Feigl und Walter Hertenstein detebe 20179
Schirmers Erbschaft. Roman. Deutsch von Harry Reuß-Löwenstein, Th. A. Knust und Rudolf Barmettler. detebe 20180
Die Angst reist mit. Deutsch von Walter Hertenstein. detebe 20181
Der Levantiner. Roman. Deutsch von Tom Knoth. detebe 20223
Waffenschmuggel. Roman. Deutsch von Tom Knoth. detebe 20364
Topkapi. Roman. Deutsch von Elsbeth Herlin. detebe 20536
Schmutzige Geschichte. Roman. Deutsch von Günter Eichel. detebe 20537
Das Intercom-Komplott. Roman. Deutsch von Dietrich Stössel. detebe 20538
Besuch bei Nacht. Roman. Deutsch von Wulf Teichmann. detebe 20539
Der dunkle Grenzbezirk. Roman. Deutsch von Walter Hertenstein und Ute Haffmans detebe 20602
Ungewöhnliche Gefahr. Roman. Deutsch von Walter Hertenstein und Werner Morlang. detebe 20603
Anlaß zur Unruhe. Roman. Deutsch von Franz Cavigelli. detebe 20604
Nachruf auf einen Spion. Roman. Deutsch von Peter Fischer. detebe 20605
Doktor Frigo. Roman. Deutsch von Tom Knoth und Judith Claassen. detebe 20606
Bitte keine Rosen mehr. Roman. Deutsch von Tom Knoth. detebe 20887
Mit der Zeit. Roman. Deutsch von Hans Hermann. detebe 21054
Als Ergänzungsband liegt vor:
Über Eric Ambler. Herausgegeben von Gerd Haffmans. detebe 20607

● Sherwood Anderson

Ich möchte wissen warum. Ausgewählte Erzählungen. Aus dem Amerikanischen von Karl Lerbs und Helene Henze. detebe 20514

● Ambrose Bierce

Die Spottdrossel. Erzählungen und Fabeln. Auswahl und Vorwort von Mary Hottinger. Aus dem Amerikanischen von Joachim Uhlmann, Günter Eichel und Maria von Schweinitz. Zeichnungen von Tomi Ungerer detebe 20234

● James Boswell

Dr. Samuel Johnson. Leben und Meinungen. Mit dem Tagebuch einer Reise nach den Hebriden. Herausgegeben und aus dem Englischen von Fritz Güttinger. detebe 20786

● Ray Bradbury

Die Mars-Chroniken. Roman in Erzählungen. Aus dem Amerikanischen von Thomas Schlück. detebe 20863
Der illustrierte Mann. Erzählungen. Deutsch von Peter Naujack. detebe 20365
Fahrenheit 451. Roman. Deutsch von Fritz Güttinger. detebe 20862
Die goldenen Äpfel der Sonne. Erzählungen. Deutsch von Margarete Bormann detebe 20864
Medizin für Melancholie. Erzählungen Deutsch von Margarete Bormann detebe 20865
Das Böse kommt auf leisen Sohlen. Roman. Deutsch von Norbert Wölfl. detebe 20866
Löwenzahnwein. Roman. Deutsch von Alexander Schmitz. detebe 21045

● John Buchan

Die neununddreißig Stufen. Aus dem Englischen von Marta Hackel. Mit Zeichnungen von Edward Gorey. detebe 20210
Grünmantel. Roman. Deutsch von Marta Hackel. Mit Zeichnungen von Topor detebe 20771
Mr. Standfast oder Im Westen was Neues Roman. Deutsch von Marta Hackel. Mit Zeichnungen von Topor. detebe 20772
Die drei Geiseln. Roman. Deutsch von Marta Hackel. Mit Zeichnungen von Tatjana Hauptmann. detebe 20773

● W. R. Burnett

Little Caesar. Roman. Aus dem Amerikanischen von Georg Kahn-Ackermann detebe 21061

Raymond Chandler

Die besten Detektivstories. Aus dem Amerikanischen von Hans Wollschläger
Diogenes Evergreens
Der große Schlaf. Roman. Deutsch von Gunar Ortlepp. detebe 20132
Die kleine Schwester. Roman. Deutsch von Walter E. Richartz. detebe 20206
Das hohe Fenster. Roman. Deutsch von Urs Widmer. detebe 20208
Der lange Abschied. Roman. Deutsch von Hans Wollschläger. detebe 20207
Die simple Kunst des Mordes. Essays, Briefe, eine Geschichte und ein Romanfragment Herausgegeben von Dorothy Gardiner und Kathrine Sorley Walker. Deutsch von Hans Wollschläger. detebe 20209
Die Tote im See. Roman. Deutsch von Hellmuth Karasek. detebe 20311
Lebwohl, mein Liebling. Roman. Deutsch von Wulf Teichmann. detebe 20312
Playback. Roman. Deutsch von Wulf Teichmann. detebe 20313
Mord im Regen. Frühe Stories. Vorwort von Philip Durham. Deutsch von Hans Wollschläger. detebe 20314
Erpresser schießen nicht. Detektivstories I detebe 20751
Der König in Gelb. Detektivstories II detebe 20752
Gefahr ist mein Geschäft. Detektivstories III detebe 20753
Alle drei deutsch von Hans Wollschläger.
Englischer Sommer. 3 Stories und Essays. Vorwort von Patricia Highsmith. Deutsch von Hans Wollschläger, Wulf Teichmann u.a. detebe 20754
Als Ergänzungsband liegt vor:
Raymond Chandler. Sein Leben und Werk Biographie. Aus dem Amerikanischen von Wulf Teichmann. detebe 20960

G. K. Chesterton

Pater Brown und Das blaue Kreuz. Erzählungen. detebe 20731
Pater Brown und Der Fehler in der Maschine. Erzählungen. detebe 20732
Pater Brown und Das schlimmste Verbrechen der Welt. Erzählungen. detebe 20733
Eine Trilogie der besten Pater-Brown-Geschichten. Aus dem Englischen von Heinrich Fischer, Dora Sophie Kellner, Alfred P. Zeller u.a.

Joseph Conrad

Lord Jim. Roman. Aus dem Englischen von Fritz Lorch. detebe 20128
Der Geheimagent. Roman. Deutsch von G. Danehl. detebe 20212
Herz der Finsternis. Erzählung. Deutsch von Fritz Lorch. detebe 20363

Stephen Crane

Das blaue Hotel. Erzählungen. Herausgegeben, aus dem Amerikanischen übersetzt und mit einem Nachwort von Walter E. Richartz. detebe 20789

Charles Dickens

David Copperfield. Roman. Aus dem Englischen von Gustav Meyrink. Mit einem Essay von W. Somerset Maugham. detebe 21034
Oliver Twist. Roman. Deutsch von Gustav Meyrink. detebe 21035
Nikolas Nickleby. Roman. Deutsch von Gustav Meyrink. detebe 20998
Ein Weihnachtslied in Prosa. Erzählung. Deutsch von Richard Zoozmann. Mit 16 Zeichnungen von Tatjana Hauptmann
Diogenes Evergreens

Ralph Waldo Emerson

Natur. Essay. Aus dem Amerikanischen von Harald Kiczka. Kleine Diogenes Evergreens
Essays. Herausgegeben und übersetzt von Harald Kiczka. Mit zahlreichen Anmerkungen und einem ausführlichen Index
detebe 21071

William Faulkner

Brandstifter. Gesammelte Erzählungen I. Deutsch von Elisabeth Schnack
detebe 20040
Eine Rose für Emily. Gesammelte Erzählungen II. Deutsch von Elisabeth Schnack
detebe 20041
Rotes Laub. Gesammelte Erzählungen III. Deutsch von Elisabeth Schnack
detebe 20042
Sieg im Gebirge. Gesammelte Erzählungen IV. Deutsch von Elisabeth Schnack
detebe 20043
Schwarze Musik. Gesammelte Erzählungen V. Deutsch von Elisabeth Schnack
detebe 20044
Die Unbesiegten. Roman. Deutsch von Erich Franzen. detebe 20075
Sartoris. Roman. Deutsch von Hermann Stresau. detebe 20076
Als ich im Sterben lag. Roman. Deutsch von Albert Hess und Peter Schünemann
detebe 20077
Schall und Wahn. Roman. Revidierte Übersetzung von Helmut M. Braem und Elisabeth Kaiser. detebe 20096
Absalom, Absalom! Roman. Deutsch von Hermann Stresau. detebe 20148

Go down, Moses. Chronik einer Familie. Deutsch von Hermann Stresau und Elisabeth Schnack. detebe 20149
Der große Wald. Jagdgeschichten. Deutsch von Elisabeth Schnack. detebe 20150
Griff in den Staub. Roman. Deutsch von Harry Kahn. detebe 20151
Der Springer greift an. Kriminalgeschichten. Deutsch von Elisabeth Schnack detebe 20152
Soldatenlohn. Roman. Deutsch von Susanna Rademacher. detebe 20512
Moskitos. Roman. Deutsch von Richard K. Flesch. detebe 20512
Wendemarke. Roman. Deutsch von Georg Goyert. detebe 20513
Die Freistatt. Roman. Deutsch von Hans Wollschläger. detebe 20802
Licht im August. Roman. Deutsch von Franz Fein. detebe 20803
Wilde Palmen und Der Strom. Doppelroman. Deutsch von Helmut M. Braem und Elisabeth Kaiser. detebe 20988
Die Spitzbuben. Roman. Deutsch von Elisabeth Schnack. detebe 20989
Eine Legende. Roman. Deutsch von Kurt Heinrich Hansen. detebe 20990
Requiem für eine Nonne. Roman in Szenen. Deutsch von Robert Schnorr. detebe 20991
Das Dorf. Roman. Erster Teil der *Snopes-Trilogie.* Deutsch von Helmut M. Braem und Elisabeth Kaiser. detebe 20992
Die Stadt. Roman. Zweiter Teil der *Snopes-Trilogie.* Deutsch von Elisabeth Schnack detebe 20993
Das Haus. Roman. Dritter Teil der *Snopes-Trilogie.* Deutsch von Elisabeth Schnack detebe 20994
New Orleans. Skizzen und Erzählungen. Deutsch von Arno Schmidt. detebe 20995
Briefe. Herausgegeben und übersetzt von Elisabeth Schnack und Fritz Senn detebe 20958

Als Ergänzungsband liegt vor:
Über William Faulkner. Essays, Rezensionen, ein Interview, Zeichnungen, Chronik und Bibliographie. Herausgegeben von Gerd Haffmans. detebe 20098

● F. Scott Fitzgerald

Zärtlich ist die Nacht. Roman. Neu aus dem Amerikanischen von Walter E. Richartz und Hanna Neves. Vorwort von Malcolm Cowley. Diogenes Evergreens
Auch als detebe 21119
Der große Gatsby. Roman. Revidierte Übersetzung von Walter Schürenberg detebe 20183
Der letzte Taikun. Roman. Deutsch von Walter Schürenberg. detebe 20395
Pat Hobby's Hollywood-Stories. Übersetzt und mit Anmerkungen versehen von Harry Rowohlt. detebe 20510
Der Rest von Glück. Erzählungen 1920 detebe 20744
Ein Diamant – so groß wie das Ritz. Erzählungen 1922–1926. detebe 20745
Der gefangene Schatten. Erzählungen 1926 bis 1928. detebe 20746
Die letzte Schöne des Südens. Erzählungen 1928–1930. detebe 20747
Wiedersehen mit Babylon. Erzählungen 1930 bis 1940. detebe 20748
Alle Erzählungen in der Übersetzung von Walter Schürenberg und Walter E. Richartz

● Ford Madox Ford

Die allertraurigste Geschichte. Roman Aus dem Englischen von Fritz Lorch und Helene Henze. detebe 20532

● Henry Rider Haggard

Sie. Roman. Aus dem Englischen von Helmut Degner. detebe 20236
König Salomons Schatzkammern. Roman. Deutsch von V. H. Schmied. detebe 20920

● Dashiell Hammett

Der Malteser Falke. Roman. Aus dem Amerikanischen von Peter Naujack. detebe 20131
Rote Ernte. Roman. Deutsch von Gunar Ortlepp. detebe 20292
Der Fluch des Hauses Dain. Roman. Deutsch von Wulf Teichmann. detebe 20293
Der gläserne Schlüssel. Roman. Deutsch von Hans Wollschläger. detebe 20294
Der dünne Mann. Roman. Deutsch von Tom Knoth. detebe 20295
Fliegenpapier. Detektivstories I. Deutsch von Harry Rowohlt, Helmut Kossodo, Helmut Degner, Peter Naujack und Elizabeth Gilbert. Vorwort von Lillian Hellman detebe 20911
Fracht für China. Detektivstories II. Deutsch von Elizabeth Gilbert, Antje Friedrichs und Walter E. Richartz. detebe 20912
Das große Umlegen. Detektivstories III. Deutsch von Walter E. Richartz, Hellmuth Karasek und Wulf Teichmann. detebe 20913
Das Haus in der Turk Street. Detektivstories IV. Deutsch von Wulf Teichmann detebe 20914
Das Dingsbums Küken. Detektivstories V. Deutsch von Wulf Teichmann. Nachwort von Steven Marcus. detebe 20915

● O. Henry

Die klügere Jungfrau. Geschichten aus den Zyklen ›Die vier Millionen‹ und ›Die klügere Jungfrau‹. Mit einem Essay von Cesare Pavese. detebe 20871
Das Herz des Westens. Geschichten aus den Zyklen ›Das Herz des Westens‹ und ›Die Stimme der Stadt‹. detebe 20872
Der edle Gauner. Geschichten aus den Zyklen ›Der edle Gauner‹ und ›Zur Wahl‹ detebe 20873
Wege des Schicksals. Geschichten aus den Zyklen ›Wege des Schicksals‹ und ›Wirbel‹ detebe 20874
Streng geschäftlich. Geschichten aus den Zyklen ›Streng geschäftlich‹ und ›Sechser und Siebner‹. detebe 20875
Rollende Steine. Geschichten aus den Zyklen ›Rollende Steine‹ und ›Strandgut‹. Mit einem Nachwort von Heinrich Böll. detebe 20876
Aus dem Amerikanischen von Annemarie und Heinrich Böll, Hans Wollschläger, Thomas Eichstätt, Wilhelm Höck, Theo Schumacher, Wolfgang Kreiter

● Patricia Highsmith

Keiner von uns. Erzählungen. Aus dem Amerikanischen von Anne Uhde. Leinen
Leute, die an die Tür klopfen. Roman Deutsch von Anne Uhde. Leinen
Der Stümper. Roman. Deutsch von Barbara Bortfeldt. detebe 20136
Zwei Fremde im Zug. Roman. Deutsch von Anne Uhde. detebe 20173
Der Geschichtenerzähler. Roman. Deutsch von Anne Uhde. detebe 20174
Der süße Wahn. Roman. Deutsch von Christian Spiel. detebe 20175
Die zwei Gesichter des Januars. Roman. Deutsch von Anne Uhde. detebe 20176
Der Schrei der Eule. Roman. Deutsch von Gisela Stege. detebe 20341
Tiefe Wasser. Roman. Deutsch von Eva Gärtner und Anne Uhde. detebe 20342
Die gläserne Zelle. Roman. Deutsch von Gisela Stege und Anne Uhde. detebe 20343
Das Zittern des Fälschers. Roman. Deutsch von Anne Uhde. detebe 20344
Lösegeld für einen Hund. Roman. Deutsch von Anne Uhde. detebe 20345
Der talentierte Mr. Ripley. Roman. Deutsch von Barbara Bortfeldt. detebe 20481
Ripley Under Ground. Roman. Deutsch von Anne Uhde. detebe 20482
Ripley's Game. Roman. Deutsch von Anne Uhde. detebe 20346
Der Schneckenforscher. Gesammelte Geschichten. Vorwort von Graham Greene. Deutsch von Anne Uhde. detebe 20347
Ein Spiel für die Lebenden. Roman. Deutsch von Anne Uhde. detebe 20348
Kleine Geschichten für Weiberfeinde Deutsch von Walter E. Richartz. Zeichnungen von Roland Topor. detebe 20349
Kleine Mordgeschichten für Tierfreunde Deutsch von Anne Uhde. detebe 20483
Venedig kann sehr kalt sein. Roman. Deutsch von Anne Uhde. detebe 20484
Ediths Tagebuch. Roman. Deutsch von Anne Uhde. detebe 20485
Der Junge, der Ripley folgte. Roman Deutsch von Anne Uhde. detebe 20649
Leise, leise im Wind. Geschichten. Deutsch von Anne Uhde. detebe 21012
Als Ergänzungsband liegt vor:
Über Patricia Highsmith. Essays und Zeugnisse von Graham Greene bis Peter Handke. Mit Bibliographie, Filmographie und zahlreichen Fotos. Herausgegeben von Fritz Senn und Franz Cavigelli. detebe 20818

● James Joyce

Das James Joyce Lesebuch. Auswahl aus ›Dubliner‹, ›Porträt des Künstlers‹ und ›Ulysses‹. Aus dem Englischen von Dieter E. Zimmer, Klaus Reichert und Hans Wollschläger. Nachwort von Fritz Senn detebe 20486

● Ring Lardner

Geschichten aus dem Jazz-Zeitalter. Auswahl, Nachwort und Übersetzung von Fritz Güttinger. detebe 20153

● D. H. Lawrence

Der preußische Offizier. Sämtliche Erzählungen I. detebe 20184
England, mein England. Sämtliche Erzählungen II. detebe 20185
Die Frau, die davonritt. Sämtliche Erzählungen III. detebe 20186
Der Mann, der Inseln liebte. Sämtliche Erzählungen IV. detebe 20187
Der Fremdenlegionär. Autobiographisches und frühe Erzählungen, Fragmente. Sämtliche Erzählungen V. detebe 20188
Der Fuchs / Der Marienkäfer / Die Hauptmanns-Puppe. Sämtliche Kurzromane I detebe 20189
Der Hengst St. Mawr. Sämtliche Kurzromane II. detebe 20190
Liebe im Heu / Das Mädchen und der Zigeuner / Der Mann, der gestorben war. Sämtliche Kurzromane III . detebe 20191
Aus dem Englischen von Martin Beheim-Schwarzbach, Georg Goyert, Marta Hackel, Karl Lerbs, Elisabeth Schnack und Gerda von Uslar. Im Anhang des letzten Bandes Nachweis der Erstdrucke, Anmerkungen und Literaturhinweise

Liebe, Sex und Emanzipation. Essays Deutsch von Elisabeth Schnack detebe 20955
John Thomas & Lady Jane. Roman. Deutsch von Susanna Rademacher. detebe 20299
Briefe. Deutsch von Elisabeth Schnack, Einleitung von Aldous Huxley, Nachwort von Elisabeth Schnack, Personenverzeichnis, Chronik und Bibliographie. detebe 20954

● Doris Lessing

Hunger. Erzählung. Aus dem Englischen von Lore Krüger. detebe 20255
Der Zauber ist nicht verkäuflich. Afrikanische Geschichten. Deutsch von Lore Krüger, Marta Hackel und Elisabeth Schnack detebe 20886

● Jack London

Seefahrer- & Goldgräber-Geschichten. Aus dem Englischen von Erwin Magnus. Vorwort von Herbert Eisenreich. Diogenes Evergreens

● Carson McCullers

Wunderkind. Erzählungen I. Aus dem Amerikanischen von Elisabeth Schnack detebe 20140
Madame Zilensky und der König von Finnland. Erzählungen II. Deutsch von Elisabeth Schnack. detebe 20141
Die Ballade vom traurigen Café. Novelle. Deutsch von Elisabeth Schnack. Diogenes Evergreens. Auch als detebe 20142
Das Herz ist ein einsamer Jäger. Roman Deutsch von Susanna Rademacher detebe 20143
Spiegelbild im goldnen Auge. Roman Deutsch von Richard Moering detebe 20144
Frankie. Roman. Deutsch von Richard Moering. detebe 20145
Uhr ohne Zeiger. Roman. Deutsch von Elisabeth Schnack. detebe 20146

Als Ergänzungsband liegt vor:
Über Carson McCullers. Essays von und über Carson McCullers. Deutsch von Elisabeth Schnack und Elizabeth Gilbert. Mit Chronik und Bibliographie. Herausgegeben von Gerd Haffmans. detebe 20147

● W. Somerset Maugham

Honolulu. Gesammelte Erzählungen I detebe 20331
Das glückliche Paar. Gesammelte Erzählungen II. detebe 20332
Vor der Party. Gesammelte Erzählungen III detebe 20333
Die Macht der Umstände. Gesammelte Erzählungen IV. detebe 20334
Lord Mountdrago. Gesammelte Erzählungen V. detebe 20335
Fußspuren im Dschungel. Gesammelte Erzählungen VI. detebe 20336
Ashenden oder Der britische Geheimagent. Gesammelte Erzählungen VII. detebe 20337
Entlegene Welten. Gesammelte Erzählungen VIII. detebe 20338
Winter-Kreuzfahrt. Gesammelte Erzählungen IX. detebe 20339
Fata Morgana. Gesammelte Erzählungen X detebe 20340
Aus dem Englischen von Felix Gasbarra, Marta Hackel, Ilse Krämer, Claudia und Wolfgang Mertz, Wulf Teichmann, Friedrich Torberg, Kurt Wagenseil, Mimi Zoff. u.a.
Rosie und die Künstler. Roman. Deutsch von Hans Kauders und Claudia Schmölders detebe 20086
Silbermond und Kupfermünze. Roman Deutsch von Susanne Feigl. detebe 20087
Auf Messers Schneide. Roman. Deutsch von N. O. Scarpi. detebe 20088
Theater. Roman. Deutsch von Renate Seiller und Ute Haffmans. detebe 20163
Damals und heute. Roman. Deutsch von Hans Flesch und Ann Mottier detebe 20164
Der Magier. Roman. Deutsch von Melanie Steinmetz und Ute Haffmans. detebe 20165
Oben in der Villa. Roman. Deutsch von William G. Frank und Ann Mottier detebe 20166
Mrs. Craddock. Roman. Deutsch von Elisabeth Schnack. detebe 20167
Der Menschen Hörigkeit. Roman in 2 Bänden. Deutsch von Mimi Zoff und Susanne Feigl. Diogenes Evergreens. Auch als detebe 20298
Südsee-Romanze. Roman. Deutsch von Mimi Zoff. detebe 21003
Meistererzählungen. Ausgewählt von Gerd Haffmans. Diogenes Evergreens

● Herman Melville

Moby-Dick. Roman. Aus dem Amerikanischen von Thesi Mutzenbecher und Ernst Schnabel. detebe 20385
Billy Budd. Erzählung. Deutsch von Richard Moering. detebe 20787

● Thomas Morus

Utopia. Aus dem Lateinischen von Alfred Hartmann, Nachwort von Erasmus von Rotterdam. detebe 20420

Sean O'Casey

Purpurstaub. Komödie. Aus dem Englischen von Helmut Baierl und Georg Simmgen detebe 20002

Dubliner Trilogie. Tragödien. Deutsch von Maik Hamburger, Adolf Dresen, Volker Canaris und Dieter Hildebrandt detebe 20034

Ich klopfe an. Autobiographie I. Deutsch von Georg Goyert. detebe 20394

Bilder in der Vorhalle. Autobiographie II Deutsch von Georg Goyert. detebe 20761

Trommeln unter den Fenstern. Autobiographie III. Deutsch von Werner Beyer detebe 20762

Irland, leb wohl! Autobiographie IV. Deutsch von Werner Beyer. detebe 20763

Rose und Krone. Autobiographie V. Deutsch von Werner Beyer. detebe 20764

Dämmerung und Abendstern. Autobiographie VI. Deutsch von Werner Beyer detebe 20765

Das Sean O'Casey Lesebuch. Eine Auswahl aus den Stücken, der Autobiographie und den Essays. Mit einem Vorwort von Heinrich Böll und einem Nachwort von Klaus Völker. Herausgegeben mit Anmerkungen, einer Chronik und Daten zur irischen Geschichte von Urs Widmer. detebe 21126

Frank O'Connor

Und freitags Fisch. Gesammelte Erzählungen I. detebe 20170

Mein Ödipus-Komplex. Gesammelte Erzählungen II. detebe 20352

Don Juans Versuchung. Gesammelte Erzählungen III. detebe 20353

Eine unmögliche Ehe. Gesammelte Erzählungen IV. detebe 20354

Eine selbständige Frau. Gesammelte Erzählungen V. detebe 20355

Brautnacht. Gesammelte Erzählungen VI detebe 20356

Die Reise nach Dublin. Roman. Leinen

Einziges Kind. Biographie I. detebe 21021

Meines Vaters Sohn. Biographie II detebe 21022

Alle Bände dem Englischen übersetzt von Elisabeth Schnack

Sean O'Faolain

Sünder und Sänger. Ausgewählte Erzählungen I. Aus dem Englischen von Elisabeth Schnack. detebe 20231

Trinker und Träumer. Ausgewählte Erzählungen II. Deutsch von Elisabeth Schnack detebe 20741

Lügner und Liebhaber. Ausgewählte Erzählungen III. Deutsch von Elisabeth Schnack detebe 20742

Liam O'Flaherty

Armut und Reichtum. Ausgewählte Erzählungen. Aus dem Englischen von Elisabeth Schnack. detebe 20232

Ich ging nach Rußland. Reisebericht Deutsch von Heinrich Hauser detebe 20016

Zornige grüne Insel. Roman. Deutsch von Hubert Roch. Diogenes Evergreens

Tiergeschichten. Ausgewählt und übersetzt von Elisabeth Schnack. Diogenes Sonderband

George Orwell

Erledigt in Paris und London. Bericht. Aus dem Englischen von Alexander Schmitz detebe 20533

Tage in Burma. Roman. Deutsch von Susanna Rademacher. detebe 20308

Eine Pfarrerstochter. Roman. Deutsch von Hanna Neves. detebe 21088

Die Wonnen der Aspidistra. Roman. Deutsch von Nikolaus Stingl. detebe 21086

Der Weg nach Wigan Pier. Sozialreportage. Deutsch von Manfred Papst. detebe 21000

Mein Katalonien. Bericht über den Spanischen Bürgerkrieg. Deutsch von Wolfgang Rieger. detebe 20214

Auftauchen, um Luft zu holen. Roman Deutsch von Helmut M. Braem detebe 20804

Farm der Tiere. Ein Märchen. Neu aus dem Englischen übersetzt von Michael Walter. Mit Zeichnungen von F. K. Waechter und einem neuentdeckten Nachwort des Autors ›Die Pressefreiheit‹. Diogenes Evergreens Auch als detebe 20118

1984. Roman. Deutsch von Kurt Wagenseil. detebe 21089

Im Innern des Wals. Ausgewählte Essays I. Deutsch von Felix Gasbarra und Peter Naujack. detebe 20213

Rache ist sauer. Ausgewählte Essays II. Deutsch von Felix Gasbarra, Peter Naujack und Claudia Schmölders. detebe 20250

Das George Orwell Lesebuch. Herausgegeben und mit einem Nachwort von Fritz Senn. Deutsch von Tina Richter. detebe 20788

Denken mit Orwell. Sätze für Zeitgenossen, zusammengestellt von Fritz Senn. Deutsch von Felix Gasbarra und Tina Richter. Mit 8 Zeichnungen von Tomi Ungerer. Kleine Diogenes Evergreens

Saki

Die offene Tür. Ausgewählte Erzählungen. Aus dem Englischen von Günter Eichel Illustrationen von Edward Gorey detebe 20115

Olive Schreiner

Geschichte einer afrikanischen Farm. Roman. Aus dem Englischen von Elisabeth Schnack detebe 20885

William Shakespeare

Dramatische Werke in 10 Bänden
In der Übersetzung von Schlegel/Tieck. Als Vorlage diente die Edition von Hans Matter. Jeder Band mit einer editorischen Notiz des Herausgebers und Illustrationen von Heinrich Füßli aus der Ausgabe von 1805.
Romeo und Julia / Hamlet / Othello detebe 20631
König Lear / Macbeth / Timon von Athen detebe 20632
Julius Cäsar / Antonius und Cleopatra Coriolanus. detebe 20633
Verlorene Liebesmüh / Die Komödie der Irrungen / Die beiden Veroneser / Der Widerspenstigen Zähmung. detebe 20634
Ein Sommernachtstraum / Der Kaufmann von Venedig / Viel Lärm um nichts / Wie es euch gefällt / Die lustigen Weiber von Windsor. detebe 20635
Ende gut, alles gut / Was ihr wollt / Troilus und Cressida / Maß für Maß. detebe 20636
Cymbeline / Das Wintermärchen / Der Sturm. detebe 20637
Heinrich der Sechste / Richard der Dritte detebe 20638
Richard der Zweite / König Johann Heinrich der Vierte. detebe 20639
Heinrich der Fünfte / Heinrich der Achte Titus Andronicus. detebe 20640
Shakespeare's Sonette. Deutsch und englisch, Nachdichtung von Karl Kraus. Statt eines Nachworts ein Essay von Karl Kraus aus der *Fackel:* »Sakrileg an George oder Sühne an Shakespeare?« detebe 20381

Alan Sillitoe

Der Mann, der Geschichten erzählte. Roman. Deutsch von Hanna Neves. Leinen
Die Flamme des Lebens. Roman. Aus dem Englischen von Hanna Neves. Leinen
Der Sohn des Witwers. Roman. Deutsch von Peter Naujack. Leinen
Samstagnacht und Sonntagmorgen. Roman. Deutsch von Gerda von Uslar. detebe 20230
Ein Start ins Leben. Roman. Deutsch von Günter Eichel und Anna von Cramer-Klett detebe 20545
Der Tod des William Posters. Roman Deutsch von Peter Naujack. detebe 20952
Der brennende Baum. Roman. Deutsch von Peter Naujack. detebe 20953
Die Einsamkeit des Langstreckenläufers Erzählungen I. Deutsch von Günther Klotz detebe 20413
Fußball. Erzählungen II. Deutsch von Hedwig Jolenberg und Günther Klotz detebe 20414
Die Lumpensammlerstochter. Erzählungen III. Deutsch von Wulf Teichmann detebe 20415
Mimikry. Erzählungen IV. Deutsch von Wulf Teichmann und Anna von Cramer-Klett detebe 20416
Männer, Frauen und Kinder. Erzählungen V. Deutsch von Wulf Teichmann. detebe 20417

Muriel Spark

Vorsätzlich Herumlungern. Roman. Aus dem Englischen von Hanna Neves. Leinen
Memento Mori. Deutsch von Peter Naujack detebe 20892
Junggesellen. Roman. Deutsch von Elisabeth Schnack. detebe 20893
Portobello Road. Erzählungen. Deutsch von Peter Naujack und Elisabeth Schnack detebe 20894
Die Blütezeit der Miss Jean Brodie. Roman Deutsch von Peter Naujack. detebe 21055
Die Ballade von Peckham Rye. Roman Deutsch von Elisabeth Schnack detebe 20119
Robinson. Roman. Deutsch von Elizabeth Gilbert. detebe 21090
Die Tröster. Roman. Deutsch von Peter Naujack. detebe 21089

Laurence Sterne

Tristram Shandy. Roman. Aus dem Englischen von Rudolf Kassner. Anmerkungen von Walther Martin. detebe 20950

R. L. Stevenson

Werke in 12 Bänden. Nach der Edition und Übersetzung aus dem Englischen von Curt und Marguerite Thesing
Die Schatzinsel. Roman. detebe 20701
Der Junker von Ballantrae. Roman detebe 20703
Die Entführung. Roman. detebe 20704
Catriona. Roman. detebe 20705

Die Herren von Hermiston. Roman (Fragment). detebe 20702
Der Pavillon auf den Dünen / Der seltsame Fall von Dr. Jekyll und Mr. Hyde
Zwei Novellen. detebe 20706
Der Selbstmörderklub / Der Diamant des Rajahs. Zwei Geschichtensammlungen
detebe 20707
Die tollen Männer und andere Geschichten
detebe 20708
Der Flaschenteufel und andere Geschichten
detebe 20709
Der Leichenräuber und andere Geschichten
detebe 20710
In der Südsee. Ein Reiseabenteuer in zwei Bänden mit einer Karte. detebe 2071-20712

● Henry David Thoreau

Walden oder Leben in den Wäldern. Aus dem Amerikanischen von Emma Emmerich und Tatjana Fischer. Mit Anmerkungen, Chronik und Register und mit einem Vorwort von W. E. Richartz. detebe 20019
Über die Pflicht zum Ungehorsam gegen den Staat und andere Essays. Auswahl, Übersetzung und Nachwort von W. E. Richartz
detebe 20063

● Mark Twain

Die Million-Pfund-Note. Erzählungen. Aus dem Amerikanischen von N. O. Scarpi, Marie-Louise Bischof und Ruth Binde
detebe 20918
Menschenfresserei in der Eisenbahn. Erzählungen. Deutsch von Marie-Louise Bischof und Ruth Binde. detebe 20919

● H. G. Wells

Der Krieg der Welten. Roman. Aus dem Englischen von G. A. Crüwell und Claudia Schmölders. detebe 20171
Die Zeitmaschine. Roman. Deutsch von Peter Naujack. detebe 20172

● Nathanael West

Schreiben Sie Miss Lonelyhearts. Roman. Aus dem Amerikanischen von Fritz Güttinger. Einleitung von Alan Ross. detebe 20058
Tag der Heuschrecke. Roman. Deutsch von Fritz Güttinger. detebe 20059
Eine glatte Million oder Die Demontage des Mister Lemuel Pitkin. Roman. Übersetzung, Anmerkungen und Nachwort von Dieter E. Zimmer. detebe 20249

● Oscar Wilde

Der Sozialismus und die Seele des Menschen. Ein Essay. Aus dem Englischen von Gustav Landauer und Hedwig Lachmann
detebe 20003
Sämtliche Erzählungen. Mit Zeichnungen von Aubrey Beardsley. Herausgegeben und mit einem Nachwort von Gerd Haffmans
detebe 20985

● P. G. Wodehouse

Promenadenmischung. Geschichten
Deutsch von Günter Eichel
detebe 21056